LISA MARCKS

Vom Himmel zum Meer

GOLDMANN
Lesen erleben

Buch

Hamburg 1892. Die junge Waise Agnes tritt eine Stelle als Gesellschafterin der Pfarrerswitwe Tilly Bevenkamp an. Doch dann bricht die Cholera aus, und die Frauen fliehen in Tillys altes Elternhaus an die Ostseeküste. Eines Tages entdeckt Agnes bei einem Spaziergang ein leer stehendes Herrenhaus mit einer herrlich ausgestatteten Küche. Einer, in der man anders als in der Kate die wunderbarsten Köstlichkeiten zaubern könnte … Sie hat jedoch die Rechnung ohne den Besitzer, den attraktiven Adligen Benjamin von Reiker, gemacht. Kategorisch verweigert er ihr den Zutritt zu dem Haus. Aber gelingt es ihm auch, ihr den Zutritt zu seinem Herzen zu verbieten?

Informationen zu Lisa Marcks
sowie zu weiteren Titeln der Autorin
finden Sie am Ende des Buches.

Lisa Marcks

Vom Himmel zum Meer

Roman

GOLDMANN

Sollte diese Publikation Links auf Webseiten Dritter enthalten, so übernehmen wir für deren Inhalte keine Haftung, da wir uns diese nicht zu eigen machen, sondern lediglich auf deren Stand zum Zeitpunkt der Erstveröffentlichung verweisen.

Dieses Buch ist auch als E-Book erhältlich.

MIX
Papier aus verantwortungsvollen Quellen
FSC® C014496
FSC
www.fsc.org

Verlagsgruppe Random House FSC® N001967

1. Auflage
Originalausgabe April 2019

in der Verlagsgruppe Random House GmbH,
Neumarkterstraße 28, 81673 München
Umschlaggestaltung: UNO Werbeagentur München
Umschlagfoto: © FinePic®, München
Redaktion: Viola Eigenberz
BH · Herstellung: kw
Satz: Buch-Werkstatt GmbH, Bad Aibling
Druck und Bindung: GGP Media GmbH, Pößneck
Printed in Germany
ISBN: 978-3-442-48829-2
www.goldmann-verlag.de

Meiner Großmutter
& allen,
die schon einmal
auf die Nase gefallen sind.
Seid stolz auf euch.
Ihr habt es versucht!

Der Glanz von Karamell

Straßburg, Sankt-Bartholomäus-Waisenhaus
Juli 1892

Hinter dem Fenster tanzten die Sonnenstrahlen. Agnes hielt inne und pustete sich eine rostrote Locke aus dem Gesicht. Sie liebte es, an lauen Sommertagen hier zu stehen, wenn eine Brise das Wispern der Stadt durch das Fenster wehte. Regen hatte die Luft reingewaschen und ließ die Dächer der Fachwerkhäuser rund um das Münster glänzen. Hier und da huschte Rauch aus einem Schornstein, kräuselte sich zu einer Wolke und zerriss, sobald eine Böe hindurchfuhr.

In der Küche des Waisenhauses war es dämmrig und still. Bertrande, die Köchin, war einkaufen gegangen und hatte Agnes mit den Worten zurückgelassen, ja keinen Unsinn zu verzapfen. Als wenn ihr das in den Sinn käme! Heute war ihr letzter Tag im Waisenhaus. Ihr letzter auch in Straßburg, in ihrer Heimat. Wie könnte sie da Unsinn verzapfen? Es war doch viel naheliegender, Bertrandes Schätze zu suchen, die sie vor den Mäusen und den Kindern versteckte und anschließend meist selbst nicht wiederfand.

Während im Herd die Kohlen knackten und in der Speisekammer Mäuse raschelten, blickte Agnes auf das hinunter, was sie zutage gefördert hatte. Einen Schatz, nicht mehr und nicht weniger. Einundzwanzig Rosinen hatte Bertrande in einem Spalt zwischen zwei Fliesen versteckt, in einer Schachtel, die kaum größer war als Agnes' Daumen.

Einundzwanzig Rosinen, das war wie für sie gemacht. Eine Rosine für jedes Lebensjahr, es fehlte bloß eine halbe, denn sie war ja einundzwanzigeinhalb.

Agnes beugte sich hinab und schnupperte. Diese Süße! Am liebsten würde sie sich eine mopsen und gleich essen, aber dann würde der Strudel nicht so gut, und das konnte sie unmöglich zulassen. Eine Fülle Locken hüpfte aus ihrem Dutt und fiel über ihre karamellfarben glitzernden Augen, als sie sich wieder aufrichtete. Sie würde einen Strudel backen, wie ihn das Waisenhaus noch nicht gesehen hatte. Was nicht schwer war, denn einen Strudel hatte noch keines der Kinder je zu Gesicht bekommen. Aber Agnes sah ihn genau vor sich: mit einer zarten braunen Kruste, die hier und dort aufgebrochen war. Einem milden, süßen, wunderbaren Duft, der die Küche und dann das weitläufige Gebäude erfüllen würde. Und im Innern das goldbraune Leuchten der Rosinen …

Mit einem Hieb ließ sie den Teig auf die Tischplatte niedergehen. Es klatschte zufriedenstellend, und Agnes, die mit so viel Kraft gar nicht hätte vorgehen müssen, lächelte. In den vergangenen Tagen war ihre Stimmung trüb gewesen. Die Zukunft, die morgen beginnen würde, war ihr nicht das kleinste bisschen verlockend erschienen. Der Rosinenfund aber hatte alles verändert.

Sie fühlte sich getröstet und war mit einem Mal guten Mutes. Wenn sie noch zu Hause solches Glück hatte – wie würde es dann erst in der Ferne sein!

»Hamburg«, murmelte sie leise vor sich hin. Das war sehr weit von hier. Geradezu Sibirien, hatte die Köchin gemosert. Aber hoffentlich nicht so kalt.

Doch ob Hamburg so lebendig wie Straßburg war, so voller Geräusche, Gerüche und Geschmäcker? Wenn sie an Deutschland dachte, malte sie sich schwarze Tannen aus, deren Spitzen sich im Wind bogen. Schiller und Goethe fielen ihr ein, Bismarck und der Kaiser natürlich. Obwohl das Elsass seit 1871 deutsch war, erschien Agnes das eigentliche Kaiserreich fremd. Ihr Zuhause würde sicher immer Straßburg bleiben.

Aber aufregend war es, so weit in die Ferne zu reisen. Erst recht, da sie bislang erst einmal aus der Stadt herausgekommen war. Weiter als bis in die nahen Vogesen war es damals aber nicht gegangen.

Mit einem neuerlichen Knall ließ sie den Teig auf der Tischplatte aufkommen, nahm ihn hoch und hieb ihn wieder auf das Holz, noch einmal und noch einmal, bis er mürbe genug war.

Nun durfte er ruhen. Im Gegensatz zu ihr, die den Boden zu fegen begann. Jeden Winkel der Küche säuberte sie, so wie es seit Jahren wohl niemand mehr getan hatte. Nachdem alles blitzte, kramte sie den Staubwedel hervor. Mehl wirbelte vom Tisch auf und schwebte wie winzige Schneeflocken langsam hinunter. Zufrieden damit, sich auf diese Weise die doppelte Arbeit verschafft zu haben, fegte sie erneut. Ihr war alles recht, was sie beschäftigte. Denn wenn sie ausruhte, würde die Nervosität von ihr Besitz ergreifen, und dann würde sie ihren letzten Tag hier überhaupt nicht genießen können.

Gerade wollte sie einen Eimer Wischwasser einlassen, als sie einen gebeugten Rücken hinter den Scheiben vorbeischlingern sah. Charles! Der Mann mit dem Obst, das er bewachte wie ein Adler seinen Horst.

Agnes sprang vor und riss das Fenster auf.

»Bonsoir, Monsieur!«

Mit einem Knurren drehte der Gärtner sich um und sah sie von schräg unten unwillig an.

An den Tag, als Agnes ihn zum ersten Mal gesehen hatte, erinnerte sie sich nicht. Doch die Köchin hatte ihr berichtet, sie sei damals in fröhliches Gekicher ausgebrochen. Was Charles ihr nie verziehen hatte. Auch jetzt verdüsterte sich sein schmal geschnittenes Gesicht, er verengte die Augen zu Schlitzen und grummelte unverständlich in sich hinein.

»Haben Sie einen Apfel für mich, Monsieur?«, fragte sie trotzdem. Sie hatte längst aufgehört, sich vor Charles zu fürchten, so wie es die Jüngeren taten.

»Apfel«, knurrte er und starrte sie aus seinen fast schwarzen Augen drohend an. »Wozu brauchst du einen Apfel?«

»Ich backe.«

Er spuckte aus und ließ im Gras einen Fleck Kautabak zurück.

Ob er wusste, dass heute ihr letzter Tag im Waisenhaus war? Und falls er es wusste, freute er sich darüber?

»Haben Sie einen für mich?«, fragte sie.

Statt einer Antwort drehte er sich um und schleppte sich den Weg entlang. Es hieß, er sei einst vergiftet worden, so erzählte es zumindest die Köchin. Bertrande hatte Dutzende Varianten dieser Geschichte parat, die sich stark voneinander unterschieden. Ihnen gemein war bloß, dass Charles zur See gefahren und als gebrochener Mann zurückgekehrt war.

Jetzt verlief seine Wirbelsäule in einem weichen Bogen abwärts. Sein Kopf befand sich fast auf der Höhe seiner Knie. Er war langsam zu Fuß und kutschierte sich selbst manchmal, wenn ihn niemand sah, in einer umgebauten Weinkiste herum. Er gärtnerte, weil der Boden für ihn so nahe war. Und schrieb nachts in seiner abgelegenen Kate Abhandlungen über Dinge, von denen Agnes nie zuvor gehört hatte. Sie hatten mit Sternen zu tun und dem Universum, das sie alle umgab.

»Nu komm«, schnarrte er, hielt inne und wandte sich zu ihr um. »Ich hab nicht ewig Zeit.«

Agnes stieß das Fenster zu und rannte hinaus. Als ihr einfiel, dass sie als Dame ihres Alters nicht rennen sollte, verlangsamte sie ihre Schritte, ertappte sich aber schon an der Tür dabei, wie sie wieder schneller wurde.

Die Stufen von der Eingangstür hinunter waren mit Regentropfen bedeckt. Agnes glitt aus, schlitterte auf den Hacken hinab und fing sich im letzten Moment.

Wieder grummelte Charles etwas, das sie nicht verstand.

Nach wenigen Schritten war sie neben ihm, noch ein paar, und er lag abgeschlagen zurück.

Agnes drosselte ihre Geschwindigkeit. Langsam gehen, um ihn nicht zu verärgern. Zumindest nicht noch mehr, als er es ohnehin grundsätzlich war.

Im Schneckentempo passierten sie den Kräutergarten und die Ställe, aus denen das Blöken der Schafe drang. Noch ein paar Schritte an der Mauer entlang, und sie erreichten seine Hütte, deren hinterer Teil als Vorratskammer für Obst und Wurzelgemüse diente.

Mit der Schulter stieß er die Tür auf. Der fensterlose Raum, der sich dahinter auftat, war finster, aber Agnes wusste, wie es hier aussah. In den Regalen lag Flasche neben Flasche. Rum, aus fernen Ländern mitgebracht. Das liebste Getränk des Teufels, wie Charles ihr einmal zugeflüstert hatte, und seines ebenfalls.

»Wie viele Äpfel?«, brummte er auf Französisch.

Agnes blickte ihn überrascht an. In all den Jahren, die sie ihn kannte, war er nie freundlich zu ihr gewesen.

»So viel, wie Sie entbehren können«, antwortete sie auf Deutsch.

Er spuckte wieder Tabakreste aus und starrte sie mit grimmiger Miene an.

»Willst du dich jetzt schon anbiedern?«

»Wie bitte?«

»Sprich Französisch, wie es jeder rechtschaffene Mensch tut!«

»Oui, Monsieur.«

Hier belauschte sie ja niemand. Die deutsche Obrigkeit hörte es nicht gern, wenn die Straßburger Französisch sprachen.

»Oui, Monsieur«, äffte er sie nach und verschwand im Dunkel der Kammer.

Unter den Angestellten des Waisenhauses wurde gemunkelt, Charles habe auf seinen Reisen die Bekanntschaft mit Voodoo gemacht. Agnes war nicht sicher, was Voodoo war, glaubte allerdings so viel zu verstehen, als dass es sich um einen Zauber handelte. Mit diesem Zauber, hieß es, wolle Charles die Rückkehr des Elsass zu seinem Heimatland erzwingen und opfere die Ratten und Mäuse, die dumm genug waren, sich in seine Kate zu verirren. Beiße ihnen in den Nacken, sauge ihr Blut aus und spucke es ins Feuer.

Agnes glaubte nicht eine Sekunde daran. Aber: Bei Charles gab es keine Nagetiere, was sie sich nicht erklären konnte. Niemals ein Rascheln, niemals ein Pfotenabdruck im Staub, nirgendwo Mäusekötel.

Charles war im abseitigen Teil des Raumes verschwunden, wo sie ihn leise auf Französisch vor sich hinmurmeln hörte. Schließlich nahm sie ein sausendes Geräusch wahr, und etwas Kleines, Rundes hätte sie beinahe an der Stirn getroffen. Im letzten Moment schoss ihre Hand hinauf und fing es. Es war ein rotwangiger, glänzender Apfel.

»Gut gefangen«, brummelte Charles. Er warf noch einen Apfel, diesmal von schräg unten. Seine Geschicklichkeit überraschte Agnes, und sie hatte Mühe, die Frucht im letzten Moment aus der Luft zu fischen, bevor sie gegen die Wand knallte.

Charles' Gesicht erschien in der Dunkelheit. Bertrande erzählte, er sei früher ein schöner Mann gewesen, und es fiel nicht schwer, ihr zu glauben. Seine Züge hatten etwas Elegantes, beinahe Aristokratisches mit der hohen Stirn, den weit auseinanderstehenden Augen, in denen Klugheit und manchmal kühler Spott zu lesen waren, sowie der schmalen Nase mit ihrem sichelförmig geschwungenen Rücken.

»Hier sind noch ein paar. Mit zweien lässt sich nichts backen«, knurrte er.

Ohne ihrem Blick zu begegnen, ließ er sie in Agnes' ausgebreitete Schürze plumpsen.

»Gib auf dich Acht, Agnes«, murmelte er so leise, dass sie ihn kaum verstand. »Es gibt eine Menge unfreundlicher Menschen dort draußen.«

Er streckte die Hand aus. Verwundert nahm Agnes sie, und so verharrten sie einen Moment, reglos, als wenn die Zeit stillstünde.

»Husch«, knurrte er plötzlich und ließ ihre Hand fallen. »Nun geh schon. Geh.«

Verblüfft murmelte Agnes einen Dank.

»Husch«, wiederholte er grollend, und Agnes lief mit gesenktem Kopf an den knorrigen Obstbäumen vorbei, die Äpfel in ihrer Schürze an sich gepresst.

Im langen, dunklen Korridor war leise das Geschnatter der anderen zu hören. So spät am Tag wurde kein Unterricht mehr abgehalten, aber Pfarrer Wieland legte Wert darauf, die Kinder auch nach Schulschluss anzuleiten. So wurde gestrickt und gestickt oder geschreinert, je nach Lust und Talent. Sogar die Mädchen durften die Handarbeitsnadeln gegen Hammer oder Säge tauschen.

Etwas Warmes rann ihre Wange hinab. Agnes schluckte, wischte die Tränen fort, konnte sich aber gegen die Hickser nicht zur Wehr setzen, die sie nun schüttelten. So lange hatte sie sich zusammengenommen, aber jetzt ging es nicht mehr. So gut wie blind stieß sie die Tür zur Küche auf, roch die Süße, die Tag und Nacht hier in der Luft lag, und ließ die Äpfel aus ihrer Schürze auf den Tisch kullern.

Warum sie ausgerechnet jetzt weinte, war ihr selbst schleierhaft. Wegen Charles, dessen Anflug von Freundlichkeit so ungewohnt war? Nein, zumindest nicht nur. Sie wollte nicht fort! Da konnte sie noch so hoffnungsvoll in die Zukunft zu blicken versuchen. Ihr Zuhause war hier. Bertrande, Pfarrer Wieland und die anderen Waisen waren ihre Familie.

In Hamburg hingegen ... Was würde sie dort erwarten? Ein gutes Leben – oder aber nicht?

Agnes schniefte, wischte sich mit einer entschlossenen Geste die Tränen fort und rollte den Teig aus. Das Haar fiel ihr ins Gesicht, über die Himmelfahrtsnase und den himbeerfarbenen Mund, den sie vor Anstrengung zusammenkniff. Sie zog und zerrte, bis die Teigbahn beinahe auf den Boden lappte, schnitt die Früchte und gab die Rosinen hinein.

Nachdem sie den Strudel in den heißen Ofen geschoben hatte, erfüllte bald der Duft von gebackenen Äpfeln die Luft. Als sei er in Sekundenschnelle bis in die Klassenräume gedrungen, erklang schon Getrappel im Flur, ein Klopfen ertönte, und Lucille steckte ihren blond gelockten Schopf herein, der mehr schlecht als recht von Haarbändern in Form gehalten wurde. Ihre Nase zuckte, als habe sie Witterung aufgenommen, und ein Grinsen breitete sich auf ihrem Gesicht aus.

»Mhm, das riecht lecker«, sagte sie und setzte hinzu: »Pfarrer Wieland ruft dich.«

Agnes seufzte, schluckte, wischte ihre Hände an der Schürze ab, hängte diese am Türhaken auf und wünschte sich, die Zeit zurückdrehen zu können.

Treppauf und treppab ging es den lang gezogenen Korridor hinunter, der den westlichen mit dem östlichen Flügel des Waisenhauses verband. In dem einen Teil wurde gekocht, gestrickt und geschlafen. In dem anderen gelernt, und hier lebte auch der Pfarrer mit seiner Frau.

Als Agnes die Tür zu seiner Wohnung sah, durchfuhr sie solches Heimweh, dass sie für einen Augenblick kaum atmen konnte. Aber es war doch viel zu früh für Heimweh. Sie war ja noch nicht einmal fort.

Sie klopfte.

»Herein«, ertönte seine sonore Stimme.

Agnes drückte die Tür zu dem Studierzimmer auf. Pfarrer Wielands schmale Gestalt verschwand beinahe hinter dem riesigen eichenen Schreibtisch, der in der Mitte des Raumes stand, flankiert von zwei Bücherregalen, die unter der Last der theologischen Werke zusammenzubrechen drohten.

»Guten Abend«, sagte er und lächelte so zaghaft wie immer. Er hatte ein schmales, blasses Gesicht, das Agnes an ein Eichhörnchen denken ließ, auch wenn sie sich nicht erklären konnte, weshalb. »Ich habe gehört … nun, eher gerochen … dass du zum Abschied backst. Es duftet ja geradezu weihnachtlich.«

Agnes lächelte verlegen.

»Es gab noch Rosinen. Und da ist es doch ganz gleich, ob man an Weihnachten denkt oder nicht, finde ich.«

Pfarrer Wieland lachte. Sein hellbraunes Haar fiel ihm wie immer widerspenstig in die Stirn.

»Deine Künste in der Küche werden wir vermissen.«

Sie starrte auf ihre Fußspitzen, die keine Spitzen waren, sondern eirund. Ob ihre Dienstherrin ihr ein neues Paar Stiefel kaufen würde? Eines, das tatsächlich ein Paar wäre, bei dem der eine Schuh für den rechten, der andere für den linken Fuß geschustert wäre? Sie würde sich gleich viel wohler fühlen in der Fremde, davon war sie überzeugt.

»Auch davon abgesehen wirst du uns natürlich fehlen.« Während er sprach, starrte er auf seine langen Finger, zwischen denen er einen Füllfederhalter drehte. »Aber ich bin sicher, dass es so gut ist. Und es erfüllt mich mit Stolz, wirklich, dass sich die Witwe Bevenkamp für dich entschieden hat.«

Agnes nickte.

»Ich habe sie als ernsthafte, gläubige Frau kennengelernt. Als Protestantin durch und durch.«

Er sah wohl, dass Agnes' Kopf langsam zwischen ihren Schultern verschwand, und fügte hinzu: »Sie kocht gut.«

Agnes' Kopf schoss in die Höhe.

»Wirklich?«

»Als ich sie vor zehn, nein, es müssen wohl fünfzehn Jahre sein, das letzte Mal besuchte, hat sie uns wunderbare ... wie hießen sie gleich ... Pahini? Persini?« Er schüttelte den Kopf. »Ich weiß nicht mehr, wie die Teigtaschen hießen, die sie ihrem Gatten und mir auftischte, ich sage nur so viel: Sie waren köstlich. Ich denke also, ihr werdet euch gut verstehen, die Witwe Bevenkamp und du. Und dass du es dort schaffen wirst, Agnes, daran habe ich keinerlei Zweifel. Ich habe nie jemanden kennengelernt, der derart ...« Er suchte nach Worten und tippte mit dem zugeschraubten Federhalter in die Luft, als könne er den rechten Begriff dort erhaschen. »Der derart patent ist.«

Er legte den Füllfederhalter beiseite. Die Falte über seiner linken Braue zuckte, und für einen Moment glaubte Agnes, er würde weinen. Doch das war albern. Er war der Leiter des Waisenhauses. Er hatte unzählige Kinder heranwachsen und fortgehen sehen. Wieso sollte er ausgerechnet wegen ihr traurig sein?

»Pfarrer Wieland«, sagte Agnes zögernd.

»Ja, mein Kind?«

»War mein erstes Wort tatsächlich ›Gugelhupf‹?«

Erstaunt musterte er sie.

»Ich frage deshalb, weil ...« Nun, sie wusste gar nicht, warum sie es wissen wollte. Trotzdem wiederholte sie die Frage.

»Gugelhupf?«, gab er erstaunt zurück.

»Sie sagten, ich habe damals dieses Wort gesprochen.«

Man hatte ihr so wenig über den Tag ihrer Ankunft

erzählt. Nur dass an ihm der heiligen Agnes von Rom gedacht wurde, von der katholischen Seite aus zwar, während sie sich auf der evangelischen befanden. Doch man habe sie trotzdem so genannt: Agnes. Und fortan jedes Jahr am 21. Januar ihren Geburtstag gefeiert, mit dem sechsten angefangen, denn Pfarrer Wieland hatte sie an dem Tag, an dem sie vor der Pforte des Waisenhauses aufgetaucht war, auf fünf geschätzt.

»Zwölf Monate später sagtest du es. Nach Monaten, in denen du keinen einzigen Mucks von dir gegeben hattest.«

»Aber dieser Mucks … War er auf Französisch oder auf Deutsch? Sagte ich ›Gugelhupf‹ oder ›kouglof‹?«

»Ah.« Er lachte leise. »Jetzt verstehe ich, worauf du hinauswillst. Es tut mir leid, Agnes, ich kann dir deine Frage nicht beantworten. Ich erinnere mich schlicht nicht mehr. Ich weiß nur, dass du Gugelhupf erwähntest, einfach so, nach einem Jahr, in dem wir dachten, du seist stumm.«

Er kratzte sich am Ohr, nahm den Federhalter wieder auf und begann ihn erneut zwischen den Fingern zu drehen.

»Vielleicht hast du es auch auf Elsässisch gesagt. Ich weiß es wirklich nicht mehr.«

»Aber womöglich bin ich …« Sie legte den Kopf schief und wusste nicht, wie sie es ausdrücken sollte.

»Deutsche? Ja. Das kann in Betracht gezogen werden. Aber weißt du, so wichtig erschien es mir damals nicht. Und so ist es auch heute noch.«

Unschlüssig starrte sie ihn an.

»*Mir* ist es wichtig«, sagte sie nach einer Weile.

»Aber wenn es dir einmal nicht mehr wichtig ist, Agnes, dann solltest du innehalten und dich umsehen. Denn dann bist du zu Hause.«

Er lächelte ihr aufmunternd zu. War dies ihr Abschied? Agnes biss sich auf die Lippe und versuchte, nicht zu traurig auszusehen.

»Auf Wiedersehen«, sagte er leise und senkte abrupt den Kopf, als wenn er doch eine Träne verbergen wollte.

Im Schlafsaal hatte jemand ihren Koffer vor das Bett gestellt, sodass sie ihn am Morgen nicht erst hervorziehen musste. Sie schlief ganz am Fenster, denn mit der Zeit, die sie hier verbracht hatte, war sie immer weiter dorthin aufgerückt. Im letzten Jahr dann hatte sie bequem zu den Sternen hinaufsehen können.

Agnes ließ sich auf die graue, piksige Wolldecke sinken, die zusammengefaltet auf der Matratze lag. Ihr war, als habe jemand alle Freude aus ihr gesogen. Sie fühlte sich müde und leer, doch irgendwo schien ein Wust an Trauer zu lauern, bereit, sich auf sie zu stürzen.

Vier Betten standen in jeder Reihe, drei Reihen waren es insgesamt. Wie sollte sie sich bloß daran gewöhnen, allein zu schlafen? Sie kannte Lucilles Schnarchen und Marthas traurige Seufzer, sie wusste, dass es immer Caroline war, die sich im Bett drehte wie ein Kreisel und morgens mit den Haaren bis zum Boden hinabhängend aufwachte. Es war beruhigend, wenn sie aus einem Albtraum geschreckt war und die Geräusche der anderen Mädchen gehört hatte. Dann hatte sie in den Himmel geblickt. Mal hatten silbern schimmernde Wolken den Mond bedeckt, mal war das Schwarz unergründlich gewesen. Ob auch ihre Eltern im selben Augenblick dort hinaufsahen, hatte sie sich oft gefragt. Und ob sie wissen wollten, was aus ihrem Kind geworden war, dem sie sicher einen anderen Namen gegeben hatten als den, bei dem sie jetzt gerufen wurde.

Mit einem Seufzer öffnete Agnes ihren Koffer, um noch einmal durchzuzählen. Drei helle Blusen. Zwei dunkle Röcke, eine Schürze. Und das Buch. Abgegriffen war sein Lederumschlag, speckig dort, wo sie es immer gehalten hatte. Pfarrer Wieland hatte es ihr geschenkt. Seither hütete sie es wie ihren größten Schatz.

Sie schlug es auf und fuhr mit dem Finger die Rezepte ab. Schmandwaffeln, Zwetschgenklöße und golden schimmerndes Karamell, Rosenbonbons und kandierte Ananas. Sie konnte bloß erahnen, wie diese Köstlichkeiten schmeckten.

Doch ein Strudel war nicht weniger herrlich. Agnes schloss ihren Koffer, sprang auf und lief zur Tür. Der ganze Flur war von dem süßen Duft des Apfelstrudels erfüllt. Sie lief, dem Geruch und dem fröhlichen Geplapper folgend, den schmalen Korridor entlang auf die Küche zu. Eine gemeinsame Stunde vor dem Zubettgehen blieb ihr noch. Ihr Herz machte einen Hopser. Eine Stunde, in der sie nicht an morgen denken musste.

Von der Süße des Apfels

Die Reise erschien Agnes wie ein Traum. All die Menschen, all die Bahnhöfe glitten zunächst nebelartig an ihr vorüber. Am ersten Tag fühlte sie kaum etwas, schlief in der Nacht so gut wie gar nicht und blickte meist aus dem Fenster, hinter dem eine blühende Landschaft vorbeirauschte. Dunkle Tannen, stellte sie fest, gab es hier nicht viele. Die Wälder bestanden aus kleinen, schmalen Bäumen, die freundlicher wirkten, als sie es sich vorgestellt hatte.

Immer wieder tastete Agnes nach dem knisternden Brotpapier in ihrem Mantel, in das ihr letztes Stück Apfelstrudel gewickelt gewesen war. Wie köstlich hatte er geschmeckt! Nun hing noch sein süßer Duft in dem Papier und vermittelte ihr das Gefühl, der Heimat nicht ganz so fern zu sein.

Mit der Zeit gewöhnte sie sich an die stetige Fortbewegung. Am Rhein entlangzufahren war herrlich. Zwischen Felsen hindurch schlängelte sich die Eisenbahnstrecke, hoch oben entdeckte sie Schlösser und Burgen. Sie hatte Aufenthalt in Cöln und in Hannover, wo die Landschaft gleichförmiger wurde. Aber nicht unbedingt langweiliger. Dennoch wandte sie sich nun mit mehr Aufmerksamkeit ihren Mitreisenden zu. Die Menschen selbst wechselten zwar ständig, ihnen gemein aber war, dass sie sich ihr gegenüber freundlich verhielten und interessiert die Augen aufrissen, wenn sie von ihrer Zukunft berichtete.

»Sie *mussten* fortgehen?«, fragte die Dame ihr gegenüber, die in Celle zugestiegen war. »Sie mussten das Waisenhaus verlassen?«

»Mit einundzwanzig Jahren ist ja die Volljährigkeit erreicht.« Agnes zuckte mit den Achseln. »Da muss man gehen, ganz egal, ob man weiß, wohin.«

Die Dame stieß einen mitleidigen Seufzer aus.

»Aber Sie werden sicher bald heiraten?«, versuchte sie es noch einmal, diesmal wohl, um Agnes zu trösten.

»Oh, ich denke, nicht!«

Die Mädchen im Waisenhaus hatten ständig vom Heiraten geredet. In den schillerndsten Farben hatten sie sich ihre zukünftigen Ehemänner ausgemalt. Agnes hatte sich gewundert, wie man einen Menschen so detailliert vor sich sehen konnte, noch bevor man ihn das erste Mal getroffen hatte.

»Sie denken, nicht?« Aus großen Augen starrte die Dame sie an. Sie holte ein Taschentuch hervor und tupfte sich die Lippen ab, ließ es sinken, holte Luft, sagte aber nichts, sondern stopfte das Taschentuch kopfschüttelnd wieder zurück.

»Nun, Sie sind naiv, das ist verständlich. Sie sind jung und haben die Jahre ohne eine weise Mutter erlebt. Aber ein junges Mädchen sollte keine zu großen Schritte wagen. Bleiben Sie bei dem, was Sie kennen. Und vergessen Sie nicht, dass Frauen niemals dieselben

Möglichkeiten offenstehen werden wie den Herren der Schöpfung.«

»Ich würde mich eigentlich nicht naiv nennen.« Agnes lächelte der Dame freundlich zu. »Eher optimistisch.«

»Opt… Also, das ist ja …«

Weil ihr die Worte fehlten, wandte sich die Dame dem Fenster zu und blickte konsterniert auf das dunkle Wasser, das unter der Eisenbahnbrücke hindurchsprudelte.

Am Himmel, der fast von derselben tristen Farbe war, schossen weiße Punkte hin und her. Möwen! Wie über dem Rhein. Wie in Straßburg, wohin sich diese Vögel von Zeit zu Zeit verirrten. Sie segelten von Kehl heran und wieder zurück und tauchten, so zumindest hatte sie es sich immer vorgestellt, mit einem lauten Platschen in das Gewässer ein.

Das Leben in Hamburg, beschloss sie, würde gar nicht so anders sein. Womöglich führte die Witwe Bevenkamp sogar das Waisenhaus ihres Mannes weiter, inoffiziell, während es vor den Augen der Öffentlichkeit selbstverständlich von einem Mann geleitet würde. Und dann würde sich Agnes sofort wie zu Hause fühlen. Denn hatte Pfarrer Wieland das Straßburger Waisenhaus nicht nach dem Vorbild gestaltet, wie er es in Hamburg bei Pastor Bevenkamp, seinem geistigen Ziehvater, gesehen hatte?

Dichte Rauchschwaden ausstoßend fuhr der Zug in den Venloer Bahnhof ein.

»Wir sind da!«, rief Agnes.

Nervosität schwappte über sie wie eine heiße Dusche. Sie sprang auf, stellte fest, dass dies sehr undamenhaft war, und knickste.

»Haben Sie noch einen guten Tag!«

»Sie ebenfalls«, sagte die Dame, die nun reichlich verschnupft klang.

Agnes umfasste den Griff des Lederkoffers fester und versuchte, in normaler Geschwindigkeit ein- und auszuatmen, was einfach nicht gelingen wollte. Ob die Witwe Bevenkamp zur Begrüßung die Arme ausbreiten würde? Nein, das war wohl zu viel verlangt, selbst Pfarrer Wieland hatte sich bloß mit einem freundlichen Kopfnicken von ihr verabschiedet. Aber sie hatte ein so genaues Bild von ihrer Arbeitgeberin. Apfelrotwangig und rund vom Hals hinab bis zu den Knöcheln. Mit silbern leuchtendem Haar, das nachts auf Lockenwickler gedreht wurde. Was übrigens eine Arbeit war, die Agnes sehr gern übernehmen würde. Und sicher hatte die Witwe Bevenkamp eine volle dunkle Stimme, sang gern und sprach in hanseatischem Singsang, was Agnes bei Straßburgbesuchern aus Hamburg gehört hatte. Und dann die Küche! Groß stellte Agnes sie sich vor, mit einem riesigen Ofen, in dem für alle Waisenkinder gleichzeitig Brot gebacken werden konnte.

Voller Vorfreude ließ sich Agnes im Strom der Passagiere durch den schmalen Gang des Waggons treiben, kletterte die Eisenstufen hinab und sah sich gespannt um.

Doch sie blickte nur in ungeduldige Mienen und trat deshalb so gut es ging zur Seite. Wie ein Fischschwarm bewegten sich die Reisenden an ihr vorbei auf die Wartehalle zu, hier und dort folgte jemand, der bummelnder unterwegs war, doch dann fand sich Agnes allein auf dem Bahnsteig.

Über ihr riefen in gellendem Ton die Möwen. Agnes legte den Kopf in den Nacken. Die Minuten verrannen. Nach einer Weile kam sie mit sich überein, dass sich Frau Bevenkamp vor dem Bahnhof befinden musste. Woher sollte sie auch wissen, auf welchem Gleis Agnes ankommen würde?

Sie griff nach dem Koffer und eilte durch die Wartehalle auf den Vorplatz zu, wo sich Kutsche an Kutsche reihte. Auch hier fand sich keine ältere Dame, die auf jemanden zu warten schien. Ganz im Gegenteil hatten es die Menschen entsetzlich eilig, hasteten in alle erdenklichen Richtungen und brachten sie mehr als nur einmal beinahe zum Straucheln.

Agnes wartete eine geschlagene Viertelstunde. Dann sah sie sich nach jemandem um, der ihr helfen könnte.

»Entschuldigen Sie«, rief sie einem Herrn mit Schaffnermütze zu. Er begleitete in Seelenruhe die mit Reisenden vollgestopfte Verbindungsbahn in Richtung Klosterthor, die sich im Schneckentempo über das Pflaster schob. »Kennen Sie zufällig ein Waisenhaus nahe dem Großen Neumarkt?«

»'n Waisenhaus nicht«, sagte er, »den Großen Neumarkt kennt hier aber jeder.«

»Ist es weit bis dorthin?«

»Halbe Stunde Kutschfahrt.«

»Oh.« Agnes blieb stehen. »Vielen Dank.«

Er lüftete seine Eisenbahnermütze und schlenderte weiter neben den Waggons her.

Unschlüssig sah Agnes zu den Droschken hinüber. Sie hatte noch eine Mark und zwei Groschen. Für die Fahrt zum Großen Neumarkt reichte das sicher, aber viel würde ihr danach nicht mehr bleiben.

»He!«

Agnes blickte auf. Der Schaffner war stehen geblieben und hatte sich ihr zugewandt.

»Is' keine gute Ecke für 'n Mädchen wie Sie.«

»Danke«, sagte sie, weil ihr nicht einfiel, was sie sonst hätte entgegnen können. »Auf Wiedersehen.«

Er nickte und wandte sich um.

Der Wind, dem sie sich ein paar Schritte vom Bahnhof entfernt entgegenstemmte, war feucht. Von oben kam das Wasser nicht. Mit jedem Windstoß spritzte Gischt aus einem Fleet heraus auf das Pflaster, das so glatt war, als wäre es mit Eis bedeckt.

Die Feuchtigkeit kroch ihr schon nach wenigen Schritten in die Kleidung. Auch wenn sie bereits Hochsommer hatten, war ihr hier weit mehr nach Herbst zumute. Doch sie hatte sicher einen schlechten Tag erwischt. Hamburg war *nicht* Sibirien, auch wenn der dunkelgraue Himmel und der an allem zerrende Wind das vielleicht nicht wussten.

Sie passierte eine schmale Brücke, auf der sich Kutsche hinter Kutsche drängte, und versuchte möglichst wenig zu atmen. Der Kanal verströmte einen üblen Gestank. Den anderen Passanten schien das kaum aufzufallen. Sie drängten sich in entgegengesetzter Richtung an ihr vorbei.

Die Spitzen der Kirchtürme verschwanden in den Wolken. Selbst die Dächer mancher Fachwerkbauten waren nur halb zu sehen. Es gab unendlich viele Brücken in dieser Stadt und unendlich viele Fleete. Aus jedem, bemerkte sie mit gerümpfter Nase, stiegen die unangenehmsten Gerüche auf. Stechend, atemraubend und alles durchdringend.

Dicht gedrängt waren die Häuser ans Ufer gebaut. Ein Streifen Wasser bloß lag zwischen den einzelnen Reihen, sodass man von einer Seite eine Wäscheleine zur gegenüberliegenden spannen könnte – oder sich aus einem Fenster ins andere Obst zuwerfen, wenn man so gut zielen konnte wie Charles.

Als zwei Flügel aufschwangen und sich eine Gestalt hinauslehnte, erwartete Agnes fast, dass sie schwungvoll ausholen würde. Stattdessen trat eine Schüssel zutage, einem Nachttopf nicht unähnlich, wurde umgekippt, und kleine schwarze Klumpen, begleitet von einer gelben Flüssigkeit, platschten in das Wasser.

Agnes hielt die Luft an und hastete weiter. Hoffentlich fanden sich rund um das Waisenhaus weniger Kanäle. Doch die Worte des Eisenbahners kamen ihr wieder in den Sinn.

Was hatte er damit gemeint, der Große Neumarkt sei nichts für jemanden wie sie?

Je weiter sie lief, desto enger wurden die Gassen. Himmel war hier kaum noch zu erkennen, und in dem spärlichen Licht tat sich Hofeingang neben Hofeingang auf. Als sie sich duckte und hineinspähte, sah sie, dass dort weitere Durchfahrten waren, kaum so hoch wie sie selbst. Sie war froh, dass ihr jemand den Weg gewiesen hatte. Wenn sie sich allein hier zurechtfinden müsste, wäre sie schon nach wenigen Minuten verloren.

Immerhin wurden die Fleete weniger. Den Gestank milderte das aber nicht. In den Rinnsteinen rechts und links sammelte sich Unrat. So wie er roch, war auch er menschlichen Ursprungs.

Endlich erreichte sie einen weitläufigen Platz, auf dem sich bunte Marktbuden aneinanderreihten. Ihre Füße in den ungemütlichen und viel zu warmen Stiefeln schmerzten. Sie spürte ihre Finger, die den Griff ihres Koffers umklammert hielten, kaum mehr.

Die schmalen Bauten mit ihren spitzen Giebeln rund herum erinnerten sie an Straßburg und würden sicher hübsch anmuten, wenn man sich dazu Sonnenschein vorstellte und den Geruch verdrängte. Und übersah, dass es auffällig viele Kinder gab, die herumstreunten und sämtlich mit Lumpen bekleidet waren.

Pfarrer Wieland hatte berichtet, dass sich Pfarrer Bevenkamp den Großen Neumarkt nicht ohne Grund ausgesucht habe. Er hatte Kindern ein Zuhause geben wollen, die zwar eines hatten, aber keine Menschen, die sie dort umsorgten. Manche wuchsen bei ihren Eltern auf, die keine Zeit für sie fanden. Oder bei mal mehr, mal weniger entfernten Verwandten, bei denen es nicht anders aussah. Insofern handelte es sich gar nicht wirklich um ein Waisenhaus. Man konnte es wohl eher als eine erzieherische Anstalt bezeichnen.

»Entschuldigen Sie«, wandte sich Agnes an eine vorübereilende Marktfrau. »Wo finde ich den Kraienkamp?«

»Da rechts«, rief sie, ohne anzuhalten, »dann noch ma' rechts, dann geradeaus.«

Wo eben schon beklemmende Enge geherrscht hatte, fand sich Agnes nun in schmalen Gängen wieder, die eher an ein Labyrinth erinnerten als an ein Wohnviertel. Sie lief, wie es ihr die Marktfrau beschrieben hatte, doch keine der Gassen war die gesuchte. Die Gestalten, die in den Eingängen hockten – manche lagen auch –, traute sie sich nicht zu fragen. Überall roch es durchdringend nach Schnaps. Agnes war dankbar dafür, dass sein Geruch immerhin den der Fäkalien übertünchte.

Nachdem sie mehrmals im Kreis gelaufen war, fand sie den Kraienkamp und wenig später ein großes rot geklinkertes Haus, das die Nummer vier trug. Sie nahm ihren Mut zusammen, stieg die Treppe hinauf und klopfte.

Zunächst war nichts zu hören aus dem Innern, doch nach einer Weile wurden Schritte laut, die Tür öffnete sich mit einem traurigen Ächzen, und ein kleiner Junge schaute heraus, das Gesicht ein einziges Strahlen.

»Ja?«, fragte er.

»Ist dies das Waisenhaus?«

»Ja«, sagte er. »Aber du bist zu alt für uns.«

Agnes lächelte. »Finde ich hier die Witwe Bevenkamp?«

Nun glitt ein Zögern über sein Gesicht.

»Äh«, sagte er und hob die Schultern. »Weiß nicht.«

»Wieso, ist sie manchmal da und manchmal nicht?«

»Sie ist *nie* da.« Er biss sich auf die Unterlippe. »Sie sollte jedenfalls nie da sein, sagt der Pastor, weil sie alles in Unordnung bringt.«

Nachdenklich sah Agnes ihn an. Schließlich zuckte er wieder mit den Schultern und öffnete die Tür weiter.

»Also, so ist das: Wenn du eine Frau siehst, die nicht so wirklich aussieht wie eine Frau, sondern mehr wie ein Mann, der ein Kleid trägt, dann könnte es sein, dass das Frau Bevenkamp ist.«

»Und wo könnte ich sie sehen?«, fragte Agnes.

»Na, hier. Vielleicht. Vielleicht aber jedenfalls auch nicht, ne?«

Er sprang davon. Agnes trat in einen dunklen Gang, der rechts und links von Bücherstapeln flankiert war. Sie hatten unterschiedliche Höhen, und immer dort, wo das oberste Buch lag, hing an der welligen Wand ein Bild.

Waren zuerst die Büchertürme da gewesen, fragte sich Agnes, oder hatte jemand die Stapel bis exakt zum unteren Rand der Rahmen erbaut?

»Hallo?«, rief sie. »Ist da jemand?«

Da ihr niemand antwortete, machte Agnes kehrt. Gleich neben der Eingangstür hatte sie eine Treppe gesehen, die nach oben führte. Nichts bewegte sich in dem fahlen Sonnenstrahl, der durch das Fenster fiel.

Oder hatte sie da nicht doch etwas gehört, Füßetrappeln vielleicht, ein Rumpeln? Mit gespitzten Ohren und angehaltenem Atem stand Agnes da. Ein Krachen ertönte, noch eines, Türenquietschen und eine Frauenstimme, die schrie:

»Nicht mit mir, Freundchen, nicht mit mir!«

Agnes lief darauf zu. Die Geräusche waren von oben gekommen. Immer zwei Stufen auf einmal nehmend hastete sie in die erste Etage.

Dort, in einem langen Gang, dessen zahlreiche Türen geschlossen waren bis auf eine, stand … nun, wohl Frau Bevenkamp. Agnes hätte sie tatsächlich für einen Mann gehalten, denn ihr aschblondes glattes Haar war kurz geschnitten. Gut einen Finger breit über den Ohren hörte es auf, dazu trug sie einen Pony, der aussah, als habe eine Böe ihn nach oben geweht.

Frau Bevenkamp, wenn sie es tatsächlich war, sah Agnes perplex an, wandte sich aber gleich wieder ab und brüllte:

»So behandelst du mich nicht!«

»Frau Bevenkamp«, ertönte eine Stimme aus dem Zimmer. »Ich möchte Sie bitten, die Formen der Höflichkeit zu wahren. Wir wollen den Kindern ein Vorbild sein, nicht wahr? Also achten Sie bitte auf …«

»Ich achte auf mich und die Kinder, das reicht!«, schrie Frau Bevenkamp so laut, dass Agnes zusammenfuhr.

»Ich muss Sie nun wirklich bitten zu gehen, Frau Bevenkamp.« Die Stimme klang so verzweifelt, dass Agnes Mitleid mit dem unsichtbaren Mann empfand. »Andernfalls sehe ich mich genötigt, die Kirche einzuschalten.«

»Ja, mach nur«, entgegnete Frau Bevenkamp mit

höhnischer Stimme. »Mach. Die werden dir schon eins pfeifen, wie du dieses Haus führst.«

»Frau Bevenkamp«, erklang es heiser und verzweifelt, »bitte gehen Sie jetzt.«

Frau Bevenkamp stampfte mit dem Fuß auf. Agnes hatte Mühe, sich ein Kichern zu verkneifen. Die Witwe war sicher sechzig Jahre alt und hatte mit Agnes' Vorstellung von Apfelrotwangigkeit und runden Hüften rein gar nichts gemein. Doch ihr kindlicher Trotz war niedlich, fand sie, zumindest bis zu dem Moment, in dem Frau Bevenkamp sie zu bemerken schien.

»Und wer bist du?«, fuhr sie Agnes an. »Du rostfarbiges Klappergestell, wenn du Arbeit willst, muss ich dich enttäuschen. Der werte Pastor Sörensen da drin«, sie deutete mit dem Kinn in Richtung der geöffneten Tür, »hat keine Arbeit zu vergeben. Er spart nämlich. Er spart an allem, woran man sparen kann, und soll ich dir mal sagen, womit er angefangen hat? Mit mir!«

»Frau Bevenkamp«, ertönte es mit drohendem, aber immer noch unsicher erscheinendem Unterton, »bitte sprechen Sie nicht so mit Menschen, die Sie nicht kennen. Und bitte sehen Sie davon ab, derartigen Unsinn zu verbreiten.«

»Lässt du mir das Pfarrhaus doch?«, schrie Frau Bevenkamp schräg nach hinten.

»*Ich* lasse gar nichts, und das wissen Sie genau. Die Kirche lässt Ihnen das Pfarrhaus nicht mehr, weil sie es nicht kann. Wir haben Sie ein Jahr lang unterstützt, Frau Bevenkamp.« Rascheln ertönte, dann sprach der Herr leise weiter. »Dreizehneinhalb Monate, um ganz genau zu sein. Aber nun wird die Pfarrwohnung anderweitig gebraucht …«

»Ja«, rief Frau Bevenkamp, »für dich! Für dich und deine, deine, deine …«

»Meine Frau. Meine Frau, die ein Kind erwartet. Und ja, auch für mich.«

Ein Kopf erschien in der Tür und nickte Agnes beiläufig zu. Er gehörte zu einem jungen Mann, dessen Haar etwas zu lang war, vielleicht als offensichtlicher Gegensatz zu der Frisur, die Frau Bevenkamp trug. Er blickte ernst zu Frau Bevenkamp hinunter, die er um mindestens drei Köpfe überragte.

»Wir haben aus Rücksicht auf Sie ausgeharrt, aber bitte verstehen Sie, Frau Bevenkamp, wie hilfreich es für uns wäre, in der Nähe des Waisenhauses zu leben.«

Frau Bevenkamp zischte etwas, das Agnes nicht verstand, und sie war nicht unglücklich darüber. Auch der Pfarrer schien lieber nicht nachfragen zu wollen. Beide starrten einander an, als trügen sie einen Wettkampf aus. Der Pfarrer verlor.

Er verabschiedete sich mit einem abwesenden Kopfnicken von Agnes und schloss leise die Tür.

»Ja, und die?«, fragte Frau Bevenkamp das Holz und deutete auf Agnes.

»Ich wollte zu Ihnen.«

Langsam wandte ihr Frau Bevenkamp das Gesicht zu. Sie hatte ausgeprägte Wangenknochen, dunkle Augen und Brauen, die eher zu einer Südländerin anstatt zu einer Hellhaarigen passen wollten.

»Warum?«, fragte sie und klang dabei so drohend, dass Agnes zusammenzuckte.

»Pfarrer Wieland schickt mich«, sagte Agnes in der fröhlichen Erwartung, Frau Bevenkamp werde gleich allen Argwohn fallen lassen und sie willkommen heißen.

Frau Bevenkamp starrte sie mit düsterer Miene an.

»Pfarrer Wieland aus Straßburg«, versuchte es Agnes erneut.

Es war doch ausgeschlossen, dass Tilly Bevenkamp sich nicht an ihn erinnerte! Pfarrer Wieland hatte ihr erst kürzlich geschrieben. Um ihr sein Beileid auszudrücken und sie zu fragen, ob sie Hilfe brauche. Und Frau Bevenkamp hatte das bejaht.

»Mein Name ist Agnes Martin. Ich bin Ihre neue Gesellschafterin.«

Ein spöttisches Grinsen glitt über Frau Bevenkamps Gesicht.

»Ach, das bist du, ja? Ich sage dir jetzt mal etwas, Kind: Versuch nicht, mich auf den Arm zu nehmen. Du bist zu alt fürs Waisenhaus, das sieht nun wirklich jeder, der nicht strohblöd ist. Also lass dir etwas Besseres einfallen, wenn du einen Platz zum Schlafen brauchst.«

»Nein, wirklich«, sagte Agnes, doch ihre Stimme klang überhaupt nicht mehr entschlossen. »Pfarrer Wieland leitet ein Waisenhaus in Straßburg. Er war mit Ihrem Gatten, mit Ihrem … verstorbenen Gatten befreundet.« Agnes versuchte einen Knicks, der ihr gründlich misslang. Warum war diese Dame so grantelig zu ihr? Da fiel ihr ein, dass Tilly Bevenkamp jedes Recht der Welt hatte, unfreundlich zu sein.

»Es tut mir sehr leid, dass Sie einen solchen Verlust erlitten haben«, sagte sie schnell.

»Red nicht so einen geschwollenen Quatsch daher, Kind!«, zischte Frau Bevenkamp.

Agnes senkte den Blick und betrachtete nachdenklich den abgenutzten Dielenboden. Unter anderen Umständen würde sie eine Person, die so mit ihr sprach, freundlich bitten, sich jemand anderen zum Anschreien zu suchen. Vielleicht ihr eigenes Spiegelbild oder einen Frosch, denn Agnes hatte gelesen, dass diese Tiere nicht hören konnten.

Aber die jetzigen Umstände waren eben besonders.

»Pfarrer Wieland hat ein Waisenhaus nach dem Vorbild von diesem hier aufgebaut. Er hat Ihren Gatten und Sie besucht, Frau Bevenkamp. Vor zehn Jahren. Vielleicht waren es auch fünfzehn.«

»Oder hundertzwei.«

Die Witwe Bevenkamp marschierte an Agnes vorbei und polterte die Treppe hinab.

Fieberhaft dachte Agnes nach. Was hatte Pfarrer Wieland noch gesagt, das ihn in das Gedächtnis der Witwe zurückholen könnte? Hatte er nicht von einem gemeinsamen Essen gesprochen?

»Bitte, warten Sie«, rief Agnes. »Sie haben damals für ihn Pansen gekocht.«

Die Witwe Bevenkamp hielt inne, drehte sich um und starrte Agnes an. Dann sagte sie: »Du bist eine schlechte Lügnerin. Zu deiner Information, ich habe nie Pansen zubereitet und werde das auch sicher niemals tun. Ich verabscheue Fleisch, und mein Mann hat es ebenso gehalten.«

Damit war sie fort.

Agnes biss sich auf die Unterlippe. War es wirklich Pansen gewesen? Irgendetwas mit P jedenfalls, das sie noch nie zu sich genommen hatte, aber in der Hinsicht gab es ja zu jedem Buchstaben im Alphabet eine stattliche Auswahl.

Bevor sie allerdings die Witwe aus dem Blick verlor, sollte sie sich sputen. Sie kannte ihre Adresse nicht, und auch wenn jetzt klar erschien, dass Tilly Bevenkamp sie weder erwartet hatte noch als Gast bei sich aufnehmen wollte, gab es keine andere Möglichkeit. Wohin sollte sie sonst in dieser Stadt, die sie nicht kannte?

Den Koffer halb schleppend, halb ziehend lief sie die Stufen hinab und rannte auf die Straße. Ein Stück entfernt sah sie das kurze dunkelblonde Haar wippen und die schmale Gestalt so entschlossen vor sich hin stapfen, dass die anderen Passanten erschrocken zur Seite stoben.

Es kam ihr seltsam vor, der Witwe heimlich zu folgen. Doch so blieb ihr immerhin noch Zeit, ihr Gedächtnis nach dem Namen des Gerichtes zu durchforsten, mit dem Frau Bevenkamp, damals augenscheinlich milder gestimmt, Pfarrer Wieland bewirtet hatte.

Vor einem schmalen, niedrigen Haus, das eingezwängt lag zwischen höheren Bauten rechts und links, verlangsamte Frau Bevenkamp ihre Schritte.

Zwei Damen, bei denen es sich wohl um Nachbarinnen handelte, riefen: »Guten Abend, Frau Pastor.«

Mit einer abfälligen Handbewegung stieg Frau Bevenkamp drei Stufen zu der einst blau bemalten, jetzt verblichenen Tür hinauf. Die Nachbarinnen rümpften die Nasen und drehten sich weg, beäugten aber Agnes aus den Augenwinkeln, die ihnen freundlich zunickte.

Die blaue Tür war mit einem Rumms ins Schloss gefallen. Agnes atmete tief ein und tief aus und bereitete sich innerlich darauf vor, begleitet von Frau Bevenkamps Zetern die kleine Treppe gleich wieder hinabgescheucht zu werden. Sie hob die Hand und klopfte.

»Die ist taub, wenn sie nicht hören will«, sagte eine der Nachbarinnen in gehässigem Ton.

»Danke«, murmelte Agnes und klopfte noch einmal.

»Früher war sie mal eine Gute«, sagte die andere, die freundlicher klang. »Aber seit der Mann tot ist …«

Die beiden wechselten einen bedeutsamen Blick.

»Ja, das ist traurig«, murmelte Agnes, weil ihr nichts Besseres einfiel. Sie klopfte wieder. Als sich immer noch nichts rührte, drückte sie die Klinke herunter, schob die Tür auf und trat ein. Im Innern war es dunkel und kühl. Sie lauschte in die Stille, die bloß durchbrochen wurde von einem quengelnden Kind, das sich nebenan befinden musste.

Das Pfarrhaus oder besser gesagt das, was sie davon erkennen konnte, verfügte nicht gerade über viel Platz. Agnes fragte sich, wie eine Familie hier leben wollte – mit einem Flur, der kaum groß genug war, dass man sich um sich selbst drehen konnte. Eine Treppe hinauf gab es nicht. Es war also weniger ein Pfarrhaus als eine Pfarrerswohnung. Von der Diele ab ging ein Raum mit einer winzigen Kochstelle darin. Diese war kaum zu erkennen unter der dicken Staubschicht.

Direkt daneben war eine Tür bloß angelehnt. Agnes zögerte zu klopfen. Schließlich schob sie die Tür langsam auf. Der Raum dahinter war noch finsterer als der Flur und nur spärlich möbliert.

»Bitte entschuldigen Sie«, sagte Agnes leise zu der Gestalt, die gekrümmt auf einem Hocker saß.

Als Frau Bevenkamp ruckartig den Kopf hob, glaubte Agnes zwei glänzende Bahnen auf ihren Wangen zu entdecken. Ihre Augen jedoch blitzten vor Wut.

»Mich auch noch bestehlen willst du? Dann lass dir sagen, dass ich nichts besitze. Schau ruhig alles durch. Du findest nicht mehr als den Strunk eines Kohlkopfes, aber nimm den nur, wenn es dir beliebt, nimm den nur.«

»Waren es vielleicht Pelmeni?«, fragte Agnes.

Von diesen Teigtaschen hatte sie einmal in der Zeitung gelesen.

»Wie bitte?«

»Haben Sie Pfarrer Wieland vielleicht Pelmeni gekocht?«

Frau Bevenkamp starrte sie an. Langsam wich der wütende Glanz aus ihren Augen, und etwas Milderes, Wärmeres schlich sich ein.

Sie schniefte, sagte aber nichts.

Nach einer Weile, in der Agnes sich nicht gerührt hatte, deutete die Witwe mit dem Kinn zu einer schmalen

Tür, die wirkte, als verberge sich dahinter eine Speisekammer.

»Da drin sind Kissen. Ich hab kein Bett, ist weg, verstehst du, und wag ja nicht, darüber zu sprechen. Ich schlafe auf den Kissen. Aber wenn du nicht weißt, wohin du sonst sollst, dann nimmst du dir ein paar und legst dich hin.«

Agnes nickte. Sie war hungrig, das spürte sie jetzt, und durstig, aber immerhin hatte Frau Bevenkamp sie nicht in hohem Bogen hinausgeworfen. Sie würde ihren Hunger morgen stillen, und verdursten konnte sie so schnell sicher auch nicht.

Die Kammer war dunkel und roch nach Feuchtigkeit und Schimmel. Agnes zog es vor, nicht zu genau dorthin zu sehen, wohin ihre Hand griff. Sie zog vier Kissen heraus, legte zwei für die Witwe hin und zwei für sich selbst und sah Frau Bevenkamp fragend an.

»So?«

»So«, erwiderte diese.

Obwohl es erst früher Abend war, zog Frau Bevenkamp die löchrigen Vorhänge zu, knöpfte ihre Bluse auf und stieg aus ihrem Rock.

»Plumpsklo ist im Hof«, sagte sie, ohne Agnes anzusehen. »Aber nimm dir einen Schlüssel mit, hängt über der Tür am Haken. Wär doch blöd, wenn du halb nackt da stehst und nicht wieder reinkommst.«

Mit einem Kopfnicken begann Agnes sich ebenfalls auszuziehen. Wenig später spürte sie die kühlen Dielen unter ihren Hüftknochen. Während die wellige Zimmerdecke vor ihren Augen verschwamm, spürte sie ein uraltes Gefühl von Verlorenheit in sich aufsteigen. Das Gefühl, nicht gewollt zu sein. Bestenfalls überflüssig, schlimmstenfalls ein Klotz am Bein. Hatte sie damals so empfunden, als ihre Eltern sie verließen? Als würde sie diese Welt niemals verstehen lernen? Diese große, laute Welt, in der niemand nach der Seite schaute oder nach unten, während ein kleines Mädchen verloren durch die Straßen tapste.

Behutsam drehte sie den Kopf und blinzelte durch die Dunkelheit zur Witwe hinüber. Frau Bevenkamp schlief. Tief und regelmäßig klangen ihre Atemzüge.

Tilly Bevenkamp schien ihr trotz allem zu vertrauen, diesem fremden Wesen, das behauptete, von einem Freund ihres verstorbenen Mannes geschickt worden zu sein.

Agnes wandte ihre Aufmerksamkeit wieder der Zimmerdecke zu, deren Risse und Löcher selbst im Halbdunkel gut zu erkennen waren.

Die Hoffnungslosigkeit verursachte ihr ein kaltes, lähmendes Gefühl. Doch Hoffnungslosigkeit gab es nicht, hatte Pfarrer Wieland einmal gesagt. Auch wenn alles verloren schien, war immer Hoffnung da. Sie leuchtete wie die Flamme eines Zündholzes. Und sie musste bloß schützend die Hand darum legen, um sie vor den Böen des Lebens zu schützen.

Agnes setzte sich auf. Sie dachte an das Versprechen, das sie Pfarrer Wieland gegeben hatte: Sie würde Frau Bevenkamp eine Hilfe sein. Dieser resoluten, missgelaunten Witwe, die neben ihr auf zwei Kissen auf dem Fußboden schlief und offenbar jeden Tag um ihren Weg zurück ins Waisenhaus kämpfte, obwohl sie dort nicht willkommen war.

Leise rappelte sich Agnes auf und schlüpfte wieder in ihre Kleidung. Auf Zehenspitzen schlich sie an der Schlafenden vorbei, schloss die Tür, die den winzigen Schlaf- und Wohnraum von der Küche trennte, und öffnete den Schrank, der sich unterhalb der Spülschüssel befand.

Da gab es einen Lappen. Schmutzig, doch es war ein Lappen. Im Hof, das sah Agnes, als sie das schmale Fenster öffnete, gab es einen Wasserhahn. Sicher nicht für Putzwasser. Sie durfte sich eben nicht erwischen lassen.

So leise wie möglich kletterte sie hinaus, füllte einen Eimer und stieg wieder in die Küche.

Die Wohnung war ein dreckiges, dunkles Loch. Doch Agnes war fest entschlossen, ein sauberes dunkles Loch daraus zu machen, eines, in dem die Hoffnung nicht wegen eines Luftzugs erlosch.

Zitronenkuchengelb

Wie anders war es, bei der Witwe aus dem Küchenfenster zu blicken! In Straßburg hatte Agnes den Himmel gesehen, mal strahlend blau, mal schneedurchtränkt oder so hell und fern, als könnte ein Regentropfen daraus niemals die Erde erreichen. Hier schaute sie auf eine dunkelgraue Mauer. Darunter schimmerten schwarze Pflastersteine, über eine kurze Strecke nur, denn der Hof war gerade groß genug, um mit dreiundzwanzig Schritten im Kreis zu laufen.

Doch hatte er einen eigentümlichen Reiz. Wenn sich die Sonne hereinstahl, was jetzt am frühen Morgen der Fall war, fühlte sich Agnes an die Märchen von Feen und Zauberern erinnert. Ein schmaler Streifen Licht schien Funken zu versprühen. Sie sah kleine Punkte in der Luft tanzen. Diese roch, so zeitig am Tag, noch nach Erde, Leben und ein wenig auch nach Meer.

Agnes hörte Frau Bevenkamp im anderen Zimmer rumpeln. Rasch schloss sie das Fenster, räumte ihr Geschirr beiseite, stellte eine saubere Tasse, einen Teller und die dampfende Kaffeekanne auf den Tisch und schlüpfte in ihre Stiefel.

Frau Bevenkamp war es lieber, nicht daran erinnert zu werden, dass sie sich jetzt in Gesellschaft befand.

Besonders morgens, wenn eine unruhige Nacht Spuren in ihrem Gesicht hinterlassen hatte, war es besser, der Witwe aus dem Weg zu gehen.

So hielt es Agnes, seit sie in ihrer ersten Nacht im Haus der Witwe nach nur wenigen Stunden Schlaf erwacht war. Im Halbdunkel hatte sie dagelegen und sich zu erklären versucht, was sie geweckt haben könnte. Dann hatte sie Frau Bevenkamps Gesicht gesehen. Zwei Handbreit höchstens war es von ihrem entfernt gewesen. Und die Witwe hatte wütend ausgesehen.

»Ist dies dein Haus oder meines?«, hatte sie gezischt.

Agnes hatte verwirrt geblinzelt, sich aufgerappelt und dem Impuls widerstanden, den Kopf zwischen ihren Schultern verschwinden zu lassen.

»Ihres, Frau Bevenkamp.«

»Und warum sieht es dann nicht mehr wie mein Haus aus? Warum steht der Stuhl nicht dort, wo ich ihn gestern Abend hingestellt habe? Was soll der Lappen im Waschtrog? Und glaubst du wirklich, ich *will* in diesen vermaledeiten Hof gucken?«

Frau Bevenkamp hatte durch die geöffnete Tür hindurch zum Küchenfenster gezeigt, an dem nicht eine tote Fliege mehr klebte.

»Ich dachte, Sie freuen sich«, hatte Agnes geflüstert.

»Es gibt wichtigere Dinge im Leben als Ordnung. Ordnung ist bloß Ablenkung, Ordnung ist …«, Frau Bevenkamp hatte die Stimme gesenkt, » … eine Geißel. Ich weiß nicht, wer sie den Frauen geschickt hat, ob es Gott war und, falls ja, was in aller Welt er sich dabei gedacht hat. Jedenfalls kannst du nicht erwarten, dass ich sie halte, denn ich habe wichtigere Dinge zu tun!«

Damit war sie erstaunlich behende aufgesprungen. Agnes hatte ihr nachgeblickt und war bei dem lauten Rumms zusammengezuckt, mit dem die Witwe die Tür ins Schloss geworfen hatte.

Seither hatte Agnes einen Weg des dezenten Saubermachens gefunden: Der Fußboden glänzte, und auf dem Tisch war kein Krümel zu entdecken, doch arrangierte sie hier ein sauberes Taschentuch, dort einen blank geputzten Teller, warf ein Kissen auf die Dielen oder Vorhangstoff über die Stuhllehne. So wirkte die kleine Wohnung aufgeräumt, aber gemütlich, und die Witwe hatte kein Wort mehr darüber verloren.

An diesem Morgen verließ Agnes das Haus auf Zehenspitzen und lief die schmale Gasse entlang. Ihr Magen grummelte. Seit Tagen schon war ihr ein wenig übel, sie fühlte sich unwohl, was vielleicht an der plötzlichen Hitze lag. Hamburg war für eine solche Witterung nicht gemacht, erst recht, wenn sie die Temperaturen innerhalb weniger Tage um zwanzig Grad in die Höhe trieb. Feuchte Luftmassen sammelten sich vor den Harburger Bergen, hatte die Nachbarin geschimpft, waren dort gefangen und ließen Hitze auf die Stadt herabtropfen. Jeder Schritt war zu viel Mühe, und das Atmen war, wie in ein nasses Tuch zu beißen.

Agnes wünschte sich mehr als alles andere ein neues Paar Schuhe. Für den Winter taugten ihre Stiefel, wenn sie auch an den Zehen und Knöcheln drückten. Jetzt aber schienen sie ihr wie heiße Klötze, die sie an den Füßen schleppte. Natürlich aber dachte Frau Bevenkamp nicht daran, ihr neue zu kaufen. Warum sollte sie auch, und von welchem Geld? Immerhin hatte sie zugesagt, Agnes jeden Monat zwei Mark von ihrem Jahreslohn zu geben. Vielleicht würde das Häuflein Münzen, das sie sparte, irgendwann ausreichend gewachsen sein, um sich so etwas Fabelhaftes wie einen Halbschuh zu leisten. Oder Stiefeletten aus Stoff.

Sie winkte den Marktfrauen zu, drehte eine Runde über den Großen Neumarkt und bewunderte das Obst und Gemüse, das dort lockte. Das Rot und Grün der Äpfel neben dem Purpur der Bete; orangene Mohrrüben neben grüngelbem Kohlrabi; Kartoffeln, die mit ein wenig Fantasie wie Wichtelköpfe aussahen. Und der Duft! Die Luft schmeckte noch süß und war von den Aromen der Früchte und des frischen Fisches erfüllt. Gegen Mittag wäre es hingegen besser, einen Bogen um den Marktplatz zu machen. Dann stank es nach allem, was einem in den Sinn kommen konnte, wenn man an unappetitliche Dinge dachte.

»Guten Morgen, Agnes«, erklang eine sanfte Stimme.

Agnes schreckte aus ihren Gedanken auf und blickte in Pastor Sörensens hellgraue Augen. »So früh schon unterwegs?«

»Ich mag den Morgen«, platzte sie heraus, »er ist meine liebste Tageszeit.«

Er lächelte, schien es aber vorzuziehen, nicht mehr darüber wissen zu wollen. Er ging jedoch auch nicht weiter, sondern stand vor ihr und sah sie nachdenklich an.

»Ist Frau Bevenkamp gut zu Ihnen?«

Agnes lachte. »Gut würde ich nicht sagen. Sie schlägt mich aber immerhin nicht.«

Pastor Sörensen riss die Augen auf.

»Ich habe Dienstmädchen darüber sprechen hören«, sagte Agnes schnell. »Dass sie von ihren Herrinnen geschlagen werden. Das tut Frau Bevenkamp nicht.«

»Da bin ich aber froh! Aber sonst … Ist es schlimm?«

Agnes seufzte und legte den Kopf schief. Ihre Locken kitzelten ihre Wange, und sie strich sie langsam aus dem Gesicht.

»Sie mag mich nicht besonders. Aber sie nimmt es hin, dass ich da bin. Was ich allerdings nicht verstehe …«

Pastor Sörensen hatte den Kopf gesenkt und starrte auf seine Schuhspitzen.

»Was ich nicht verstehe, ist, wieso Frau Bevenkamp …«

»Es tut mir leid«, unterbrach er sie, ohne ihrem Blick zu begegnen. »Ich muss weiter.«

Verblüfft sah Agnes ihn an. Er nahm ihre Hand, schüttelte sie zu kräftig und ging auf seinen langen Beinen davon. Wie ein Kranich sah er aus, ein Kranich mit zu langem Federkleid.

» … warum Frau Bevenkamp mich überhaupt hierherkommen ließ«, vollendete Agnes ihren Satz, obwohl Pastor Sörensen ihn ja nicht mehr hörte.

Ein seltsamer Mensch! Ließ sie einfach hier stehen, obwohl doch er *sie* angesprochen hatte. In Gedanken versunken spazierte Agnes zum Haus der Witwe zurück. Sie musste mittlerweile zum Waisenhaus aufgebrochen sein, und bis zum Mittag blieb Agnes genug Zeit, die Wäsche zu waschen, aufzuhängen und aus einer Handvoll Linsen und einem Schluck Milch etwas Bekömmliches zu kochen.

Als sie in den Schaarhof einbog, die schmale Straße, in der die Witwe Bevenkamp lebte, standen wieder die Nachbarsfrauen vor der Tür und schwatzten.

»Hallo, Agnes«, rief die eine. »Geh ruhig rein, sie ist fort.«

Agnes winkte zum Dank und ließ die blaue Holztür hinter sich zufallen.

War es nicht traurig, dachte sie, während sie in der Dunkelheit stand und die Kühle genoss, dass alle Menschen, die Frau Bevenkamp kannten, nichts so sehr an ihr mochten wie ihre Abwesenheit?

Als es am Nachmittag an der Tür klopfte, hatte Agnes gerade die Wäscheleine im Zickzack durch die Küche gespannt. Zuvor hatte sie sich am Fenster auf die Zehenspitzen gestellt und den Kopf so schräg in den Nacken gelegt, dass der zu schmerzen begann. Sie hatte ein daumennagelgroßes Stück des Himmels erblickt, und in diesem daumennagelgroßen Stück hatte es nach Regen ausgesehen. Was ja zu erhoffen war. Er würde die Gerüche wegschwemmen, vor allem aber den Unrat und Schlimmeres, das sich in den Rinnsteinen sammelte.

Agnes hüpfte zur Tür, riss sie auf und blickte in Pastor Sörensens Augen.

»Guten Tag«, sagte er und lächelte. »Oder besser gesagt guten Tag noch einmal. Wir haben uns ja heute schon gesehen.«

Verwundert bat sie ihn in die Küche, wo er sich auf einen der beiden wackligen Stühle sinken ließ. Halb verschwand er hinter einem tropfnassen Unterrock, den Agnes gerade aufgehängt hatte. Sollte sie ihn rasch abnehmen, fragte sie sich verlegen, oder würde das seine Aufmerksamkeit erst recht auf das Kleidungsstück lenken?

Bevor sie eine Entscheidung treffen konnte, lehnte er sich zurück und ließ seinen Blick durch den Raum schweifen. Agnes musterte ihn aus dem Augenwinkel. Er sah nicht aus wie ein Pastor. Er trug ja nicht einmal einen Anzug, sondern bloß eine dunkle Leinenhose und ein dünnes Wollhemd, dessen Rot einen fröhlichen Lichtblick im Dunkel der Küche bildete.

»So ordentlich war es in dieser Wohnung wohl noch nie.« Er schnupperte. »Und so wohlriechend.«

»Ich habe Zitronensaft ins Wischwasser gegeben.«

»Und woher in aller Welt hatten Sie die Zitrone?«, fragte er.

Agnes zuckte mit den Schultern.

»Ich habe sie gegen ein Brot getauscht.«

Der Pastor nickte mit nachdenklichem Gesicht, legte den Kopf schief und lächelte.

»Und darüber hat sich Frau Bevenkamp nicht beschwert? Darüber, dass Sie das Brot weggegeben haben?«

»Oh, ich habe ja nicht alles weggeben«, sagte Agnes. »Ich habe zwei Laibe gebacken und einen davon gegen eine Zitrone und eine Handvoll Kartoffeln getauscht.«

Verblüfft sah der Pastor sie an.

»Oh«, sagte sie langsam. »Glauben Sie, das hätte ich nicht tun sollen?«

»Durchaus«, sagte er langsam. »Ich bin bloß überrascht, das ist alles.«

»Möchten Sie ein Stück Kuchen?«, fragte Agnes und sprang auf.

»Kuchen haben Sie auch?«

»Ich habe von der Nachbarin einen Eierbecher voll Zucker erhalten. Im Tausch gegen drei Stück Zitronenkuchen.«

»Kuchen«, sagte er und lachte leise in sich hinein, »den Sie sicher noch nicht gebacken hatten, als Sie das Geschäft vorschlugen.«

»Natürlich nicht. Wie hätte ich Kuchen backen sollen ohne Zucker?«

Behutsam schnitt sie ein Stück ab und achtete darauf, nicht einen Krümel zu Boden fallen zu lassen.

Der Pastor blickte lange auf das zartgelbe Kuchenstück, das vor ihm auf dem Teller lag.

»Bitte«, sagte Agnes. »Versuchen Sie doch.«

Er nahm die Gabel zur Hand, nahm einen Happen und einen weiteren. Erst als nicht mehr das Geringste auf dem Teller übrig war, blickte er wieder auf. Sein verklärter Gesichtsausdruck erinnerte Agnes an den der Waisenhausjungen, wenn sie am Nikolausmorgen ein neues Paar Schuhe neben ihrem Bett fanden. So war es Tradition im Sankt-Bartholomäus-Waisenhaus: Am sechsten Dezember erhielt jedes Kind Schuhe, die es das weitere Jahr tragen würde, sommers wie winters. Es war immer ein Gefühl zum Vor-Freude-Platzen gewesen, das Leder zu berühren, daran zu riechen, die Schuhe anzuprobieren und damit herumzulaufen, nachdem das alte Paar doch längst zu klein geworden war.

»Das war köstlich«, sagte Pastor Sörensen leise. »Hätte ich gewusst, dass Sie backen können, wäre ich glatt in Versuchung geraten, Sie für die Waisenhausküche einzustellen.« Er räusperte sich. »Agnes, ich muss Ihnen etwas beichten. Ich war es, der Sie nach Hamburg kommen ließ. In Frau Bevenkamps Namen.«

Da Agnes nichts sagte, räusperte er sich noch einmal und sprach weiter.

»Ich hätte Sie früher besuchen und es erklären sollen, nicht wahr? Ich hatte gehofft, das Problem erledige sich von allein.«

»Das Problem?«, fragte Agnes leise.

»Nicht, dass Sie das Problem wären! Ganz im Gegenteil, Sie sind wunderbar.«

Agnes blinzelte und starrte an die Wand, in der drei blanke Nägel steckten, wie sie zum ersten Mal sah, darum herum die dunklen Schatten von längst abgehängten Bildern.

»Ich mache mir Vorwürfe«, sagte er leise. »Zu Recht natürlich. Ich hätte ja wissen müssen, dass sich Tilly Bevenkamp nicht so einfach helfen lässt.«

Der Pastor senkte den Blick auf seine Hände, die groß und olivfarben waren und eher zu einem Arbeiter gepasst hätten als zu einem Geistlichen.

»Und Sie müssen es nicht einmal aussprechen«, sagte er, obwohl Agnes still geblieben war. »Ohne Eigennutz war das nicht. Eigentlich war es nur Eigennutz.«

»Sie möchten, dass sie die Wohnung räumt, damit Ihre Frau und Sie hier einziehen können«, sagte Agnes mit belegter Stimme. »Und Sie möchten, dass ich Frau Bevenkamp darin unterstütze?«

Er nickte, ohne aufzusehen.

»Tilly Bevenkamp besitzt ein Haus. Es ist ihr Elternhaus, das seit Langem leer steht, aber bewohnbar ist. Ich bin nach Kleenshoop gefahren, um es mir anzusehen. Es liegt am Meer, da kann man sich wirklich nicht beschweren. Ein schmuckes Reetdachhaus, Sie sollten es sehen. Und, nun, da liegt es doch nicht so fern zu hoffen, dass Tilly dorthin zieht, nicht wahr? Dass sie sich leichter mit dem Gedanken anfreunden könnte, wenn sie nicht allein wäre, sondern in Gesellschaft von jemandem wie … Ihnen.«

Agnes nickte langsam. »Das haben Sie sich ja ganz genau ausgedacht.«

Er wagte es immer noch nicht, ihrem Blick zu begegnen.

Sie wusste nicht, was sie empfinden sollte. Nun, sie war wütend, das wusste sie. Aber nicht nur. Sie hatte Verständnis für ihn, selbst wenn sie das nicht wollte.

»Ich hätte es Ihnen gleich sagen sollen«, sagte er leise.

»Sie hätten es Pfarrer Wieland gleich schreiben sollen«, sagte Agnes. Jetzt, da sie etwas länger darüber nachdachte, schwand ihr Verständnis, wohingegen ihr Zorn wuchs. »Warum haben Sie das nicht getan?«

»Ich dachte mir, dass er bei einem solchen Spiel nicht mitmachen würde.«

»Und da haben Sie ganz recht.« Agnes erhob sich, nahm ihm den Teller aus der Hand und ließ ihn ins Spülwasser gleiten.

»Ich habe zwei Mark gespart, die mir Frau Bevenkamp gegeben hat. Den Rest meines Lohns wird mir dann sicher gern die Kirche auszahlen, nicht wahr? Es wäre ja sehr ungerecht, Frau Bevenkamp für jemanden aufkommen zu lassen, den sie niemals haben wollte.«

»Bitte entschuldigen Sie«, flüsterte Pastor Sörensen. »Das Ganze war unbedacht von mir.«

»Wenn Sie mir also jetzt meinen Lohn geben, damit ich eine Fahrkarte kaufen kann, wäre ich Ihnen sehr dankbar. Falls Ihnen das nicht möglich ist, können Sie ihn mir auch später bringen. Aber bitte nicht zu spät. Schließlich muss ich Hamburg verlassen.«

Ihm den Rücken zugewandt strich sich Agnes verstohlen eine Träne aus dem Auge. Sie würde sicher nicht vor ihm weinen. Aber sie musste anderswo eine Stelle finden. Es würde nicht leicht werden, und sie wollte nicht darüber nachdenken, wie sehr sich Pfarrer Wieland bereits um etwas in und um Straßburg bemüht hatte. Doch darüber sollte sie sich in diesem Augenblick lieber keine Sorgen machen.

»Bitte verzeihen Sie mir«, murmelte der Pastor, »ich werde das in Ordnung bringen.«

Er erhob sich. Sie hörte das Klappen der Haustür, das Echo seiner langen Schritte auf dem Pflaster, spülte seinen Teller und schlug den Rest des Kuchens in ein Tuch ein. Nun rann ihr doch eine Träne die Wange hinunter und noch eine. Agnes schniefte laut, was im Waisenhaus sicher Schelte zur Folge gehabt hätte, doch hier hörte sie ja niemand.

Was auch nicht schön war. Niemand hörte sie, niemand mochte sie sehen. Und nun konnte sie sich nicht einmal mehr damit trösten, dass sich die Witwe Bevenkamp schon noch an sie gewöhnen würde.

Ein paar Stunden später lag Agnes auf ihren beiden Kissen, die dünne, kratzige Decke bis zum Kinn gezogen, und lauschte den Atemzügen der Witwe Bevenkamp.

Voller Wehmut fühlte sie sich, dabei hätte sie nie behauptet, gern hier zu sein. Doch sogar die miesepetrige Miene von Frau Bevenkamp, ihre herabhängenden Mundwinkel, die so entschlossen wie zornig blickenden Augen würden ihr fehlen. Genau wie die Marktfrauen und Nachbarinnen, die Enge und das Geschrei, das zu jeder Tages- und Nachtzeit durch die Gassen hallte. Zwei Tränen rannen ihre Schläfen hinab und tropften in ihre Ohren. Wieder erfüllte sie diese Angst, die so uralt und doch so drängend war.

»Nun erzähl schon«, erklang Tilly Bevenkamps harsche Stimme.

Agnes schrak zusammen.

»Wie bitte?«

»Deine Geschichte. Du hast doch sicher eine, eine traurige dazu, schließlich kommst du aus einem Waisenhaus. Also, schieß los. Versuch, mein Herz zu erweichen, damit du bleiben kannst.«

Agnes blinzelte in die Dunkelheit. Schließlich setzte sie sich auf und blickte zu der schemenhaft erkennbaren Witwe. Pastor Sörensen hatte ihr also gebeichtet. Das Gespräch konnte sich Agnes gut vorstellen. Wie er die Witwe anflehte, das Mädchen bleiben zu lassen, und Tilly Bevenkamp so stoisch den Kopf schüttelte, dass ihr Nacken sicher jetzt noch schmerzte.

»Ich habe nicht vor, Ihr Herz zu erweichen, damit ich bleiben kann. Ich komme schon zurecht. Ich bin immer zurechtgekommen. Warum sollte es jetzt anders sein?«

Ein Schnauben erklang.

»Wenn ich deine Worte recht entsinne, standst du wie aus dem Nichts eines Tages vor Pfarrer Wielands Pforte. Das nennst du zurechtkommen? Ich habe eine andere Definition dafür.«

»Ich hätte auch vor einem Bordell auftauchen können«, sagte Agnes, »oder vor einem Gefängnis. Ein Waisenhaus nenne ich da eine gute Wahl.«

Wieder ein Schnauben, diesmal klang es jedoch belustigt.

»Und du erinnerst nichts?« Die Witwe wirkte, als spreche sie mehr zu sich selbst. »Wer deine Eltern waren? Was geschehen ist?«

»Nein.« Agnes räusperte sich. »Es ist wie verschluckt. Vollkommene Dunkelheit.«

»Aber …« Frau Bevenkamp zögerte, sprach schließlich aber doch weiter. »*Versuchst* du dich zu erinnern?«

Was für eine seltsame Frage! Natürlich hatte sich Agnes zu erinnern versucht, es aber im Alter von vierzehn oder fünfzehn Jahren aufgegeben. Tiefe Stille herrschte in ihrem Kopf, wenn sie sich ihre Eltern auszumalen versuchte. Wie sahen sie aus, wo lebten sie, warum hatten sie sie nicht haben wollen?

Wie immer, wenn sich diese Worte in ihr formten, spürte sie einen leisen Schmerz. Doch sie hatte herausgefunden, wie sie damit umgehen musste.

»Ich hatte das Glück, Pfarrer Wieland zu begegnen und seiner Frau und Bertrande … der Köchin. Und Charles, das ist unser Gärtner. Und den anderen Kindern, die nicht alle meine engsten Freunde wurden, aber mit der Zeit haben sie mich doch in ihrer Mitte aufgenommen. Jeder dort hat ja ein Loch im Herzen.«

Nun war es Frau Bevenkamp, die sich räusperte. Es könnte aber auch ein unterdrücktes Schniefen gewesen sein.

»Sie haben mir Liebe gegeben«, sprach Agnes weiter. »Da war die Vergangenheit nicht mehr so wichtig. Wenn die Gegenwart gut und schön ist, tut die Vergangenheit nicht mehr ganz so weh, finden Sie nicht auch?«

Lautstark begann Tilly Bevenkamp zu husten. Zunächst noch unterdrückt, dann immer lauter und kläglicher, bis Agnes ihre Decke fortschlug und sich zu ihr hinübertastete.

Die Witwe hatte sich aufgerichtet. Agnes spürte die hageren Schulterblätter unter ihren Fingerspitzen, während sie zart auf Tilly Bevenkamps Rücken klopfte.

»Ist … schon … gut«, ächzte die Witwe schließlich und schüttelte Agnes' Hand ab. »Ich hab mich nur verschluckt.«

Agnes kehrte zu ihren Kissen zurück. Die Stille vermengte sich mit der Dunkelheit, und Agnes musste an Charles denken, der vielleicht in diesem Augenblick zu den Sternen über Straßburg hinaufblickte.

»Ich werde im Übrigen nicht aus Hamburg fortgehen«, erklang nach einer Weile wieder Tilly Bevenkamps Stimme.

Agnes schluckte.

»Was du tust, bleibt dir überlassen.«

Mit diesen Worten raschelte die Witwe mit dem Laken, das ihr als Decke diente, wenig später wurden ihre Atemzüge ruhiger, und bald erfüllte wieder leises Schnarchen den Raum.

Sie hatte nicht gesagt, dass Agnes abreisen solle. Sie hatte gesagt, die Entscheidung solle sie selbst fällen. Hieß das, sie würde Agnes weiter bezahlen?

Agnes fand keinen Schlaf in dieser Nacht. Erst als der Morgen dämmerte und die Luft sich erwärmte, verlor sie sich in lose dahinschwebenden Träumen. Sie hörte nicht, wie sich Frau Bevenkamp aufrappelte, und nicht, wie sie ging. Doch als sie aufstand, fand sie auf dem Küchentisch einen sauberen Teller, eine saubere Tasse und eine lauwarme Kanne mit Kaffee, die niemand anderes als Frau Bevenkamp für sie dort hingestellt haben konnte.

Unter milchigen Wolken

»Verflixt noch mal!«

Agnes stieß die Tür der Vorratskammer zu. Es rumste laut, was niemanden störte. Und eigentlich tat es gut, den Krach zu hören, denn Krach gehörte schließlich zu einem Waisenhaus dazu. Doch hier herrschte unangenehme Stille, die so gar nicht zu der Betriebsamkeit passen wollte, die an anderen Tagen in der Küche herrschte.

»Verflixt, verflixt, verflixt!«

Doch auch wenn sie sich zwanzigmal um sich selbst drehte, sie sah nichts, woraus man etwas halbwegs Sättigendes hätte zaubern können. Nicht einmal eine Ahnung davon. Und jetzt war auch noch die Köchin verschwunden und mit ihr Minna, die hin und wieder ausgeholfen hatte. Am schlimmsten war jedoch, dass auch Pastor Sörensen nicht erschienen war. Vorgestern nicht, gestern nicht. Und genauso wenig war seine hagere Gestalt mit den langen Beinen heute zu sehen.

Das bereitete Agnes die größte Sorge. Denn auch wenn sich kaum noch jemand aus dem Haus traute wegen der Angst, die ganz Hamburg ergriffen hatte – das schloss doch wohl den Pastor nicht mit ein! Nein, sein Fehlen musste einen anderen Grund haben, und Agnes konnte nur hoffen und beten, dass es nicht diese furchtbare Krankheit war.

Der August hatte noch mehr unvorstellbare Hitze gebracht als die zweite Hälfte des Julis. Ein einziges Glühen war es, das die Pflaster gleißend glänzen, die Fleete noch übler riechen und schwache Menschen schwächer werden ließ. Die Zeitungen sprachen von Cholerine. Nicht angenehm, aber auch nicht lebensbedrohlich. Sie komme in jedem heißen Sommer vor, schrieben sie. Wer davon befallen war, solle sich Ruhe gönnen.

Gemunkelt wurde aber etwas anderes. An der Cholerine starb schließlich niemand. Und doch hatte jeder, mit dem Agnes gesprochen hatte, in den letzten Tagen mindestens einen Toten gesehen. In der Nachbarwohnung oder im Geschäft nebenan, oder der Kohlenhändler war es oder die Nichte der Lehrerin. Es hieß, selbst die Gesündesten fielen um wie die Fliegen, ohne Vorwarnung. Angeblich huschte der Tod so schnell durch die Gassen, dass er den Opfern nicht einmal mehr ins Gesicht sehen konnte.

Agnes schüttelte den Kopf. Nein, beschloss sie, dem Pastor ging es gut. Sicher würde er bald jemanden schicken, der ihnen Geld brachte.

In der Hoffnung, wie im Straßburger Waisenhaus ein Versteck der Köchin zu finden, fuhr Agnes mit der Hand die blau-weißen Fliesen entlang. Sie zeigten Segelschiffe und Fische, auf einer saß eine Nixe am Strand, hinter ihr ragte ein Leuchtturm empor. Agnes ging auf alle viere. Doch auch unter den Schränken war bis auf drei jahrzehntealte Erbsen nichts zu entdecken. In der

Ecke mochte noch ein wenig Zucker sein, bei dem es sich aber ebenso gut um krustig gewordenen Staub handeln konnte.

»Ha!«, ertönte hinter ihr Tilly Bevenkamps Stimme. »Ist es dort unten kühler? Dann leiste ich dir Gesellschaft!«

Rasch rappelte sich Agnes auf und wandte sich zur Tür, in der die Witwe stand, das Haar noch verwirbelter als sonst. Sie sah aus, als sei sie in einen Sturm geraten.

»Nicht wirklich«, entgegnete Agnes. »Ich wollte blo…«

Da ertönte ein Krachen aus dem Flur, gefolgt von einem gellenden Schrei.

Agnes und Tilly tauschten einen Blick. Gemeinsam stürzten sie hinaus. Am Ende des Flurs hockte eine schmächtige Gestalt und schluchzte. Als sie näher kamen, erkannte Agnes, dass es Otto war. Jener Junge, der ihr an ihrem ersten Tag in Hamburg die Tür zum Waisenhaus geöffnet hatte. Sein Gesicht war leichenblass, das Knie aufgerissen. Hellrotes Blut rann herab und tropfte auf den Fußboden. Doch nicht die Wunde war das Besorgniserregende, es war die Miene des Jungen. Er starrte so voll Angst in ihre Richtung, dass es Agnes fast den Atem nahm.

Otto war gewöhnlich der fröhlichste Junge, den man sich vorstellen konnte. Woraus sich seine Fröhlichkeit nährte, wusste keiner. Pastor Sörensen hatte berichtet, der Junge stamme aus noch schwierigeren Verhältnissen als die anderen Kinder, die tagsüber hier Schutz erhielten. Nie war dem Kleinen das anzumerken. Außer jetzt.

Tilly trat zu ihm, ging in die Hocke und legte behutsam die Hand auf seine knochige Schulter. Seine Augen schienen im Halbdunkel des Flures riesig und angsterfüllt.

»Hast du dir wehgetan?«, fragte Tilly.

Er nickte und versuchte etwas zu sagen, doch heraus kam nur stockender Atem. Mit einem Ächzen ließ sich Tilly Bevenkamp auf den Boden plumpsen, streckte die Beine aus und zog Otto behutsam an sich. Weinend presste er sein Gesicht an ihre Schulter. Mit Sorge sah Agnes, dass er am ganzen Körper zitterte, es war, als ob ihn jemand durchschüttelte.

Nach einer Weile wich ein wenig Anspannung aus seinem Körper. Er wimmerte: »Es ist wegen Marek.«

»Hat er dich geschlagen, der Mistkerl?«, grollte die Witwe. Über seiner schmalen Schulter ballte sie die Hand zur Faust.

»Nun, kleiner Räuber, ich statte deinem Nichtsnutz von einem Onkel jetzt einen Besuch ab.«

Sie wollte sich aufrappeln, doch Otto schüttelte den Kopf. Vergeblich versuchte er etwas zu sagen. Rotz tropfte aus seiner Nase. Jedes Wort war ein Kieksen, kaum verständlich, doch der Name seines Onkels tauchte immer wieder auf.

»Er«, wisperte er schließlich, »braucht einen Fleischklopfer.«

»Wie bitte?«, fragte Tilly. »Einen Fleischklopfer – wofür?«

»Damit er nicht umkippt«, schluchzte Otto.

Agnes blickte verständnislos zu Tilly, die keinen Deut mehr zu begreifen schien als sie selbst.

»Er kippt immer um«, hickste Otto, »und er soll doch auf der Seite liegen, damit sein Atem nach unten fällt.«

»Langsam, bitte«, sagte Tilly Bevenkamp. »Langsam und noch einmal von vorne.«

Otto atmete tief ein und wieder aus. »Er hat diese Krankheit, vielleicht, die … die … die alle haben. Die Nachbarin sagt, es ist was mit K, ich hab den Namen vergessen.« Wieder schluchzte er. »Aber es ist was Gefährliches, und die Leute, die das haben, sollen auf der Seite liegen, damit ihr Atem auf den Boden fällt. Wenn er das tut, dann sind sie nicht länger krank, verstehen Sie, aber wenn er nicht runterfällt, wird alles noch schlimmer. Ich habe versucht, ihm den Rücken abzustützen, aber die Bücher halten nicht. Die rutschen immer weg. Und die Nachbarin sagt, ein Fleischklopfer wäre gut, der ist schwer, den kann man in das Kissen klemmen, und das große Teil am Ende …«

»Der Klopfer?«, fragte Tilly.

Otto nickte. Seine Tränen trockneten langsam, und auch sein Atem beruhigte sich. »Der Klopfer soll seinen Rücken festhalten, dann kippt er nicht immer wieder zurück. Und dann kann eben sein Atem auf den Boden plumpsen und bleibt nicht auf ihm liegen.«

»Das mit dem Atem, mein Kind, ist ein Märchen«, sagte die Witwe.

Verwirrt starrte Agnes die beiden an. Was bedeutete es, dass der Atem nach unten fallen sollte?

Tilly, die ihren Blick bemerkte, erklärte mit ruhiger Stimme: »Was sich die Leute halt zusammenreimen. Sie glauben, die Krankheit manifestiert sich im Atem und kann auf diese Weise ausgeleitet werden. Oder aber sie bleibt im Körper, wenn die Luft nicht richtig ausgestoßen wird. Andere meinen, die Cholera steigt mit Dämpfen vom Boden auf. Und dann gibt es noch solche, die denken, man dürfe einen Kranken nicht berühren. Und zu dieser Fraktion gehöre ich!«

Sie wandte sich an Otto und erkundigte sich mit einer Stimme, die nicht darauf schließen ließ, dass es sich um eine dringende Frage handelte: »Hast du Marek angefasst, als du ihm die Bücher in den Rücken gelegt hast?«

Er schniefte und legte den Kopf schief.

»Ich glaub nicht«, sagte er nach einer Weile. »Er schwitzt so, und ich finde das eklig, und da hab ich versucht, ihn nicht zu berühren.«

»Das ist gut«, sagte Tilly leise, »das ist sehr gut. Nun, dann lass uns aufbrechen. Ich schaue mir deinen Onkel an, und wenn ich dann doch einsehe, dass sein Atem herabfallen sollte, holen wir den Fleischklopfer. Den man übrigens auch noch für andere Dinge benutzen kann als zum Abstützen.«

Agnes starrte Tilly Bevenkamp beschwörend an. Die hob abwehrend die Hände.

»Keine Angst, ich tue ihm schon nichts.«

»Natürlich nicht«, murmelte Agnes, der die sechs Wochen, die sie nun bei der Witwe lebte, ausreichten, um ihr kein Wort zu glauben. »Ich komme mit!«

Als sie das Waisenhaus verließen, wehte ihnen heiße, faulig riechende Luft um die Nasen. Die Straße war leer. Eine seltsame Stille herrschte, wo sonst zu jeder Tages- und Nachtzeit das Leben tobte.

Nach einer Weile wusste Agnes nicht mehr, wie viele Höfe sie schon durchlaufen hatten. Doch endlich erreichten sie ein schmales, unfreundlich aussehendes Haus, dessen Tür Otto mit der Schulter aufstemmte. Ungeduldig winkte er Tilly und sie herein.

Drei Stockwerke ging es hoch, über klebrige Stufen und an dunklen Pfützen vorbei. Schließlich erreichten sie eine halb geöffnete Tür. Otto blieb stehen und starrte so ängstlich darauf, dass sich Agnes ein Herz nahm.

»Guten Abend«, rief sie in den dunklen Flur hinein, aus der ihr eine Wolke üblen Geruchs entgegenschwappte.

Sie presste die Hand vor den Mund und wich zurück.

»Um Gottes willen«, murmelte Tilly Bevenkamp. Sie zog Agnes zu sich heran und flüsterte: »Das *ist* die Cholera!«

Mit großen Augen starrte Agnes sie an.

Tilly Bevenkamp legte einen Zeigefinger auf ihren Mund und wandte sich an Otto.

»Warte hier draußen.«

»Aber …«, wisperte er, sprach jedoch nicht weiter.

»Warte hier und rühr dich nicht!«

Agnes holte tief Luft und nahm sich vor, erst wieder zu atmen, wenn sie draußen auf der Straße stünde. Nebeneinander betraten sie den schmalen, dunklen Korridor. Agnes war froh darum, Tillys Nähe zu spüren. Sie würde sich zu Tode fürchten, ganz sicher, denn jetzt, da sie die Wohnungstür hinter sich geschlossen hatten, konnte sie das Rasseln hören.

Im ersten Moment glaubte sie, es stamme von einem Tier. Von einem Falter vielleicht, der sich verfangen hatte und nun hektisch umherflatterte. Doch als sie sich dem Zimmer am Ende des Flurs näherten und das Geräusch lauter wurde, erkannte sie, dass es menschlichen Ursprungs war.

Jemand atmete, laut und mühsam, gequält und röchelnd. Es hörte sich an, als kämpfe er mit dem Tod. Weder Tilly noch Agnes sagte etwas, als sie durch die Tür traten. Die Küche war noch winziger als die der Witwe, klein und vor Schmutz starrend. Soviel Agnes erkennen konnte, diente sie zudem als Schlaf- und Aufenthaltsraum. Über die Stuhllehnen war Kleidung geworfen, auf den Sitzflächen standen Tassen und Schüsseln, hinter einem mit schmutzigem Geschirr beladenen Tisch eine Bank. Und von dieser Bank kam das Röcheln.

Als Agnes näher trat, sah sie einen Kopf mit eingefallenen Wangen, dessen Haut von derselben gelbstichigen Farbe war wie ein spätsommerlicher Mond. Aus milchig wirkenden Augen sah der Mann sie an. Er öffnete den Mund und schien etwas sagen zu wollen, doch anstatt Worten tropfte eine durchsichtige Flüssigkeit heraus.

Agnes, der plötzlich schwindelig wurde, streckte die Arme nach ihm aus.

»Nicht!«, hörte sie Tilly rufen. »Hast du mir denn nicht zugehört? Nicht anfassen!«

Rasch zog Agnes die Hände zurück. In ihren Ohren

erklang ein lautes Rauschen, als stünde sie neben einem Gleis und ein Zug fahre vorüber.

»Aber was sollen wir tun?«, fragte sie mit zitternder Stimme. Sie hörte sich selbst kaum, die Witwe aber hatte sie augenscheinlich verstanden. Tilly Bevenkamp schüttelte mit verschlossener Miene den Kopf.

»Es gibt nichts zu tun. Wir können nichts tun. Also komm.«

Damit trat sie den Rückzug an. Agnes blieb in der Küche, unfähig, sich zu rühren, kaum in der Lage zu denken. In ihrem Kopf herrschte eine tiefe, unangenehme Stille, als habe jemand alles Leben aus ihr herausgesaugt.

Da lag ein Mann im Sterben. Und sie sollte ihm den Rücken kehren und fortgehen?

»Agnes!«, ertönte Tillys Stimme, und sie klang besorgniserregend wackelig. »Komm her. Ich brauche dich.«

Mit zitternden Beinen trat sie in den Flur. Anders, als sie angenommen hatte, stand die Witwe nicht in der Wohnungstür und wartete dort auf sie. Von ihr war nichts zu sehen, da waren nur Düsternis und dieser grässliche, an den Tod gemahnende Geruch.

Erneut erklang Tillys Stimme.

»Hier bin ich.«

Das kam von links. Agnes tastete sich vor bis zu einem Türspalt, hinter dem noch ein Zimmer lag. Sein Mobiliar bestand ausschließlich aus Betten, die dichter nebeneinanderstanden als jene im Schlafsaal des Waisenhauses.

»Schau, was ich hier habe«, erklang wieder Tillys Stimme, und diesmal hatte sie einen so sanften, freundlichen Ton angenommen, dass Agnes sie fast nicht erkannte.

Ein Kind saß auf einem der zerknautschten Kissen, zwei, vielleicht drei Jahre alt. Es war unbekleidet bis auf ein Tuch, das um seinen Bauch geschlungen war, seine Wangen bedeckte Schmutz, und es starrte Tilly und Agnes so ängstlich an, als habe es nie in seinem Leben Fremde gesehen.

»Komm«, sagte Tilly. Sie streckte ihre Hand aus.

Aus der Küche erklang wieder ein Röcheln, noch lauter diesmal, und Agnes zuckte zusammen.

Das Kind begann lautlos zu weinen.

»Komm«, wiederholte Tilly. Ihre Hand zitterte, während sie in der Luft hing, und es schien eine Ewigkeit zu vergehen, bis sich das Kind endlich rührte. Ganz langsam streckte es auch seine Hand aus und ließ sie in die von Tilly plumpsen.

Als wiege es rein gar nichts, hob die Witwe das Kleine in die Höhe. Es wehrte sich nicht, und nach einem kurzen Moment legte es seine Wange an Tillys hagere Schulter.

Als sie wenig später die Tür zur Wohnung der Witwe aufschloss, glaubte Agnes, aus einem Fiebertraum zu erwachen. Sie entfachte mit zitternden Fingern das Küchenlicht und drehte es so weit herunter, dass es die Kinder nicht blendete.

Wortlos setzte sich Otto auf einen Stuhl, zog die

Beine an, umschlang sie mit seinen Armen und legte den Kopf darauf.

»Wenn dies nicht eine gute Nacht für ein Bad ist«, sagte die Witwe mit munterer Stimme. »Agnes, sei so gut und schür das Feuer, ja?«

Froh, etwas zu tun zu haben und nicht darüber nachzudenken, was sie gerade gesehen hatte, zog Agnes die Zinkwanne unter dem Küchentisch hervor. Während auf dem Herd langsam das Wasser erhitzte, betrachtete Tilly mit besorgtem Blick Otto und das zweite Kind.

»Wer ist das?«, fragte sie Otto schließlich.

Otto zuckte mit den Schultern, sah aber nicht auf. »Mariechen«, erklang dumpf seine Stimme.

»Und ist Mariechen deine Schwester?«, fragte Tilly weiter.

»Nein.«

»Seid ihr sonst wie verwandt?«

Kaum merklich schüttelte er den Kopf.

»Wohnt sie schon immer bei deinem Onkel?«

Otto schniefte und sah nun doch auf. Sein Gesicht war feucht von Tränen.

»Sie ist seit vorgestern da. Sie hat auf der Straße gesessen, und niemand kam, da hat er sie mitgenommen. Er hat ihr was zu essen gegeben und gesagt, sie wohnt jetzt bei uns.« Wieder vergrub er sein Gesicht in den Armen. »Er stirbt, oder?«

Tilly zögerte. Dann nickte sie.

»Ja, Otto, das wird er.«

Er griff in sein helles strohiges Haar und begann wütend daran zu rupfen.

»Lass das«, sagte Tilly mit sanfter Stimme. »Zieh dich aus, wasch dich, dann gehst du schlafen. Es nutzt niemandem, wenn du dein Haar ausreißt. Und wie mein Mann häufig sagte: Es gehört sich auch nicht. Du bist auf dieser Welt, um dir selbst eine Freude zu sein. Nicht, um Schmerzen zu erleiden. Und auch nicht, um dir selbst welche zuzufügen.«

Über ihr Gesicht flog der Ausdruck von so tiefer Trauer, dass Agnes erschauerte. Doch schon war er wieder fort, und Tilly blickte entschlossen drein wie eh und je.

Agnes blieb keine Zeit, über Pastor Bevenkamps Worte nachzudenken. Nachdem das Wasser warm geworden war, hieß sie die Kinder sich ausziehen, schrubbte und bürstete sie und hüllte sie anschließend in Badetücher, die eigentlich Tischdecken waren. Müde und erschöpft saßen die beiden schließlich auf Tillys und Agnes' Schlafkissen. In der Küche war geschäftiges Rumpeln zu hören, und der Geruch von warmer Milch zog durch den Türspalt.

Als Agnes den Kopf hob, bemerkte sie Tilly Bevenkamp im Türrahmen. Sie trug ein Tablett in den Händen, auf dem zwei Becher mit einer dampfenden Flüssigkeit standen und ein Teller mit Hagelzucker bestreuten Gebäcks.

Ohne den sterbenden Marek vor ihrem inneren Auge hätte Agnes sich bestimmt gefragt, woher diese Köstlichkeiten stammten. So aber spürte sie nichts als tiefe Trauer.

Auf Ottos Gesicht erschien etwas, das entfernt an

Fröhlichkeit erinnerte. Die kleine Marie begann auf ihrem Kissen auf und ab zu hüpfen.

»Mjam«, rief sie. »Mjam!«

Zum ersten Mal an diesem Abend sah sie nicht vollkommen verängstigt aus.

Wenig später herrschte eine behagliche Stille. Nur das Knacken der Kekse war zu hören, hin und wieder Schlürfen oder ein genüssliches Schmatzen. Tilly und Agnes wechselten einen Blick. Im Gesicht der Witwe zeichnete sich Erschöpfung ab.

»Hier sind wir sicher«, flüsterte sie Agnes zu. »Hier wird niemand hereinkommen. Niemand, der diese Krankheit in sich trägt.«

Agnes nickte und blickte auf Otto und das kleine Mädchen. Sie war so froh, dass sie bei ihnen waren! Doch kein Mensch würde mit Sicherheit sagen können, ob die beiden sich nicht infiziert hatten. Oder Tilly. Oder aber Agnes selbst.

Die Morgenluft war von einem stechenden Geruch erfüllt, der so scharf roch wie hochprozentiger Alkohol. Agnes presste die Hand vor die Nase, während sie geräuschlos wie ein Gespenst die Haustür hinter sich zuzog und die Treppe hinunterschlich.

Verlassen lag der Schaarhof da. Schwarzgraue Mauern mit blinden Fenstern verdeckten die Elbe, die sich gemächlich in Richtung Meer bewegte. Kulissenhaft wirkte die Stadt von hier und unbelebt. In den Tordurchgängen lagen keine Betrunkenen. So wenig, wie sich Vergnügungssüchtige noch in diesem Teil Hamburgs blicken ließen, der Agnes mehr und mehr wie ein riesiges Grab erschien.

Die Nachbarin erzählte, man komme nicht mehr hinaus aus der Stadt. Sogar die Stadttore würden geschlossen, nachdem sie doch seit Jahrzehnten nicht mehr in Betrieb gewesen waren.

Von einer kalten, lähmenden Angst erfüllt hastete Agnes die in Dämmerlicht gehüllte Straße entlang. Sie wollte zum Hafen, wo immer Leben herrschte. Nicht zu den Schiffen. Wie in aller Welt sollten Tilly, die Kinder und sie sich auch Billetts für die Ozeandampfer leisten können? Aber dort gab es Kutschen, zu jeder Tages- und Nachtzeit. Und hoffentlich einen Kutscher, der sie aus Hamburg hinausbringen würde.

Am blassblauen Horizont blitzten zwischen den dicht an dicht gebauten Häusern nun die ersten Schornsteine der Schiffsgiganten auf. Zu einem anderen Zeitpunkt hatte sie dieser Anblick mit Freude erfüllt. Die weite Welt begann direkt vor ihrer Haustür. Sie produzierte Seeleute, die ihre Geschichten erzählten, wundersame Düfte nach exotischen Gewürzen, Rauch und den durchdringenden Geruch von verbranntem Öl. Jetzt aber klopfte ihr Herz bloß schneller. In der Tasche ballte sie ihre Hand zur Faust. Die Münzen, die sie darin trug, schnitten schmerzhaft in ihre Haut.

In dem für die Reisenden abgesperrten Bereich drängten sich zahllose Menschen, darauf wartend, endlich in Richtung Amerika aufzubrechen. Auch am Quai herrschte verhaltener Trubel, zumindest hier war nicht alles still und gelähmt vor Angst.

Eine Droschke aber sah Agnes nicht. Sie stellte sich auf die Zehenspitzen und drehte sich einmal um sich selbst. Auf der Straße trabten zwar Gäule an ihr vorbei, doch zogen sie auf ihren Karren Bierfässer hinter sich her. Ein Stück weit entfernt schimmerte etwas dunkel. Vielleicht eine Kutsche, doch selbst wenn es eine war, sie befand sich schon zu weit weg.

Agnes lief weiter, im Zickzack über die Straße, bis sie an einer Biegung endlich entdeckte, was sie suchte. Eine Kutsche. Ein Pferd. Einen Mann, der den Hut in die Stirn gezogen hatte und rauchte.

Mit geschürztem Rock und so schnell sie ihre Füße trugen, rannte sie darauf zu. Passanten taten murrend einen Schritt zur Seite, eine Frau schimpfte, aber niemand hielt sie auf, und niemand kam ihr zuvor.

»Guten Tag«, keuchte sie und wäre dem Kutscher am liebsten um den Hals gefallen. »Sind Sie frei?«

»Frei?«, fragte er, und ein spöttisches Grinsen zog sich über sein glänzendes Gesicht. Er roch nach Alkohol und etwas, das schärfer und stechender war, so als habe er seine Kleidung mit Chlor getränkt.

»Frei für dich, kleine Schönheit? Aber immer, das bin ich immer.«

Wütend sah Agnes ihn an. Sein Grinsen verschwand, und seine Schultern sackten herab.

»Man wird ja wohl 'nen Spaß machen dürfen in so finsteren Zeiten«, murmelte er.

»Ihre Kutsche«, sagte sie und hätte ihn am liebsten geschüttelt. »Ist Ihre Kutsche frei?«

Er zog die Stirn in Falten und spuckte aus. Schwarze

Tabakkrümel fielen in den Staub, den der Sprengwagen noch nicht fortgespült hatte.

»Das ist sie weiß Gott nicht«, erwiderte er. »Bin zum Krankentransport abberufen. Alle von uns. Findest keinen Kutscher mehr. Wobei ich wahrlich keinen Kranken gesehen hab heut, nur Tote. Siehste das?« Er deutete auf seine Kutsche.

Verständnislos folgte sie seinem Blick. Er riss die Tür auf. Dort, wo sich normalerweise die Sitzbank befand, war jetzt nur noch blanker Boden. Und der war so mit Löchern gespickt, dass er mehr aus Luft als aus Holz bestand.

»Willste jetzt noch mitfahren, nachdem du das gesehen hast?«

Seine Stimme klang müde. Er schwankte, als er die Tür wieder zuwarf.

»Musste Löcher reinsägen. Und glaub mir, du willst nicht wissen, wofür. Doch, ich sag's dir, ich sag's dir! Für das, was aus den Toten rausläuft, dafür. Damit das auf die Straße sickert und da wer anders reintritt, ne, dafür sind die Löcher da!«

Er schüttelte sich. Agnes starrte ihn mit wachsender Verzweiflung an.

»Wo kann ich denn eine Kutsche finden?«, fragte sie. Ihre Stimme zitterte.

»In Hamburg?«, fragte er. »Nirgendwo, Mädchen. Nirgendwo.«

»Aber wie kommen wir dann aus der Stadt?«, fragte sie mehr sich selbst als ihn.

Der Kutscher antwortete dennoch: »Brauchst gar

nicht erst zum Bahnhof zu laufen, kommst nicht mal in die Wartehalle rein. Alle wollen weg, aber nur die, die viel Geld haben, schaffen das auch. Und du, Kind, siehst nicht so aus, als hättest du eine Menge davon.«

Stumm schüttelte sie den Kopf.

»Aber ich kenn das Rezept, Mädchen. Trink Schnaps. Kuriert dich von innen, ne, ist das Einzige, was du machen kannst.«

Er zog eine Flasche aus der Tasche seiner abgetragenen Jacke und schraubte sie auf.

»Willste?«

Agnes schüttelte den Kopf.

»Danke«, sagte sie. »Auf Wiedersehen.«

»Schön wär's, ne«, rief er ihr hinterher. »Aber ich glaub das ja nicht.«

Aus den Augenwinkeln sah sie, wie er die Flasche an den Mund setzte und in großen Zügen leerte.

Sie rannte zurück, an den Passagieren der Dampfer vorbei, deren Mienen ihr plötzlich furchtsamer erschienen als zuvor. Es gab eine Menge Leute darunter, die arm wirkten. Wie hatten sie bloß das Geld für die Billetts aufgebracht? Sie sollten sagenhaft teuer sein.

Agnes blinzelte, als ihr etwas einfiel. Über die Meere zu reisen kam nicht infrage. Aber es stimmte ja gar nicht, dass sie bloß im unendlich fernen Straßburg Menschen kannte. Sie kannte jemanden außerhalb Hamburgs. Und das preußische Altona war, so hatte sie es erst gestern wieder gehört, von der Cholera verschont geblieben.

Pastor Sörensen lebte dort!

Zurück in Tilly Bevenkamps Wohnung warf Agnes alles, was sie besaß, in ihren Koffer. Sie packte auch Tillys Sachen und die wenigen, die Otto und Marie gehörten, ließ die Witwe, die mit verschränkten Armen und versteinerter Miene zugesehen hatte, einfach stehen und lief wieder hinaus.

Sie musste die Eltern und Vormunde der Kinder von ihrer Idee überzeugen! Was weniger einfach war, als sie angenommen hatte. Bisher hatte sie nicht den Eindruck gewonnen, als wollten die Eltern, Onkel und Tanten ihre Kinder bei sich behalten – sie hatten schließlich nie Zeit aufgebracht für sie. Sie wollten aber auch nicht, dass sie gingen. Agnes redete so lange und ausdauernd an jeder Türschwelle, bis sie das Gefühl hatte, ihre Lippen würden taub. Einige ließen sich überzeugen, die meisten jedoch nicht.

Und so zog Agnes am frühen Abend mit elf Kindern los. Mit elf Kindern – und ohne Tilly.

Die Müdigkeit schwappte in Wellen über sie hinweg, während sie durch die Straßen Sankt Paulis gingen. Sie waren die Einzigen, die sich nach draußen trauten. Eine kleine, mucksmäuschenstille Armee, die mit gesenkten Köpfen vorantrottete. Bloß ein Seufzer war hin und wieder zu hören. Manchmal auch ein Schluchzen. Als Agnes die Kleinen betrachtete, die tapfer vor ihr hermarschierten, überkam sie wieder Angst.

Was, wenn die Witwe Bevenkamp recht hatte und sie nur in der Wohnung sicher waren? Wenn die Cholera doch durch die Stadttore geschwappt war und Pastor Sörensen erkrankt? Was, wenn Agnes und die Kinder einen noch schlimmeren Ort ansteuerten als den, den sie verließen?

Marie und ein zweijähriger Junge namens Hans ließen sich immer wieder auf den Hosenboden plumpsen und weigerten sich, auch nur einen weiteren Schritt zu tun.

Es war längst Schlafenszeit. Normalerweise würde auch Agnes auf ihren Kissen liegen und dem Schnarchen der Witwe lauschen. Tilly … Allein an sie zu denken war furchtbar. Sie war im Flur des Waisenhauses stehen geblieben wie ein Esel, der keinen Millimeter weichen wollte. Sie hatte die Arme verschränkt, das Gesicht verzogen und behauptet, nicht einmal der Tod könne sie von dort wegbringen.

Nicht mehr lange, und Agnes und die kleine, stille Schar würden das Stadttor erreichen. Irgendwo hier musste es sein. Sie konnte nur hoffen, dass es nicht tatsächlich geschlossen worden war. Dass nicht stimmte, was gemunkelt wurde: dass preußische Polizisten es von der Altonaer Seite aus bewachten und niemanden hindurchließen.

»Kommt«, sagte Agnes und zwang sich, einen Fuß vor den anderen zu setzen. »Es dauert nicht mehr lange. Bald sind wir da.«

Links hielt sie Maries Hand, rechts die von Hans. Den Koffer hatte sie schon bei Tilly wieder ausgepackt und stattdessen alles, was sie und die elf besaßen, in einen Seesack gestopft, den ihr Claras Tante überlassen hatte. Er zog sie von hinten gen Erdboden, sodass sie gekrümmt lief, mit gerecktem Hals, wie der Glöckner von Notre Dame.

Halblaut murmelte sie die Adresse des Pastors vor sich hin, um sie ja nicht zu vergessen. »Carl-Theodor-Straße fünf, Carl-Theodor-Straße fünf.«

Mit jedem Atemzug fühlte sich Agnes erschöpfter. Sie schloss für einen Augenblick die Augen. Als sie sie wieder öffnete, nahm sie Marie auf den linken Arm.

»Na komm, Hans, kannst du noch ein paar Schritte laufen?«

Der Kleine schüttelte mit vorgeschobener Unterlippe den Kopf. Tränen wallten in seinen großen dunklen Augen auf. Mit einem Ächzen hob Agnes auch ihn auf den Arm und schwankte. Mehr schlecht als recht balancierte sie die beiden sowie den Seemannssack über das feuchte, übelriechende Pflaster. Immer wieder glitt Maries Stirn von Agnes' Schulter, und sie erwachte mit einem unterdrückten Schreckensschrei.

»Gleich sind wir da«, sagte Agnes beruhigend und hoffte, dass dem wirklich so war, »es dauert nicht mehr lange, dann sind wir da.«

Wenn sie erst das Gesicht des Pastors im Türspalt sähe, würde alles in Ordnung kommen. Nach seinen Erzählungen war die Wohnung, in der er mit seiner Frau lebte, winzig, kleiner noch als die von Tilly Bevenkamp. Aber für den Rest der Nacht würden sie schon hineinpassen. Und kam erst der Morgen, würde er sich in der Nachbarschaft umhören. Vielleicht hatte jemand zwei Zimmer, oder man würde sie auf mehrere Familien verteilen. In der Not hielten die Menschen zusammen, so war es doch glücklicherweise.

Der Gedanke gab Agnes Kraft. Sie umfasste die Kleinen fester und flüsterte den Größeren zu: »Ihr seid die tapfersten Kinder, die mir je begegnet sind.«

Als wenn sie jedem von ihnen eine Tasse mit heißer Schokolade gereicht hätte, hellten ihre Worte die müden Gesichter auf. Mit ernster Miene nickte Fridolin und bedankte sich höflich. In Agnes' Herz wallte etwas auf, das warm war und alle Angst besiegte.

Ein paar Straßenecken weiter wurde ihr schwindelig. Sie taumelte und lehnte sich keuchend gegen eine Hauswand.

»Agnes?«, rief Clara mit besorgter Stimme. Mit ihren vierzehn Jahren war sie die Älteste. Und zugleich unsäglich dünn. Wenn sie gerade stand, wirkte sie wie ein herabfallender Faden.

»Ich bin nur gestolpert«, gab Agnes leise zurück. »Aber sieh mal!«

Vor ihnen befand sich das Stadttor. Zwei gusseiserne Pfosten waren es nur, die in den dunklen Himmel ragten, schlicht und schwarz. Mit hämmerndem Herzen sah sich Agnes um. Würde ein Uniformierter dahinter zum Vorschein kommen und sie anbellen zurückzuweichen? Vielleicht sogar an seinem Gewehr herumnesteln?

Doch da war niemand. Eine stille Dunkelheit umhüllte sie, die beinahe friedlich anmutete. Sie konnten Preußen betreten, ohne auch nur bemerkt zu werden.

Das Haus mit der Nummer fünf war ein Eckgebäude und so hell gestrichen, dass man es schon aus der Ferne entdeckte. Als sie näher kamen, sah Agnes die hohen

Fenster und eine rot lackierten Tür und wunderte sich, dass die Sörensens eine so schmucke Behausung gegen die im Schaarhof eintauschen wollten. Dann fiel ihr ein, dass die Pastorenwohnung nichts kostete.

Mit hängenden Köpfen blieben die Kinder neben ihr stehen, als sie an die Tür klopfte. Zart zunächst, dann lauter, bis endlich schlurfende Schritte im Hausflur laut wurden.

Ein Herr, an dessen linkem Ohr noch seine Bartbinde schlackerte, erschien in der Tür und blickte Agnes über seine Petroleumlampe hinweg zornig an.

»Ihnen ist hoffentlich bekannt, wie spät es ist?«

»Ja, mein Herr, bitte entschuldigen Sie.« Agnes knickste hastig. »Ich möchte zu Pastor Sörensen. Wir haben uns verspätet. Besser gesagt, die Eisenbahn hat sich verspätet.«

Erschrocken kniff ihr Clara ins Handgelenk. Agnes zuckte zusammen, behielt aber ihr strahlendes Lächeln bei und hoffte inständig, dass das Mädchen ihre Lüge nicht aufdeckte.

»Wir kommen aus Hannover und hätten schon am frühen Abend hier sein sollen. Wir standen Stunden vor Hamburg und konnten die Stadt schließlich überhaupt nicht passieren.«

Sie hoffte inständig, dass der Herr sich nicht allzu gut im örtlichen Schienennetz auskannte. Agnes wusste nicht, ob es eine Zugverbindung aus dem Süden nach Altona gab oder ob alle Reisenden, so wie sie damals, am Venloer Bahnhof in Hamburg ausstiegen, um anschließend mit der Bimmelbahn weiterzufahren.

Der Mann schnalzte. Nach einer Weile nickte er nachdenklich.

»Es gehen schreckliche Dinge vor in Hamburg«, sagte er langsam, behielt jedoch seine unfreundliche Miene bei.

Glaubte er ihr? Agnes schaffte es nicht mehr, ganz so strahlend zu lächeln. Ihre Wangen hatten vor Anspannung zu zittern begonnen.

»Aber dass man nun auch die Ausländer so leiden lässt«, fuhr er fort, »das wusste ich nicht. Zu Pastor Sörensen möchten Sie? Ich nehme an, er erwartet Ihren Besuch?«

»Das tut er«, sagte Agnes. »Er wartet bestimmt schon voller Ungeduld auf uns.«

Nach kurzem Zögern ließ er die kleine, müde Gruppe herein. Einen Augenblick zu lang blieb sein Blick an der schmutzigen Hose eines der Jungen hängen. Schnell griff Agnes nach der Hand des Mannes und schüttelte sie so kräftig, dass er erschrocken einen Schritt zurücktrat.

»Haben Sie vielen herzlichen Dank! Es ist so freundlich, dass Sie uns helfen!«

Er murmelte etwas, das sie nicht verstand, drehte sich eilig um und hastete die Treppe hinauf. Agnes wollte die Kinder zuerst bitten, unten zu warten, doch in völliger Dunkelheit konnte sie die Kleinen unmöglich zurücklassen.

Gemeinsam polterten sie die blank gewienerten Stiegen hinauf. Aus einer der oberen Etagen hörte sie leises Gemurmel. War das Pastor Sörensens Stimme? Ihr Herz machte einen Hüpfer.

»Agnes!«

Der Ausdruck in Pastor Sörensens Gesicht hätte kaum perplexer sein können.

»Guten Abend, Pastor Sörensen.« Sie war so froh, seine schmale Gestalt im Türspalt stehen zu sehen, seinen Blick auf sich zu spüren, seine warme Stimme zu hören, dass sie kaum wusste, was sie sagen sollte.

»Bitte entschuldigen Sie, dass wir so spät kommen. Der Zug aus Hannover hatte schreckliche Verspätung.«

»Ja, also«, sagte der Pastor zögerlich. »Nun, ich ...«

Hätte der Nachbar nicht dort gestanden, wäre Agnes dem Pastor vor Freude sicher um den Hals gefallen. Aber das wäre natürlich unpassend gewesen, er wirkte auch recht müde und eigentlich nicht wirklich froh, sie zu sehen. So knickste sie lieber und zog eines der Kinder aus der Schar hervor.

»Sehen Sie, hier ist Otto! Und Clara und Marie, Marie kennen Sie noch nicht, wir haben sie gestern erst ...« Sie stockte. »Gefunden« wäre wohl kaum das richtige Wort, außerdem wollte sie unter keinen Umständen an Ottos Onkel Marek denken. »Aber Hans und Karlchen sind Ihnen natürlich bekannt und Lore und Fridolin. Und hier sind auch Peter und Max und Paul. Komm, Paul, sag Guten Tag, Guten Abend vielmehr.«

Hatte sie jemanden vergessen? Tatsächlich, da lugte Johanna hinter Claras Schulter hervor, zu schüchtern, um vorzutreten.

»Einen wahren Kindersegen haben Sie da«, murmelte der Herr, der in diesem Augenblick die Bartbinde bemerkte, die an seiner linken Gesichtshälfte herabhing.

Peinlich berührt nahm er sie ab, drehte und wendete sie in seinen Fingern, blickte zu Pastor Sörensen, der sich weder gerührt noch die Tür weiter geöffnet hatte, und wandte sich schließlich zum Gehen.

»Guten Abend.«

»Guten Abend, Herr Karzer«, murmelte Pastor Sörensen, ohne ihm ins Gesicht zu sehen. Er schien weit interessierter, die Flurwand anzustarren, und Agnes fragte sich, was hinter ihr wohl so spannend war.

Da Herr Karzer die Lampe mitgenommen hatte, erhellte jetzt nur noch die Wohnungsbeleuchtung des Pastors einen schmalen Streifen im Treppenhaus. Die Kinder standen brav aneinandergequetscht auf den Stufen im Finstern. Agnes hoffte inständig, dass keines von ihnen ins Straucheln kam.

Eine ungemütliche Stille breitete sich aus. Agnes hörte eine Stufe knarren, als sich eines der Kleinen bewegte. Sie hörte auch die Atemzüge der Kinder, ihre eigenen, die des Pastors.

»Es tut mir leid, dass wir Sie so überfallen«, platzte sie schließlich heraus. »Ich wusste nicht wohin. Wir haben kein Geld. Ich habe trotzdem versucht, eine Kutsche zu bekommen, aber sie werden alle für … andere Dinge gebraucht. Man sagt, bald werde Hamburg«, sie beugte sich vor und sprach leise weiter, »verschlossen. Unter Quarantäne gestellt. Und auch, dass es viel zu wenige Ärzte und Krankenpfleger und Betten und … auch Särge gibt.«

Die letzten Worte hatte sie selbst kaum mehr gehört. Sie kämpfte gegen ihre Tränen.

»Ich weiß, es ist sehr aufdringlich, Sie darum zu bitten. Ich tue es trotzdem. Könnten Sie uns für eine Nacht Unterschlupf geben?«

»Warum sind Sie nicht im Waisenhaus geblieben?«, fragte Pastor Sörensen mit einer Entrüstung, die sie ihm gar nicht zugetraut hatte. Er klang nicht, wie ein Pastor ihrer Meinung nach zu klingen hatte. Sondern hart und kalt. »Ist dort jemand krank?«

»Nein«, sagte Agnes leise.

»Was in aller Welt tun Sie dann hier?«

Sein Gesichtsausdruck veränderte sich. Von Erstaunen war nichts mehr zu sehen. Nur Argwohn schimmerte in seinen Augen.

»Das war Tilly, nicht wahr? Sie hat das ausgetüftelt!«

»Tilly?«, fragte Agnes und schüttelte verblüfft den Kopf. »Nein. Sie wollte nicht, dass wir gehen. Sie wollte, dass wir bei ihr im Schaarhof und die Kinder im Waisenhaus bleiben.«

Er schnaubte, als glaube er ihr kein Wort.

»Warum hätte sie uns denn herschicken sollen?«, fragte Agnes. Ihre Stimme hatte einen verzweifelten Unterton. »Sie möchte doch nichts anderes, als dass Sie und Ihre Frau weiter hier in Altona wohnen.«

»Ja«, sagte er langsam. »Das …«

In Agnes flackerte wieder Hoffnung auf. Das Ganze war nichts als ein Missverständnis. Gleich würde er um Entschuldigung bitten und sie auffordern einzutreten, und sie könnte endlich diese Stiefel ausziehen und sich setzen und etwas trinken und …

»Es tut mir leid, Agnes. Kinder. Ihr … ich kann nicht. Ich kann nicht!«

Er warf Agnes einen verzweifelten Blick zu und schloss die Wohnungstür. Verstört starrte sie auf das holzwurmdurchlöcherte Holz.

»Agnes?«, ertönte neben ihr eine zarte Stimme.

Im Halbdunkel konnte sie erkennen, dass Claras Unterlippe zitterte.

»Müssen wir jetzt sterben?«

»Himmel, nein!«, rief Agnes. »Er hat doch nur Spaß gemacht!«

Diese müden kleinen Gesichter. Die Angst, die in ihren Augen flackerte. All das Leid, das sie schon hatten erleben müssen.

»Pastor Sörensen!« Agnes hob die Hand und begann energisch zu klopfen. »Pastor Sörensen, machen Sie bitte die Tür auf!«

Es blieb still, also polterte Agnes noch vernehmlicher, bis in den anderen Wohnungen Schritte und empörte Rufe laut wurden.

Hinter Pastor Sörensens Wohnungstür war ein Tapsen zu hören. Obwohl ihr ein stechender Schmerz den Rücken hinabfuhr, stellte Agnes sich aufrecht hin, bereit, es mit dem Pastor aufzunehmen, es, wenn es sein musste, sogar mit Gott aufzunehmen, denn dieser Herr befehligte den Pastor doch schließlich.

»Pasto…«, sagte sie, als die Tür aufschwang, starrte aber statt in des Pastors Miene in die einer Frau.

Sie war klein, hatte ein schmales Gesicht, einen schmalen Hals, schmale Schultern und einen kugelrunden Bauch, über dem etwas lag, das wie ein Spitzendeckchen aussah.

»Ruhe!«, zischte die Frau Pastor. »Sofort Ruhe!«

Erstaunt klappte Agnes den Mund zu. Tilly Bevenkamp hatte die wildesten Mutmaßungen über Frau Sörensen angestellt, sie wahlweise als Drachen bezeichnet oder als Opferlamm. Natürlich mochte der Eindruck täuschen, aber Agnes glaubte, die Witwe habe mit ihrer ersten Vermutung recht gehabt.

»Frau Sörensen«, setzte sie an und war erleichtert, wie klar und fest ihre Stimme mittlerweile klang, »ich weiß, dass unser Überfall ungelegen ko…«

»Still!«, unterbrach sie die Frau Pastor. »Sofort!«

Ihr Ton war so eisig, dass Agnes einen Augenblick brauchte, um sich zu sammeln. Dann begann sie zu sprechen, und je häufiger Frau Sörensen sie zu unterbrechen versuchte, desto lauter wurde sie. Schließlich schrie sie beinahe, was die Frau Pastor mit weit aufgerissenen Augen zur Kenntnis nahm.

»Die Kinder sind Schutzbefohlene des Pastors! Er kann sie nicht einfach fortschicken. Er kann sich seiner Aufgabe nicht entziehen, er handelt gegen alle Prinzipien der Menschlichkeit, sie benötigen seine Hilfe. Er ist verpflichtet, sie aufzunehmen.«

»Sind Sie jetzt fertig?«, fragte Frau Sörensen nach einem Augenblick der Stille.

»Sofern Sie die Kinder hineinlassen, ja!«

Die Augen der Dame waren bloß noch Schlitze. Sie musterte Agnes, verweilte auf dem Kragen ihrer Bluse, auf dem schmutzigen, zerfransten Rocksaum, auf

Agnes' abgewetzten Stiefelspitzen, und wanderte wieder hinauf. Unter anderen Umständen hätte sich Agnes möglicherweise geschämt. Jetzt nicht.

»Also?«, fragte sie.

»Nur für eine Nacht«, gab die Dame nach einem Moment zurück.

Agnes nickte mit kühlem Gesichtsausdruck. »Kommt, Kinder, hinein mit euch.«

Elf kleine Köpfe zogen an ihr vorbei ins Innere. Als Agnes ihnen folgen wollte, trat ihr Frau Sörensen in den Weg.

»Sie nicht.«

»Wie bitte?«

»Sie. Nicht«, sagte Frau Sörensen. »Gute Nacht.«

Die Tür schlug zu, und Agnes blieb in der Dunkelheit und Stille zurück.

Unschlüssig blickte sie sich um. Es war kaum etwas zu erkennen, außer dass die Treppe noch eine Etage nach oben führte. Mit den Stiefelspitzen tastete sie sich hinauf. Vom oberen Absatz schienen keine Wohnungen abzugehen. Agnes erfühlte ein Holzgitter, hinter dem die Luft muffig roch. Sicher ging es hier zum Dachboden.

Hier würde sie immerhin niemanden, der am Morgen seine Wohnung verließ, zu Tode erschrecken.

Mit einem Seufzer ließ sie sich fallen. Wie dankbar waren ihre Füße, als sie die Stiefel auszog! Und ihre Beine, dass sie nicht mehr laufen mussten! Bloß ein wenig mehr Komfort hätte sie sich gewünscht. Glücklicherweise hatten es die Kinder besser.

Agnes rollte sich zusammen, bettete ihren Kopf auf dem Seesack und schlief augenblicklich ein.

Traumfetzen huschten vorüber, während die Sonne auf die andere Erdseite wanderte, unbeeindruckt von dem, was unter ihr vor sich ging. Da zwickte etwas an ihr, und Agnes dämmerte gemächlich dem Wachsein entgegen.

»Machen Sie, dass Sie fortkommen!«, hörte sie eine Stimme krakeelen.

Blinzelnd setzte sie sich auf. Es dauerte einen Moment, bis sie sich zurechtfand. Auf dem Dachboden in Pastor Sörensens Haus war sie, und vor ihr hatte sich eine Dame aufgebaut. Sie hatte das Gesicht zu einer wütenden Grimasse verzogen. Agnes spürte etwas Spitzes unterhalb ihrer Schulter. Als sie den Kopf wandte, sah sie, dass ein Gehstock in ihre Seite pikste.

»Wir dulden kein Lumpenpack«, zischte sie.

»Ich gehe ja schon.«

Von irgendwoher erklang ein lang gezogenes, gequältes Geräusch. Hastig rappelte sich Agnes auf und griff nach ihrem Hut, bereit, in die Wohnung des Pastorenehepaars zu stürzen. Doch schien der Laut nicht von einem Kind zu stammen, nicht einmal von einem Menschen. Da war er wieder. Es war ein Pferd, das wieherte. Und dieses Pferd klang wütend.

Agnes' Augen begannen vor Hoffnung zu leuchten. Mürrisch starrte die Dame zurück.

Das konnte nicht … Nein! Oder doch? Agnes schlüpfte in ihre Stiefel, klopfte ihren Rock ab, bis der

Staub in kleinen Wölkchen in die Luft stob und rannte immer zwei Stufen gleichzeitig nehmend die Stiege hinab. Ihr Herz schlug so schnell, dass es ihr fast die Luft nahm.

Erneut war das Wiehern zu hören. Es klang jetzt derart empört, dass Agnes' Hoffnung noch ein Stück weiter anwuchs.

»Du dummes Vieh«, grollte eine Frauenstimme, die ihr nur allzu bekannt vorkam.

Vor Erleichterung stieß Agnes ein Jauchzen aus.

»Ich will genauso wenig weiter wie du«, hörte sie die Witwe Bevenkamp draußen schimpfen, »aber Platz machen musst du schon, oder willst du dich auf den Rücken eines Artgenossen setzen und dich tragen lassen?«

Agnes blinzelte, als sie die Tür aufriss. Helligkeit und morgendliche Luft schwebten herein. Über der kopfsteingepflasterten Straße hing ein pastellfarbener Himmel, alles wirkte friedlich, solange man nicht zu Tilly Bevenkamp schaute.

Diese stand in der Mitte der Gasse. Die ersten Fenster hatten sich geöffnet. Neugierige steckten ihre Nasen heraus und starrten auf das seltsame Paar, das nicht willens zu sein schien, den Verkehr durchzulassen.

Tilly hatte die Arme vor der Brust verschränkt. Auge an Auge mit dem Pferd befand sie sich, das vor einen leeren Heukarren gespannt war. Das Pferd starrte zurück und wieherte.

»Nun mach schon, du miesepetriger Alter. Platz.«

»Es ist kein Hund«, sagte Agnes, die neben sie trat. »Und kein Er, sondern eine Sie.«

»Ach!«, polterte Tilly, doch als sie sich Agnes zuwandte, begannen ihre Augen zu strahlen. Sie schien sich abzumühen, ihre Mundwinkel unten zu halten, ein mädchenhaft wirkendes Lächeln setzte sich letztlich dennoch durch.

Sie gab dem Gaul einen freundschaftlichen Klaps. Er schien das als Aufforderung aufzufassen, sich noch weiter in die Straßenmitte zu bequemen. Mit einem Seufzer drehte sich Tilly um und stapfte ins Haus.

Da sich hinter Pferd und Karren schon eine Schlange von Droschken und Bierwagen gebildet hatte, trat Agnes auf das Pferd zu. Aus freundlichen, aber nunmehr desinteressiert blickenden Augen sah es sie an.

Von Charles, dem Gärtner, hatte sie den Umgang mit Pferden gelernt. Wenn auch nicht den, der vielleicht gemeinhin gelehrt wurde. Charles war davon überzeugt, dass Pferde die besseren Menschen seien und die weit klügeren dazu. Und so nahm sie die Zügel, ohne daran zu ziehen, und sagte einfach: »Komm.«

Ohne Widerworte setzte sich das Pferd in Bewegung.

»Dem Himmel sei Dank«, rief einer der hinten wartenden Kutscher. »Ich wollte es schon selbst machen, aber …«

Er sprach nicht weiter. Das musste er auch nicht. Niemand, nicht einmal jemand, der ihr zum ersten Mal begegnete, legte sich mit Tilly Bevenkamp an.

Aus dem Treppenhaus erklangen Rufe. Claras Kichern wurde laut, das unter einer Million zu erkennen war. Ein ungläubiges Glucksen war es, das klang, als platze sie vor Freude. Eine Tür knallte, Poltern war zu hören.

Einen Augenblick später traten elf müde, aber fröhlich wirkende Gestalten aus dem Haus und blickten verdattert auf das Pferd.

»Wo ist Frau Bevenkamp?«, fragte Agnes.

»Beim Pastor«, sagte Clara.

»Der Arme.«

Tatsächlich tat er Agnes aber nicht im Mindesten leid.

Der Geruch von Sand und Meer

»Bitte, Frau Bevenkamp, nun klettern Sie schon rauf!«, rief Agnes, die vorn auf dem Karren saß und locker die Zügel in der Hand hielt.

»Nein!«

Unbeirrt stapfte Tilly neben dem Karren den Feldweg entlang. Ihr Gesicht war rot gefleckt, das Haar stand ihr wie die Stacheln eines Igels vom Kopf ab. Hin und wieder blieb sie mit der Fußspitze an einem Stein hängen und geriet ins Straucheln. Sie bot einen jämmerlichen Anblick, was sie aber nicht weiter zu beeindrucken schien.

»Und nun red nicht, fahr!«

Agnes schluckte ihre Widerworte herunter. Sie war immer noch dankbar dafür, dass Tilly als Ziel jenen Ort angegeben hatte, an den sie doch unter keinen Umständen hatte zurückkehren wollen: ihr Elternhaus, irgendwo am Meer. Kleenshoop hieß das Dorf und versprach Sicherheit und die Abwesenheit der Cholera.

Tilly Bevenkamps Miene jedoch hatte sich nicht mehr aufgehellt, seit sie am gestrigen Morgen Altona verlassen hatten. Die Gehöfte waren stetig weniger geworden. Bloß hier und da passierten sie noch einen Bauern oder Knecht, der am Wegesrand stand und staunend den Kopf schüttelte. In der letzten Stunde hatten sie gar niemanden mehr getroffen. Die Landschaft war hügeliger geworden. Golden schimmernde Stoppelfelder waren von Alleen gesäumt, an denen knorrige Bäume gen Himmel strebten. Über allem wölbte sich ein azurblaues Band.

Nach einem Blick nach rechts und links zog Agnes ihre Strümpfe herunter und schlug den Rocksaum hoch. Sanft umstrich die warme Mittagsluft ihre Knöchel. Sie konnte sich ein begeistertes Kichern nicht verkneifen, was ihr einen strafenden Seitenblick von Tilly einbrachte.

Die Kinder lagen auf dem blanken Holz zusammengerollt, die Gesichter aneinandergedrückt. Sämtliche Trinkwasservorräte, vormals im Besitz der Sörensens, befanden sich in zugepfropften Krügen an den Seiten des Karrens. Ohne großen Widerspruch waren sie in Tillys Obhut übergegangen, ebenso Eier, Gewürze, ein Sack Mehl und ein kleinerer mit Zucker. Ansonsten aber hatten sie so gut wie nichts, und Agnes fiel es schwer, den Gedanken daran fortzuschieben.

Die Luft schmeckte nach Heu und Wärme. Sie hörte das Rauschen der Blätter und das Geräusch der Wagenräder, die über den Sand knirschten.

»Verflixt noch mal«, schrie Tilly Bevenkamp.

»Brrr«, murmelte Agnes. Das Pferd wurde langsamer.

Tilly Bevenkamp war stehen geblieben und nestelte leise vor sich hinschimpfend an einem Brombeerzweig, der eine Allianz mit ihrem knöchellangen Rock eingegangen war.

»Soll ich Ihnen helfen, Frau Bevenkamp?«

»Nein, verflucht noch mal!«

Eines der Kinder kicherte entzückt.

Tilly erweckte den Eindruck, als lasteten Jahrhunderte auf ihren hageren Schultern. Nach einer Weile gelang es ihr, sich aus dem Dornenbusch zu befreien.

»Mir ist ja klar, dass an mir keine Kutscherin verloren gegangen ist«, sagte Agnes ruhig. »Aber ich gebe mir Mühe, Frau Bevenkamp. Und falls Sie lieber die Zügel halten möchten, mache ich Ihnen gerne Platz. Ich kann hinten sitzen, das macht mir nichts aus.«

»Ich fahre nicht«, bellte Tilly, die dunklen Augenbrauen drohend zusammengezogen. »Ich traue keinen Rädern. Meine Füße sind mir Gehilfen genug. Auf Rädern … Nein, nix da.« Sie schüttelte entschlossen den Kopf. »Ich bin zu Fuß bis Altona gekommen. Und ich werde zu Fuß Kleenshoop erreichen.«

Hinter ihrer hochgewachsenen Gestalt zogen sich Felder einen Hügel hinauf, am Waldrand wucherten weitere Brombeeren. Der Horizont schien weit, weit weg, viel weiter entfernt als über Hamburg.

Irgendwo dort hinten war das Meer. Konnte Tilly Bevenkamp wirklich entschlossen sein, die Strecke zu Fuß zurückzulegen?

»Warum sind Sie überhaupt nach Altona gekommen?«, fragte Agnes. »Und woher hatten Sie das Pferd?«

»Was hat das denn jetzt hiermit zu tun?«, erkundigte sich Tilly in schroffem Ton.

»Sie wollten Hamburg doch keinesfalls verlassen«,

beharrte Agnes, ohne auf Tillys Frage einzugehen. »Warum haben Sie es doch getan?«

Tilly Bevenkamp schwieg. Nach einer Weile dann gab sie ein trockenes Husten von sich.

»Ich habe die Plakate gesehen.«

»Welche Plakate?«

Tilly starrte auf die Straße, die voll Geröll und Staub war. Staubig waren auch ihre Schuhe und der Rocksaum.

»Die Plakate, die der Senat aufgehängt hat in der Nacht, in der ihr weg seid.«

Agnes wartete. Tilly schien sich ihre Worte sorgsam zurechtzulegen.

»Ich habe mich gefragt, ob ich es als Kind nicht eben doch besser wusste. Damals, das erinnere ich genau, wollte ich nicht lesen lernen. Es gab ein Mordsgeschrei deswegen, denn ich saß am Küchentisch, hab die Arme verschränkt und meinem Vater mitgeteilt, dass ich unter keinen Umständen in die Schule gehen würde. Keinesfalls wollte ich herausfinden, was sich hinter den ganzen Strichen und Punkten in Büchern und auf Blättern verbarg.«

Agnes lauschte geduldig. Sie hatte gelernt, mit Tillys gedanklichen Schlenkern umzugehen.

»Mir schien, als umschreibe es nur, was man besser selbst sehen und erfahren sollte. Natürlich ließ mein Vater mir das nicht durchgehen. Die Buchstaben wurden mir eingebläut. Mit dem Rohrstock, wie du dir vorstellen kannst. Und dann, eines finsteren Tages, erschloss sich mir die Bedeutung hinter diesen seltsamen Zeichen, und ich wusste, dies würde mir eine Welt eröffnen, die ich nie hatte betreten wollen.«

In der Hamburger Pastorenwohnung hatte es keine Bücher gegeben. Agnes hatte sich zusammengereimt, Tilly habe sie aus Mangel an Brennholz an kalten Tagen in den Ofen geworfen. Damit hatte sie augenscheinlich falschgelegen.

»Frau Bevenkamp, was stand denn auf den Plakaten?«

»Nichts, was ich nicht wusste, das ist ja das Alberne!« Tilly starrte Agnes entrüstet an. »Der Senat gab bloß endlich zu, was allen doch längst klar war. Auf den Plakaten standen lauter strohdoofe Vorschläge, wie der Seuche zu begegnen sei. Jetzt, wo es viel zu spät ist. Wenn sie früher reagiert hätten … Diese dummen Männer. Allesamt. Dumm und ignorant und selbstgefällig, diese Kaufleute, die für eine Münze ihre Großmutter verkaufen würden.«

Fahrig fuhr sie sich mit der Hand durch das Haar.

»Mir wurde klar, dass sich wieder einmal jemand hinter Buchstaben versteckt, wo es doch bloß einen Weg gegeben hätte, nur einen rühmlichen: von Tür zu Tür zu gehen, um die Menschen zu warnen. Denn wenn sich auch von den Armen wahrscheinlich niemand gegen das Lesen gesträubt hat wie ich, haben es doch die meisten nie gelernt. Sie erfahren also nicht, dass sie das Wasser abkochen müssen und kein rohes Obst oder Gemüse essen dürfen. Das kriegen die Händler auf dem Markt kaum mehr los. Die Menschen, die wissen, was die Cholera ist und auch, dass es nichts nutzt, den Atem eines Kranken auf den Boden plumpsen zu lassen, diese Leute kaufen auf dem Markt nicht mehr. So ist alles spottbillig. Und die Armen strömen hin und können ihr Glück kaum fassen, dass sie einmal in ihrem Leben eine Zwetschge oder einen Apfel zu essen kriegen oder einen Fisch. Und das Obst spülen sie vorher ab, das haben sie so gelernt – in der Kloake, die der Senat Wasser nennt. Und hops. Ab über den Jordan mit ihnen!« Tränen glitzerten in Tillys Augen.

Unauffällig deutete Agnes nach hinten, wo die Kinder saßen und sicher mit angehaltenem Atem lauschten. Ihre Eltern, ihre Tanten und Onkel waren noch in Hamburg. Sie gehörten zu ebenjenen, die nicht lesen konnten, zumindest ein Großteil von ihnen.

Tilly senkte den Kopf und flüsterte: »Da wusste ich, dass diese Stadt mir kein Zuhause mehr sein kann. Sie ist es nicht wert zu bleiben.«

Agnes sprang vom Kutschbock. Ihre Sohlen wirbelten Staub auf, als sie zu Tilly Bevenkamp hinüberlief. Sie legte ihr die Hand auf die Schulter, griff mit der anderen nach Tillys Unterarm und führte sie Schritt für Schritt zum Karren.

Mit ernsten Gesichtern streckten die Kinder Tilly ihre Hände hin. Widerstrebend kletterte sie hinauf, zog sich vorsichtig bis ganz nach hinten, wo sich Clara an ihre linke Seite gesellte und der kleine Hans an die rechte, und klammerte sich an den Holzstreben fest, an denen auch die Wasserkrüge hingen.

Agnes hüpfte wieder auf den Wagen, nahm die Zügel und flüsterte: »Hü. Aber langsam, ja?«

So zaghaft, als habe das Pferd ihre Worte verstanden, zockelte es los. Sanft zog es sie zum Horizont hin, der hoffentlich in nicht allzu weiter Ferne in die Ostsee mündete.

Gegen Abend, es dämmerte schon, stieß Clara einen Schrei aus. Sie sprang auf, klammerte sich an den Handlauf des schwankenden Karrens und zeigte mit weit aufgerissenen Augen nach vorn.

»Ich sehe das Meer«, rief sie. »Da ist das Meer!«

Vor Aufregung begannen auch die anderen Kinder zu hüpfen.

»Beruhigt euch, Kinder«, rief Agnes. »Ihr könnt gleich absteigen.«

Sie wandte sich um. Inmitten der fröhlichen Gesichter war eines so finster, dass sich Agnes' Herz zusammenzog. Es wirkte, als habe Tilly zu atmen aufgehört. Als habe sie ihre Sturheit, ihren Zorn, ihren Mut und jegliche Freude abgelegt. Und darunter schimmerte nichts als Angst.

Ein schmaler, gewundener Pfad führte von der Dorfkirche am Friedhof vorbei, an dem sich ein paar Dutzend verwitterte Kreuze gegen die Böen stemmten. Salzig und herb roch hier, nahe der Ostsee, die Luft, als tauche man mit dem Kopf in die Wellen ein.

Vor dem aus Feldsteinen erbauten Gotteshaus hatte sich eine Gruppe versammelt und starrte ihnen mit reglosen Mienen entgegen. Die Männer trugen fadenscheinige Hemden und ausgebeulte Hosen, die Frauen

Kleider mit Schürzen darüber. Ihre Gesichter waren wettergegerbt. Die Wangen schimmerten in einem dunklen, abblätternden Rot.

Mit klopfendem Herzen brachte Agnes den Karren zum Stehen. Ächzend stieg Tilly Bevenkamp herunter und ging gemessenen Schrittes auf die Dorfbewohner zu.

»Guten Tag, Lieselotte«, sagte sie zu einer hutzeligen Alten, die trotz der Hitze unter der Schürze einen Wollrock trug, unter dem weitere Lagen Stoff hervorblitzten.

Die Frau entgegnete nichts, so wenig wie die anderen, die Tilly nun begrüßte:

»Hallo, Herbert. Gudrun. Herr Pfarrer. Fred. Thomas.« Bei dem einen oder anderen zögerte sie, als suche sie in ihrem Gedächtnis nach dem richtigen Namen, brachte ihn schließlich über die Lippen und wandte sich dem nächsten zu. »Dorchen. Bille. Guten Tag, Oskar.«

Niemand antwortete, niemand nickte mit dem Kopf, und Agnes fragte sich, ob die Dorfbewohner Tilly überhaupt erkannten. Wie lange mochte sie nicht mehr hier gewesen sein? Jahre? Jahrzehnte?

Sie blickte zu den Kindern, die neben dem Karren darauf warteten, dass man sie begrüßte. Inmitten all der Farben – des Grüns der Wiesen, das gesprenkelt war mit roten, blauen und violetten Blütenköpfen; des pastellenen Himmels; der Häuser, die mal rot, mal braun waren, mit bunt gestrichenen Fenstern und Türen und Holzbänken davor – wirkten die Kleinen bleich wie Geister. Und genauso fremd wie Geister am helllichten

Tag schienen sie, die Kinder, die den Lärm der Stadt gewöhnt waren, die Enge der Gassen, den unangenehmen, aber vertrauten stechenden Geruch nach Fabriken und Abfall. Keiner der Erwachsenen schenkte ihnen Beachtung.

»Na, ihr wisst ja offenbar, woher wir kommen«, bemerkte Tilly und wandte sich mit spöttischem Blick von ihnen ab.

»Angst haben sie«, erklärte sie Agnes. »Angst, wir bringen ihnen die Cholera!«

Es gab keinen Protest. Nur die eine oder andere Wange färbte sich noch röter. Tilly hatte augenscheinlich ins Schwarze getroffen.

Agnes spürte alles in sich kalt werden. Sie waren so weit gefahren. Sie hatten Tote gesehen, viel zu viele selbst für einen Erwachsenen, und wie mussten sich erst die Kinder fühlen? Und nun dies. Feindseligkeit und Misstrauen schlugen ihnen entgegen.

Sie räusperte sich. »Wir haben alles abgekocht, was wir zu uns genommen haben. Wir sind ...« Sie wollte sagen, dass sie mit niemandem in Berührung gekommen seien, der mit der Krankheit infiziert war, doch das stimmte ja nicht. Ottos Onkel war gestorben. Otto und Marie hatten in derselben Wohnung wie er gelebt. »Wir sind hier, weil wir Hilfe benötigen. Wir wussten nicht, wohin wir sonst gehen sollten.«

Nur der Wind war zu hören, der durch das Laub des Apfelbaums im Kirchgarten stob. Für einen Moment glaubte Agnes, jemand habe die Zeit angehalten. Es war, als sei alle Bewegung von der Erde verschwunden.

Auch Tilly war verstummt. Agnes spürte, wie Tränen der Verzweiflung in ihr aufstiegen, schluckte sie aber herunter. Die undurchdringlichen Mienen der Dorfbewohner ließen Zorn in ihr hochkochen. Zorn nicht bloß auf die Kleenshooper. Auch auf den Hamburger Senat, der seine Bevölkerung nicht schützte. Auf die Menschen, die ihr ihre Kinder nicht anvertraut hatten. Kalle, Merle und August waren in Hamburg geblieben. Weil ihre Vormunde nicht geglaubt hatten, dass Agnes ihnen Schutz bieten könne.

Doch sie würde nicht zulassen, dass ihren elf Schützlingen hier mit Ablehnung begegnet wurde.

»Lieselotte ist Ihr Name?«, fragte sie die kleine Frau mit den vielen Röcken, die sie aus hellbraunen Augen erschrocken ansah. »Lieselotte, ich möchte Sie mit Clara bekannt machen. Clara, das ist Lieselotte. Und hier haben wir … Bille? So heißen Sie?«

Bille nickte und fuhr sich peinlich berührt durch das schüttere rote Haar.

»Clara, das ist Bille.«

Das Mädchen tat einen unbeholfenen Knicks und biss sich aufgeregt auf die Lippen.

So verfuhr Agnes mit einem Dorfbewohner und einem Kind nach dem anderen. Die gesamte Runde zu drehen dauerte eine Ewigkeit, aber das war ihr egal. Sie war wütend, und irgendwohin musste sie diese Wut strömen lassen.

Immer noch wirkten die Gesichter blank wie eine Wand. Wie eine tiefrote Scheibe sank die Sonne hinter dem von Feldern durchzogenen Hügel herab.

»Das sind wir also«, stellte sie abschließend fest und drückte entschlossen ihre Schultern zurück. »Wenn Ihnen das nicht passt, beschweren Sie sich anderswo.«

Ein Kind nach dem anderen kletterte auf den Heukarren, als Letzte folgte Tilly. Nun sprang auch Agnes auf, pustete sich die Locken aus dem Gesicht und sagte leise: »Allez, Madame!«

Gemächlich setzte sich das Pferd, das von nun an Madame hieß, in Bewegung. Vorbei an der Kirche ging es, dann bogen sie rechts ab und zockelten einen staubigen Weg entlang.

Agnes hielt die Zügel locker, doch ihre Hände zitterten.

»Rechts«, ertönte von hinten Tillys Stimme. Sie klang dumpf und traurig.

Der Pfad, der von der Straße abging, war gerade breit genug für ihren Karren. Sie tauchten ein in kühlen Schatten und den Geruch des Waldes. Tiefe Stille herrschte hier. Nur das Rauschen der Blätter im Wind war zu hören und das Quietschen der Räder.

Als am Morgen mit Otto das letzte Kind ins Freie gelaufen war, stieß Agnes einen tiefen Seufzer aus und drückte die Tür zu, als wollte sie sie nie wieder öffnen.

Was für eine Nacht! Elf Kinder, die im Schlaf gesprochen hatten, gemurmelt, gekichert und gestrampelt. Die übereinandergekullert waren, wenn sich eines nur ein bisschen bewegt hatte. Wach wurden, »Durst« krähten, wieder einschliefen, schlecht träumten und andauernd auf den Topf mussten.

In den frühen Morgenstunden hatte sich Agnes aufgerappelt und sich müder gefühlt als jemals zuvor in ihrem Leben. Sie war zum Tisch getaumelt, hatte eine Kerze angezündet und versucht, nicht allzu viel nachzudenken. Was überhaupt nicht geklappt hatte. Einem Mückenschwarm gleich wurde sie seitdem von Sorgen umkreist. Wie es den in Hamburg verbliebenen Kindern erging, war die drängendste. Aber sie zerbrach sich auch den Kopf darüber, wovon sie leben sollten. Jetzt gab es niemanden mehr, der mit kirchlichen Mitteln für sie Nahrungsmittel erwarb. Agnes gönnte sich einen Moment, in dem sie Pastor Sörensen eine schmerzhafte Krankheit an den Hals wünschte.

Und dann wanderten ihre Gedanken wieder zu Tilly, die sich am Vorabend strikt geweigert hatte, ihr Elternhaus zu betreten. Die Kinder waren gerade dabei gewesen, die Sonnenblumen zu bestaunen, die ihre schweren Köpfe über den blau gestrichenen Zaun neigten, und die Levkojen, die blassviolett zwischen den Latten hindurchschimmerten. Da waren auch Nelken mit winzigen Blütenköpfen gewesen und wilder Wein, der über das Scheunendach rankte. Tilly hatte in einiger Entfernung vom Haus Halt gemacht, mit finsterem Blick auf das gewölbte Reetdach gestarrt und war dann ohne ein weiteres Wort in der Scheune verschwunden. Seither hatte Agnes sie nicht mehr gesehen.

Nicht dass sie sich danach sehnte, das kleine Zimmer mit einer weiteren Person zu teilen. Die Kate war winzig. Sie bestand aus nicht mehr als einem einzigen Raum, in dessen linker Seite der Alkoven untergebracht war. Die Kinder schliefen kreuz und quer auf dem Boden verteilt, bis zum Ofen und der schmalen, baufälligen Treppe hin, die auf den Dachboden führte. Agnes war die Stufen hinaufgeklettert und hatte ihren Kopf durch die Luke gesteckt, mehrmals geniest und den Kopf wieder zurückgezogen. Es war ordentlich dort oben, doch das Dach begann kaum drei Handbreit über dem Boden. Marie würde in der Mitte stehen können, doch sie war die Einzige.

Aber es wäre doch gut, Tilly wohlauf zu wissen. Und auch, nicht ganz allein für die Kinder verantwortlich zu sein.

Mit einem Seufzer blickte Agnes zum Herd, der mit seinen zwei Kochstellen eher kärglich war. Wie sie damit dreizehn Menschen bekochen sollte, war ihr noch schleierhaft. Aber bis heute Mittag würde ihr schon etwas einfallen, irgendeine Idee war bisher schließlich immer aus ihrem Kopf gepurzelt. Wieso sollte es jetzt anders sein?

Über den gusseisernen Platten baumelte eine Auswahl an Pfannen und Töpfen, in einem Schrank, dessen Scharniere erstaunlich gut geölt waren, gab es ausreichend Geschirr für sie alle. Schon am Abend war ihr aufgefallen, dass die Kate sauber und gut ausgestattet war. Tilly hatte sich zuvor entlocken lassen, dass sie seit mehr als vier Jahrzehnten nicht mehr hier gewesen war. Musste die Luft nicht von Spinnweben durchzogen sein nach so langer Zeit, der Staub fingerdick auf den Möbeln liegen? Doch da war nichts. Nicht das kleinste Staubkorn. Keine einzige verendete Fliege. Blank schimmerte der Boden im Morgenlicht.

Durch das geöffnete Fenster drang morgendliche Wärme, die nach Steinkraut duftete. Agnes tauschte das Nachthemd gegen Bluse und einen dunklen Rock und überlegte, ob sie sich die Mühe machen sollte, ihr Haar zu einem Zopf zu flechten. Aber der riesige Strohhut tat es ebenso gut, der so einladend über der Tür baumelte. Ein Herrenhut war es zwar, doch wenn sie ihn tief genug in die Stirn zog, würde ihn hoffentlich nicht gleich die nächste Böe von ihrem Kopf reißen.

Als sie die Tür hinter sich zuzog, musste sie die Lider zusammenkneifen, so hell war es. Der Geruch, der sich mit dem des Steinkrauts vermischte, hatte etwas Wildes und Ungebändigtes, da waren zudem herbe Kräuter und das süße Aroma von Obst, verbunden mit dem Salz des Meeres. Bienen und Hummeln schwirrten zwischen den Blüten. Grillen zirpten. Aus weiter Ferne war ein gleichmäßiges Rauschen zu hören.

In kleinen Gruppen saßen die Kinder auf der Wiese beieinander. Im ersten Moment erschien Agnes das Bild wunderbar harmonisch. Doch als sie genauer hinsah, bemerkte sie die düsteren, verängstigten Mienen. Claras Unterlippe zitterte, als würde sie gleich in Tränen ausbrechen. Johanna starrte auf ein abgerupftes Gänseblümchen in ihrer Hand und seufzte leise. Bloß Marie sprang wie ein kleiner Ball auf und ab, zeigte auf gelb leuchtenden Löwenzahn und rief:

»Mjam!«

»Was ist denn mit euch los?«, fragte Agnes. »Eben wart ihr doch noch gut gelaunt!«

»Der Mann hat so komisch geguckt«, sagte Fridolin, dessen Gesicht sogar noch blasser war als sonst.

Agnes wirbelte herum und kniff die Augen zusammen. Der Junge hatte auf die Pforte gezeigt, von der ein schmaler Feldweg aus zum Ort führte. Obstbäume säumten ihn, voll mit rot und violett leuchtenden Früchten. Etwas anderes, gar einen Mann, konnte Agnes nicht erkennen.

»War jemand hier? Wollte er zu uns?«

Fridolin schüttelte den Kopf und wich ihrem Blick aus. Agnes kniete sich neben ihn, hob mit dem Zeigefinger sanft sein Kinn an.

»Nun sag schon. Von welchem Mann sprichst du?«

»Da war so einer von denen gestern. Er hat da gestanden, am Tor. Zu der Scheune. Da hat er gestanden, als wir rausgekommen sind. Er hat uns komisch angeguckt, und dann ist er weggelaufen.«

Agnes wurde eiskalt. Mit Mühe gelang es ihr, ihre Stimme klar und gefasst klingen zu lassen.

»Welcher von den Männern war es denn?«

»So ein ganz großer. So ganz dünn.«

Otto? Nein, Oskar, erinnerte sich Agnes. Ihn hatte Tilly als Letzten begrüßt. Agnes erinnerte sich an einen schmalen Lulatsch mit schütterem dunklem Haar und einer Gesichtsform, die an ein Ei erinnerte. Er hatte nicht besonders furchterregend ausgesehen, besonders freundlich allerdings ebenso wenig. Nun, da war er gestern beileibe nicht der Einzige gewesen.

»Und er stand dort und wollte gerade klopfen?«

Jetzt war es Clara, die den Kopf schüttelte.

»Er sah eher so aus, als wollte er ohne Klopfen da rein. Dann hat er uns gesehen und ist ganz schnell weggegangen.«

Agnes zwang sich ein Lächeln ab.

»Er wollte sicher Tilly sprechen. Tilly ist doch von hier, sie hat hier gelebt, als sie so jung war wie ihr jetzt. Vielleicht ist sie mit ihm zur Schule gegangen. Und eine Schulfreundin, der man seit Jahren nicht begegnet ist, heißt man willkommen, oder nicht?«

Fridolin nickte, doch er sah immer noch verängstigt aus. Wie auch die anderen Kinder.

»Was machen wir zwölf Hübschen denn jetzt, hat jemand eine Idee?«

Niemand antwortete. Agnes ballte die Fäuste. Wenn ihr dieser Oskar jetzt über den Weg liefe, könnte er etwas erleben. Die Kinder so zu erschrecken. Und was hatte er gewollt? Sicher nicht Tilly besuchen – dann hätte er gestern ein freundliches Wort an sie gerichtet. Zudem wäre er nicht fortgelaufen, als er die Kinder sah.

Der Garten erschien ihr mit einem Mal weniger bunt und freundlich. Dann aber sagte sie sich, dass sie keine Lust hatte, sich an ihrem ersten Morgen an diesem Ort über die Dorfbewohner zu ärgern. Was nutzte es auch?

»Ich finde, wir frühstücken jetzt erst einmal. Es gibt Pfannkuchen. Wer zuerst am Herd ist, hat gewonnen!«

Es war allerdings gar nicht so einfach, den Ofen dazu zu bringen, warm zu werden. Zwar war er nicht verstopft, nicht einmal Asche lag darin. Doch hatte er eine lange Zeit im Dornröschenschlaf verbracht. Sosehr Agnes auch pustete, es wollte ihr nicht gelingen, ihn anzufeuern.

Schließlich lief sie zu Tilly. Von den roten Holzplanken, die sich bis zum spitzen Dach der Scheune zogen, blätterte Farbe ab. Davon abgesehen schien sie wind- und wetterfest zu sein. Agnes klopfte und wollte gerade die Tür aufdrücken, als diese aufgerissen wurde. Agnes starrte in ein kalkweißes, verzerrtes Gesicht. Tilly wirkte, als sei sie in dieser Nacht um Jahrzehnte gealtert.

»Was ist?«, fragte sie barsch, nachdem Agnes sie stumm angestarrt hatte.

»Entschuldige«, beeilte sich Agnes zu sagen, »der Herd will nicht, wie ich will. Kannst du mir verraten, wie ich ihn anfeuern kann?«

Tilly kniff die Lippen zusammen. Ihre Nasenflügel zuckten, sie sah zur Kate, wieder zu Agnes und dann erneut zur Kate.

»Mach draußen ein Feuer«, bellte sie. »Das geht doch ebenso gut.«

»Ich will aber Pfannkuchen backen.«

Tilly, die sich eben hatte umdrehen wollten, erstarrte. Es dauerte einen winzigen Moment, in dem sich Agnes erschrocken fragte, was in aller Welt sie falsch gemacht hatte, dann wandte sich Tilly wieder zu ihr.

»Wir sind nicht mehr in Hamburg«, zischte sie. »Wir haben keinen, der uns die Kollekte bringt oder wo auch immer Sörensen das Geld für das Waisenhaus zusammenklaut. Wir müssen für uns selbst sorgen. Das Letzte, was wir uns leisten können, ist deine Verschwendungssucht!«

Damit kehrte sie ihr endgültig den Rücken und warf die Tür zu. Ungläubig blickte Agnes auf das rot gestrichene Holz. Sie spürte, wie der Zorn in ihr brodelte, gleichzeitig hätte sie am liebsten geheult. Sie spürte die Erschöpfung, die sie die vergangenen Tage immer wieder mit zusammengebissenen Zähnen beiseitegeschoben hatte. Die Angst spürte sie auch. Immer noch lauerte sie, allzeit bereit, sich auf sie zu stürzen und ihr die Luft zum Atmen zu nehmen.

Agnes hob die Hand, um noch einmal anzuklopfen. Da wurde sie der blassen Gestalten gewahr, die sich seitlich von ihr am Fenster der Kate drängten. Sie konnte sich keinen Streit mit Tilly erlauben. Nicht jetzt.

Erhobenen Hauptes ging Agnes zurück. Es nutzte nichts, sich ein falsches Lächeln ins Gesicht zu zaubern. Die Kinder waren zwar jung, aber nicht dumm. So versuchte Agnes auch gar nicht erst, fröhlich zu klingen. Sie klatschte bloß in die Hände und rief in demselben keinerlei Widerspruch duldenden Tonfall, den die Köchin des Straßburger Waisenhauses so gut beherrschte: »Dann backen wir unsere Pfannkuchen halt draußen!«

Johanna sah aus, als würde sie sich am liebsten im Schrank verstecken.

»Darf man das?«, fragte sie mit zitternder Stimme.

»Wir wohnen hier«, sagte Agnes. »Wir dürfen alles. Und nun tut mir einen Gefallen, ja? Sammelt Äpfel. Im Garten liegen sie zu Dutzenden herum.«

Etwas unschlüssig, aber glücklicherweise nicht vollkommen verängstigt, huschte ein Kind nach dem anderen hinaus. Clara aber hielt Agnes zurück.

»Ich will ganz gewiss nichts auf deinen Schultern abladen, was zu schwer für dich ist, Clara. Aber hin und wieder brauche ich einen Moment, in dem ich nur für mich bin. Oder einen, in dem ich etwas erledige. Darf ich dich zu meiner Stellvertreterin ernennen? Ich weiß, du bist ein kluges und vernünftiges Mädchen, vor allem aber hast du ein gutes Herz und weißt, was recht ist und was nicht. Ich wäre sehr froh, wenn ich dich um Hilfe bitten dürfte.«

Clara schien um ein paar Zentimeter zu wachsen. Freude glitt über ihr spitznasiges Gesicht.

»O ja, sehr gerne«, sagte sie. Ihre Stimme zitterte nur ein bisschen.

»Dann würde ich sagen, wir fangen gleich damit an«, tat Agnes erleichtert kund. »Suchst du Feuerholz? Frag Otto, ob er dich unterstützt. Und falls hier je wieder ein Mann aus dem Dorf auftaucht – oder überhaupt jemand –, holst du mich, ja? Sofort.«

Clara nickte.

Agnes begann auszupacken, was sie an Lebensmitteln mitgebracht hatten. Sie vermied tunlichst, darüber nachzudenken, was jeder vorausschauende Mensch wohl täte: Mehl, Zucker und Eier in Rationen zu unterteilen, damit sie möglichst lange reichten. *Verschwendungssucht.* Litt sie tatsächlich darunter?

Agnes hielt inne, betrachtete, was vor ihr lag, und sah hinaus. Magere, zu klein gewachsene Kinder, unter deren Augen tiefe Schatten lagen, tappten vorsichtig am Wegesrand entlang. Wie kleine Gespenster sahen sie aus. Und so bewegten sie sich auch. Als seien sie am falschen Ort, als seien Erde und Luft nicht ihre Elemente.

»Ich sorge dafür, dass dies euer Platz wird«, murmelte sie. »Und meiner auch.«

In einer riesigen Schüssel gab sie Mehl, Wasser, Zucker und Eier zusammen. Was würde sie für einen Schuss Milch geben! Doch dazu müsste sie ins Dorf, und allein bei der Erinnerung an dessen Bewohner schüttelte es sie. Nein, ihre zweite Aufwartung dort würde sie ein andermal machen. Nicht an einem Tag, der dermaßen trist begonnen hatte, auch wenn vom Himmel herab die Sonne lachte.

Wenig später leerten die Kinder ihre Taschen auf dem Küchentisch aus. Apfel um Apfel kullerte heraus, manche wurmstichig, andere braun, sie rochen säuerlich, aber sie würden es schon tun. Unter Claras Aufsicht bekamen Otto, Fridolin und Max ein Messer in die Hand gedrückt und eingeschärft, sich ja nicht in die Finger zu schneiden. Agnes stapelte in einer windstillen Ecke des Gartens, weitab von der Scheune, in der jetzt sicher leise vor sich hin brodelnd Tilly saß, Feuerholz.

In einem selten vorkommenden Moment der Freundlichkeit hatte ihr der Straßburger Gärtner gezeigt, wie aus ein paar Ästen und einem kahlen Fleck am Boden eine Kochstelle wurde. Agnes rammte drei Stöcke in die Erde und verband sie kurz unter den Spitzen mit einer Schnur. Dann noch die Schnurenden an den Henkeln eines großen Topfs befestigen, das Feuerholz darunter – und fertig war zwar kein richtiger Herd, für ausgebackene Apfelringe aber reichte es.

Sie fachte das Feuer an, wartete, bis es fröhlich prasselte, und schwenkte das Fett im Topf, der immer in Bewegung bleiben musste, damit nichts anbrannte.

»Ich brauche die erste Ladung!«, rief sie zur Kate hinüber.

Mit feuerroten Wangen kam Otto angerannt, einen Teller mit windschiefen Apfelringen balancierend.

»Jetzt ziehst du die Ringe durch den Teig.«

Die ersten versanken in der Rührschüssel und würden erst zum Schluss wieder aufzufinden sein, aber im dritten Anlauf klappte es. Vorsichtig gab Agnes einen Apfelring nach dem anderen in das siedende Öl. Ein köstlicher Duft stieg aus dem Topf auf, der Ottos Augen leuchten ließ.

Innerlich wappnete sich Agnes dafür, die Scheunentür klappen zu hören. Doch Tilly rührte sich nicht. Nicht, während sie Apfelring um Apfelring buken. Nicht, als sie einen Berg goldgelber Apfelbeignets zurück in die Kate trugen, wo sie sie mit den Fingern und in winzigen, genießerischen Happen verspeisten.

Agnes konnte es nicht lassen, immer wieder blickte sie halb zornig, halb besorgt in den Garten.

Was war nur mit Tilly los? Agnes kannte sie schlecht gelaunt, grantelig, streitlustig. Aber hochmütig und gemein – nein, so war sie ihr bislang noch nicht erschienen.

Auch in der kommenden Nacht gelang es Agnes nicht, zur Ruhe zu kommen. Die Kinder immerhin schliefen friedlicher, und bald war außer einem leichten Schnarchen oder dem einen oder anderen Murmeln nichts zu hören. Draußen zirpten Grillen, hin und wieder flog mit einem dumpfen Ploppen ein Insekt gegen die Fensterscheibe.

Agnes sah von der flackernden Kerze auf, die mehr schlecht als recht Licht auf das Stück Papier auf dem Küchentisch warf. Sie saß bereits am dritten Anlauf. Doch es war wie verhext. Für ihren Brief an Pastor Sörensen wollten ihr einfach nicht die richtigen Worte einfallen. Der Brief sollte nüchtern klingen und keinesfalls flehend. Trotzdem sollte er ausdrücken, wie schwierig ihre Lage war: Die Vorräte würden für zwei, wenn sie Glück hatten für drei Wochen reichen.

Aber wie schrieb man einen Bittbrief an jemanden, dem man die Pocken an den Hals wünschte?

Wieder machte es Plopp. Ein Falter zuckte außen an der Scheibe entlang. Versunken betrachtete Agnes ihn, während sie den Stift in ihren Fingern drehte. Wie gern würde sie dem Pastor auch von allem anderen schreiben, doch das kam natürlich nicht infrage.

»Aha«, würde er mit Genugtuung denken, »Tilly Bevenkamp macht das, was sie am besten kann: Probleme!«

Agnes seufzte. Sie wünschte sich einen Erwachsenen, mit dem sie ihre Sorgen teilen konnte. Aber Tilly ... Tilly war den gesamten Tag nicht mehr aufgetaucht. Nicht ein Laut war aus der Scheune zu hören gewesen. Stille, totengleiche Stille.

Agnes lief ein Schauer den Nacken herab. Ob sie doch lieber nach ihr schauen sollte?

Zögernd erhob sie sich, blickte wieder auf das Blatt, auf dem außer »Sehr geehrter Pastor Sörensen« nichts stand, setzte sich wieder, schrieb: »wir sind gesund und wohlauf in Kleenshoop angekommen«, seufzte erneut und schraubte den Federhalter zu.

Vielleicht sollte sie lieber an Pfarrer Wieland in Straßburg schreiben. Das Waisenhaus dort verfügte auch nicht über ein Übermaß an Mitteln. Doch vielleicht könnte der Pfarrer helfen, indem er zumindest etwas Geld schickte …

Wieder war ein Ploppen zu hören, leiser diesmal, und es rührte auch nicht von einem Käfer oder Nachtfalter her. Eine Träne war aus ihrem Augenwinkel auf Pastor Sörensens Namen getropft. Ein blassblauer Fleck war dort nur mehr zu sehen.

»Das wird nichts«, sagte Agnes. Sie warf das Blatt in den Ofen, in dessen Innern wie durch Zauberhand am Nachmittag doch noch ein Feuer zu prasseln begonnen hatte. Nun, ein Zündholz und Agnes waren auch beteiligt gewesen. Aber sie hatte kaum glauben können, dass es plötzlich klappte, während sie sich am Morgen deswegen mit Tilly gestritten hatte.

Agnes legte den Morgenrock ab, löschte die Kerze und kletterte in den Alkoven zurück. Dort starrte sie in die Dunkelheit, während die Nacht verrann.

Zwetschgenhimmelblau

Nebel stieg vom Gras auf, als Agnes den Feldweg entlang auf das Dorf zulief. Der schwere Duft von Nachtblühern hing noch in der Luft, die ansonsten so frisch schmeckte wie einmal durchgespült. Verwaist lagen die Felder da, nur Vögel hüpften raschelnd durchs Unterholz oder zwitschernd von Ast zu Ast.

Die letzte Nacht war so mühsam gewesen wie die vorigen. Drei Tage waren sie nun schon hier, drei Tage, in denen Agnes vor Müdigkeit kaum die Augen hatte offen halten können. Des Nachts aber fand sie immer noch keinen Schlaf, derart schwer drückten sie die Sorgen. Als sie im Morgengrauen ruckartig hochgefahren war, hatte sie einen Entschluss gefasst. Sie würde nicht untätig darauf warten, dass Tilly zur Vernunft kam. So war sie in ihren feinsten dunklen Rock geschlüpft und aus Mangel an weiteren schönen Sachen in eine Bluse, die sie in Straßburg nur an Festtagen getragen hatte. Dies versprach keiner zu werden, trotzdem machte Agnes das darauf gestickte bunte Muster etwas fröhlicher. Sie hatte sich das Haar zurückgebunden und es unter dem Strohhut verborgen, der seit ihrem ersten Tag hier ihr stetiger Begleiter war.

Vor ihr tauchten die ersten Häuser des Dorfes auf.

Agnes spürte Nervosität und Ärger in sich wach werden. Sie hatte die abweisenden Mienen nicht vergessen, die sie empfangen hatten. Auf der holprigen Straße war niemand zu sehen bis auf vier Hühner, die eifrig pickend von einer Seite zur anderen liefen. Vor einem Feldsteinhaus verschmolz ein Esel fast mit der Fassade. Aus glänzenden schwarzen Augen schaute er sie an und drehte immerhin nicht schnell den Kopf weg. Offenbar war er kein gebürtiger Kleenshooper.

»Guten Morgen«, murmelte Agnes.

Der Esel nickte verständig und widmete sich wieder dem Gras zu seinen Hufen.

Tau glitzerte auf den Gräsern und Blüten. Hinter dem Kirchdach erhob sich am Horizont die Sonne. Alles wirkte friedlich. Kaum zu glauben, dass hier derart unfreundliche Menschen lebten.

Als sie das Gotteshaus beinahe umrundet hatte, drang Gemurmel an Agnes' Ohr. Wenn sie sich nicht täuschte, kam es aus dem gedrungenen roten Haus, das sich gegenüber dem Eingang zum Friedhof befand. Agnes klopfte an die Tür und wartete. Zunächst geschah nichts, außer dass das Gemurmel verstummte. Schließlich aber wurden Schritte laut, und die Tür wurde mit einem Ruck aufgezogen.

Der Mann, der ihr gegenüberstand, war so groß, dass er fast den gesamten Rahmen ausfüllte. Als er sich vorbeugte, glänzte die Haut unter seinem schütteren dunklen Haar im Licht der Sonne. War das nicht dieser Oskar?

»Ja?«, bellte er.

»Guten Tag«, sagte Agnes und hatte Mühe, ihren gleich wieder aufkommenden Zorn zu besänftigen. »Ich …«

»Wir ham auch nix«, fiel er ihr ins Wort. »Was denkt ihr feines Volk euch, dass wir hier leben wie die Krokusse?«

Ungläubig klappte Agnes den Mund wieder zu.

»Krösusse«, erklang eine feine Stimme aus dem Dunkel der Hausdiele. »Dass du dir das aber auch nicht merken kannst!«

Der Mann starrte sie aus hervorquellenden Augen an, die ihm Ähnlichkeit mit einer Kröte verliehen.

»Ich wollte …«, versuchte es Agnes ein weiteres Mal.

»Wer ist denn da?«, unterbrach sie die Stimme aus der Tiefe des Hauses.

»Eine von den feinen Leuten vom Strand«, rief er hinter seine Schulter. »Will auch wieder nur schnorren kommen.«

Verblüfft hob Agnes die Schultern. »Ich will nichts schnorren. Ich will arbeiten.«

»Hä?« Er zog die Augenbrauen zusammen und starrte sie bedrohlich an. »Was 'n, auch noch *Arbeit* schnorren? Versteht da noch einer die Welt? Wenn da einer inne Ferien fährt und dann noch bei de Bauern arbeiten will? Außerdem biste 'n Weibsbild.«

»Ich weiß.«

Es kostete sie Mühe, ruhig zu bleiben. Zugleich war sie verwirrt. Ferien? Weibsbild? Schnorren? Wovon redete der Mann?

»Ich bin mir aber für keine Arbeit zu fein. Ich kann auf dem Feld helfen. Bei der Ernte. Oder im Stall.«

»Ha!«, rief er wieder über seine Schulter hinweg, als bilde dort im Dunkeln jemand ein aufmerksames Publikum. »Haste gehört, Frau? Will bei der Ernte helfen. Ha! Ich sach dir mal was, Mädchen. Is' September. War 'n heißer Sommer. Da is' nix mehr mit Ernte. Ham wir schon alles gemacht, hat auch gut geklappt, obwohl du gar nicht dabei warst. Hast am Strand gestanden und aufs Meer geguckt, hä? Und von deinem Liebsten geträumt und dann angefangen, dich zu langweilen, hä?«

Der Mann musste verrückt sein. Wieso hatte sie ausgerechnet an diese Tür geklopft?

Agnes atmete tief ein und zuckte die Achseln. »Haben Sie vielen Dank. Auf Wiedersehen.«

Sie drehte sich um, da wurde wieder die feinere Stimme laut.

»Aber das ist doch die Kleine von der Harms.«

Verblüfft drehte sie sich um. Ein kugelrunder Kopf auf einer runden Gestalt war in der Tür erschienen. Agnes erkannte in ihr die Frau mit den unzähligen Unterröcken wieder. Auch heute war sie wohl in alles geschlüpft, was die Truhe hergab.

Wie hatte Tilly sie begrüßt? Als Lisbeth? Nein, Lieselotte, glaubte sich Agnes zu erinnern.

»Mensch, Oskar«, sagte Lieselotte und wollte sich ausschütten vor Lachen. »Das ist gar keine von den feinen Herrschaften! Erkennst du denn den Strohhut nicht? Und die Haare? Also, so was Rotes sieht man doch nur einmal im Leben!«

Agnes tat, als habe sie den letzten Satz nicht gehört, und trat wieder näher.

»Die Kleine von wem?«, fragte sie mit etwas zu zuckriger Stimme, wie ihr bewusst wurde. Sie wollte keinen Streit – sie konnte sich Streit gar nicht leisten. Unmöglich benahmen sich diese Leute allerdings schon. Was wiederum nicht überraschend war.

»Von der Harms. Von Mechthild«, sagte Lieselotte und verschränkte die Arme. »Sag ihr einen Gruß.«

Mechthild? Ach so, Tilly!

»Das werde ich tun.«

Falls sich Tilly je wieder zeigte. Harms hatte sie also geheißen und wurde so hier immer noch genannt.

»Also, was willst du, Kind?«, fragte Lieselotte und legte den kugelrunden Kopf schief. »Wie heißt du noch mal? Du hast uns so viele Namen an den Kopf geworfen, da konnte einfach nix hängen bleiben.«

»Agnes. Agnes Martin.«

»Martääng«, sprach ihr Lieselotte nach. »Französin?«

»Aus dem Elsass.«

Die Frau nickte, als sei damit alles geklärt.

»Ich möchte arbeiten.«

»Haste nich genug zu tun mit der ganzen Kinderschar?«, schaltete sich Oskar ein.

»Durchaus«, gab Agnes zurück, wandte sich aber wieder Lieselotte zu, die ihr verständiger erschien. »Aber ich brauche Geld. Wir haben nichts. Noch ein paar Vorräte, für dreizehn Leute werden sie aber nicht lange ausreichen. Und da die Kirche, nun, das Waisenhaus in Hamburg, nun …«

Sie hatte sich alles zurechtgelegt, jetzt aber fiel ihr nichts Rechtes mehr ein. Dieser grässliche Schlafmangel machte aus ihrem Kopf eine Wüste, sie konnte keinen klaren Gedanken mehr fassen. Statt zu sprechen hätte sie am liebsten geweint.

»Wir haben kein Geld«, sagte sie und zuckte, einen Schluchzer unterdrückend, die Schultern.

»Dann frag lieber die Herrschaften am Strand. Wissen gar nicht, wohin mit ihren Münzen, würden sie einem am liebsten annen Kopp werfen«, kommentierte Oskar. Er lachte und zeigte mehr Lücken als Zähne. Agnes war, als starre sie unaufgefordert in seinen Hals hinein, und wandte schnell den Blick ab.

»Die klopfen hier alle naslang«, verriet ihr Lieselotte. »Deswegen reagiert unsereins auch so empfindlich. Stören bei der Arbeit, stören beim Kaffee, stören eigentlich ständig.«

Oskar riss die Arme hoch. »Und weil sie in so 'nem Gesundheitshotel untergekommen sind, ne, wo sie tolles Zeug essen wie Blaukorn oder so was, ich weiß gar nicht, wovon die sprechen, deswegen kommen sie her und wünschen, zum Kaffee eingeladen zu werden. Bei uns! Als wär'n wir Krokusse.«

»Krösusse«, berichtigte Lieselotte wieder.

Agnes nickte, um das Gespräch so schnell wie möglich zu beenden. Hier würde sie keine Hilfe finden, das war klar.

»Dann haben Sie noch einen schönen Tag«, sagte sie und trat den Rückzug an. »Ich werde Tilly – Mechthild – Ihre Grüße ausrichten.«

Lieselottes Gesicht verfinsterte sich. »Wie geht's ihr denn?«

»Nun … Sie ist müde.«

Lieselottes Nase zuckte.

»Mhm.«

Agnes wandte sich um, da fiel ihr noch etwas ein.

»Waren Sie bei uns?«, wandte sie sich an Oskar. »Waren Sie vorgestern an der Scheune?«

Oskar zuckte zurück und hob die Schultern.

»Ich? Hä?«

»Die Kinder haben Sie gesehen.«

»Ja, nu …«

»Unterlassen Sie das in Zukunft bitte, außer Sie haben vor, uns oder Tilly zu besuchen. Dann sind Sie natürlich herzlich willkommen. Aber im Garten herumzuschleichen und wegzurennen, wenn man Sie entdeckt, ist nicht schön.«

»Nee«, murmelte er, »hast ja recht.«

Er wirkte tatsächlich bedrückt. Damit hatte Agnes nicht gerechnet.

»Gut«, sagte sie versöhnlich.

»Gut«, sagte er und wandte sich abrupt um.

Die Tür flog hinter ihm zu. Agnes schüttelte den Kopf und seufzte.

Viel erreicht hatte sie nicht. Immerhin aber wusste sie jetzt, wie Tilly in einem früheren Leben einmal geheißen hatte.

Hinter dem von Apfelbäumen gesäumten Feldweg bog sie rechts ein, fort vom Dorf, fort von der Kate. Sie war sicher, dass die Kinder noch schliefen. Und falls eines erwachte, würde es sich hoffentlich an Clara wenden – oder an Tilly, die verflixt noch mal auch ein bisschen Verantwortung übernehmen konnte.

Wütend wischte sich Agnes eine Träne aus dem Augenwinkel. Morgen würde sie es bei einem anderen Haus in Kleenshoop probieren, die Kraft dazu besaß sie heute nicht. Sie musste Arbeit finden, sie musste Geld verdienen. Das – oder die Cholera verschwand, so schnell sie gekommen war. Dies jedoch erschien ihr mehr als unwahrscheinlich.

Noch eine Träne. Vielleicht sollte sie ihnen einfach freien Lauf lassen. Hier sah sie niemand. Hier würden sie die Kinder nicht erwischen und sich noch mehr ängstigen, als sie es sowieso schon taten.

Von Strandhafer und Disteln gesäumt tauchte eine Düne in der Ferne auf. Agnes stapfte weiter. Linkerhand verlief der Strand, eine glitzernde Ebene von weißem Sand und Muscheln. Rechts wurde es wilder. Felsgestein berührte das Meer und hob sich dunkel vom Horizont ab. Spärlich bewachsen war es und an manchen Stellen glänzend von der Gischt, die dagegenprallende Wellen zurückließen.

Oben auf der Felsplatte angekommen hatte sie das Gefühl, mit dem Himmel zu verschmelzen. Bleiche Wolken flogen über sie hinweg, kreisende Möwen stießen ihre gellenden Schreie aus. Agnes lehnte sich an einen Findling, der von der Nacht noch kühl war. Tosend erklang das Meer. Sie schloss die Augen. Krusten von Trauer und Angst, so erschien es ihr, hatten sich in ihr gebildet. Die Sorgen lagen schwer auf ihr, und sie wurde das Gefühl nicht los, immer kopfloser herumzuirren auf der Suche nach einer Lösung.

Langsam atmete sie ein und atmete wieder aus, schmeckte das Salz in der Luft, die satte Feuchtigkeit darin. Sie spürte ihre Mattigkeit und die Schwere ihres Körpers. Und dann überzog zunächst ein grauer Schleier die Umgebung, wenig später wurde alles dunkel.

Als Agnes erwachte, spürte sie etwas Kühles, Feuchtes an ihrer Wange. Sie öffnete die Augen und starrte in zwei braune Kulleraugen, die zu einer fröhlich bebenden Hundeschnauze gehörten.

Ruckartig setzte sie sich auf.

»Wer bist du denn?«, fragte sie. Ihre Stimme klang belegt und heiser.

Wie lange hatte sie geschlafen?

»Wuff«, erläuterte ihr der Hund. Er war klein und struppig, braun-weiß gemustert und mit einem rötlichen Fleck um das linke Auge herum.

»Du bist auch rothaarig«, murmelte sie. »Ich finde, wir sollten Freunde werden.«

»Wuff.«

Wie ein außer Kontrolle geratener Ball begann er auf- und abzuspringen.

»Wuff wuff.«

Agnes rappelte sich auf, strich über ihren Rock und starrte entsetzt auf den Grasfleck auf ihrer hellen Bluse. So müde war sie gewesen, dass sie gar nicht darauf geachtet hatte, was sie trug. Ihr einziges hübsches Kleidungsstück! Aber was viel wichtiger war: Die Kinder mussten längst wach sein!

»Ich muss los, Kleiner. Adieu.«

»Gehört der Ihnen?«, erklang eine Stimme.

Verwundert sah sich Agnes um und entdeckte im Schatten einer windschiefen Kiefer einen Herrn, dessen ausgebeulter Anzug fast dieselbe Farbe wie der Baumstamm hatte. Er war groß und schlank und hatte eine Fülle dunkelblondes Haar, das ihm in Wellen in die Stirn fiel.

»Der Hund? Nein.«

»Der Hund gehört zu mir. Ich meinte den Hut!«

Zur Bekräftigung seiner Worte schwenkte er ihren Strohhut.

Agnes tastete über ihr Haar.

»Ja«, sagte sie zögernd. Ihre Locken umwehten sie wie die Flammen eines Feuers. Sie kam sich regelrecht unbekleidet vor und spürte, wie auch ihre Wangen Farbe annahmen.

»Ja, der gehört mir.«

Mit langen Schritten kam er auf sie zu. Ihn hatte sie bei ihrer Ankunft drei Tage zuvor nicht gesehen. Er war weit jünger als die anderen Kleenshooper, sicher nicht viel älter als Agnes selbst. Mit einem verschmitzten Lächeln reichte er ihr den Hut.

»Bitte sehr.«

Agnes dankte mit einem Knicks und wurde noch verlegener. Gab es etwa doch freundliche Leute in diesem Landstrich?

»Ein netter Hund«, sagte sie, froh, dass das launige

Knäuel aufgeregt vor- und zurückhüpfte und sich um sich selbst drehte.

»Eine Sie«, sagte der Herr und legte mit einem nun weicheren Lächeln den Kopf schief. »Sie heißt Ida.«

Eine schmal geschnittene Nase und weit auseinanderstehende dunkelblaue Augen dominierten sein Gesicht. Er hatte hohe Wangenknochen, die seinen Zügen Eleganz und Ernsthaftigkeit verliehen. Die Eleganz allerdings führte sich bei seiner Kleidung nicht fort, und Agnes war erleichtert, sich nicht auch noch wegen ihres Flecks auf der Bluse schämen zu müssen. Sein Anzug, sah sie, war an den Rändern ausgefranst und an den Knien fadenscheinig. Seine Hände wiederum wirkten gepflegt. Dunkel waren sie, mit langen, schmalen Fingern.

»Ein schöner Name.«

»Und wie ist Ihrer?«

»Agnes.«

»Der ist auch schön«, sagte er leise.

»Agnes Martin.«

»Das klingt französisch.«

»Ich … Ja, das ist es auch. Ich bin aus dem Elsass.«

Er nickte und dachte nach, das Gesicht zum Meer hin gewandt, dessen Blau sich in seinen Augen spiegelte.

»Martin ist ein besonderer Name, wussten Sie das? In Frankreich wird er traditionell an Findelkinder verliehen. Womit ich natürlich nicht sagen möchte«, unterbrach er sich, plötzlich über sich selbst erschrocken, »dass ihn nur Findelkinder tragen. Aber mich hat es immer fasziniert … was Namen aussagen, was Namen in bestimmten Ländern aussagen … Nein, ich habe mich schon wieder falsch ausgedrückt.«

Agnes räusperte sich. »Ich bin ein Findelkind.«

»Oh«, sagte er leise. »Ich wollte nicht … Ich … Manchmal bin ich zu lang allein, und dann fällt es mir schwer zu unterscheiden zwischen Dingen, die ich aussprechen sollte, und denen, die besser ungesagt blieben.«

Verlegen hatte er den Blick abgewandt und schien sich mindestens dorthin zu wünschen, wo der Pfeffer wuchs. Doch Agnes hatte kein besonderes Mitleid mit ihm. Immerhin war er von hier. Mit solchen Menschen musste man nicht fühlen.

»Ich schäme mich deswegen nicht.« Trotzig hob sie das Kinn. »Ein Kind kann schließlich nichts dafür, wenn es ausgesetzt wird. Zudem …«

Verflixt! Die Kinder!

»Ich muss fort, entschuldigen Sie.« Sie knickste. »Adieu!«

Damit riss sie ihm den Hut aus den Fingern und drehte sich um. Sie glaubte seine ungläubigen Blicke in ihrem Rücken zu spüren, musste sich aber so sehr darauf konzentrieren, nicht den Fels hinabzupurzeln, dass sie die Begegnung unten angekommen schon fast wieder vergessen hatte.

Auf dem Rückweg zur Kate stieß sie beinahe mit einer Familie zusammen, die aus einem Herrn mit sauertöpfischer Miene und dunklem Hut bestand und einer Dame, deren Kleidersaum wie ein riesiger Besen den Sand zur Seite schob. An ihrer Seite war ein kleines

Mädchen, das sein Kindermädchen in sehr deutsch klingendem Französisch um ein Bonbon anbettelte.

»Wie kann man bloß so unhöflich sein«, zischte die Dame in sich hinein. »Es ist ja nicht so, dass wir sie nicht bezahlen würden, diese …«

Irritiert sah Agnes sie an. Sprach sie mit ihr?

» … diese entsetzlichen Dörfler«, schimpfte die Frau weiter, bis ihr Gatte sie mit einem streng klingenden »Elisabeth, bitte!« zur Räson rief.

Die Dame hob den Kopf und schien Agnes erst jetzt wahrzunehmen.

»Wir wollten selbstverständlich dafür aufkommen«, sagte sie zu ihr.

Agnes knickste und wusste nicht, wovon in aller Welt die Dame sprach.

»Wir sind durchaus wohlhabend.«

»Elisabeth«, seufzte ihr Mann. »Nun lass die junge Frau doch durch.«

Mit gerümpfter Nase versuchte seine Gattin ihren ausladenden Rock so weit zu bändigen, dass Agnes sich an ihr vorbeizwängen konnte, ohne in den Brombeeren zu landen. Das kleine Mädchen schien ebenfalls gerade die dunkel leuchtenden Früchte entdeckt zu haben. Mit begehrlichem Blick streckte sie die Hand danach aus.

»Marie-Christine!«, donnerte die Mutter. »Dass du mir das nicht anrührst!«

Die kleine Hand zuckte zurück.

»Danke sehr«, murmelte Agnes, als sie endlich an der Familie vorbei war. Kaum aus dem Blickfeld schürzte sie ihren Rock und rannte, so schnell sie ihre Füße trugen. Wenn das Pfarrer Wieland sähe, dachte sie und lächelte. Oder die Köchin, die immer geschimpft hatte, wenn sich Agnes nicht damenhaft genug benahm, was so gut wie immer der Fall gewesen war.

Ach, Bertrande, dachte sie, und ihr Herz wurde schwer. Wärest du nur hier! Du würdest selbst aus Brombeeren etwas Köstliches zaubern … Oder aus Blaukorn, von dem dieser seltsame Oskar gesprochen hatte. Was das wohl war?

Am Nachmittag stürmten die Kinder in Richtung Strand davon. Verglichen mit heute Morgen hatten sie eine gehörige Portion Mut hinzugewonnen, stellte Agnes zufrieden fest, während sie ihnen nachsah. Sie selbst ging ihnen gemessenerer Schrittes nach. Sie war schon wieder müde, obwohl sie doch heute Vormittag ein längeres Nickerchen gemacht hatte.

Der Sand, auf dem Hunderte von Muscheln glitzerten, schimmerte so hell, dass Agnes kaum hinsehen konnte. Das Wasser changierte zwischen transparentem Grün, leuchtendem Türkis und Schwarz am Rand der Felsen. So viele Schattierungen von Blau, staunte Agnes. Der Anblick war wunderschön.

Ein paar Menschen standen wie in einem Gemälde auf den Dünen, die Hände über die Augen gelegt, und blickten sinnierend in die Ferne. Agnes unterdrückte ein Kichern. Oskar hatte wohl diese Leute gemeint, als er ihr vorwarf, sich aus reiner Langeweile Arbeit suchen zu wollen.

Ein seltsamer Kerl. Wie war er bloß auf diese irrwitzige Idee gekommen?

Lachend und rufend standen Otto und Fridolin am Meer. Die anderen Kinder hielten respektvollen Abstand zu den Wellen. Wie gern hätte Agnes ihre viel zu warmen Stiefel ausgezogen und hinter sich geworfen, um dann barfuß in die Wellen zu stapfen!

Völlig unmöglich, das war klar. Die Strandbesucher würden ohnmächtig werden vor Schreck, vermutete sie, und die Kinder wieder voller Angst sein.

Stattdessen steckte sie bloß einen Zeigefinger ins Nass und hielt ihn lachend vor ihr Gesicht.

»Habt ihr schon probiert? Eins, zwei, drei, abschlecken!«

Otto und Fridolin taten es ihr nach. Sie kicherten so laut, dass ihnen zwei Herren in Bürokleidung strafende Blicke zuwarfen und die Damen ihre Kinder an den Armen wegzogen.

Agnes spürte schon wieder schlechte Laune in sich aufsteigen. Aber zu viel Zorn, nein, das fühlte sich nicht gut an. Als würde sie von innen her sauer werden, und dazu hatte sie weder Lust noch Zeit.

»Das hält gesund!«, rief sie den Damen daher zu, auch wenn sie nicht genau wusste, wieso.

»Tut es das?«, fragte die eine zu ihrer Überraschung. »Davon habe ich noch nicht gehört.«

Sie kam näher, das Kind eng an sich gedrückt, als fürchte sie, es könnte vom Wind davongetragen werden.

»O ja, Meerwasser entschlackt.«

Von Bertrande hatte sie dieses Wort aufgeschnappt.

Die Köchin hatte sich über eine Gruppe Straßburger Bürgerinnen lustig gemacht, die mit geschlossenen Augen ihre Arme und Beine verdrehten.

»Sie turnen«, hatte Bertrande kichernd erzählt. »In seltsamen Leibchen und auf dem Boden. Auf dem Boden, Agnes, kannst du dir das vorstellen? Diese Damen, die sonst den lieben langen Tag in der Konditorei Max sitzen und ein Stück Baumkuchen nach dem anderen verkosten, üben sich mit einem Mal in Verrenkungen und verlangen von ihren Köchinnen, mit Grünkern zu kochen. Um zu entschlacken!«

Grünkern! Hatte Oskar das gemeint, als er Blaukorn erwähnte?

»Glauben Sie, es ist auch gesund für mich? Das Meerwasser, meine ich? Ich leide nämlich hin und wieder unter …« Die Dame beugte sich zu Agnes vor und flüsterte: »Problemen hier.« Ausnehmend vage zeigte sie auf eine Region, die alles von ihrem Kinn an abwärts sein konnte.

»Der Verdauung?«, flüsterte Agnes.

Erleichterung huschte über ihr Gesicht. »Ja.«

»Ich weiß nicht sicher, ob Meerwasser da hilft«, gab Agnes zu. »Es kommt natürlich darauf an, von welchen Problemen im Besonderen wir sprechen. Von … nun … ob die Wolken zu schnell ziehen oder zu langsam.«

Die Dame blickte sie verwirrt an, dann schien der Groschen zu fallen.

»Zu schnell. Manchmal herrscht ein regelrechter Orkan.«

Agnes nickte. Fieberhaft dachte sie nach. Bertrande

war eine Beschwörerin von Lebertran gewesen, egal, ob ein Kind über Hals-, Bauch- oder Rückenweh klagte. Es gab allerdings kein Gericht mit Lebertran, das schmeckte. Lebertran war grauselig, und damit basta.

Aber Kümmel. Kümmel half und war lecker.

»Ich kenne ein Rezept für köstliches Kümmelgebäck. Wenn Sie möchten ... Ich könnte es Ihnen morgen verraten, ich brauche bloß ein wenig Ruhe, um darüber nachzudenken.«

Die fremde Dame nickte, schien jedoch enttäuscht.

»Oder soll ich Ihnen die Plätzchen backen?«

Die Dame begann zu strahlen.

»Das würden Sie tun? Das wäre ... Ich könnte Ihnen kaum dankbarer sein!«

Agnes nickte und lächelte, doch ihr Lächeln verwandelte sich schnell in ein ängstliches Grinsen. Jetzt wollte sie auch noch fremde Menschen verköstigen, und das, wo doch alles knapp war?

Eine Idee, schüchtern und zart wie ein Staubkorn, stahl sich in ihre Gedanken. Was, wenn sie ... Aber nein, das wäre zu forsch, nicht wahr?

»Gnädige Frau«, begann Agnes zögerlich und fürchtete, ihr Herz klopfte so laut, dass auch andere es hörten. »Ein Beutel Kümmelgebäck kostet zwanzig Pfennige.«

»Wunderbar«, sagte die Dame und strahlte immer noch.

»Ich nehme gleich drei.«

Schon wieder eine Nacht, in der Agnes keinen Schlaf fand. Doch heute störte es sie nicht im Mindesten. Wie ein Heinzelmännchen schlich sie, während die Kinder leise schnarchten, auf Zehenspitzen zwischen Esstisch und Herd hin und her, knetete Mürbeteig, verfrachtete ihn nach draußen, damit er kühl würde, mahlte Kümmel, formte Plätzchen und notierte sich jeden Schritt und jede Zutat, um das bestmögliche Rezept zu finden. Gegen fünf, als die Sonne ihre ersten Strahlen zur Erde sandte, biss sie in den perfekten Keks. Gerade ausreichend gesalzen und mit einem Hauch von Kümmel.

Aus Mangel an anderen Behältnissen zerschnitt Agnes ihre zweitliebste Bluse. Sie nähte die Ränder mit rotem Garn um und band sie mit demselben oben zusammen. Die Beutel sahen hübsch und fröhlich aus. Mit je zehn Keksen gefüllt, befand Agnes, waren sie mit zwanzig Pfennigen auch kein Wucher.

Glücklich kletterte sie in ihr Bett, obwohl ihr kaum noch eine Stunde blieb, bis die ersten Kinder wach würden. Sie schloss die Augen und schlief augenblicklich ein.

Zur Mittagsstunde kraxelte sie mit einem Korb voller Gebäck auf die Düne, die den Strand vom Wäldchen trennte. Hoffentlich erinnerte sich die Dame noch an ihr gestriges Gespräch! Hoffentlich war sie überhaupt hier!

Den Hut fest auf den Kopf gedrückt sah sich Agnes suchend um. Unzählige Sommerfrischler flanierten heute am Strand entlang, genossen die frische Brise und standen plaudernd in Grüppchen zusammen.

Zur Düne hin standen Tische und Stühle, von Dienern bewacht, die sie sicher auch angeschleppt hatten. Damen in herrlich leuchtenden Gewändern verbargen die Gesichter unter gerüschten Sonnenschirmen. Wie sollte Agnes ihre gestrige Bekanntschaft hier nur finden?

»Da sind Sie ja!«, ertönte hinter ihr eine Stimme. »Ich dachte schon, Sie kämen nicht mehr.«

Agnes fiel ein Stein vom Herzen. Sie wandte sich um und sah sich einem Herrn mit schmalem Gesicht und tiefen Falten darin gegenüber. An seiner Seite stand, erheblich kleiner als er, die Dame, mit der sie gestern geplaudert hatte.

»Mein Gatte ist nicht damit einverstanden, dass ich Ihnen etwas abkaufe.«

»Wir sind hier nicht im Ausland«, wandte er mit kühler Stimme ein. »Im Ausland essen die Menschen am Straßenrand. Bei uns nicht. Es ist unhygienisch.«

»Ich achte sehr auf Hygiene«, bemerkte Agnes. »Und eine Straße gibt es hier auch nicht.«

»Sie wissen, was ich meine.«

Seine Augen blitzten so kalt, wie seine Stimme klang.

»Nun, dann wende ich mich an meine weitere Kundschaft«, sagte Agnes nach einem Moment, den sie gebraucht hatte, um sich von dem Schreck zu erholen. Sie umfasste den Griff ihres Korbes fester und lief mit entschiedenen Schritten zum Strand hinab.

Dabei wusste sie gar nicht, was sie jetzt tun sollte. Wenn die Dame ihr die Kekse nicht abkaufte, hatte sie ein halbes Dutzend Eier verschwendet und ein Pfund Butter! Tilly würde sie herunterputzen, dass es sich gewaschen hatte. Diesmal zu Recht.

Agnes biss die Zähne zusammen. Doch kampflos aufgeben konnte sie nicht. Sie musste wenigstens versuchen, ihre Drohung von eben wahrzumachen.

»Feines Kümmelgebäck«, rief sie. Der Wind pflückte ihr das Wort von den Lippen und trug es aufs Meer hinaus. »Herzhaftes, leckeres Gebäck!«

Ohne auf sie zu achten, spazierte ein Herr dicht an ihr vorbei. Zwei Damen in rüschenbesetzten Kleidern begleiteten ihn. Auch sie sahen durch Agnes hindurch, als wäre sie unsichtbar. Tief sanken ihre Stiefel in den feuchten Sand ein.

»Kümmelgebäck. Köstliches Kümmelgebäck!«

Nur die Kinder nahmen Notiz von ihr, schauten aber schnell wieder weg, als täten sie etwas Verbotenes.

Agnes öffnete eines der Stofftücher. Ein angenehm buttriger Duft stieg empor.

»Biscuits apéro au carvi«, rief sie, nun laut und deutlich.

»Biscuits apéro au carvi. Très delicieux!«

Nun weckte sie Aufmerksamkeit.

»Was ist das, meine Liebe, was haben Sie da?«, erklang eine heisere Stimme.

Agnes wandte sich der älteren Dame zu, die in ihrem üppigen Kleid beinahe verschwand. Sie hatte einen Diener zur Seite, der mit verkrampfter Miene gegen einen Sonnenschirm ankämpfte. Besser gesagt gegen den Wind, der den Schirm in regelmäßigen Abständen zum Meer hinzerrte.

»Herzhaftes Gebäck mit einer feinen Kümmelnote«, sagte Agnes. »Sehr schmackhaft und bekömmlich. Und in meiner Heimat Frankreich sehr beliebt.«

Die Augen der Dame begannen zu leuchten.

»Sie sind Französin – ja, das dachte ich mir natürlich. Ihre Landsleute wissen, wie man das Herz erfreut.«

Begehrlich starrte sie auf den Korb, machte aber keine Anstalten, näher zu kommen.

»Möchten Sie kosten, meine Dame?«

»Ich?« Ein mädchenhaftes Kichern erklang. »Um Gottes Willen, nein, ich muss auf meine Linie achten.«

Agnes fragte sich, warum jemand in einem Kleid, das die gesamte Kate ausfüllen könnte, dies tun sollte. Sie sagte jedoch nichts, sondern öffnete bloß den Beutel noch ein wenig mehr und fächerte der Dame den Duft zu.

»Oh«, sagte diese leise. »Das riecht herrlich.«

»Darf ich Ihnen einen *biscuit* schenken?«

»Nun … Ich … Ja, gern.«

Zaghaft knabberte die Dame an dem Keks und schloss genüsslich die Augen.

»Der schmeckt wunderbar.«

»Vielen Dank, das freut mich.«

Vor Anspannung glaubte Agnes glatt zu platzen. Bitte, betete sie stumm, lass sie von mir aus auch nur ein einziges Plätzchen kaufen!

»Ich fürchte, ich kann nicht anders. Geben Sie mir einen Beutel, Verehrteste. Was kostet er?«

Wieder schlug Agnes das Herz bis zum Hals. »Dreißig Pfennige.«

»Theodor«, rief die Dame. »Sei so gut und gib der jungen Dame dreißig Pfennige.«

Mit hoheitsvollem Gesichtsausdruck zählte der Diener Agnes das Geld in die Hand. Fröhlich versenkte sie es in ihrer Schürzentasche.

»Hallo! Halloho!«, erklang eine Stimme. Als sich Agnes ihr zuwandte, sah sie die Dame von gestern wieder auf sich zulaufen. Ihre Wangen waren feuerrot. Vielleicht hatte sie sich mit ihrem Gemahl gezankt.

»Es tut mir leid, ich muss mich entschuldigen. Mein Mann ist Anwalt. Sein Beruf ist das Mäkeln. Ich würde gern die drei Beutel kaufen, so, wie wir es gestern besprochen haben.«

»Sie sind im Preis gestiegen«, sagte Agnes und fühlte sich sehr mutig.

»Oh.«

»Auf dreißig Pfennige das Stück.«

»Oh! Gut, nun gut. Dann muss ich noch einmal ... Bitte, warten Sie hier. Ich bin gleich wieder da. Und legen Sie drei Beutel für mich zurück, ja?«

Sie eilte davon.

Um Agnes hatte sich eine Gruppe Neugieriger gebildet. Hauptsächlich Kinder, die sich eben nicht getraut hatten, sie anzusehen, jetzt aber mit großen Augen in den Korb schielten.

»Ich fürchte, das würde euch gar nicht schmecken«, sagte sie. Die Kleinen wirkten derart wohlgenährt, dass ein Keks mit Kümmel darin sie kaum locken würde.

»Was esst ihr am liebsten?«

»Bonbons«, flüsterte ein Mädchen. Agnes hätte schwören können, dass es dasselbe war, das gestern vergeblich nach Brombeeren geangelt hatte.

»Zimtwecken«, sagte ein Junge im Matrosenanzug.

»Zwetschgenklöße«, erklang eine warme, tiefe Stimme, die ihr bekannt vorkam. »Die mag ich am liebsten.«

Erstaunt blickte Agnes auf und sah den Mann in dem abgetragenen Anzug vor sich. Er war viel größer als die anderen Herren hier und warf einen schmalen Schatten auf den hellen Sand.

Aufgeregt jagte seine Hündin den Schaum der Wellen und scheiterte kläglich.

»Sind Sie morgen denn wieder hier?«, fragte Agnes.

»Nein. Leider nicht.«

Sicher musste er Schafe hüten oder einen Hof bestellen, was Agnes zu ihrer eigenen Überraschung bedauerte.

»Schade! Ich hätte Ihnen sonst Zwetschgenklöße gekocht.«

Sein Lächeln war bezaubernd. Ein amüsiertes Zucken um die Mundwinkel, dazu strahlten seine Augen, die von derselben Farbe wie das Meer waren.

Ihr wurde langsam warm unter ihrem Hut und in dem feinen Rock. Vielleicht lag es aber auch an seinem Blick. Beschwörend war er, aber nicht unangenehm. Schlicht etwas Besonderes, folgerte sie und schlug die Augen nieder. Sie fühlte sich seltsam berührt und aufgewühlt und fragte sich irritiert, wieso.

»Sie leben jetzt hier?«, fragte er. »Ich habe Sie noch nie gesehen. Sie nicht und auch die Kinder nicht, die gestern bei Ihnen waren.«

Verblüfft hob sie den Blick.

»Haben wir uns gestern denn noch einmal getroffen?«

»Ich habe noch ein bisschen Zeit dort oben verbracht.« Er deutete mit dem Kopf auf den Fels, der sich in einiger Entfernung schroff auftürmte. »Man hat eine wunderbare Aussicht. Und so sah ich … Sie. Und die Kinder bei Ihnen. Sie mögen das Meer?«

Agnes nickte. Ihr Kopf kam ihr mit einem Mal schwer vor, sie fühlte Schwindel und konnte sich nicht erklären, wieso. Vielleicht sollte sie einen Keks essen.

»Möchten Sie? Ich gebe Ihnen einen gratis. Weil Sie meinen Hut gerettet haben.«

Er lächelte, diesmal wehmütig.

»Sehr freundlich. Ich bin froh, wenn ich hin und wieder etwas retten kann.«

Mit Fingern, die von zwei linken Händen zu stammen schienen, nestelte sie eine Tüte auf. Als er hineingriff, streifte seine Hand ihre, zu lange, als dass es Zufall sein konnte. Zugleich erschien es ihr seltsamerweise viel zu kurz.

»Auf Wiedersehen«, sagte sie.

Abrupt drehte sie sich um und stolperte mehr, als dass sie ging, auf die Düne zu.

»Junge Frau«, ertönte eine weibliche Stimme. »Warten Sie, bitte warten Sie doch! Mein Gebäck!«

Himmel, jetzt hätte sie ihre erste Kundin beinahe vergessen.

Die Ärmste keuchte vor Anstrengung über den schnellen Lauf.

»Ich habe es mir anders überlegt. Wie viele Beutel haben Sie noch?«

Agnes zählte rasch durch.

»Sechs.«

»Dann geben Sie mir alle, bitte. Hier.«

Sie drückte Agnes drei Mark in die Hand, die Agnes stumm vor Ehrfurcht anstarrte.

»Behalten Sie den Rest. Guten Tag!«

Damit lief sie eilig davon. Vielleicht wollte sie das Gebäck vor ihrem Gatten, dem Anwalt, verstecken.

»Kartoffeln?«, fragte Tilly und blickte Agnes müde an.

Unglücklicherweise gab es Vorräte, die besser in Dunkelheit und Kühle lagerten. Kartoffeln etwa. Für sie bot sich die Scheune weit besser an als die Kate, in der sie immerhin bei viel Tageslicht und zu zwölft lebten.

»Kartoffeln«, bestätigte Agnes. »Falls du nichts dagegen hast, würde ich gern ein paar nehmen.«

»Und mit *nehmen* meinst du … essen?« Tilly wurde langsam wach, wenngleich ihr Gesicht immer noch eine graue Färbung hatte und die Schatten unter ihren Augen tief waren.

»Ich brauche sie, um Zwetschgenklöße zu kochen.«

Tillys Augenbrauen bildeten eine schnurgerade Linie, während sie die Stirn in tiefe Falten zog.

»Schon wieder etwas Süßes? Sagte ich nicht gestern …«

»Vorgestern«, berichtigte sie Agnes. »Und ja, durchaus, das sagtest du. Aber du kannst keine Vorschriften machen und Regeln aufstellen, wenn du selbst so gut wie nicht anwesend bist. Solange du dich in der Scheune versteckst, sorge ich dafür, dass wir ausreichend Essen auf dem Tisch haben, und ich werde zudem sehen, wie wir die Zukunft meistern. Also benötige ich Kartoffeln. Um Zwetschgenklöße zu kochen. Und diese zu verkaufen.«

Immer noch beschlich sie helle Aufregung, sobald sie darüber nachdachte. Nicht mehr bloß Kümmelgebäck wollte sie anbieten, o nein. Agnes hatte andere Ideen. Sie hatte Großes vor!

»Zu – verkaufen?«

Ungläubig starrte Tilly sie an. Sie sah aus, als habe sie überhaupt noch nicht geschlafen, seit sie hier angekommen waren.

»Ja. Also, haben wir noch welche? Kartoffeln, meine ich?«

Wortlos drehte sich Tilly um und verschwand im Dunkel. Unschlüssig, ob sie ihr folgen sollte, harrte Agnes aus. Sie hörte Tilly herumfuhrwerken, etwas fiel mit dumpfem Geräusch um, Tilly schimpfte unterdrückt.

»Ich helfe dir.«

Schon stand Agnes mitten in der Scheune. Tilly hatte sie bewohnbar gemacht, zumindest wenn man so anspruchsvoll war wie eine Feldmaus. Der Boden bestand aus festgetretener Erde, die von der Hitze in Sand verwandelt worden war. Das Holz der Wände hatte im Innern keine Farbe, eigentlich war alles braun, die Seiten, der Boden und das Dach. Unter das Fenster hatte Tilly zwei Kisten gestapelt, die ihr wohl als Tisch dienten. Davor stand ein … War das ein Melkschemel?

»Wie viele brauchst du?«, ertönte Tillys mit einem Mal matt und erschöpft klingende Stimme.

Sogleich fühlte sich Agnes ins Straßburger Waisenhaus zurückversetzt. Zu Charles, der stets so mürrisch war, ihr die Äpfel für den Abschiedsstrudel aber gern gegeben hatte. Charles und Tilly, dachte sie, würden einander wohl wortlos verstehen. Was sie noch trauriger machte, denn es war mehr als offensichtlich, dass sie Tilly nicht ohne Worte verstand. Nicht einmal *mit* Worten, wenn sie ehrlich zu sich war.

»Wie viel haben wir denn noch?« fragte Agnes, als sie bemerkte, dass die Stille schon länger währte. Tilly stand immer noch, den schmalen Rücken zu Agnes gewandt, im Halbdunkel und sagte: »Zehn Pfund, denke ich.«

»Dann müssen für den Anfang fünf reichen.«

Mit einem leisen Zischen atmete Tilly ein.

»Vier«, beeilte sich Agnes zu sagen. »Vier Pfund langen vollkommen.«

Ohne ihrem Blick zu begegnen, händigte ihr Tilly die Kartoffeln aus und verzog sich in das dunkelste Eck der Scheune.

»Tilly?«

»Was?«

»Möchtest du nachher einen Zwetschgenkloß kosten?«

»Nein.«

Agnes nickte und unterdrückte einen Seufzer.

»Oder …«

»Nein, sagte ich. War das nicht deutlich genug für dich?«

»Das war es«, murmelte Agnes und verließ die

Scheune mit zornigem Stapfen. Es wurde ja mit jedem Tag schlimmer mit ihr! Was war bloß über Tilly gekommen, seit sie hier waren?

»Soll er so aussehen, Agnes?«, fragte Clara.

Mit verzagtem Gesicht streckte sie die Hand aus. Etwas Helles, Dampfendes lag darauf, das man auf den ersten Blick für ein aus der Form geratenes Ei halten könnte. Dellen, Hügel und Krater zierten es. Nicht ganz, was man sich gemeinhin unter einem Pflaumenkloß vorstellte. Aber wen kümmerte, was gemeinhin angenommen wurde?

»Genau richtig«, erwiderte Agnes. »Exakt so soll er aussehen!«

Mit leuchtenden Augen rannte Clara an den Kindern vorbei in die Kate zurück. Von der provisorischen Arbeitsfläche, die Agnes aus einer alten Tür und zwei Baumstümpfen gebaut hatte, bis in die Küche des Reetdachhauses standen sie Spalier. Hans, Karl und Max, sogar die kleine Marie auf ihren Stummelbeinchen, die jedes Mal, wenn ein noch ungekochter Kloß von Agnes' Händen durch die Reihe wanderte und bei ihr ankam, einen freudigen Kiekser ausstieß.

»Mjam!«

In sicherer Entfernung brodelten über dem offenen Feuer Kartoffeln im Topf. Fridolin bewachte sie, und während Agnes keuchend den Teig durchwalkte, schien es ihr, als sei dies genau die Art von Beschäftigung, die sie und die elf Kinder benötigten. Durch ihre Locken hindurch leuchtete das Sonnenlicht in warmem Orange.

Trotz ihrer Müdigkeit war sie voller Hoffnung. Vielleicht lag es an dem herrlichen Duft, der über dem Garten schwebte. Es roch nach Zucker und Zimt, nach Butter und Kartoffeln, Nelken und Zwetschgenmus. Ein Duft, der die Seele wärmte und glücklich machte, zumindest für einen Augenblick. Schade, dass der junge Herr, der sie auf die Idee gebracht hatte, nicht am Strand sein würde, um die Klöße zu kosten.

Zucker & Zimt

»Sind wir jetzt reich?«, fragte Fridolin, als er den Geldbeutel betrachtete, den Agnes in den Tiefen des Alkovens versenkte.

Agnes drehte sich zu ihm um. »Nun, ich würde sagen, ja. Was denkst du?«

Fridolin nickte, und ein Strahlen glitt über sein sommersprossiges Gesicht. Er war der Schmächtigste der Jungen. Immerhin aber hatte er etwa ein Pfund zugelegt, und seine Haut war von der Sonne gebräunt. Zudem schlief er, anders als Agnes, hier augenscheinlich prächtig. Vielleicht beruhigte es ihn, den Atemzügen der anderen zu lauschen. Von Tilly hatte Agnes erfahren, dass Fridolin bei seiner Tante oft ganze Tage in einem Schrank verbracht hatte. Ob eingesperrt oder freiwillig, hatte Tilly nicht zu sagen vermocht.

Wenn Agnes ihn genau ansah, entdeckte sie noch die Zeugnisse der mangelnden Ernährung früherer Tage. Zu viel Gelb im Augapfel und rissige Lippen, spröde Haut an den Händen, von den Ellbogen ganz zu schweigen. Vor allem aber blitzte in seinen schokoladenfarbenen Augen unerwartet immer wieder Angst auf. Als blicke er nach innen und sehe dort etwas Schreckliches.

Sie legte ihm die Hand auf die Schulter.

»Wenn egal wäre, was es kostet oder ob es zu besorgen ist, was würdest du am allerliebsten essen?«

»Ich?«, fragte er leise, und Agnes hatte das Gefühl, gleich weinen zu müssen. Wie konnte ein Junge von zehn Jahren so verzagt wirken? So als sei dies abgemachte Sache: dass er keinen Platz hatte, in niemandes Herzen und an keinem Ort der Welt.

»Gurkensuppe«, wisperte er kaum hörbar.

Agnes konnte ein Lächeln nur schwer unterdrücken. »Ein ungewöhnlicher, aber sehr guter Wunsch. Gurkensuppe. Hast du eine Vorstellung davon, wie Gurkensuppe schmeckt?«

Er schüttelte den Kopf.

»Hast du schon einmal eine Gurke probiert?«

Wieder Kopfschütteln.

»Dann wird es Zeit dafür.«

Er hüpfte hinaus. Obwohl er Agnes den Rücken zuwandte, fand sie, er sähe so fröhlich aus wie nie zuvor. Zufrieden klopfte sie sich das Mehl aus der Schürze und überlegte, wann Gurkenzeit war. Im Juni? Charles wüsste es, aber ihn konnte sie nicht fragen, natürlich nicht.

Im Garten hörte sie die Kinder beratschlagen, ob sie lieber lesen üben sollten oder am Waldesrand Brombeeren sammeln. Wenig überraschend gewann der zweite Vorschlag sämtliche Stimmen. Ihre hellen Rufe wurden leiser, schnell war ihr Getrappel auf dem sandigen Boden kaum mehr zu hören.

Agnes nahm sich vor, bald über die Angelegenheit nachzudenken, die sie zwischen ihrer Flucht aus Hamburg und dem Kampf mit den Alltagssorgen fast vergessen hatte: dass die Kinder Unterricht brauchten, die Älteren jedenfalls. Sie selbst eignete sich dazu denkbar wenig. Selbst Pfarrer Wieland hatte die Idee, sie könne als Erzieherin oder Hauslehrerin arbeiten, gleich wieder verworfen. Dazu waren ihre Gedanken zu sprunghaft. Und wenn es sich nicht gerade um eine Küche handelte, hielt sie es ja nie lange im Innern eines Raumes aus, ohne unruhig zu werden.

Aber bevor sie über dieses Problem nachdenken konnte, musste sie ein anderes lösen. Dabei war ihr ganz und gar nicht wohl. Sie brauchte Mehl, Eier, Zucker, ja eigentlich brauchte sie von allem.

Es half nichts, sie musste ins Dorf.

»Was gibt es?«, fragte Lieselotte, nachdem sie die Tür aufgerissen hatte. Als folge er ihr auf Schritt und Tritt, erschien auch Oskars lange Gestalt im Rahmen.

»Ich möchte etwas kaufen«, sagte Agnes.

»Ich dachte, du hättest kein Geld?«

»Jetzt habe ich welches«, erklärte Agnes. »Und ich benötige Eier und Kartoffeln. Und …«

Oskar hob die Hand, um sie aufzuhalten. »Und warum fragst du und nich' Mechthild?«

Mechthild? Ach so, ja. Tilly.

»Sie ist umgeknickt«, erfand Agnes.

»Umgeknickt? Mit 'm Fuß oder was? Ha!«, rief Lieselotte. »Bevor Mechthild umknickt, knickt die Welt ein!«

Agnes fand nicht, dass dieser Satz besonders tiefsinnig war, wollte ihn aber nicht unkommentiert stehen lassen.

»Auch Frau Bevenkamp kann es mal schlecht gehen, selbst wenn *Sie* das vielleicht nicht glauben können.«

Lieselotte öffnete den Mund, um etwas zu erwidern, das sicher nicht nett geklungen hätte. Doch sie schluckte ihre Worte herunter. Stattdessen senkte sie den Kopf und nickte, und als sie jetzt sprach, klang ihre Stimme leise und beinahe reumütig.

»Da magst du recht haben.«

Verblüfft sah Agnes von ihr zu Oskar und wieder zurück. Beide schauten schon wieder so verstockt, als wünschten sie sich zum Mond, überallhin eigentlich, um bloß nicht hier zu sein.

»Ich brauche Mehl, Kartoffeln und Eier«, wiederholte sie, »und Ingwer. Haben Sie zufällig welchen, den Sie mir verkaufen können?«

Oskar schniefte. »Ingwer? Was 'n das?«

»Ein Gewürz. Eine Knolle besser gesagt, die herb und etwas scharf schm…«

»Für so 'n Unsinn musste nach Lübeck«, unterbrach er sie, »is' am nächsten von hier.«

»Lübeck?«, stieß Agnes aus. »In die *Stadt* Lübeck?«

»'türlich die Stadt Lübeck, wovon soll ich 'n sonst reden?«, erwiderte er. »Aber falls dir 'n bisschen was reicht von dem nich' so Spirenzilligen, warte.«

Meinte er Sperenzchen? Aber Agnes würde den Teufel tun, ihn zu verbessern, denn er drehte sich schon um und stapfte durch den Flur davon.

Lieselotte stand da, die Finger ineinander verschränkt,

als wollte sie sich selbst nie wieder loslassen. Immer wieder huschte ihr Blick über Agnes' Gesicht, doch wenn diese den Kopf hob, sah sie rasch wieder weg.

Jetzt fühlte sich Agnes nicht mehr ganz so unwillkommen. Auch erschienen ihr die Dorfbewohner, zumindest diese beiden, weniger unfreundlich als bei ihren ersten Begegnungen.

»Ich wollte fragen …«, begann Agnes leise. »Ich … Sie wohnen doch hier schon lange?«

»Mein ganzes Leben«, gab Lieselotte stolz zurück.

»Nun, ich wollte wissen«, Agnes holte tief Luft. »Haben Sie eine Ahnung, warum Tilly … Mechthild … partout nicht hierher zurückkommen wollte?«

Hm, vielleicht hätte sie sich anders ausdrücken sollen. Sie hatte geklungen, als sei Kleenshoop der schlimmste Fleck auf Erden. Was er aber für Tilly augenscheinlich auch war.

Lieselotte strich sich eine Strähne aus dem Gesicht und starrte Agnes aus riesigen hellbraunen Augen an. Viel zu groß waren sie für den kleinen Kopf. Zusammen mit der untersetzten Gestalt verliehen sie ihr etwas Puppenhaftes, das so gar nicht zu ihrem fortgeschrittenen Alter passen wollte.

»Die Mutter ist gestorben, da war Mechthild keine drei.« Lieselotte verschränkte die Arme und nickte mit Nachdruck. »Der Vater hat sich aus dem Staub gemacht. Da war das Mädchen sechzehn und 'ne Schönheit, das kannst du mir glauben. Ein wunderschönes Ding. Alle jungen Männer hier haben sich nach einer kurzen, äh, Unterredung mit ihr gesehnt. *Gesehnt,* sag ich dir. Die haben vor ihrem Haus gehockt und gewartet, dass sie mal das Fenster öffnet oder einen Fuß in den Garten setzt, und dann sind sie vorgesprungen und haben was vom Wetter gequatscht, die dummen Kerle. Aber Mechthild, die wollte nicht. Die hat keinen erhört. Und dann …« Ihr Gesicht verdüsterte sich. Ihre Stimme wurde leise. »Dann ist was passiert. Und der Vater ist weg. Und dann musste sich das arme Ding ganz allein durchs Leben schlagen. Wir alle haben erst später …« Sie schüttelte den Kopf und schniefte. »Erst später haben wir erfahren …«

»Lieselotte!«, ertönte es scharf aus dem Flur.

»Was haben Sie erfahren?«, fragte Agnes, deren Herz plötzlich so schnell klopfte, als sei sie gerannt. Lag hier das Geheimnis, das Tilly diesen Ort so sehr hassen ließ? Würde sie die Witwe endlich verstehen lernen?

»Was ist passiert?«, fragte Agnes erneut.

Doch Lieselotte sog zischend die Luft ein, starrte Agnes nachdenklich an und schüttelte schließlich mit Nachdruck den Kopf. »Passiert? Nichts ist passiert. Wir leben hier in Frieden, das siehst du doch.«

Doch Lieselottes Wangen hatten einen zarten purpurnen Ton angenommen. Sie wich Agnes' Blick aus, wandte den Kopf und starrte in den düsteren Flur, in dem sich nichts rührte.

»Mensch, Oskar, dauert das noch Jahre?«, rief sie.

Schemenhaft tauchte eine Gestalt im Dunkel auf, dann noch eine. Hinter Oskar schoben sich vier, nein, fünf Dorfbewohner zur Tür. Auch ihnen war Agnes an ihrem ersten Tag in Kleenshoop begegnet.

»Das ist Hilde«, sagte Oskar und deutete auf den silbrig schimmernden Kopf einer Frau, die sich schwer auf einen Stock stützte. »Die mit den Hühnern. Sie gibt dir Eier, aber erwarte nicht zu viele, ja? Und hier«, er zeigte auf einen Mann, dessen Gesicht von tiefen Falten durchschnitten war, »ist Gert. Gert hat die Mühle. Geh mit ihm, und du kriegst Mehl.«

Agnes fühlte eine Mischung aus Enttäuschung darüber, dass sie nichts weiter über Tilly in Erfahrung bringen konnte, und Dankbarkeit. Nach dem unfreundlichen Empfang, den ihnen die Dorfbewohner bereitet hatten, hatte sie einen Entschluss gefasst: diese Menschen nicht zu mögen. Dieser Entschluss geriet gerade ins Wanken.

»Und Dorchen«, Oskar zeigte auf die dunkelhaarige Frau ganz hinten, die Jüngste im Bund, vielleicht fünfzig, fünfundfünfzig Jahre alt, »kann noch einen Sack Kartoffeln beisteuern. Aber wir haben auch nur das, was wir für den Winter aufbewahren. Wir sind keine Kaufleute, sachte ich ja schon.«

»Das ist sehr freundlich von Ihnen allen«, stammelte Agnes. »Natürlich bezahle ich Sie, ich …« Sie griff nach der Geldbörse, in der die Münzen nur so klimperten.

Mit strenger Miene hob Oskar die Hand.

»Is' für Mechthild«, sagte er knapp. »Dein Geld nehmen wir nicht.«

Agnes wollte protestieren, als er sie dermaßen zornig anfunkelte, dass sie den Mund zuklappte.

»Für Mechthild«, murmelte auch Lieselotte.

Die Kleenshooper gingen holen, was sie hatten, und

luden es vor Agnes ab. Die stand noch einen Moment da, nachdem sich mit dem rothaarigen Bille auch der letzte Dorfbewohner wieder in sein Haus zurückgezogen hatte. Zu ihren Füßen standen ein Sack Kartoffeln und ein Sack Mehl, eine Schüssel mit Zucker, zwei Dutzend Eier und ein kleines Butterfass.

Sie hatte die Menschen falsch eingeschätzt. Sie *besaßen* Herzen, auch wenn dies zu Beginn nun wirklich nicht erkennbar gewesen war. Aber warum diese Zurückhaltung, wenn sie eigentlich doch in Sorge um Tilly zu sein schienen? Bis auf die eine Stippvisite, bei der die Kinder Oskar verscheucht hatten, war niemand mehr zur Kate gekommen.

Kopfschüttelnd schulterte Agnes den Sack Mehl, griff nach dem mit den Kartoffeln und fragte sich, warum sie eigentlich kein Tintenfisch war. Ein paar mehr Arme würden jetzt helfen.

»Tilly? Bist du da?«

Es blieb still in der Scheune, als hielten selbst die Mäuse den Atem an.

»Stell dir vor, ich will gar nichts von dir. Nun, fast nichts. Die Kinder brauchen Unterricht. Kannst du das übernehmen?«

Die Nachmittagssonne wärmte ihr Haar, ein leichter Wind strich über ihren Nacken. Gerade wollte sie sich umdrehen, als die Tür mit einem Knirschen aufging und Tilly ihr blasses Gesicht zeigte.

»Mich wundert, dass du jetzt erst darauf kommst.«

Verblüfft starrte Agnes sie an.

»Heißt das, ja?«

»Natürlich.«

Damit warf Tilly die Tür wieder zu. Doch der Riegel krachte nicht herunter, und die Tür ging knarrend wieder auf.

»Seit wann duzen wir uns eigentlich?«, fragte Tilly pampig aus dem Innern.

»Du hast mich schon immer geduzt«, sagte Agnes. »Ich habe erst hier in Kleenshoop damit angefangen.«

Die Antwort schien Tilly zufriedenzustellen.

Tilly Bevenkamp, dachte Agnes mit einem Lächeln, war wirklich der eigenartigste Mensch, dem sie je begegnet war.

An einem wolkenverhangenen Donnerstag brachte Agnes einen halben Korb voller Gebäck wieder zur Kate zurück. An Tagen wie diesen war der Strand wie leergefegt. Trotzdem war sie guten Mutes. Ein älterer Herr, auf dessen Kopf ein eleganter Zylinder gesessen hatte, wünschte sich für den nächsten Tag eine Flasche Birnensaft von ihr.

Sie servierte den Kindern die übrig gebliebenen Brombeertörtchen, die diese im Nu verschlangen und danach ein nachtschwarzes Grinsen zeigten. Da Tilly anschließend mit strenger Stimme zum Mathematikunterricht bat, machte sich Agnes rasch davon. Hinter dem Dorf wuchs ein Birnbaum. Sie hoffte, dass seine Früchte schon reif waren.

Doch anstatt ihren üblichen Weg nach Kleenshoop einzuschlagen, entdeckte sie heute einen Pfad, der ihr bislang entgangen war. Er führte querfeldein ins Nichts. Agnes war neugierig, wie dieses Nichts wohl aussehen mochte.

Der Nachmittag versprach diesig zu bleiben. Am Himmel waren zartviolette Wolken zu sehen. Darunter bogen sich Schilf und Hafer im Wind, ansonsten war keine Bewegung auszumachen, wohin Agnes auch blickte. Sie sang leise vor sich hin, während sie lief, und fühlte sich eigentümlich beseelt. Wie um ihr zuzustimmen, blitzte die Sonne zwischen zwei träge vorbeiziehenden Wolken hervor.

Der Feldweg wurde schmaler und schmaler, bis er bloß noch ein grasgesäumter Strich aus festgetretener Erde war. Rechts und links reckten sich Bäume in die Höhe, Buchen und Kiefern und Birken, deren Rinde weiß leuchtete. Kein Birnbaum leider, aber einen solchen hatte sie hier auch nicht erwartet.

Ein Windstoß fuhr durch die Blätter und entlockte ihnen ein Wispern. Die Luft roch nach Kräutern und Moos, der Boden war angenehm weich. Nur verhalten ertönte Vogelgezwitscher. Davon abgesehen herrschte eine tiefe Stille, so als wenn die Welt diesen Ort für alle Zeit vergessen hatte.

Plötzlich stand sie vor einer Mauer aus grauem Stein, die bis über ihren Kopf hinaus den Himmel verbarg.

Wer baute eine Mauer mitten in den Wald? Nun, augenscheinlich niemand, der noch hier lebte: Das Gestein war von Rissen zerfurcht und efeuüberwuchert. Im Dornröschenschlaf dämmerte es seinem endgültigen Verfall entgegen.

Auf der Suche nach einem Durchgang steuerte Agnes dorthin, wo sie, dem stetig lauter werdenden Brausen zufolge, das Meer vermutete. Nach einer gefühlten Ewigkeit entdeckte sie zwei eiserne Löwenköpfe. Als sie sich zu ihnen vorbeugte, zuckte sie angesichts der zu Fratzen verzogenen Köpfe zurück. Sie wirkten weniger wie Löwen denn wie grimmige Fabeltiere, die Besucher nicht willkommen heißen, sondern sie vertreiben sollten. Was Agnes nicht weiter beeindruckte.

Das schmiedeeiserne Tor allerdings war schon schwieriger zu ignorieren. Vergeblich rüttelte Agnes an der Klinke und konnte nicht einmal etwas dahinter erkennen, als sie zwischen den mit Rost überzogenen Stäben hindurchspähte, die mit Rosenknospen und Halbmonden, exotischen Vögeln und einer Nixe geschmückt waren. Weiter lief sie die Mauer entlang. Unterspülte Wurzeln und fußgroße Löcher, vielleicht die Eingänge zu einem Kaninchenbau, erschwerten ihr das Fortkommen. Schließlich erreichte sie eine weitere Tür, die sich so unauffällig hinter Efeuranken verbarg, dass sie beinahe daran vorbeigelaufen wäre. Das war womöglich ebenso jenem passiert, der alles abgesperrt hatte vor langer, langer Zeit. Denn als Agnes die Klinke herabdrückte, öffnete sich die Holztür mit einem freundlichen Knarren.

Unschlüssig blickte Agnes auf den schmalen Kiesweg, der sich zehn, vielleicht zwanzig Meter lang erstreckte und auf eine weitere Mauer zuführte. Auch darin gab es ein Tor, auch dieses war wieder reich verziert.

Stille empfing sie zwischen den beiden Mauern, die

das Meer mit einem Mal weit weg erschienen ließ. Ob dies jemand mit Bedacht so angelegt hatte – um den Besucher aus der einen Welt in eine andere treten zu lassen?

Sie tat noch einen Schritt. Ein Rascheln ertönte, nicht weit von ihr. Sicher eine Maus oder Ratte, sagte sich Agnes.

Trotzdem sollte sie umdrehen, sofort. Aber was verbarg sich hinter der zweiten Mauer?

Ein Vogel zwitscherte eine lichte Melodie. Das Unbehagen, das sie eben erfasst hatte, fiel schlagartig wieder von ihr ab. Der bronzefarbene Knauf im Eisentor ließ sich drehen. Die Angeln gaben ein rostiges Quietschen von sich. Mit angehaltenem Atem stieß Agnes die Tür auf und blickte auf eine lang gezogene Allee. Das Laubwerk der Bäume war üppig, die Äste wuchsen kreuz und quer, manche hingen bis zum Boden und schwankten träge im Wind. Auch die Blumenrabatten, am Rand des breiten Kiesweges angelegt, waren überwuchert. Kaum eine Blume hatte sich ihren Platz erkämpft, stattdessen wuchsen Ranken empor, Löwenzahn und Sauerampfer, nur hier und da blitzte das Blau einer Kornblume durch das dunkle Grün hindurch.

Am Ende des Weges stand ein – Schloss. Ja, das war wohl der richtige Ausdruck dafür. Ein prächtiger Bau war es, dessen helle Fassade aus Sandstein in der Nachmittagssonne leuchtete. Unter dem grün schimmernden Dach bahnte sich Efeu seinen Weg hinab, an hohen Sprossenfenstern vorbei auf eine Tür zu, die breit und hoch genug war für bestimmt die gesamte Kinderschar, selbst wenn sie einander auf die Schultern nähmen. Agnes lächelte bei der Vorstellung, wie alle auf einmal hindurchzuwanken versuchten.

Links der Allee fiel ein Hügel sanft ins Tal hinab. Wie grüne Farbtupfer auf eine Leinwand gekleckst standen locker verteilt Sträucher. Fast kniehoch war das Gras und von Klee durchsetzt. An der Innenseite der Mauer wuchsen Kletterrosen, deren Blüten in tiefem Blutrot und weißlichem Rosa zwischen dem Efeu leuchteten und die ihre Köpfe fast bis zur Erde neigten. Breite Wege führten um den einst sicher zauberhaften Garten herum.

Leise knirschte der Kies unter ihren Sohlen. Von dem Hauptweg zweigten schmale Pfade nach links und nach rechts. Agnes folgte dem rechten auf das Haus zu, bis sie an eine Treppe gelangte. Sie tat einen Schritt hinab, dann noch einen, bis sie unten ankam und die Hand auf den Türknauf legte. Er ließ sich knirschend drehen. Abgestandene Luft strich an ihr vorbei nach draußen.

Aus zusammengekniffenen Augen starrte Agnes in einen düsteren Keller. Finster war er und roch nach Feuchtigkeit, nach nassem Holz und Schimmel. Fingerbreit lag der Staub auf dem Steinboden. Außer ein paar Abdrücken von Mäusefüßen war er unberührt. Im hinteren Teil des Raumes glaubte sie eine Treppe auszumachen. Sie ließ die Kellertür einen Spaltbreit geöffnet und tastete sich durch das Halbdunkel vor. Als sie den Treppenabsatz erreichte und nach oben starrte, wo undurchdringliche Finsternis herrschte, klopfte ihr Herz so schnell, dass sie kaum mehr Luft bekam. Vielleicht war es doch keine gute Idee?

Doch ihre Neugier war größer als die Angst. Sie setzte den linken Fuß auf die erste Stufe, den rechten auf die zweite. Die Tür oben war ebenfalls unverschlossen. Sie seufzte nur leise, als Agnes sie öffnete. Licht schwappte herein und ergoss sich über die Stufen hinter ihr.

Agnes hüpfte die Treppe wieder hinab, schloss die Außentür und kehrte in das zurück, was augenscheinlich der Dienstbotentrakt war. Ein schmaler Korridor, von unzähligen Türen gesäumt, führte auf ein hohes Fenster zu, von dem aus man einen Blick in den seitlichen Teil des Gartens hatte. Agnes war unsicher, ob sie dort entlang oder von der anderen Seite her gekommen war. Sie hatte die Rosenbüsche gesehen und die efeuumrankte Mauer, aber auch die Beete, aus denen Klatschmohn wucherte und violette Disteln?

Agnes riss sich von dem farbenfrohen Anblick los und wandte sich um. Sie zählte acht Türen rechts und sieben links. Die erste führte in eine Besenkammer. Die zweite in einen Vorratsraum, der außer ein paar Krümeln und den Hinterlassenschaften einer Maus nichts vorzuweisen hatte. Aber dann! Agnes kniff die Augen zusammen, als die dritte Tür aufschwang. Sie war in die Holzvertäfelung eingelassen und somit fast unsichtbar. Eine Tür, durch die das Personal unbemerkt hinein- und heraushuschen konnte, schnell und unsichtbar wie Mäuschen.

Unter der Staubschicht schimmerte der Boden in zartem Mahagoni. Ein in Marmor gefasster Kamin dominierte den leeren Raum, über dem ein heller Fleck prangte. Sicher hatte dort einst das Bildnis der Familie gehangen.

Eine Bewegung links von ihr ließ sie zusammenzucken, doch sie hatte bloß sich selbst gesehen, in einem deckenhohen, goldgerahmten Spiegel, der hier und dort wellig war und ihr Gesicht verzerrte. Sie streckte sich die Zunge heraus und erkundete die weiteren Räume, auch dies weitläufige, leere Säle mit hohen, stuckverzierten Decken und unter der Staubschicht rötlich leuchtendem Parkett. Durch die Fenster drang silbriges Licht und ließ das Anwesen wie verzaubert wirken. Wie der letzte Mensch auf Erden fühlte sich Agnes. Ganz allein, in vollkommener Stille.

Sie durchstreifte ein Zimmer nach dem anderen, begleitet von nichts als dem Echo ihrer Schritte. Es war doch mehr ein Labyrinth, fand Agnes und fragte sich, ob sich hier je ein Mensch ausgekannt hatte.

An der Treppe ins Obergeschoss kehrte Agnes um. Genug für heute, fand sie. Den lang gezogenen Korridor hinunter folgte sie ihren Fußspuren im Staub zurück. Doch hinter der schmalen Stiege zum Keller zog sich noch ein schmaler Gang um die Ecke herum. Sie kämpfte mit sich. Und verlor. Nur ein kurzer Blick, dann würde sie gehen.

Die ersten beiden zwei Türen waren versperrt. Hinter der dritten aber fand sich Agnes im Paradies wieder. Anders war der Raum nicht zu beschreiben. Ein rot-weiß gefliester Fußboden, der trotz des Staubs im Sonnenlicht schimmerte. Hohe Fenster, vor denen der herabrankende Efeu im Wind tanzte. Die Mitte dominierte ein gusseiserner Herd, auf dem sicher zehn Kessel nebeneinander stehen konnten. An den Wänden reihte sich Schrank an Schrank, gefüllt mit Töpfen und Schüsseln, mit Kellen, Schöpflöffeln und emaillierten Sieben.

Verträumt stand sie da. Staub umkreiste sie, legte sich auf die großzügigen Arbeitsflächen und stob wieder empor, als sie mit der Hand darüberstrich. Dies wäre der perfekte Ort für sie. Der perfekte Ort, um Zwetschgenklöße und Limonade herzustellen, Marmeladen zu kochen und fingerdicke Apfelpfannkuchen zu backen.

Mit einem Seufzer drehte sich Agnes um. An der Tür zum Keller blickte sie zurück. Bloß Abdrücke im Staub verrieten, dass sie hier gewesen war.

Ein wenig verschwitzt stellte Agnes den leeren Korb neben sich im Sand ab. Am liebsten hätte sie sich daneben fallen lassen, aber dafür waren noch zu viele Herrschaften am Strand. So stand sie bloß da und blickte aufs Meer, um genug Kraft zu sammeln, bevor sie in die Kate zurückkehrte.

Wo sie erneut kochen und backen und garnieren würde und sich an Claras Gesichtsausdruck erfreuen, die wie verwandelt war, seit sie ihren Posten als Agnes' Stellvertreterin angenommen hatte.

Frau Rönne, seit Neuestem eine ihrer ergebensten Kundinnen, schob sich heran und warf einen Blick, der sich von Vorfreude zu Enttäuschung wandelte, in den Korb.

»Alles verkauft, meine Liebe?«

»Alles verkauft«, bestätigte Agnes.

»Wie schade!«

»Ich komme ja morgen wieder.«

»Ein Glück«, sagte Frau Rönne mehr zu sich selbst. »Sie können sich nicht vorstellen, wie grässlich das Essen in unserer Unterkunft schmeckt.« Sie blickte auf, und in ihren Augen schimmerte es feucht. »Sie sind ein Segen, wissen Sie das? Ein Engel. Das sind Sie.«

Agnes unterdrückte ein Lachen. Manchmal waren diese Herrschaften wirklich albern.

»Ich wünschte bloß, Sie würden so viel zaubern können, dass es auch für die Abendmahlzeiten reicht. Ich komme regelrecht ausgehungert hierher. Das ist kein schönes Gefühl, wissen Sie?«

Nein, das war es nicht, das wusste Agnes durchaus. Sie bezweifelte allerdings, dass Frau Rönne wahren Hunger je gespürt hatte.

»So leid es mir tut«, sagte sie, »mehr kann ich einfach nicht backen. Ich habe nicht ausreichend Platz.«

»Ah, was für ein Pech. Was für ein Pech!«

Mit diesen theatralischen Worten drehte sie sich um und machte sich auf, ihren Gatten zu suchen, der im Schutz eines Sonnenschirms in seiner Zeitung blätterte.

»Schwierigkeiten, nichts als Schwierigkeiten«, murmelte tags darauf Johanna, während sie mit einem Besen, fast doppelt so lang wie sie selbst, vor dem Herd kehrte. Agnes war überrascht, dass die Fünfjährige so ein langes Wort schon flüssig aussprechen konnte, auch wenn es eher wie »Schworochkäten, nix als Schworochkäten« klang.

»Wovon redest du?«, fragte sie.

Die Wangen des Mädchens waren feuerrot, die dunklen Augen glänzten, und das Haar stand ihr in kleinen filzigen Büscheln vom Kopf ab. Sie würden es bald schneiden müssen.

»Es ist ja gut, dass du so leckere Sachen machst«, sagte Johanna und schaute zum Tisch, der vollgestellt war mit leeren und gefüllten Töpfen, Blechen und Kuchenformen. Gärender Teig war in der Schüssel zunächst nach oben gestiegen und dann über den Rand hinweg nach unten geflossen. Jetzt zog sich ein langer hellbrauner Faden bis zum Boden hinab.

»Aber?«, fragte Agnes.

»Wir haben keinen Platz mehr für gar nichts. Frau Bevenkamp will mit uns einen Schneemann aus Laub basteln.« Johannas Stimme nahm einen trotzigen Ton an. »Und auch wenn ich nicht richtig weiß, ob man aus dem Laub einen Schneemann basteln kann, weil der ja nicht weiß wäre, wie er sein sollte, sondern braun, finde ich es schön. Und ich würde das gerne machen.«

»Aber?«, wiederholte Agnes.

»Wir wissen nicht, wo!« Johannas Augen funkelten noch mehr, und sie hieb den Besenstiel auf den Dielenboden, sodass Staub von den zitternden Bohlen aufstieg.

»In Tillys Scheune vielleicht«, schlug Agnes vor.

»Da ist auch kein Platz! Da steht doch alles zum Abkühlen. Der Topf mit der Brause. Und dann noch die Hagel … Hageputtenplätzchen.«

Agnes nickte und verkniff sich, das Mädchen zu verbessern.

»Und das, was so nach Speck riecht, wo Fridolin gesagt hat, dass das keiner am Strand essen will, weil man so fettige Finger davon kriegt.«

Tatsächlich waren die Urlauber aber ganz wild auf die elsässischen Grumbeerkiechele, saftige Kartoffelpuffer mit Apfelspalten. Agnes buk sie nicht wie normale Puffer in der Pfanne, sondern in einem Waffeleisen. Was aus dem Teig entstand, duftete so herrlich, dass jedem das Wasser im Mund zusammenlief: krosse, herzhafte Kartoffelküchlein, zu denen nichts so gut passte wie frische Birnenlimonade.

Aber Johanna hatte recht. Wo immer es einmal Platz gegeben hatte auf diesem Hof, er war Agnes' Pfannen und Töpfen gewichen.

»Aber so lange wird es ja nicht mehr dauern«, sagte sie. Wehmut schwang in ihrer Stimme mit. »Bald kommt der Herbst, und dann ...« Doch daran wollte sie heute nicht einmal denken.

Tillys Antwort war leise wie ein Windhauch.

»Das Schloss?«

Agnes spürte, wie sich ihr Herz vor Aufregung beinahe überschlug. Nachdem sie den Mürbeteig für die Brombeertörtchen und die Holunderplätzchen fertig hatte, war sie ziellos umherspaziert.

Nun, nicht wirklich ziellos. Um genau zu sein sogar zielgerichtet, zum Schloss hin nämlich, wo sie wieder in der Küche gestanden und geträumt hatte von dem, was hier möglich wäre. Und dann hatte sie mit der flachen Hand auf den Tisch geschlagen und gesagt:

»Meins.«

Es hatte sich ganz natürlich angehört in diesem Augenblick. So, als fände die Küche das auch.

»Du weißt, wem es gehört?«, fragte Agnes und konnte ihre gespannte Freude nur schwer verhehlen.

»Der Familie von Reiker«, sagte Tilly barsch. »Warum willst du das wissen?«

»Weil ich ihre Küche nutzen möchte!«, platzte Agnes heraus. »Warst du schon einmal dort, Tilly? Sie ist wunderbar. Riesig, du glaubst nicht, wie riesig! Und es ist alles da. Tausend Töpfe und Pfannen und Schüsseln und … Ich habe sogar Kohlen entdeckt im Keller. Ich bräuchte nichts zu tun, außer für Ordnung zu sorgen. Und um Erlaubnis zu bitten, das sollte ich wohl.«

Das hatte sie mehr zu sich selbst gesagt.

»Es ist kein Schloss«, sagte Tilly tonlos. »Es ist ein Herrenhaus.«

Sie drehte sich um und verschwand hinter der Scheunentür.

Das war das Einzige, was sie dazu zu sagen hatte? Agnes runzelte die Stirn. Sie war enttäuscht. Nicht dass sie geglaubt hätte, Tilly würde begeistert die Arme in die Luft werfen und ihre Pläne gutheißen. Aber seit wann war Tilly nicht für ein bisschen Heimlichkeit zu haben? *Sie* fand doch immer, dass man sich nicht sklavisch an Recht und Ordnung zu halten brauchte.

All ihre gute Laune war verflogen. Mürrisch verzog sie sich ins Haus. Die Kinder waren im Wald, so tauchte sie ein in Stille und Schatten und ließ sich mit einem Seufzer auf den wackeligen Stuhl vor dem Fenster fallen. Zwischen den wogenden Blumen und Gräsern stand stumm und starr die Scheune.

Wieso wurde Tilly eigentlich immer *noch* sonderbarer?

Sie würde ihr gern helfen, wusste aber nicht, wie. Womöglich wollte Tilly ihre Hilfe auch gar nicht. Der Gedanke ließ sie laut seufzen und den Kopf in die Hände legen. Doch damit wäre niemandem gedient: mit zwei Frauen, die Trübsal bliesen!

Entschlossen stand sie wieder auf. Sie musste ins Dorf. Irgendwer dort kannte sicher die Adresse der Familie von Reiker. Ob sie es wagen konnte, Lieselotte und Oskar um einen Gefallen zu bitten? Sie mussten hin und wieder nach den Kindern sehen. Denn auch dazu schien Tilly derzeit nicht in der Lage.

Meeresblau und kristallklar

Zweieinhalb Tage hatte sie abwechselnd auf dem Heukarren gesessen oder war mit müder und müder werdenden Füßen neben Madame hergelaufen, bis sie endlich den Bahnhof von Ludwigslust erreichte. Der Preis für das Billett ließ sie schwindeln. Doch umkehren kam nicht infrage. Und ebenso wenig konnte sie Madame aufbürden, die gesamte Strecke bis Berlin zu laufen. Die Hauptstadt des Kaiserreiches lag in zu unendlicher Ferne.

Mit der Bahn ging die Reise schnell vonstatten. Agnes hoffte inständig, der Bauer, bei dem sie das Pferd untergestellt hatte, möge es gut behandeln.

»Zur Feldarbeit taugt es nicht«, hatte ihn Agnes gleich aufgeklärt, und wie um ihr zuzustimmen, hatte Madame die Zähne gebleckt und mürrisch gewiehert.

Eigentlich könnte sie sich nun zurücklehnen und die Fahrt genießen. Das rhythmische Stampfen der Maschinen war behaglich, und jedes Mal, wenn die Pfeife ertönte, freute sich Agnes über das fröhliche Geräusch. Doch in ihr arbeitete es. Sie war in Sorge um die Kinder, auch wenn ihr Lieselotte versichert hatte, für ihr Wohl Sorge zu tragen. Tilly, natürlich, konnte sie auch nicht aus ihren Gedanken verbannen. Es hatte ein paar hellere Momente gegeben in den vergangenen Tagen – doch dann war sie wieder in sich zusammengesunken und hatte sich in der Scheune verbarrikadiert. Ein einziges Mal bisher war sie bis zur Holzbank vor der Kate gekommen, nur ein einziges Mal …

Erst jetzt fiel Agnes auf, dass Tilly ihr Elternhaus noch überhaupt nicht betreten hatte. Nicht einmal einen Blick durch die Tür hatte sie riskiert, um festzustellen, wie tief der Zahn der Zeit daran genagt hatte.

Agnes schüttelte den Kopf und rieb sich nachdenklich die Nase, als sie am Horizont Dampfschwaden entdeckte. Nicht die, die von der Lok ausgestoßen wurden – dort tauchten Fabrikschlote auf, schmal und dunkel, bis weit in den Himmel hineinragend!

Aufgeregt begann Agnes auf dem Sitz herumzurutschen. Die Dächer Berlins strahlten in der Mittagssonne, und Agnes blickte atemlos auf die Straßen und Häuser, die sie bei der Durchfahrt erkennen konnte. Wie elegant war die Stadt! Wie elegant auch die Passanten in ihren schmalen Anzügen und weiten Kleidern! Mit einem Mal kam sich Agnes ein wenig bäuerlich vor. Dann wischte sie den Gedanken fort. Sie musste sich darauf konzentrieren, geschäftig zu wirken. Tüchtig. Eben wie jemand, dem man sein Schloss anvertraute. Kein Problem, oder?

Das Haus mit der Nummer acht war schmal, überragte aber mit seinen drei Stockwerken die nebenan liegenden bei Weitem. Seine Fassade, cremeweiß getüncht, gab sich zurückhaltend, keine Verzierungen, keine

Farbe, bis auf die Tür, die in einem dunklen Blau leuchtete. Agnes' Herz begann schneller zu klopfen, und sie musste sich mehrfach räuspern, um sicher zu sein, dass sie zum Reden fähig war.

Das Klingelschild war ebenso nüchtern wie das Haus. Blank geputzt, sodass sich Agnes kaum traute, den Finger daraufzulegen. Gab es denn keinen Klopfer?

»Kann ich Ihnen helfen?«, ertönte hinter ihr eine näselnde Stimme.

Agnes fuhr herum und blickte zu einer sommersprossigen Nase empor, deren Spitze fast so sehr nach oben strebte wie ihre eigene. Der junge Herr trug einen schmal sitzenden Anzug und hielt einen Spazierstock in Form eines Adlerkopfes in der Hand.

Überrascht starrte sie ihn an.

»Erwartet man Ihren Besuch?«, fragte der Herr und zwinkerte ihr aufdringlich zu.

Was ihre Nervosität noch weiter befeuerte. In ihren Ohren begann es zu summen.

»Ich …«

»Ja?«, fragte er und lehnte sich vertraulich vor.

»Ich möchte zu Herrn von Reiker.«

»Dann begleiten Sie mich doch hinein!«, rief er fröhlich. »Denn wie es der Zufall will, möchte ich das ebenfalls. Gestatten«, er zog den Hut und offenbarte darunter schütteres hellblondes Haar, »August von Thomae.«

»Agnes«, sagte Agnes und knickste. »Martin«, fügte sie hastig hinzu.

»Martin?« Herr von Thomae imitierte die französische Aussprache perfekt. »Sie sind Französin?«

Agnes nickte, weil ihr alle weiteren Erklärungen zu kompliziert erschienen.

Herr von Thomae begann fließend auf Französisch auf sie einzureden, was sie in anderen Augenblicken sicher erfreut hätte, jetzt aber steigerte es noch ihre Verwirrung. Sie wusste kaum, was sie tat, als sie hinter ihm herlief wie ein Hündchen, nachdem eine Dame in schwarzem Kleid und weißer Haube sie eingelassen hatte.

Bis zu den Knöcheln versank sie in einem flauschigen purpurfarbenen Teppich. Die dunkel gestrichenen hohen Wände zierten Bilder von Hirschjagden und Tannenwäldern, die Vielzahl von Anrichten chinesische Vasen mit Lilien und aufwendigen Gestecken. Das Haus, das ihr von außen betrachtet so groß vorgekommen war, wirkte innen klein und vollgestellt. Vielleicht, dachte sie, hat Herr von Reiker sämtliches Mobiliar aus dem Kleenshooper Schloss hierhergebracht. Wer brauchte in einem Vorzimmer drei Sessel und vier Kommoden?

»Ernst, alter Freund«, rief Herr von Thomae in die Richtung eines weißhaarigen Herrn, der leicht gebückt aus einer Tür trat.

Augenblicklich fühlte sich Agnes hellwach. Sie lief auf ihn zu und knickste.

»Herr von Reiker, ich bin sehr erfreut, Sie endlich kennenzulernen.«

Missmutig runzelte er die Stirn und hob die Hand, als wollte er ihr gleich ins Wort fallen und sie des Hauses verweisen.

Agnes wusste: Wenn es ihr jetzt nicht gelang, ihr Anliegen vorzutragen, wäre die Reise vergeblich.

»Bitte verzeihen Sie, dass ich einfach so hereinplatze«, sagte sie daher schnell. »Mein Name ist Agnes Martin, und ich möchte mit Ihnen über Ihr Herrenhaus in Kleenshoop sprechen. Ich kümmere mich um ein Dutzend Kinder, die zuvor in Hamburg ein Waisenhaus besuchten. Sie wissen sicher, dass Hamburg … nun, gewisse Probleme nicht verhehlen kann. Wir sind geflohen. Nach Kleenshoop, wo meine Freundin ein Haus besitzt. Es ist klein, kein Vergleich natürlich zu Ihrem Besitz. Und …«

Herr von Reiker schien nicht zu wissen, was er sagen sollte. Er kniff die Augen zusammen. Seine linke Braue zuckte, was ein nervöser Tick sein konnte oder ein Zeichen des Unmuts. Agnes hoffte auf Ersteres.

»Und …«

Sie hatte den Faden verloren! Verflixt. Dabei war sie noch gar nicht auf das zu sprechen gekommen, weswegen sie eigentlich hier war. Die Küche. Ja, sie musste nach der Küche fragen.

»Mademoiselle Martin«, sagte Herr von Thomae hinter ihr langsam, »wenn ich Sie darauf aufmerksam machen dürfte, dass dies Ernst ist. Bei Ernst handelt es sich um den Diener Herrn von Reikers.«

Ernsts Augen hatten sich verengt, alles an ihm wirkte säuerlich und verärgert.

»Um Gottes willen, bitte verzeihen Sie!«, murmelte Agnes, der kurz die Spucke weggeblieben war. Sie musste blinzeln, um nicht augenblicklich in Tränen auszubrechen. Doch sie fasste sich schnell wieder. Auf der Rückfahrt würde sie ausreichend Zeit haben, sich in Grund und Boden zu schämen.

»Wenn ich dann bitte Herrn von Reiker sprechen dürfte.«

»Wenn ich mich zunächst erkundigen dürfte, wie Sie hereingekommen sind«, sagte Ernst in eisigem Tonfall.

Ratlos sah Agnes zu Herrn von Thomae, der sich das Lachen augenscheinlich nur schwer verkneifen konnte.

»Sie ist mit mir hereingekommen, Ernst.«

»Und warum, wenn ich fragen dürfte, haben Sie sie hereingebracht?«

Herr von Thomae lachte lauter und trat in einen geräumigen Salon, der nur spärlich von dem Licht, das durch die Fenster sickerte, erhellt wurde. Da sie nicht wusste, was sie sonst tun sollte, folgte Agnes ihm mit hochroten Wangen. Unangenehm stechend spürte sie die Blicke des Dieners in ihrem Rücken.

»Na, altes Haus, amüsierst du dich?«, fragte Herr von Thomae heiter.

»Und wie«, kam aus dem Dunkeln die Antwort. Jemand erhob sich aus einem Ohrensessel und trat in die Zimmermitte, wohin es der müden Septembersonne ein paar Strahlen zu schicken gelang.

Ein schlanker Herr, in dessen ebenmäßigem Gesicht ihr als Erstes die hohen Wangenknochen auffielen. Und seine Augen. Selbst im Schummerlicht des Salons schienen sie den Ozean zu spiegeln.

Eine schiere Unendlichkeit lang konnte Agnes nicht den Blick von ihm lösen. Schließlich fragte sie:

»Wo ist denn Ihre Hündin?«

»Sie mag Berlin nicht. Ebenso wenig wie ich übrigens.«

Mit einem warmen Lächeln strich er sich über den dunklen Anzug, unter dem ein blütenweißes Hemd hervorschimmerte. Er saß perfekt und war sicher aus teuerstem Leinen. Überflüssig zu bemerken, dass nicht eine Naht in Auflösung begriffen war.

»Ihren Strohhut haben Sie aber auch nicht mitgebracht«, bemerkte er.

Trotz ihrer Verwirrung begann Agnes leise zu lachen.

»Nein, das habe ich nicht.«

»Strohhut?«, fragte Herr von Thomae perplex.

»Strohhut, ja«, sagte der junge Mann, dem sie am Fels und am Strand von Kleenshoop begegnet war. Dabei blickte er sie an statt seinen Freund.

»Nun, ich – ich hatte gedacht, die junge Dame sei deine Französischlehrerin«, sagte von Thomae. »Damit lag ich augenscheinlich falsch.«

»Das tatest du, ja«, sagte der junge Herr mit den verwirrend blauen Augen.

Zu Agnes' Erstaunen gesellte sich jetzt Verlegenheit. Er sah sie so beschwörend an – oder war es verschwörerisch? Sie begann sich unwohl zu fühlen. Gleichzeitig mochte sie es, in sein offenes, interessant geschnittenes Gesicht zu blicken. Es war, wie ein Gemälde zu betrachten, auf dem man die Fehler suchte.

Der Herr aus Kleenshoop tat einen Schritt auf Agnes zu. Sein Atem roch süßlich, als habe er am Abend zuvor zu viel getrunken. Ihr erster Impuls war es zurückzuzucken. Doch sie blieb stehen und fragte sich, was dieser junge Mann ausgerechnet in Herrn von Reikers Haus tat.

»Benjamin von Reiker, wenn ich mich Ihnen vorstellen darf.«

Er verneigte sich so tief, dass sein dichtes dunkelblondes Haar fast seine Knie berührte.

Beinahe hätte sie »Verflixt!« gemurmelt, verkniff es sich aber.

Ebenso schwungvoll, wie er sich verbeugt hatte, richtete er sich wieder auf. Zu schnell. Er taumelte und griff nach Agnes' Schulter, um sich abzustützen. Sie begann unter seinem Gewicht zu wanken.

»Hoppla«, murmelte er. »Entschuldigen Sie.«

Sein Gesicht war ihrem sehr nahe. Da waren kleine strubbelig blonde Punkte – er hatte sein Rasiermesser das letzte Mal sicher am gestrigen Morgen zu Gesicht bekommen. Die Haut an seinen Lippen war an manchen Stellen spröde. Er hatte Schatten unter den Augen und einen Kranz Falten darum. Auch neben seinen Mundwinkeln, die eben noch so amüsiert gezuckt hatten. Nun sah er sie ernst an, als stelle er ihr wortlos eine Frage. Und sie? Antwortete sie?

Erneut roch sie den Alkohol der vergangenen Nacht, blickte in diese Augen und hatte das eigentümliche Gefühl, sanft in die Tiefe zu fallen.

»Der gnädige Herr hat nun einen Termin«, schaltete sich von irgendwoher der knöchrige Diener ein.

»Ich weiß, Ernst. Danke.«

Wie sollte sie bloß diesem beschwörenden Blick entkommen? *Wollte* sie ihm überhaupt entkommen?

»Madame de Bouilly ist sicher in wenigen Augenblicken hier«, ließ sich Ernst nicht nehmen zu bemerken.

»Madame de Bouilly verspätet sich immer um mindestens eine Stunde. Das scheint in Paris so Mode zu sein.« Er hatte eine warme Stimme mit einem melancholischen Unterton.

»Fräulein Martin ist auch Französin«, bemerkte Herr von Thomae, der sich womöglich ausgeschlossen fühlte.

»Ich weiß«, sagte Herr von Reiker. »Sie stammt aus dem Elsass.«

Jetzt löste Agnes ihren Blick und senkte ihn auf ihre Stiefelspitzen. Nie bisher hatte sie den Umstand, in einem Waisenhaus aufgewachsen zu sein, verheimlichen wollen. Warum auch? Sie fühlte sich deswegen nicht schlechter als andere Menschen. Doch hier – in diesem eleganten, schummrig beleuchteten Zimmer mit seinem Perserteppich und den Palmen, die das Fenster halb verbargen, mit seinen schweren violetten Seidenvorhängen, den samtenen Chaiselongues und einem rötlich schimmernden Sekretär aus Mahagoni – war ihr, als habe sie gerade ein eisiger Luftzug erfasst.

Wenn er es ausspräche … *Mademoiselle Martin, mein Lieber, ist ein Findelkind.*

Unwillkürlich überkreuzte sie die Arme und rieb sich die Schultern.

»Ihnen ist kalt?«, fragte Herr von Reiker und wirkte ehrlich besorgt. »Kommen Sie, setzen Sie sich an den Kamin. Ernst, bring bitte eine Tasse Tee für Mademoiselle Martin. Mögen Sie Tee?«

»Ja«, sagte Agnes schwach. »Oder, ja, das tue ich zwar. Kaffee wäre mir aber lieber.«

Lächelnd wies Herr von Reiker Ernst an, Kaffee zu bringen, was dieser mit dem missmutigsten Gesichtsausdruck, den Agnes je gesehen hatte, tat.

Ob sie ihm Tilly vorstellen sollte?

»Ah, Sie sehen gleich besser aus. Sie lachen ja sogar.«

Herr von Reiker setzte sich eine Armlänge entfernt neben sie, sodass sie ihn gar nicht mehr ansehen konnte. Was sie seltsamerweise bedauerte.

Dafür blickte sie über den Rand ihrer Tasse hinweg auf Herrn von Thomae, der wie aufgekratzt vom Fenster zur Tür und wieder zurück lief. Er begann, wieder auf Französisch auf Agnes einzureden, als wolle er zeigen, dass seine Sprachkenntnisse die Herrn von Reikers übertrafen.

Sie antwortete knapp, sagte »oui« und »non«, nippte an dem wunderbar starken Gebräu und wappnete sich dafür, ihre Ansprache zu wiederholen. Endlich schwieg Herr von Thomae.

Agnes wandte sich Herrn von Reiker zu, schaute aber schnell wieder weg. Ihre Konzentration fiel in sich zusammen, sobald sie darüber nachzudenken begann, wie viele Nuancen von Blau es eigentlich gab.

»Sie haben mein Anliegen ja schon halb gehört«, versuchte sie im zweiten Anlauf, diesmal ohne seinem Blick zu begegnen. »Aber dürfte ich es Ihnen jetzt ganz vortragen?«

Aus den Augenwinkeln sah sie, dass Herr von Reiker nickte.

»Bei einem Spaziergang habe ich das Herrenhaus Ihrer Familie entdeckt. Ich habe es natürlich nur von außen betrachtet«, sagte sie schnell und fragte sich, wie sie in dem Fall eigentlich wissen könnte, dass die dortige Küche für sie genau passend war. Sie konnte sie ja nicht von innen gesehen haben.

Nun, Schlossküchen *waren* groß, also genau richtig für ihre Zwecke.

»Es ist wunderschön, aber ja ein wenig in die, nun, Jahre gekommen.«

Er nickte, bemerkte sie erleichtert aus den Augenwinkeln, und schien ihr die Worte nicht übelzunehmen.

»Da ich Platz benötige, Platz zum Backen und Kochen, möchte ich Ihnen einen Handel vorschlagen. Ich habe nicht viel Geld. Aber ich beabsichtige, es zu verdienen, und zwar mithilfe Ihrer Küche. Wenn ich sie benutzen dürfte, könnte ich weit mehr Backwaren herstellen – und nicht nur das. Auch Brausen und Herzhaftes, Bonbons, alles, was das Urlauberherz begehrt. Ich würde also mehr einnehmen, als ich es momentan tue. Und einen Teil von diesem Mehr könnte ich Ihnen zahlen.«

Benjamin von Reiker räusperte sich und wollte etwas sagen, doch Agnes war noch nicht fertig.

»Zudem würde ich mich um das Anwesen kümmern. Einem Haus tut es nicht gut, leer zu stehen. Ich würde dafür sorgen, dass es warm ist, dass die Mäuse sich nicht mehr aus ihren Winkeln trauen, selbst den Garten könnte ich pflegen, wenn Sie es wünschen. Sie würden das Anwesen nicht mehr wiedererkennen, das verspreche ich Ihnen!«

»Das Problem ist, dass ich darüber nicht entscheiden kann.«

»Oh«, sagte Agnes enttäuscht. »Wer denn dann?«

»Meine Eltern.«

»Und dürfte ich dann bei Ihren Eltern vorsprechen?«

»Sie sind nicht in Berlin.«

»Oh«, wiederholte Agnes und hatte das Gefühl, sie sacke gen Erdboden. »Das ist sehr schade. Könnten Sie vielleicht …«

»Ich würde Ihnen gern helfen, Fräulein Martin. Aber ich kann es nicht.« Jetzt wandte er den Blick ab. Er wirkte mit einem Mal distanziert.

Niemand sprach, niemand schien noch zu atmen. Schließlich räusperte sich Herr von Thomae und stieß ein verlegenes Lachen aus. »Und nun?«

Herr von Reiker sprach leise weiter, als rede er mehr mit sich selbst als mit Agnes.

»Zudem verbietet meinen Eltern eine Erbschaftsbestimmung, das Anwesen zu veräußern. Auch wenn sie es nur zu gern täten. Ich kann Ihnen versichern, dass es meinem Vater sicher lieb wäre, es zerfiele einfach zu Staub. Falls Sie das tröstet.«

»Überhaupt nicht«, sagte Agnes. Sie wollte weiterreden, aber da ertönte die Türklingel, und Ernst schob sich mit sauertöpfischer Miene herein. Sein Blick streifte Agnes abfällig, als wolle er sich keine Sekunde zu viel an ihr aufhalten.

»Madame de Bouilly ist nun eingetroffen.«

Agnes griff nach Herrn von Reikers Hand und hielt

sie für einen kurzen Moment, der ihr lang wie eine Ewigkeit erschien.

Dann ließ sie sie los.

»Ich darf Sie dennoch bitten, bei Ihrem Vater ein Wort für mich einzulegen?«

Sein Blick flatterte, und für einen Augenblick schien es ihr, als könne sie bis in seine Seele blicken. Da war etwas Brüchiges. Eine Spur Verlorenheit.

»Natürlich«, sagte er so leise, dass sie ihn kaum verstand.

Agnes erhob sich, nickte zum Dank und verabschiedete sich von Herrn von Thomae. Den Diener ignorierte sie ebenso eisig wie er sie.

Die Rückfahrt in der Eisenbahn war elend und traurig. Agnes hatte das Gefühl, eins mit dem harten Sitz unter sich zu werden, und ihr war überhaupt nicht danach, wieder davon aufzustehen. Doch Ludwigslust war schnell erreicht. Immerhin konnte sie ihr tränenverschmiertes Gesicht an Madames warmen Hals pressen. Das Fell schluckte ihr Schluchzen. Geduldig wartete das Pferd, bis sie sich leergeweint hatte.

Über rumpelige Feldwege, durch kleine Dörfer und über Stock und Stein ging es zurück nach Kleenshoop. Als sie den Kirchturm in der Ferne aufragen sah, wäre sie am liebsten umgekehrt.

Die Reise war umsonst gewesen. Alle Mühe, vor allem aber das ganze Geld, das sie für das Billett ausgegeben hatte.

Agnes kniff die Augen zusammen und schärfte sich

ein, nicht allzu geknickt zu erscheinen, wenn sie die Kate erreichte.

Im milden Abendlicht wirkte Kleenshoop wie ausgestorben. Eine warme Trägheit lag über den reetgedeckten Dächern, nirgendwo schien Leben, nicht einmal das Kräuseln von Rauch aus einem Schornstein ließ darauf schließen, dass jemand zu Hause war.

Als Madame und sie die Kirche passierten, ertönte ein Türenknallen. Agnes riss den Kopf herum und sah Lieselotte auf sich zustapfen, so schnell die Vielzahl ihrer Röcke es zuließ.

»Agnes«, keuchte sie, als sie das Fuhrwerk fast erreicht hatte. »Da bist du ja endlich!«

Sofort spürte Agnes, wie sich in ihr kalte Angst sammelte. Um Himmels willen, die Kinder!

»Ist etwas passiert?«, fragte sie und hätte Lieselotte am liebsten geschüttelt.

»Nein, nein, keine Bange! Aber du musst mit Mechthild ein Wörtchen reden. Wir freuen uns ja, wenn die Möpse hier sind.«

Möpse? Es dauerte einen Moment, bis Agnes darauf kam, dass Lieselotte von den Kindern sprach.

»Aber wir mochten sie gar nicht in die Kate zurückschicken. Da wären sie allein gewesen.«

»Nun ja, Tilly geht nicht ins Haus«, bestätigte Agnes. »Aber die Scheune ist doch nicht weit.«

»Scheune?«, Lieselotte stieß ein Lachen aus, das gleich erstarb. »Nee, du, da war sie nicht. Nur nachts, haben die Möpse erzählt. Aber beim ersten Morgengrauen ist sie verschwunden und irgendwann heimgekehrt, als sie alle geschlafen haben, die Knirpse.«

Agnes wurde es eiskalt.

»Wo sind sie jetzt?«, fragte sie heiser.

»Mach dir keine Sorgen«, wiederholte Lieselotte. »Sind bei Thomas auf dem Feld und machen ihm mehr Arbeit, als dass sie ihm welche abnehmen.« Sie grinste. »Das Feld die Straße runter ganz hinten links.«

»Allez, Madame, geht es noch ein paar Schritte?«

Das Pferd setzte sich in Bewegung und schlug zur Antwort fröhlich mit dem Schwanz.

»Seid ihr mir böse, dass ich euch allein gelassen habe?«, fragte Agnes später am Abend Clara, nachdem die Jüngsten schon auf ihre Kissen gesunken waren.

Clara legte den Kopf schief und betrachtete Agnes nachdenklich.

»Wieso? Wir waren doch gar nicht alleine. Lieselotte war hier. Und Bille. Bille, der Bär.«

»Bille, der Bär?«

»Ja.« Ein Lächeln glitt über Claras helles Gesicht. »Er kann toll fauchen. Und so tun, als würde er unheimlich viel Honig essen. Wobei er den Honig in Wirklichkeit uns gegeben hat.«

»Bille?«, fragte Agnes. »Er hat euch auch besucht?«

»Das macht er andauernd. Er und Oskar. Sie kommen immer, um was zu reparieren oder so. Manchmal auch Dorchen, die zupft das Unkraut und hat da hinten in der Ecke gestrichen, wo es früher immer reingeregnet hat.«

Verwirrt starrte Agnes das Mädchen an.

»Wovon sprichst du, Clara?«

»Die machen hier alles! Schon immer, glaube ich.«

Langsam nickte Agnes. Und ebenso langsam begann sie zu begreifen.

»Weiß Tilly davon?«, fragte sie. »Dass Oskar und Dorchen und Bille herkommen und Heinzelmännchen spielen?«

Clara schüttelte den Kopf. »Wir mussten versprechen, nichts zu verraten. Wir haben ein Zeichen, so ein geheimes.« Sie kicherte. »Wir halten die Hand in die Höhe mit zwei Zeigefingern über Kreuz, das heißt, Frau Bevenkamp ist da, und dann gehen Bille und Oskar wieder.«

Agnes nickte stumm. Dankbarkeit und Freude regten sich in ihr. Die frisch gestrichenen Wände, das regendichte Reetdach, die Beete, frei von Unkraut … All das geschah natürlich nicht von allein. Aber dass es ausgerechnet Oskar und der schweigsame Bille waren, die sich herschlichen und die Kate, die Scheune und den Garten heimlich hegten und pflegten! Mit einem Lächeln schüttelte Agnes den Kopf. Dies war ein wundersamer Ort mit immer neuen Überraschungen.

Von denen ein paar auch weniger schön waren. Agnes durchzuckte Ärger. Morgen würde sie ein ernstes Wörtchen mit Tilly reden.

Nachdenklich blickte sie aus dem Fenster. In der Scheune brannte Licht. Tilly war also auch zurückgekehrt. Von einem Ort, der so ziemlich der letzte war, an dem Agnes nach ihr gesucht hatte. Im Schlossgarten hatte sie sie schließlich gefunden, ausgerechnet dort. Gerade heute wäre sie liebend gern *nicht* dorthin gegangen. Es war grässlich, das Herrenhaus langsam in der Dämmerung versinken zu sehen, sanft vom Mondlicht beschienen, so heimelig und einladend. Agnes hatte die Augen fest zusammenkneifen und sich einschärfen müssen, nie wieder an die Küche zu denken und nie wieder an Benjamin von Reiker, der nichts für sie tun konnte oder es nicht wollte. Und dann hatte sie Tilly entdeckt. Im Halbdunkel. In sich zusammengesunken bei den Rosenbüschen.

»Tilly!«, hatte Agnes gerufen. Vor Entrüstung hatte ihre Stimme scharf geklungen.

Ruckartig war Tilly aufgestanden. Mit bleichem Gesicht hatte sie sie angestarrt.

»Tilly«, hatte Agnes sanfter wiederholt. »Was tust du hier?«

Ohne zu antworten, war Tilly an ihr vorbeigehastet. Seither hatte sie sie nicht mehr gesehen.

Kohlenstaub

»Agnes, das Brot backt an!«

Der Tonfall klang drängend und ängstlich. Trotzdem beschloss Agnes, keinesfalls aufzuwachen, sie träumte gerade so angenehm.

Aber was hatte die Stimme gesagt? Dass Brot anbacke?

Agnes riss die Augen auf. Vor sich sah sie Oskar, mit staubigem Haar, das ihm zerzauselt ins Gesicht fiel.

»Es klebt fest, ich kriege es nicht aus dem Ofen.«

Verwirrt starrte sie ihn an, blickte dann auf die Wand zu ihrer Linken, von der die Farbe abgeplatzt war, und an die Decke, die auch nicht besser aussah. Langsam dämmerte es ihr. Auch wenn in diesem Augenblick Oskar vor ihr stand, sie war nicht bei ihm und Lieselotte zu Hause, sondern bei … Ja, sie befand sich bei Bille. Bei Bille, auf dessen Herdplatte ein Topf Marmelade vor sich hinköchelte.

Bei Oskar und Lieselotte hingegen – ja, dort buk sie Brot. Verflixt. Brot, das nach Oskars Worten und dem Geruch nach Verbranntem zu urteilen, der selbst bis hierher in Billes Küche zog, schwarz wie die Nacht war!

Agnes hatte in den vergangenen Tagen sämtliche Häuser der Kleenshooper von innen gesehen. Vor allem ihre Küchen. Diese waren so unterschiedlich wie die Dorfbewohner selbst. Bei den einen gab es einen großen, schweren Tisch in der Raummitte, von Stühlen umringt, auf denen karierte Kissen zum Hinsetzen einluden. Andere Stuben waren so karg, dass sie diese Bezeichnung kaum verdienten. Fred etwa besaß keinen Tisch, auch keinen Stuhl, wie es schien, sondern aß im Stehen. Kein Wunder, dass er so drahtig war, das Gesicht verhärmt. Seiner Laune aber schien der Genussverzicht nicht zu schaden.

»Das Brot!«, wiederholte Oskar.

Agnes rappelte sich auf und hastete Oskar hinterher, der sich auf seinen langen, hageren Beinen den Weg durch Billes Flur zur Haustür hin bahnte. Die Häuser waren ähnlich aufgebaut, so als habe ein Kind sie mit Bauklötzen entworfen. Ein dunkler Korridor führte zur Stube, die Stube zum Schlafraum. Tillys Kate unterschied sich davon. Sie war kleiner und viel heller und stand wieder den Kindern zur Verfügung, seit sie nicht mehr für Agnes' Kochkünste herhalten musste.

Bei den Dorfbewohnern zu backen gestaltete sich allerdings komplizierter, als sie angenommen hatte. Es gab Schwierigkeiten, die sie nicht hatte kommen sehen. Zum Beispiel, dass es unklug war, ins Innere eines Ofens zu blicken. Oder überhaupt irgendwohin – besser, die Tischplatte nur zu ertasten und sich auszumalen, dass die Krümel auf ihrer Oberfläche frisch seien, vom Frühstücksbrot vielleicht.

Natürlich hatte Agnes vorher geputzt. In allen acht Häusern. Aber es war wie verhext. Kaum war sie von

Oskar und Lieselotte hinüber zu Dorchen und von Dorchen zu Herbert gelaufen, schien bei Ersteren ein Sturm zu wüten. Als sie gestern nach zwei Stunden, die sie beim bärig aussehenden, aber nicht gerade nervenstarken Thomas verbracht hatte, zu den ersten beiden zurückgekehrt war, hatte Agnes Mühe gehabt, nicht in Tränen auszubrechen. Es war nicht herauszufinden gewesen, ob jemand in die Brombeertörtchen *hineingefallen* war. Oder nur an jedem einzelnen geschleckt hatte. Vielleicht war ein Hund hereingekommen (so lautete Oskars These). Oder aber der häusliche Heinzelmann hatte sich genommen, was ihm zustand – das hatte Lieselotte behauptet, war dabei aber Agnes' Blick ausgewichen. Doch das Ergebnis war, dass sie kein Ergebnis hatte. Agnes hatte ein Dutzend Eier verschwendet und einen halben Sack Mehl und Butter. Verkaufen konnte sie aber nichts.

Aus dem Ofen in Oskars und Lieselottes Küche stiegen schwarze Rauchschwaden auf. Agnes riss die Backofentür auf und rüttelte an dem winzigen Fenster darüber, das jedoch nicht zu öffnen war. Mit zusammengekniffenen Augen, weiterhin hustend und keuchend, versuchte sie die Brotlaibe herauszuziehen. Vergeblich. Schließlich hieb sie mit einem Holzlöffel wütend in das Rohr. In kleinen kohlrabenschwarzen Brocken fiel das Brot zu Boden. Agnes betrachtete es, bemüht, die Unterlippe nicht zu sehr zittern zu lassen und ja nicht zu weinen.

Sie hatte seit gestern Früh vielleicht eine halbe Stunde geschlafen. Alles an ihr fühlte sich bleischwer an, und ihre Gedanken schienen zu träge, um sich auszuformen.

Sie nickte, auch wenn dieses Nicken nichts und niemandem galt. Nahm den Besen, fegte das verdorbene Brot zusammen und schärfte Oskar und Lieselotte ein, die Tür zur Küche nicht mehr zu schließen, bis der Rauch abgezogen war.

»Und was ist mit heute Nacht?«, fragte Lieselotte und schien unentschlossen, ob sie Agnes wirklich so bald schon wiedersehen wollte.

»Heute Nacht schlaft ihr und bleibt nicht auf«, sagte Agnes leise, aber mit Nachdruck. »Und ich genauso wenig.«

Kurze Zeit später riss sie die quietschende Kellertür auf, lief die Treppe hinauf und hastete durch den lang gezogenen Korridor, an dessen Ende ein rötlicher Sonnenstrahl durchs Fenster fiel.

Hier war sie. In ihrem Paradies, das aus der Familie von Reiker niemand haben wollte. Behutsam strich sie mit dem Zeigefinger über die Arbeitsfläche. Das Holz war löchrig, würde aber bald schon nach Seife riechen. Sie würde aus der alten, schönen, unter Staub versunkenen Küche einen blitzblanken Raum machen.

Über dem Herd funkelte in tiefem Bronze das Kochgerät: unzählige Schöpflöffel, Kellen, Schneebesen. In den Schränken lagerte noch das Tafelgeschirr, hauchdünne Teller aus chinesischem Porzellan mit in hellem Blau darauf gezeichneten Jagdszenen. Einen nach dem anderen nahm sie heraus und hielt ihn ins Licht. Fast durchsichtig war das Material. Wenn sie eine Hand dahinter hielt, konnte sie durch das Porzellan hindurch die Umrisse der Finger sehen. Vorsichtig schob sie die Teller an ihren Platz zurück und öffnete den nächsten Schrank.

Es schien einfach alles zu geben. Gusseiserne Kessel und Bräter stapelten sich auf dem wurmstichigen Regalboden, Eisenpfannen und Kasserollen aus Emaille. Es gab Töpfe aus Speckstein, deren Deckel mit fingerdicken Löchern versehen waren. Und Backbleche, Dutzende davon!

»Himmel«, flüsterte sie.

Langsam atmete sie ein und wieder aus. Es fühlte sich richtig an und gut, selbst wenn Benjamin von Reiker dazu sicher eine andere Meinung hatte.

»So geht es nicht, Agnes, so nicht!« Lieselotte hatte die Arme vor der Brust verschränkt und schüttelte tadelnd den Kopf. Dabei riss sie ihre Augen so weit auf, dass sie fast ihr halbes Gesicht ausfüllten.

Agnes wurde langsamer. Sie wagte kaum, Lieselottes Blick zu begegnen, und spürte, wie ihre Wangen feuerrot anliefen. Sie hatten also doch etwas bemerkt. Verflixt noch mal! Dabei begann sie den Luxus doch gerade erst zu genießen, den Luxus, über Platz zu verfügen, Ruhe, ausreichend Töpfe und Pfannen und ja, sogar eine Kurbelrührmaschine. Und sie würde all das schon wieder aufgeben müssen?

»Lieselotte, weißt du«, begann sie, »es ist mir durchaus klar, dass …«

»Ausgelaugt, vollkommen ausgelaugt sind sie!«,

schimpfte Lieselotte. »Ausgelaugt und müde, und ich kann es ihnen nicht verdenken!«

Verwirrt hob Agnes den Kopf und wischte sich eine Locke aus der Stirn.

»Wie bitte?«

»Die Hühner, Agnes, die armen Hühner! Sie können nicht mehr, Kind. Sie sind müde. Erschöpft, verstehst du. Und das nur für dich, besser gesagt für die reichen Pinkel, die da am Strand rumstehen und was von Erholung faseln. Wir hingegen essen Suppe, nichts als Suppe. Schmeckt auch, ist allerdings ein bisschen fad auf Dauer. Jedenfalls musst du dir was einfallen lassen, Kind. Wir und die Tiere sind vollkommen entkräftet. Es ist ja fein, dass die Strandleute dir alles aus den Händen reißen, als hätten sie nie auch nur von einer Backstube gehört. Aber wir, nee, wir können nicht mehr.«

»Vielleicht könnte ich euch mehr bezahlen«, überlegte Agnes laut.

Sie war unendlich erleichtert, nicht bei ihren heimlichen Besuchen in der Herrenhausküche ertappt worden zu sein. Sie würde allem zustimmen, wenn sie nur weiter dorthin konnte!

»Ich müsste es durchrechnen, aber das ist sicher …«

»Papperlapapp«, unterbrach sie Lieselotte und wischte mit der Hand durch die Luft. »Wir wollen nicht dein Geld. Wir wollen lebendige Hühner. Aber sie bleiben nicht lebendig, wenn sie so weitermachen müssen wie bisher. Es ist so, Kind, du musst woanders einkaufen.« Sie atmete tief aus, als sei nun alles und für alle Zeiten geklärt.

»Woanders?«, fragte Agnes verdattert. »Wo denn?«

»In Lübeck! Hat Oskar dir doch schon am Anfang gesagt.«

»Wo?« Agnes hatte Lieselotte sehr wohl verstanden, doch nun begannen ihre Ohren zu rauschen, und sie fühlte sich elendig schwach. Lübeck, das lag zwar erheblich näher als Berlin. Aber immer noch zu weit entfernt, die Reise würde sie sicher zwei Tage kosten. Zwei Tage, an denen sie nicht am Strand sein könnte. Nicht backen, keine Bonbons kochen. Zwei Tage, die sie um ihre Einnahmen bringen würden. Und das war jetzt, kurz vor Ende des Sommers, gar nicht gut.

Andererseits – wenn die Hühner von Kleenshoop nicht mehr mochten, wenn die Kühe murrten, weil sie nicht noch einen Tropfen Milch opfern wollten, und wenn selbst Lieselotte und Oskar und Bille streikten, nun, dann musste sie eben nach Lübeck fahren. Es gab keine andere Möglichkeit. Denn der Laden brummte. Die Strandbesucher rissen ihr das Gebäck und den Schlehensaft, die Birnenbrause und in Butter ausgebackenen Birnenkrapfen förmlich aus der Hand, noch bevor sie die letzte Düne erklommen hatte. Jetzt eine Pause einzulegen wäre zwar nicht gut, doch wenn sie danach mit umso mehr zurückkäme … Noch lohnte sich eine Fahrt. Der stete Zustrom von Neuankömmlingen war lichter geworden, doch es gab ihn noch. Familien etwa, die den Sommer über in Bad Gastein verbracht hatten und für ein paar Tage Meeresbrise schnuppern wollten, bevor sie in die Hauptstadt zurückzukehren gedachten.

Jedes Mal, wenn sie einen der Bediensteten Berlinerisch sprechen hörte, spürte sie einen Stich. Was mehr als albern war, wie sie fand. Doch was sollte sie dagegen tun?

Schmale Schotterwege führten sie sanft geschwungene Hügel hinauf und hinab, an weiß getünchten Bauernhöfen vorbei, bei denen die Kühe sie freundlicher empfingen als deren menschliche Bewohner. Lange Zeit fuhr sie am Meer entlang, nicht mit Blick auf das Wasser, doch der Duft des Salzes begleitete sie, bis eine lang gezogene Kurve sie ins Landesinnere führte. Sogleich vermisste sie das Geräusch der Wellen. Den Geruch. Den böigen Wind. Doch schon nach kurzer Zeit schwenkte sie wieder nach Norden, und bald war das Rauschen wieder zu hören, leise und beruhigend wie ein Schlummerlied.

Als sie das Stadttor von Lübeck passierte, begann ihr Herz schneller zu klopfen. Es war das eine, von einer Handvoll Landbewohner misstrauisch beäugt zu werden. Das andere, eine enge Gasse hinabzurollen, deren grobes Pflastergestein die Wagenräder lautstark poltern ließ. Eine Frau allein auf einem Kutschbock war ganz augenscheinlich kein gewöhnlicher Anblick für die Lübecker. Kinder zeigten mit dem Finger auf sie, Damen wandten erschrocken den Blick ab und verbargen das Gesicht unter ihren Hüten. Und dann waren da noch die Herren. Die lachten und ihr Dinge nachriefen, die in ihren eigenen Ohren vielleicht lustig klangen, in Agnes aber Befremden emporsteigen ließen. Trotzig hob sie die

Nase, biss sich auf die Unterlippe und tat, als höre und sehe sie niemanden.

Endlich erreichte sie den Markt. In einer der dahinterliegenden verwinkelten Gassen sollte die Pension »Stübchen« liegen. Mit einem Satz sprang Agnes vom Kutschbock herab, was ihr anerkennende Kommentare einer Gruppe junger Schüler einbrachte.

»Ich suche die Glockengießerstraße«, sagte sie, und einer der Jungen zeigte lässig mit dem Daumen hinter sich.

»Da geht's lang.«

Agnes griff die Zügel. Sie nahm an, dass sie jetzt einen ebenso aufsehenerregenden Anblick bot wie zuvor, als sie noch auf dem Heukarren gesessen hatte. Tatsächlich schien auch eine Frau, die ein Pferd führte, eine kleine Sensation zu sein. Die Menschen gafften, und Agnes wurde es unwohler und unwohler, bis sie endlich in die Glockengießerstraße einbog. Was sie jedoch nicht bedachte hatte bei all ihrer Planung: wohin mit dem Heukarren? Und mit Madame, für die in der Pension sicher kein Platz war?

Doch hierfür fand sich glücklicherweise eine Lösung. Im Hof nebenan gab es eine Schmiede, und weder der Schmied noch seine Pferde hatten etwas gegen ein kleines Zubrot in Form von einem Groschen einzuwenden, den ihnen Agnes für jeden Tag zahlte, an dem Madame und der Karren dort standen.

Die Wirtin des »Stübchens« führte Agnes einen lang gezogenen Korridor hinab in ein schmales Zimmer mit einem noch schmaleren Fenster zum Innenhof. Licht fiel kaum welches herein. Immerhin konnte sich Agnes damit trösten, dass Madames Wiehern hier oben zu hören wäre.

»Das Zimmer teilt man sich mit Fräulein Frieda«, sagte die Wirtin.

Verwirrt sah Agnes sie an.

»Essen tut man um sechs, frühstücken dito, aber morgens.«

»Ah ja«, sagte Agnes, die immer noch nichts verstand. »Danke.«

Mit einem Knarren fiel die Tür ins Schloss, und Agnes starrte auf die beiden Betten, die nur zu einladend wirkten.

Im Flur hörte sie Schritte. Ganz langsam öffnete sich die Tür, und eine sehr kleine, sehr dünne Dame trat ein, die ihr Fliegengewicht auf einen hölzernen Gehstock stützte. Ihr Gesicht war blass und von tiefen Falten durchzogen. Es mochte kaum einen Zentimeter Haut darauf geben, der nicht durchfurcht wirkte wie ein frisch bearbeiteter Acker.

»Sie müssen Agnes sein«, wisperte sie.

Ihre milchigen blassgrauen Augen wirkten blind, aber es lag ein Glitzern darin, als amüsiere sich die Dame im Stillen über sich selbst. Ihr weiches silbernes Haar war mit einem seidenen Schal zurückgebunden, der mit seiner Farbe von Klatschmohn an die Felder von Kleenshoop erinnerte.

»Das bin ich. Agnes Martin.« Agnes knickste.

»Mein Name ist Fräulein Frieda«, flüsterte die

Dame. »Ist heute nicht ein schrecklich unangenehmer Tag?«

»Unangenehm?«, gab Agnes zurück. »Nein, das finde ich nicht.«

Fräulein Frieda verzog das Gesicht.

»Nicht?« Sie klang enttäuscht. »Dieses ist im Übrigen meines«, sagte sie dann und zeigte auf das linke der beiden Betten. »Wenn es Ihnen nichts ausmacht. Ich pflege nach Süden hin zu schlafen. Es wirkt sich vorteilhaft auf mein Wohlbefinden aus. Oder haben Sie etwas gegen den Norden?«

Sie kniff die Augen zusammen und wandte den Blick ab.

»Aber gar nicht«, sagte Agnes. »Mir ist jedes Bett recht.«

Und das war es. Sie hatte sich nur einen Moment draufplumpsen lassen wollen, aber als sie so dasaß – und wenige Sekunden später dalag, die Füße mit den Stiefeletten emporgereckt, um die Überdecke nicht zu verschmutzen –, glaubte sie, nie wieder aufstehen zu können.

Sehr langsam ließ sich Fräulein Frieda auf ihr Bett sinken. Sie legte den Kopf schief und starrte Agnes an, als könne sie sich nicht entscheiden, ob sie ihre neue Zimmergenossin amüsant oder ärgerlich finden sollte.

»Sind Sie zur Erholung hier?«, fragte sie schließlich.

»Erholung?«, rief Agnes. »Überhaupt nicht. Ich bin hier, um einzukaufen.«

Fräulein Frieda blinzelte ungläubig.

»Sie meinen – Garderobe?«

»Ich meine Eier, Mehl, Kartoffeln, Derartiges.«

Jetzt schwieg die Dame. Nach einer Weile räusperte sie sich.

»Das klingt, bitte verzeihen Sie meine Offenheit, ungewöhnlich. Wozu benötigen Sie Kartoffeln? Für Ihre Herrschaften? Warum schicken die denn keinen Mann? Männer können ihresgleichen etwas entgegensetzen, denn glauben Sie mir, wer das nicht kann, ist verloren.«

Sie nickte mit solchem Nachdruck, dass Agnes ihre Füße wieder nach unten schnellen ließ und sich ruckartig aufsetzte. Ihr Rock bauschte sich wie ein Baiser über ihren Knien, und sie hatte Mühe, sämtliche Volants so zu ordnen, dass ihre Strumpfbänder darunter verschwanden.

»Kennen Sie sich aus?«, fragte Agnes. »Was das Einkaufen angeht?«

»Ich?«, Fräulein Frieda schüttelte den Kopf. »Sehe ich etwa so aus?«

Die Frage war sicher rhetorisch gemeint. Tatsächlich aber gab ihr fadenscheiniges grauviolettes Kleid durchaus Hinweise auf ein Leben in Armut. Wer in Armut lebte, ließ doch sicher niemanden für sich einkaufen.

»Sie sind Gesinde?«, fragte Fräulein Frieda.

»Wie bitte?«

»Ein, hm, Dienstmädchen?«, verbesserte sie sich.

Agnes schüttelte den Kopf. »Ich war Gesellschafterin einer Dame in Hamburg. Und jetzt …« Sie biss sich auf die Lippen. Durfte sie sich *Unternehmerin* nennen? Nun, das wäre doch etwas hoch gegriffen. »Jetzt bin ich Bäckerin«, schloss sie und war sehr zufrieden mit dieser Definition. »Ich backe. Und verkaufe die Waren anschließend an Sommerfrischler.«

Fräulein Frieda legte den Kopf schief und blickte nachdenklich einer Fliege hinterher, die surrend ihre Kreise zog. Nach einer Weile fragte sich Agnes, ob die Dame wohl im Sitzen eingenickt war.

Plötzlich aber sagte sie: »Das finde ich interessant.«

»Es ist wunderbar, die Menschen lieben mein Gebäck. Leider habe ich nicht gerade viel Platz. Und musste somit …«

Den Rest des Satzes verbiss sie sich. Natürlich war das albern. Schließlich würde die zauselige Dame, die ihr in einer sicher jahrzehntealten Garderobe gegenübersaß, nie und nimmer die von Reikers kennen. Geschweige denn ihnen gegenüber auf den erstaunlichen Umstand zu sprechen kommen, dass ihre Zimmergenossin Agnes Martin heimlich im verlassenen Herrenhaus der Familie kochte und buk. Trotzdem. Vorsicht war immer angebracht.

»Wo, sagten Sie, leben Sie?«

Hatte sie das Dorf schon erwähnt? Sie erinnerte sich nicht, wurde aber gleich von dem Eindruck abgelenkt, den ihr Spiegelbild zurückwarf.

»In Kleenshoop«, murmelte sie und versuchte vergeblich, ihre Bluse glattzustreichen. Sie sah elendig zerknautscht aus und tauschte den dunkelblauen Rock gegen ihren warmen dunklen, zog eine Jacke derselben Farbe über die Bluse und richtete notdürftig ihr Haar. Das Getragene hängte sie zum Lüften ans Fenster.

»Stört es Sie?«

»Weil es mir den Ausblick versperrt, meinen Sie?« Fräulein Frieda kicherte, und es klang in Agnes' Ohren überraschend mädchenhaft. »Nein, machen Sie nur.«

Dann stieß sie einen abgrundtiefen Seufzer aus, hustete und sagte schließlich: »Gäbe es bloß eine neue Haut, wie es neue Garderobe gibt, nicht wahr? Wenn man alles austauschen könnte, das wäre doch eine Wohltat, dann täte es nicht mehr überall zwicken und knarren, die alten Knochen, dieser alte, grässliche Leib.«

Verblüfft wandte sich Agnes ihr zu.

»Ach, geben Sie nichts auf meine Worte!«, sagte Fräulein Frieda und schniefte trotzig. »Mir altem Weib müssen Sie nicht zuhören. Gehen Sie, nun gehen Sie schon.«

Sie wedelte mit ihrer faltigen Hand und legte sich eine Decke um die Schultern, obwohl es in dem kleinen Raum bullig warm war.

Agnes verabschiedete sich mit einem Knicks, den Fräulein Frieda nicht beachtete. Auch Agnes' Gruß erwiderte sie nicht, sondern hustete ausgiebig und starrte seufzend auf die Zimmerwand.

Sanft schloss Agnes hinter sich die Tür. Dann lief sie zu Madame in den Hof, die durchaus zufrieden wirkend zwischen ihren neuen Freunden stand.

»Jetzt werde ich wohl mal meinen Mann stehen«, sagte Agnes und strich über Madames weiche Nase. »Was meinst du, gelingt es mir?«

Madame wieherte, was Agnes als Zustimmung wertete.

Hatte Agnes geglaubt, alle Einkäufe an einem Tag erledigen zu können, wurde sie eines Besseren belehrt. Nein, sie benötigte nicht bloß fünf Pfund Mehl, besten Dank, und drei Dutzend Eier reichten auch nicht! Ach, Zucker war nur in kleinen Mengen vorhanden, von Butter ganz zu schweigen?

Puderzucker und Kakao, die gab es also im Kolonialwarenladen. Doch dort wurden sie bloß in winzigen Portionen angeboten. Und die waren unverschämt teuer.

Der Nachmittag verging wie im Flug. Bald schon warf die Sonne einen funkelnden Kranz aus Strahlen auf den Abendhimmel, der sich nach Westen hin rosa gefärbt hatte. Agnes stand da, spürte ihre Müdigkeit und ihre Erschöpfung in jedem Winkel ihrer selbst, und ja, da war auch ein Hauch Mutlosigkeit. Sie legte die Finger um das schmiedeeiserne Geländer einer Brücke, dessen Kühle irgendwie tröstlich wirkte, und blickte auf den fröhlich dahinsprudelnden Bach unter sich.

In diesem Teil der Altstadt war es ruhiger, zumindest zu dieser Stunde. Wie froh war sie, für einen Augenblick weder sprechen noch zuhören zu müssen, sondern bloß dem Glucksen des Wassers zu lauschen. Tief atmete sie ein und aus und verbot sich, darüber nachzudenken, wie wenig sie erreicht hatte. Sie wollte bloß im Halbschlaf einen Happen essen und in ihr Bett sinken. Und dann: gar nichts mehr. Bloß vom Meer träumen und davon, dass sie bald ausreichend verdient haben würde, um Tilly, die Kinder und sich selbst über den Winter zu bringen.

Das war eine angenehme Aussicht. Allerdings müsste sie sich bewegen, um zur Pension zu gelangen, und das schien ihr geradezu unmöglich.

Sie würde also noch ein Weilchen hier stehen. Das Flüstern des Baches klang angenehm. Sie sollte bloß nicht im Stehen einschlafen, und um das zu vermeiden, war es vielleicht keine schlechte Idee, den Hut abzunehmen und den Kopf auszulüften. Ihre Locken darunter fühlten sich feucht an. Kein Wunder, trotz der Brise, die überall in Lübeck wehte, war der Abend warm. Und dann steckte sie ja in diesem Rock, den sie in Straßburg stets in der Kirche getragen hatte, wo es selbst im Hochsommer eisig war.

Müde hielt sie sich am Geländer fest. Etwas schwirrte in ihrem Nacken. Vergeblich wischte sie die Locken zur Seite und wedelte mit der Hand, doch das Surren wollte nicht abnehmen.

»Bitte sehr«, ertönte hinter ihr eine angenehm klingende Stimme, die ihr bekannt vorkam. Eine eingerollte Zeitung tauchte vor ihrem Gesicht auf. Ohne darüber nachzudenken, griff sie danach.

Als sie sich umdrehte, nahm sie das lästige Summen der Mücken nicht mehr wahr.

»Oh«, sagte sie. »Sie!«

Wie kam es, dass sie in einem Gebiet von der Größe Deutschlands immer wieder diesem einen Menschen begegnete?

»Das könnte ich auch zu Ihnen sagen«, erwiderte Benjamin von Reiker und verzog das Gesicht zu einem leichten Lächeln.

Stumm sahen sie einander an. Schließlich gelang es ihr, den Blick abzuwenden, und blätterte geräuschvoll die Zeitung auf.

»Unsere Freunde in Hamburg« stand da in großen Lettern, darunter: »Todbringende Cholera«. Benjamin von Reiker verschwand aus ihrem Bewusstsein. Mit angehaltenem Atem überflog sie die Zeilen, faltete das Papier wieder zusammen, rollte es auf und überreichte es ihm.

»Ungute Nachrichten?«, fragte er.

Sie nickte, unfähig zu sprechen. In ihren Ohren hatte es zu summen begonnen; ein unangenehmes Pfeifen mischte sich darunter. Ihr Mund war wie ausgetrocknet, und ihr schwindelte.

»Darf ich?«, hörte sie seine leise, angenehme Stimme.

Sie wusste nicht, was er dürfen wollte, trotzdem nickte sie. Er griff nach ihrem Arm und führte sie sanft zu einer Bank, die am Rand des Baches stand.

»Setzen wir uns?«, fragte er.

Sie nickte. Behutsam drückte er sie auf die Sitzfläche hinab und nahm neben ihr Platz.

Seine Augen wirkten gütig und besorgt. Am liebsten hätte sie sich zur Seite gelehnt und ihren Kopf auf seine Schulter gebettet, um für einen Augenblick nicht über das nachdenken zu müssen, was sie in der Zeitung entdeckt hatte.

»Weinen Sie ruhig, falls Ihnen danach ist. Es stört mich nicht.«

Wie auf Kommando begannen ihre Tränen zu strömen. Sie weinte nicht nur wegen der Zahlen, den schrecklichen schwarzen, unglaublichen Zahlen, die auf das helle Papier gedruckt waren. Sie weinte auch wegen ihrer Sorge um Tilly und um die Kinder, wegen ihrer Angst vor dem Herbst, vor dem Winter, vor allem, was unweigerlich kommen würde.

Schließlich schniefte sie laut. Sie fühlte sich nicht das kleinste bisschen besser.

Wortlos reichte er ihr ein Taschentuch mit seinen Initialen, und sie schnäuzte sich lautstark.

»Verzeihung.«

Er schüttelte den Kopf und lächelte so freundlich, dass ihr erneut die Tränen kamen. Auch wenn sie vor Kurzem vielleicht noch anders darüber gedacht hätte – in diesem Moment erschien ihr Benjamin von Reiker wie der freundlichste Mensch, dem sie jemals begegnet war. Nun, mit Ausnahme Pfarrer Wielands natürlich, und wenn sie die Kinder auch hinzuzählte, gab es noch ein paar Ausnahmen mehr. Aber davon abgesehen …

»Danke.« Agnes reichte ihm das Taschentuch zurück. Er nahm es, ohne auch nur mit der Wimper zu zucken, obwohl es regelrecht durchnässt war.

»Hier ist noch eines für den Weg«, sagte er und gab ihr ein frisches, wieder mit den Initialen BvR versehen.

»Müssen Sie schon gehen?« Die Enttäuschung, die in ihrer Stimme lag, überraschte Agnes selbst.

»So habe ich es nicht gemeint. Möchten Sie mir erzählen, was Sie so traurig stimmt?«

Als er sah, dass sie erneut schluckte, griff er nach ihrer Hand.

»Ich wollte Sie nicht gleich wieder daran erinnern!

Wir können über Taschentücher sprechen. Oder … über das Wetter. Oder den seltsamen Zufall, dass wir uns schon wieder begegnet sind. Ich hoffe, Sie glauben nicht, ich folge Ihnen?«

Obwohl sie nach wie vor den Tränen nahe war, lachte sie leise. »Wenn überhaupt, doch eher umgekehrt.«

Es tat gut zu sprechen. Wenn sie auch diese schrecklichen Zahlen nicht gänzlich aus ihrem Kopf vertreiben konnte. Sie atmete tief ein. »Zumindest in Berlin habe ich ja *Sie* besucht. Und in Kleenshoop, nun … Was haben Sie eigentlich dort gemacht? Zumindest damals sahen Sie nicht wie ein Schlossherr aus.«

»Ich bin ja auch keiner. Das Haus gehört meinen Eltern. Ich habe danach gesehen. Und dann war ich spazieren. Ich mag den Fels. Und den Wald.«

»Ich auch«, sagte sie nachdenklich und atmete tief ein. Sie konnte nicht hier sitzen und so dreist sein, ihm nicht die Wahrheit zu sagen. »Ihr Schloss – das Herrenhaus Ihrer Eltern …«

»Ich habe mich bemüht, meinen Vater zu überzeugen«, unterbrach er sie. »Mir gefällt Ihre Idee, wissen Sie? Das Anwesen verfällt ja nur. Letztlich fehlt mir die Zeit, häufiger danach zu sehen. Wir könnten natürlich jemanden einstellen, der sich um das Wohl des Gemäuers kümmert. Jemanden aus dem Dorf …«

Mit jedem Wort war ihre Hoffnung gewachsen. Er fand Gefallen an ihrer Idee. Und überlegte Alternativen – aber wieso? Sie konnte doch alles übernehmen, das hatte sie ihm doch schon in Berlin vorgeschlagen!

»Aber genau das meinte ich doch! Ich bin ja quasi

aus dem Dorf. Und ich bin verlässlich und geschickt und …«

Wieder unterbrach er sie mit einem entschuldigenden Lächeln.

»Das weiß ich. Das Problem ist bloß, dass meine Eltern ganz anderer Ansicht sind. Nicht in Bezug auf Sie natürlich, sie kennen Sie ja nicht. Aber …« Er sah auf ihre Hände hinunter, die immer noch ineinanderlagen. Erstaunen zeichnete sich auf seinem Gesicht ab. Auch Agnes zuckte zusammen. Es hatte sich so natürlich angefühlt, dass es ihr gar nicht aufgefallen war.

Er löste seinen Griff, und Agnes spürte irritiert die Kälte, die plötzlich an ihrem Handrücken entlangstrich.

»Ich weiß«, wiederholte er und starrte angestrengt in die Ferne, die keine wirkliche Ferne war. Vor ihnen gluckste der Bach, dahinter erhob sich eine schmale Anhöhe. Dort stand ein Haus, daneben ein weiteres.

»Ich würde mich wirklich fabelhaft dafür eignen«, sagte Agnes. »Auch wenn ich auf den ersten Blick womöglich nicht so wirke.«

Er achtete sorgfältig darauf, weder sie anzusehen noch seine Hand, mit der er ihre so zart gehalten hatte.

»Das Problem, und das sagte ich Ihnen ja schon, ist der Umstand«, begann er, »dass meine Eltern an das Haus nicht einmal denken wollen. Wenn sich nun jemand darum kümmert, kehrt es doch wieder in ihr Bewusstsein zurück, denn sie müssen einen Vertrag schließen, Aufträge erteilen, sie müssen …«

»Könnten wir das Ganze nicht informell gestalten?«, fiel sie ihm ins Wort.

Statt ihr zu antworten, schüttelte er den Kopf. Nur das Geräusch des Baches und die leisen Gespräche der gelegentlichen Passanten, die sich hinter ihnen in abendliche Unternehmungen stürzten, waren noch zu hören.

Voller Sehnsucht dachte sie an ihre Küche. Nun, *seine* Küche. Wie wunderbar es wäre, darin zu stehen, während draußen die Dämmerung hereinbrach, die Geräusche verebbten und langsam die Tiere der Dunkelheit übernahmen. Sie würde gern die ganze Nacht backen und kochen. Um zu vergessen, was sie in dieser Zeitung gesehen hatte.

Sie zeigte auf das mittlerweile reichlich zerknautschte Papier.

»Darin stehen Todeszahlen.« Ihre Stimme klang dunkel und heiser. »Die Todeszahlen jedes einzelnen Tages. Vorgestern waren es 148. Einen Tag davor 142. Und vorvorgestern 175.«

Es nutzte gar nichts, die Lider aufeinanderzupressen. Die Trauer schwappte erneut über sie hinweg. So viele Menschenleben in nur drei Tagen! Waren Nachbarn aus dem Schaarhof darunter? Die Kinder des Waisenhauses?

»Es ist nicht auszuhalten, nichts über den Verbleib jedes Einzelnen zu wissen«, sagte sie langsam. »Ich habe das Gefühl, die Angst reißt mich auseinander. Am liebsten würde ich dorthin rennen, um sicherzugehen, dass es denen, die ich kenne, gut geht. Und ich weiß nicht einmal, ob der Pastor wieder an Ort und Stelle ist. Ob es jemanden gibt, der sich um die Kinder kümmert, die wir zurücklassen mussten.«

Sie schluchzte und weinte, bis ihre Tränen verebbten und sich Leere in ihr ausbreitete. Zugleich fühlte sie sich unendlich schwer. Als könne sie nie wieder aufstehen und zur Pension zurückkehren. Geschweige denn nach Kleenshoop.

»Kommen Sie«, sagte er dicht neben ihrem Ohr.

Er stand auf und zog sie sanft an sich. Wie ein trauriges Liebespaar liefen sie aneinandergeschmiegt die enge Gasse entlang. Erst vor der Tür der Pension löste er seine Hand von ihrer Schulter.

»Gute Nacht, Agnes.«

Sie blinzelte.

»Ich werde morgen noch einmal meinen Vater sprechen. Vielleicht kann ich doch mehr erreichen.«

»Sie besuchen in Lübeck Ihre Eltern?«

Er nickte.

Ein Gedanke schoss Agnes durch den Kopf, der wilde Hoffnung in ihr auslöste. »Nehmen Sie mich mit? Mit zu Ihren Eltern?«

Wenn sie Benjamin von Reiker überzeugen konnte, und das, so schien ihr jedenfalls, hatte sie – wieso nicht auch seinen Vater?

Er bewegte die Lippen, allerdings, ohne etwas zu sagen. Vielleicht stellte er Für und Wider gegeneinander. Was könnte wohl zu Agnes' Gunsten stehen?

»Wie könnte ich Ihnen das abschlagen?«, sagte er schließlich und lächelte schüchtern. »Ich hole Sie ab. Um sieben Uhr abends? Bis morgen, Agnes.«

Wieder nur ihr Vorname. Es klang vertraut, als wären sie von Kindesbeinen an miteinander bekannt.

»Auf Wiedersehen, Herr von Reiker.«

Nach drei Stunden auf dem Lübecker Marktplatz war Agnes darüber im Bilde, wie dort der Hase lief. Sie hatte ihren Notizblock schon zur Hälfte vollgekritzelt mit Zahlen und Berechnungen. Indem sie die Preise jedes einzelnen Händlers verglichen hatte, wusste sie, dass bei Horst, der im abgelegensten Teil des Platzes seine Waren ausstellte, das Pfund Kartoffeln günstiger war als bei Jakob. Letzterer logierte ganz vorn, bei ihm kostete alles ein wenig mehr, allerdings hatte er ihr versichert, im Dutzend billiger zu werden. Dieses Zugeständnis wiederum hatte Horst nicht gemacht.

»Ah, der rote Floh!«, rief Konrad, als sie zum sicher zehnten Mal an ihm vorbeilief. »Wieso kaufst du eigentlich nichts bei mir?«

»Du bist zu teuer.«

»Sag das bloß nicht zu laut.« Doch er grinste, als er das sagte, und spuckte anerkennend aus.

Überhaupt wurde viel gespuckt auf dem Markt, hatte sie festgestellt. Und sich selbst dabei ertappt, wie sie es den Männern gleichtun wollte. Aber diese Angewohnheit sollte sie nicht aufnehmen, Fräulein Frieda würde sie hochkant aus ihrem gemeinsamen Zimmer werfen!

Agnes war zufrieden mit sich. Sie hatte eine Menge Bestellungen aufgegeben und noch mehr verhandelt. Die Männer, die sich anfangs mit ihrem Charme überboten hatten, waren schnell wieder zu Händlern geworden. Wenn es ums Geld ging, vergaßen sie schlagartig, dass ihnen eine Dame gegenüberstand. Da wurden Preise in die Luft geschmettert, geschimpft und sich theatralisch an den Kopf gefasst. Und Agnes? Sie schlug sich wacker. Bislang hatte sie nirgendwo die Summe bezahlt, die ihr als Erstes, als Zweites oder als Drittes genannt worden war.

Jetzt war sie durstig und hungrig. Es war ja schon zwölf Uhr durch, und sie hatte seit sechs in der Früh nichts mehr zu sich genommen. Auf der Suche nach einem Lokal nicht zu weit vom Markt entfernt fand sie sich auf einem kopfsteingepflasterten Platz wieder, der von rosa und braun getünchten Fachwerkhäusern flankiert war. Kaufleute und Damen in schönen Kleidern flanierten an ihr vorbei, doch es gab auch einfache Leute, die vor ihren Geschäften standen und plauderten.

Die hanseatischen Kaufmannshäuser mit ihren reich verzierten Giebeln waren wunderschön, erinnerten Agnes aber schmerzhaft an Hamburg. Wieder fielen ihr die Zahlen aus der Zeitung ein, und sie atmete tief ein und aus, um sich zu sammeln.

Vor dem Frühstück hatte sie an Pastor Sörensen geschrieben. Endlich war es ihr gelungen, ihren Zorn so weit hinunterzuschlucken, dass sie einen neutralen Ton beibehalten konnte. Sie hatte den Brief zum Postamt gebracht und hoffte, nach ihrer Rückkehr nach Kleenshoop nicht allzu lange auf seine Antwort warten zu müssen. Wenn bloß alle Kinder in Sicherheit waren!

Auf der anderen Seite des Platzes entdeckte sie Konrad, den Marktverkäufer, der zielstrebig auf ein Lokal zusteuerte. Er verschwand hinter der schwarzen Tür, und Agnes überlegte, ob sie ihm folgen sollte. Das Gasthaus sah wie eine Kaschemme aus, aber nicht so übel, dass sich Agnes nicht hineingetraut hätte.

Als sie das Lokal fast erreicht hatte, wurden hinter ihr Rufe und das Getrappel von Pferden laut. Eine nachtschwarz glänzende Kutsche bahnte sich ihren Weg durch die Menschen hindurch und hielt vor einem Restaurant, das so teuer aussah, dass Agnes nicht einmal einen Blick hineingeworfen hatte. Aus einer Flügeltür stürmte ein Mann in schwarzer Livree mit golden glänzenden Knöpfen und scheuchte alles, was nicht schnell genug war, mit barschen Worten beiseite.

»Good day to you, Mr Cecil«, rief er mit Bassstimme. »Good day to you, too, Miss Cecil.«

Englisch kannte Agnes nur aus Straßburg, wo Reisende von der Insel oder gar aus Amerika das Münster und den *Christkindelsmärik* besuchten. Sie selbst hatte es auch auf den Straßburger Weihnachtsmarkt gezogen, dessen Duft nach Zimt und Nelken bis ins Waisenhaus wehte.

Neugierig blickte sie zu dem Restaurant hinüber. Dem Gefährt entstieg ein schmächtiger, fast durchsichtig scheinender Herr, dessen Anzug selbst auf diese Entfernung höchst elegant aussah, schmal geschnitten und aus feinem, hellem Stoff. Vor allem aber wirkten seine Bewegungen so stilvoll, als habe er sie tausendfach vor dem Spiegel einstudiert.

»Herr von Reiker«, hörte sie jemanden sagen.

Agnes hielt die Luft an.

Das sollte Benjamin von Reikers Vater sein? Sie hatte ihn sich stattlicher vorgestellt. Nicht so … gespensterhaft. Doch da kletterte noch jemand aus der Kutsche. Es war Benjamin von Reiker. Ihr Herz tat einen seltsam aufgeregten Satz.

In seinem dunklen, schlichten Anzug wirkte er weit weltmännischer als sein Begleiter. Seine Bewegungen, sein Auftreten – alles war formvollendet. Agnes konnte ihn sich überhaupt nicht mehr in abgetragener Kleidung auf einem Fels vorstellen. Und auch die Erinnerung an den gestrigen Abend wirkte fern, als sei dieser Herr ein vollkommen anderer als der, den sie kannte.

Nun, sie *kannte* ihn ja nicht. Nein, von Kennen konnte wirklich keine Rede sein.

Der Portier redete unterdessen unaufhörlich auf den dürren, hellhaarigen Herrn ein. Er sprach ihn wiederholt mit Mr Cecil an, woraus zu folgern war, dass es sich bei ihm nicht um Herrn von Reiker senior handelte.

Nun, in ihrer Aufmachung würde Agnes ihm auch nicht gegenübertreten wollen! Sie war leidlich gekämmt, leidlich gewaschen, und ihr Kleid … Nun, es wäre nicht unfreundlich gewesen zu behaupten, dass es bessere Tage gesehen hatte. Vor zehn Jahren oder mehr.

Mit einer nachdenklichen Geste strich sich Benjamin von Reiker eine Strähne aus der Stirn. Aus dem Innern der Kutsche streckte sich eine Hand, zart und in helle Seide gehüllt. Benjamin von Reiker nahm sie mit einem Lächeln, und Agnes stellte irritiert fest, dass eine leichte Übelkeit in ihr aufstieg.

Die Dame, die so gewandt aus der Kutsche kletterte, als schwebe sie, trug ein hellrosa Kleid, dessen ausufernder Rock ihre zarte Statur noch betonte. Sie hatte schwarzes glänzendes Haar, das unter einem ebenfalls rosafarbenen Hut hervorquoll. Agnes gelang es nicht, den Blick von ihr abzuwenden. Die Dame hatte alabasterfarbene Haut, einen hellroten kleinen Mund, der auf die Entfernung an eine Rosenblüte erinnerte, und ein hübsches Gesicht mit großen, dunklen Augen.

Alles an ihr wirkte sehr klein, sehr schmal, sehr elegant. Im Vergleich zu ihr kam sich Agnes groß und trampelig vor, ein Gedanke, den sie nie zuvor gehabt hatte.

»Miss Cecil«, hörte sie den Livrierten sagen.

Hoheitsvoll nickte ihm Miss Cecil zu und lief, die Hand an Benjamin von Reikers Arm gelegt, die Treppe hinauf.

Agnes drückte die Klinke zu der Kaschemme hinunter, trat ein und schloss eine Spur zu heftig die Tür hinter sich.

»Na, roter Floh, was hat dich hier reingespült?«

Sie war dankbar für die Ablenkung, die ihr Konrads schnoddrige Stimme bot. Der Händler saß am Fenster und hatte ein leeres und ein noch halb gefülltes Glas Bier vor sich stehen.

»Der Appetit«, sagte sie und beschloss, nicht mehr an das zu denken, was sie eben gesehen hatte. Was gar nicht so leicht war. Dieses blasse, vornehme Gesicht unter dem dunklen Haar und dem rosa Hut …

»Kannst du mir etwas empfehlen?«

»Wenn du es ohne Fleisch magst, empfehle ich dir die Mettwurst.«

Verblüfft sah sie ihn an. Er grinste.

»Ich red nur Tinnef. Dann empfehle ich dir eben die Bratkartoffeln.«

Sie dankte und wählte einen Tisch im hinteren Teil des Raumes. Bloß nicht am Fenster sitzen und auf das elegante Restaurant blicken.

Wieso machte es ihr überhaupt etwas aus? Benjamin von Reiker konnte seine Zeit doch verbringen, wie und mit wem er wollte. Wichtig war einzig, dass sie heute Abend bei seinem Vater vorspräche.

Doch die Erinnerung daran, wie er die zarte, seidenbehandschuhte Hand genommen und der jungen Dame beim Aussteigen geholfen hatte, steckte wie ein Dorn mit Widerhaken in ihr fest. Als ihr Kaffee gebracht wurde, trank sie das bittere, dampfende Gebräu fast mit einem Schluck und bestellte gleich eine neue Tasse.

»Und die Bratkartoffeln, bitte.«

Bis es so weit war, nahm sie sich vor, nur noch auf das Hier und das Jetzt zu achten. Das war interessant genug, schließlich saß sie nur wenige Zentimeter von einem Durchgang entfernt. Und jener Durchgang war ausnehmend stark frequentiert – wenn auch nur in die eine Richtung. In das Hinterzimmer hinein, das von hier aus nicht einsehbar war.

Etliche Männer mit roten Wangen und glänzenden Augen verschwanden, keiner kam wieder heraus. Dafür wurden immer wieder johlende Stimmen laut und ein Scheppern, das Agnes nicht zuordnen konnte.

Die Bratkartoffeln kamen, allerdings ohne Besteck. Unschlüssig blickte sich Agnes um, bis Konrad das Rätsel löste.

»Hängt unterm Tisch. An Ketten.«

Tatsächlich war das Besteck an der Unterseite der Tischplatte befestigt. Was sicher nützlich war, damit das Lokal nicht andauernd neue Gabeln und Löffel besorgen musste. Weniger praktisch fand Agnes allerdings, dass es auf diese Weise nur schwer zu säubern war.

Hatte dieser Löffel schon einmal einen Kessel mit kochend heißem Wasser von innen gesehen?

Sie beäugte ihn skeptisch und beschloss, mit den Fingern zu essen. Nicht gerade damenhaft, aber weit besser, als sich später mit Bauchschmerzen nicht mehr aus der Pension zu trauen.

»Ja, so geht das auch«, rief Konrad und grinste. Er hatte sein zweites Bier ausgetrunken, stand jetzt auf und zahlte.

»Bis später, roter Floh. Und lass dir kein Geld abnehmen da drin.«

Er zeigte mit dem Kinn auf den Durchgang.

»Was gibt es denn dort?«

Konrad vergewisserte sich, dass ihm niemand zuhörte, dann beugte er sich vor und flüsterte: »Roulette.«

Agnes riss die Augen auf. »Aber das ist verboten.«

»Was glaubst du denn, warum ich flüstere?«

Er kniff das linke Auge zusammen und blinzelte ihr mit dem anderen zu.

Zu gern hätte Agnes einmal um die Ecke geguckt, um den Herren beim Glücksspiel zuzusehen, aber sie traute sich nicht.

Die Bratkartoffeln schmeckten hervorragend. Was für ein Glück, dass in diesem Teil des Lokals bis auf den Kellner niemand mehr anwesend war. So konnte sich Agnes ungestört ihrer Mahlzeit widmen und versuchte, sich die Finger nicht allzu sehr zu verbrennen, als die Tür wieder aufschlug.

»Whisky, guten, falls Sie haben«, rief eine irritierend helle Herrenstimme mit starkem englischem Akzent statt einer Begrüßung.

Agnes fror in der Bewegung ein, als sie jenen durchscheinend wirkenden älteren Herrn erkannte, der zusammen mit Benjamin aus der Kutsche gestiegen war.

Er beugte sich zu dem Kellner und flüsterte sehr laut: »Ich habe gehört, hier ist so einiges möglich?«

Statt einer Antwort deutete der Kellner mit dem Kopf in den hinteren Teil des Lokals.

Ah. Zum Glücksspiel wollte er.

Als die Tür erneut aufging, sanfter diesmal, und sie Benjamin von Reiker darin auftauchen sah, schrumpfte Agnes in sich zusammen. Sie saß dunkel gekleidet vor einer dunklen Wand. Würde ihr Haar nicht so rot leuchten, stünden ihre Chancen gar nicht schlecht, übersehen zu werden. Sie griff nach ihrem Hut und drückte ihn sich auf den Schopf.

»Oh«, erklang seine angenehm warme Stimme. »Sie. Wieso in aller Welt wundert mich das nicht?«

»Vielleicht sind wir wie Nordpol und Südpol. Da ist

es unvermeidlich, dass wir voneinander angezogen werden und uns immer wieder begegnen.«

Das war eigentlich nicht das, was sie hatte sagen wollen. Tatsächlich hatte sie an solcherlei nicht mehr gedacht, seit Pfarrer Wieland ihr einmal Unterricht darüber erteilt hatte.

»Du hast doch ein Interesse für Naturwissenschaften«, hatte er behauptet und damit recht gehabt. Aus Mangel an Gelegenheiten hatten sie das Thema allerdings nicht weiter verfolgt.

Benjamin von Reiker lachte und fuhr sich durchs Haar.

»Eine interessante These. Ja, womöglich ist es so.«

Seine Augen leuchteten selbst im Halbdunkel. Agnes wurde schmerzhaft bewusst, wie angenehm sie es fand, dort hineinzublicken.

Der Herr mit dem britischen Akzent und geisterhaften Aussehen trat nun auch an ihren Tisch.

»Guten Tag, Verehrteste.«

»Guten Tag«, erwiderte Agnes und nickte möglichst elegant. Sie sollte aufstehen und knicksen, allerdings würde man dann ihr fadenscheiniges Kleid sehen und ihre fettigen Finger, die sie jetzt unter dem Tisch verbarg.

»Mr Cecil«, sagte Benjamin von Reiker. »Dies ist Agnes Martin.«

»Guten Tag«, wiederholte sie ein zweites Mal, weil ihr nichts anderes einfiel.

Der Herr hatte aber das Interesse schon wieder verloren. Er reichte seinem Freund ein Glas mit einer goldenen Flüssigkeit und blickte sehnsüchtig auf den Durchgang, hinter dem aufs Neue das scheppernde Geräusch laut wurde.

»Benjamin«, sagte er und sprach den Namen englisch aus, »wollen wir?«

Benjamin von Reiker machte nicht den Eindruck, als könne er das Roulettespiel nicht erwarten. »Gehen Sie nur«, sagte er, »vielleicht ist Ihnen das Glück ja hold.« Und an Agnes gewandt, nachdem Mr Cecil verschwunden war: »Ist Ihnen eigentlich bewusst, dass eine Dame allein in einem solchen Etablissement … nun …«

»Ich wette mit Ihnen, dass eine Dame in einem Etablissement wie diesem besser zurechtkommt als gegenüber im Restaurant Zur Post.«

Er lachte in sich hinein.

»Da mögen Sie recht haben.«

»Wo ist denn eigentlich Ihre Begleiterin?«

Warum fragte sie ihn das? Sie wollte es doch gar nicht wissen!

»Sie hat Einkäufe zu erledigen.«

»Wie ich«, bemerkte Agnes und erhob sich. Weit und breit war keine Serviette zu entdecken. Sie konnte nur hoffen, dass Benjamin von Reiker nicht auf die Idee käme, ihr seine Hand zu reichen. »Sie entschuldigen mich. Mir fehlen noch zehn Dutzend Eier, und eine Ingwerwurzel habe ich auch noch nicht auftun können. Es war nett, wieder mit Ihnen zu plaudern.«

»Mit Ihnen ebenfalls.« Er starrte sie mit beunruhigender Intensität an.

Wie schwer es war, sich loszureißen!

»Ich hoffe, Sie finden, was Sie suchen.«

Sie knickste, schob sich an ihm vorbei und spürte seine Blicke noch in ihrem Nacken prickeln. Als sie weit genug entfernt war, dass er sie unmöglich hören konnte, sagte sie zu sich selbst: »Ich hoffe, Sie auch.«

Ihre Einkaufsliste war so gut wie abgearbeitet. Sämtliche Bestellungen hatte sie ausgehandelt und die Lieferung für den kommenden Morgen ausgemacht, an dem sie in aller Herrgottsfrühe mit dem Heukarren auf dem Markt eintrudeln würde. Sie sollte zufrieden mit sich sein und war es auch. Aber die Gedanken wirbelten nur so in ihrem Kopf herum.

Immer wieder sah sie Herrn von Reiker vor sich, wie er zusammen mit Miss Cecil auf das Restaurant zuging. Die Art, wie sie ihm die Hand auf den Arm gelegt hatte, hatte so vertraut gewirkt. Trotzig stopfte Agnes ihren Notizblock in die Tasche und schalt sich, mit den Albernheiten aufzuhören. Sie musste sich konzentrieren. Wenn schon nicht auf ihre Einkäufe, dann zumindest auf das, was sie Herrn von Reiker senior heute Abend sagen wollte. Das hatte sie sich ebenfalls notiert und blickte immer wieder darauf. Berechnungen, mögliche und kaum mögliche Einkünfte, bei denen sie noch eine glaubwürdige Mitte finden musste. Sie würde wie eine Frau von Welt wirken müssen. Wie eine Frau, die genau wusste, was sie tat.

War das ein Problem? Nein, beschloss Agnes, das war es nicht.

»Mögen Sie Marzipan?«, erklang eine Stimme.

So unvermittelt aus ihren Gedanken gerissen blickte

Agnes erschrocken auf. Ohne es zu merken, hatte sie vor einem Stand Halt gemacht, dessen Angebot aus einer hellen, süßlich duftenden Masse bestand. Wie lange hatte sie schon darauf gestarrt?

»Was ist das?«, fragte sie und versuchte, ihre Gedanken zu ordnen: Die wenigen verbliebenen Bestellungen abwickeln. In die Pension zurückkehren. Baden und ihr bestes Kleid heraussuchen, wobei die Auswahl, die ihr Koffer bot, erschreckend klein war.

»Marzipan. Eine Süßigkeit«, sagte der Herr. Er hatte dunkles, glänzendes Haar. Seine Wangen waren voll und rot, über seinem gewaltigen Bauch spannte ein Leinenhemd. Die Süßigkeit, die er anbot, schmeckte ihm augenscheinlich selbst.

»Das habe ich noch nie probiert«, gab Agnes zu. »Immerhin habe ich aber schon einmal davon gehört.«

»Dann kosten Sie doch bitte!«

Er reichte ihr ein Stück, nun, eher einen größer ausgefallenen Krümel. Als sie ihn auf die Zunge nahm, verströmte er eine solche Süße, dass Agnes erstaunt die Augen aufriss.

»Oh«, stammelte sie. »Das ist lecker.«

»Das will ich wohl meinen.« Der Herr lächelte. »Darf ich Ihnen etwas einpacken?«

Als er ihr den Preis nannte, wurde ihr glatt schwindelig.

»Zwei Mark?«, stammelte sie. »Für ein Stück?«

»Marzipan ist kostbar.« Entschuldigend zog er die Schultern hoch. »Allein das Rosenwasser ist teuer. Und dann die Mandeln …«

Rosenwasser, notierte Agnes innerlich. Mandeln.

»Was enthält es noch?«

Er lachte, und seine Augen begannen zu glitzern.

»Das ist Geschäftsgeheimnis, meine Liebe.«

Auch Agnes lächelte.

»Zu schade. Und wenn ich Ihnen das Rezept für wundervolle Apfelbeignets verrate? Und Ihnen zudem versichere, nicht in Lübeck zu leben, sondern in einiger Entfernung?«

Glucksend schüttelte er den Kopf.

»Sie sind mir ja eine. Geschäftsfrau durch und durch, nicht wahr? Tut mir leid, die Zutaten und das Rezept sind ein Familiengeheimnis. Wenn ich es verriete, würde meine Großmutter höchstpersönlich aus ihrem Grab klettern und mich jagen.«

Der Gedanke machte Agnes kurz schaudern, doch der Händler grinste so breit, dass auch sie das Bild schnell wieder verscheuchen konnte.

»Zu schade«, sagte sie und wandte sich um.

»Aus Ihnen wird noch mal was«, rief er ihr nach. »Das seh ich auf den ersten Blick.«

Lächelnd nahm Agnes ihre Bestellrunde wieder auf. Am Ende des Tages hatte sie sogar Ingwer geordert. Und Gurken, viele Gurken. Nur für Fridolin.

Auf ihrer Zunge lag immer noch ein Hauch des wunderbar süßen Marzipans, als sie den Weg zurück zur Pension einschlug. Bis sie mit Benjamin von Reiker verabredet war, blieben ihr noch anderthalb Stunden. Benjamin … Sie brachte es nicht über sich, ihn selbst in Gedanken nur beim Vornamen zu nennen. Ihre Lüge würde sich dann noch größer anfühlen.

Als sie in die Glockengießerstraße einbog, löste sie ihr Haar, stopfte das Haarband in die Tasche ihrer reichlich verstaubten Schürze und stellte fest, dass an ihrer Bluse ein Knopf fehlte. Was für ein Glück, dass es niemandem auf dem Markt aufgefallen war. Sie konnte die feixenden Gesichter regelrecht vor sich sehen …

Eine schmale, dunkel gekleidete Gestalt löste sich aus dem Schatten eines Hauseingangs.

»Guten Abend, Agnes.«

Verblüfft blickte sie in Benjamin von Reikers Augen.

»Bin ich zu spät?«, fragte sie. »Wir hatten doch sieben Uhr gesagt.«

»Es tut mir leid«, sagte er und seufzte. »Mein Vater hat mir eben die Nachricht zukommen lassen, dass meine Eltern noch heute überraschend abreisen werden. Sie werden leider nicht mit ihm sprechen können.«

»Oh!« Agnes schluckte. Die Enttäuschung brach wie eine riesige Welle über ihr zusammen. Doch dann dachte sie nach. »Heute Abend noch? Aber was, wenn wir gleich führen? Ich brauche nur ein paar Minuten.«

Er öffnete den Mund und schloss ihn wieder.

»Bitte, Herr von Reiker«, murmelte sie, und dann fiel ihr nichts mehr ein. *Du kannst doch weitermachen wie bisher,* flüsterte die feine Stimme in ihrem Kopf. *Mach weiter, und niemand erfährt davon.* Aber sie wollte nicht mehr weitermachen mit all den Heimlichkeiten. Zumindest nicht, wenn es einen anderen Weg gab.

»Bitte, bringen Sie mich zu ihm.«

Benjamin von Reikers Blick blieb an ihrem fehlenden Blusenknopf hängen. Er wirkte unentschlossen. Aber er hatte nicht gleich Nein gesagt.

»Ich – ich ziehe mich um. Ratzfatz. Bis Sie sich einmal umgedreht haben, bin ich schon wieder da. Und dann fahren wir. Versuchen wir es? Wenn Ihre Eltern schon fort sind, nun, dann muss ich mich damit abfinden.«

Immer noch konnte er sich nicht dazu durchringen, etwas zu sagen.

»Herr von Reiker. Benjamin. Bitte!«

»Nun gut. Versuchen wir es.«

»Ich bin sofort zurück!«, rief sie, riss die Tür zur Pension auf, hastete die schmale, finstere Treppe hinauf und war schon in ihrem Zimmer.

Wie ein Pfeil schoss Fräulein Frieda aus ihrem Kissen hoch.

»Verzeihen Sie«, rief Agnes außer Atem. »Besitzen Sie einen breiten Schal?«

»Nun …«

»Es ist eilig!«

Pikiert in sich hineinmurmelnd stand ihre Zimmergenossin auf und öffnete den schmalen Schrank. Glücklicherweise besaß auch sie nicht viel Kleidung, somit dauerte die Suche nicht lange. Nicht einmal drei Sekunden später hatte Agnes die Schürze abgelegt, sich Fräulein Friedas nach Mottenpulver riechende Pelzstola über die Schultern geworfen und eilte die Treppe wieder hinab. Vor Aufregung fühlte sie sich leicht benommen. Als sie die Straße betrat, klopfte ihr Herz so schnell, dass es beinahe schmerzte.

Benjamin hielt ihr die Tür zu einer schwarz glänzenden Kutsche auf. Das Verdeck war nach hinten geklappt, sodass ihr der Fahrtwind die Locken aus dem Gesicht pustete. Ihr fiel ein, dass sie das Haar noch gar nicht wieder aufgesteckt hatte. Mehr schlecht als recht knotete sie es im Nacken zusammen, doch der Wind, der von der nahen Ostsee herüberwehte, zerrte daran, bis sie es aufgeben wollte.

»Darf ich?«, fragte Herr von Reiker.

Agnes saß stocksteif und ohne zu atmen da, während er behutsam die Nadeln in ihrem Haar versenkte. Wie vertraut es sich anfühlte, wie natürlich …

Doch es war nicht angebracht, so etwas zu fühlen. Schon gar nicht, wenn es eine Miss Cecil gab. In einem rosafarbenen Kleid und mit Alabasterhaut.

»Ich hoffe, so geht es«, sagte er. Sie spürte seinen Atem in ihrem Nacken und versuchte, nicht zu erschauern.

»Danke«, murmelte sie, ohne ihn anzusehen.

Sie hatten die engen Gassen der Hansestadt schon hinter sich gelassen und rumpelten aus dem Stadttor hinaus. Die Felder wirkten trostlos so kurz nach der Ernte, und wieder überfiel Agnes beim Gedanken an den nahenden Herbst ein klammes Gefühl.

Aber es war genug der ängstlichen Empfindungen für heute. Wenn sie nicht wie ein vor Furcht erstarrtes Kaninchen vor Herrn von Reiker senior stehen wollte, sollte sie ihre Nervosität schnellstens abstreifen.

Sie warf einen Seitenblick auf ihren Begleiter, der versonnen in die Landschaft blickte. Der Anblick tat ihrer Aufregung aber nichts Gutes, also schaute sie auch selbst wieder hinaus.

Reden. Wenn sie nicht kochen oder backen konnte, dann war reden das Einzige, das sie davon abhielt, gedanklich Purzelbäume zu schlagen.

»Warum leben Sie eigentlich in Berlin, Herr von Reiker?«

»Ich arbeite dort.«

»Als was?«

Er wandte den Blick vom Fenster und musterte sie amüsiert. »Ich … nun … Ich bin im diplomatischen Dienst.«

»Ach so.«

Nicht dass sie wüsste, was genau das war. Es klang nach Wichtigem, nach feinen Anzügen und festlichen Banketten. Es klang danach, eine schöne, vornehme Dame wie Miss Cecil an seiner Seite zu haben.

»Ein Diplomat?«, wiederholte sie, um an anderes zu denken.

»Das ist so etwas wie ein Vermittler, nicht wahr?«

»Wenn Sie so wollen … Ja, ich denke, man könnte mich als Vermittler bezeichnen.«

Sie nickte und trommelte leise gegen die Kutschentür. »Wissen Sie, Sie sind mir ein Rätsel.«

»Wie bitte?« Ein Lächeln umspielte seinen Mund.

»Sie scheinen so vieles zu sein, kommen Sie da nicht durcheinander? Sie lieben die Natur und spazieren gern im Wald umher. Ihre Arbeit hält Sie in Berlin. Oder Paris oder London, nicht wahr, in den großen Städten.«

»Ja«, sagte er zögernd. »Aber …«

»Und dann sah ich Sie heute beim Glücksspiel. Das ist ja eine ganz andere Facette – oder gehört sie dazu? Und zugleich wirken Sie so … freundlich und zugewandt. Sie interessieren sich für Menschen, scheint mir. Nicht nur für solche Ihres Schlags. Das ist etwas Schönes. Etwas Besonderes …«

Er starrte sie so erstaunt an, dass Agnes rasch den Mund schloss. Sie hatte ihre Gedanken wieder einmal ohne den Umweg über ihren Kopf zu nehmen herausgeplappert. Sicher hielt er sie für äußerst forsch. Und vielleicht auch frech.

»Entschuldigen Sie, Herr von Reiker. Ich wollte nicht … Das klingt, als wisse ich genau, wie Sie sind. Das tue ich natürlich nicht. Auch wenn mir manchmal so ist, als wenn …«

Sie schloss die Augen. Und schon wieder hatte sie nicht nachgedacht. Wie war das noch einmal mit der Goldwaage und den Worten?

»Ich sollte nicht so viel reden.«

»Ich finde es schön, dass Sie viel reden.«

Sie riss die Augen wieder auf. Machte er sich über sie lustig?

»Vor allem sagen Sie immer so Erstaunliches.«

»Tue ich das?« Ihre Stimme klang, als sei sie in einen Schraubstock geraten.

Er lächelte. Agnes blinzelte und sah verlegen auf die Hände in ihrem Schoß.

»Aber jetzt sind Sie plötzlich ganz still.«

»Ja, ich …«

Agnes spürte, wie ihre Wangen warm wurden. Wieso

fand sie es nur so schön, hier mit ihm zu sitzen? In so einer Kutsche war es eng, auch eher dunkel. Das konnte unangenehm sein, wenn man mit jemandem fuhr, den man entweder nicht mochte oder nicht kannte.

Sie mochte Benjamin von Reiker. Sie kannte ihn kaum, aber sie mochte ihn.

»Agnes? Sie sehen ein bisschen blass aus.«

»Ach, ich ... fürchte mich nur ein bisschen vor dem Besuch bei Ihrem Vater.«

Er kniff die Augen zusammen und seufzte.

»Ich wünschte, ich könnte Ihnen versichern, dass er Sie ganz bestimmt mögen wird.«

»Oh. Nicht?«

»Verstehen Sie mich nicht falsch! Wäre er nicht er, würde er Sie sicher mögen. Aber mein Vater ist ... schwierig. Ich kann Ihnen nur den Rat geben, sich nicht von ihm unterkriegen zu lassen.«

Sie nickte. »Danke. Ich werde Ihren Rat befolgen.«

»Und – ich mag es wie gesagt sehr, dass Sie so viel sprechen. Bei meinem Vater allerdings wäre es nicht schlecht, ein paar Worte weniger zu verwenden. Wenn es Ihnen möglich ist.«

Agnes verzog das Gesicht.

»Das wird schwierig«, sagte sie düster, »befürchte ich.«

Er lachte und griff nach ihrer Hand.

»Nein, bitte, machen Sie sich keine Gedanken. Seien Sie, wie Sie sind.«

Mit klopfendem Herzen bemerkte Agnes, dass er die Hand rasch wieder fortzog. Sie starrte aus dem Fenster, in einen Wald hinein, zwischen dessen Stämmen in der Ferne Wasser schimmerte. Es war von einem schönen dunklen Blau. Wie Benjamins Augen.

»Sind Sie schon einmal dem Kaiser begegnet?«, fragte sie abrupt.

Amüsiert runzelte Benjamin die Stirn. »Möchten Sie ihn etwa kennenlernen?«

»Gott bewahre, nein. Mich interessiert nur, ob er wirklich so ist, wie die Leute behaupten. Ein Schauspieler mehr als ein Politiker?«

Er legte den Kopf schief. »Ich denke, ja. Es stimmt, was die Leute sagen.«

Agnes rümpfte die Nase. »Da bin ich doch froh, mich weder dem einen noch dem anderen Land zugehörig zu fühlen. Ich würde mich ärgern, wenn er mein Kaiser wäre.«

»Er ist Ihr Kaiser.«

»Nicht des Herzens. Ich habe mir schließlich nicht ausgesucht, Deutsche zu sein.«

»Ich habe mir auch nicht ausgesucht, Deutscher zu sein.«

»Nein, ja, aber Sie …« Sie lachte. »Ach, Sie wissen schon, was ich meine.«

Die Kutsche rollte unter einem steinernen Tor hindurch.

»Hier leben Ihre Eltern?«, fragte Agnes perplex.

Das Haus, das in der Ferne milchig leuchtete, war mindestens doppelt so groß wie das Kleenshooper Schloss. Seine Fenster glänzten im Licht der Abendsonne. Sie wettete, dass sie täglich geputzt wurden. Auf den Spazierwegen, die zwischen akkurat geschnittenen Rasenflächen an pastellfarbenen Beeten vorbeiführten, tummelten sich Menschen, die in gesetztem Tempo ihre Abendrunde drehten.

Seine Eltern schienen ja äußerst gesellig zu sein.

»Meine Mutter pflegt hier ihre Leiden«, korrigierte Benjamin sie. »Es ist ein Kurhotel.«

Vor Scham verzog Agnes das Gesicht. Diese Müdigkeit … Hätte sie nicht die halbe Nacht wachgelegen und Rechnungen für Benjamin von Reikers Vater aufgestellt, würde sie jetzt nicht Dinge sagen, die entweder albern oder schlichtweg dumm waren.

Sie schluckte und starrte auf ihre Hände, die vor Aufregung eiskalt waren. Zugleich war ihr furchtbar warm. Fräulein Friedas Pelzstola glich einer Daunendecke, die ihr die Luft zum Atmen nahm. Und immer wieder kitzelte sie der Staub, der daraus aufstieg und den sicher auch Benjamin von Reiker bemerkte.

»Ich habe mich nie bei Ihnen entschuldigt«, sagte er. Verwundert hob sie den Blick.

»Warum sollten Sie?«

»Wegen der Sache, die ich bei unserer ersten Begegnung äußerte. Dass Ihr Nachname an Findelkinder verliehen wird.«

»Sie müssen sich dafür nicht entschuldigen. Mir war das bekannt, Sie haben mich nicht schockiert.«

»Ich weiß. Nun, ich hätte meine Gedanken trotzdem für mich behalten können. Aber als ich Sie dort schlafen sah … Mir kamen Findelkinder in den Sinn, die verloren auf den Stufen einer Kirche liegen und schlummern.«

»Ich lag nicht auf einer Kirchenstufe. Weder bei unserer ersten Begegnung, noch als ich ein Kind war.«

»Natürlich nicht«, sagte er leise. »Ich wollte Sie nicht verletzen.«

Vor einer halbrunden Treppe kam die Kutsche zum Stehen.

In Benjamin von Reikers Blick lag Unsicherheit. Fürchtete er die Begegnung mit seinem Vater? Oder war es etwas, das sie gesagt hatte?

»Vielleicht ist es nicht nur von Nachteil, ein Waisenkind zu sein«, fügte er nachdenklich hinzu.

Agnes, die gerade hatte aufstehen wollen, zögerte.

»Nein, nein«, sagte er rasch. »Vergessen Sie, was ich gesagt habe.«

Sie warf ihm einen prüfenden Blick zu, als er ihr aus der Kutsche half, doch er schien nicht weitersprechen zu wollen.

So ging sie hinter ihm auf das einschüchternd große Haus zu und an einschüchternd blasiert wirkenden Angestellten vorbei die Treppe hinauf.

Der Saal, den sie betraten, hätte eine ganze Kirche beherbergen können. Die stuckverzierte Decke wurde von unzähligen Kronleuchtern erhellt, deren Licht zuckend auf den bordeauxroten Teppich fiel. Gemälde bedeckten die Samttapeten. Ängstlich aussehende Hasen und Moorhühner, Fasanen und Rehe flohen darin in großen Sprüngen vor ihren grimmig wirkenden Verfolgern.

»Bringen wir es hinter uns.«

Benjamin klang nicht gerade, als freue er sich auf das Treffen.

»Tun wir das«, murmelte Agnes und strich sich nervös über Fräulein Friedas Stola. Wieder stieg Staub in ihre Nase und ließ sie so heftig niesen, dass sie einen Schritt nach vorn taumelte.

»Um Himmels willen«, ertönte eine kraftlose weibliche Stimme.

Erschrocken blickte Agnes auf und fand sich vor einer Vielzahl an Koffern und einer Dame samt Herrn wieder. Die Dame trug das Haar in Wellen gelegt, die silbern wie Mondschein von einem streng gezogenen Scheitel zu ihren Schultern abfielen. Sie hatte helle Augen, deren Farbe Agnes an Veilchenpastillen denken ließ, eine schmale, wohlgeformte Nase und bebende Lippen.

Empört starrte sie Agnes an. Die Empörung verwandelte sich jedoch schlagartig in Erstaunen, als sie Benjamin entdeckte. Fassungslos sah sie von Agnes zu ihm und wieder zurück.

»Guten Abend, Mutter. Vater.«

Herr von Reiker senior war das glatte Gegenteil seiner Frau. Groß, sonnenverbrannt und raumgreifend mit seinen breiten Schultern und den schlohweißen Haaren, die aussahen, als setzten sie sich gegen jede Art von Frisur eisern zur Wehr.

»Sohn?«, fragte er mit einer voluminösen Stimme, die selbst die Mäuse in den Wänden dazu veranlassen musste, starr zu stehen und die Luft anzuhalten.

Etliche elegant gekleidete Menschen, die eben noch zielstrebig auf die Tür zugesteuert waren, drosselten ihr Tempo. Neugierig wandten sie sich ihnen die Gesichter zu. Agnes schoss das Blut in die Wangen. Wie könnte sie diesem Herrn ihre Geschäftspläne erläutern, ihm, der sie mit kühlem Blick musterte und dabei nicht einmal die Miene verzog?

Doch sie konnte. Sie würde es für Fridolin tun, der sehnsüchtig von Gurkensuppe träumte. Für Clara, deren Gesicht ein einziges Strahlen war, wenn sie Agnes helfen durfte. Für die kleine Marie, deren einziges Wort nach wie vor »Mjam!« war, doch sprach sie es mit einer Inbrunst aus, dass einem das Herz aufging.

Und für sich selbst.

»Bitte verzeihen Sie, wenn ich Sie störe, Herr von Reiker. Mein Name ist Agnes Martin.«

Seine Nasenflügel zuckten, als rieche er etwas Unangenehmes.

»Ich würde gern mit Ihnen über Kleenshoop sprechen. Über Ihr Haus dort, das …«

»Das sagte mir mein Sohn bereits«, fiel ihr Herr von Reiker ins Wort, »woraufhin ich bemerkte, dass ich dafür keine Zeit habe.«

Er musterte sie mit dem abwesendem Blick eines Mannes, dessen Aufmerksamkeit göttlicher Gunst gleichkam und der sie daher sparsam einsetzte. Doch Agnes war nicht bereit, sich in Luft aufzulösen.

»Herr von Reiker, ich verstehe, dass Geschäfte Sie nach Berlin ziehen. Aber warum ich hier vor Ihnen stehe, ist ebenfalls wichtig.«

Das Lid seines rechten Auges zuckte. Davon abgesehen blieb sein Ausdruck starr, als trüge er eine Maske.

»Ich möchte die Küche in Ihrem Herrenhaus nutzen. Ich – nun, ich backe. Und koche. Elsässisch hauptsächlich, aber nicht nur. Meine Waren verkaufe ich und …«

»Sie verkaufen sie?«, fiel ihr Frau von Reiker ins Wort. »Wo? Auf den Feldern etwa? An die Landarbeiter?«

Gehässig starrte sie Agnes aus ihren veilchenblauen Augen an.

Hilflos zuckte Agnes die Schultern. »Nun …«

»Mutter!« Benjamin von Reikers Stimme klang drohend. Doch sie würdigte ihren Sohn keines Blickes, sondern stieß ein helles Lachen aus, das wie das enervierende Zwitschern eines Vogels klang.

»Sie können unmöglich glauben, dass mein Mann so etwas gutheißen kann. Mein Lieber, ein Wort von dir, und die Angelegenheit findet ihr Ende, nicht wahr?«

Herr von Reiker schien seiner Frau nicht zugehört zu haben. Bevor sich das änderte, ergriff Agnes wieder das Wort.

»Ich verkaufe meine Waren an Sommerfrischler. Hauptsächlich Menschen aus Berlin, wie Ihresgleichen …«

Frau von Reikers Augen verengten sich zu Schlitzen. Agnes hob die Stimme, um jeden Protest notfalls zu übertönen.

»Ich möchte die Küche im Ihrem Haus nutzen, da ich nicht ausreichend Platz habe. Im Gegenzug würde ich mich um das Haus kümmern. Sehen, dass es nicht verfällt, reparieren, was repariert werden muss. Ich bin ein ordentlicher Mensch.« In diesem Augenblick flatterte etwas aus Fräulein Friedas Pelz empor. Inständig hoffte

Agnes, dass es keine Motte war. Doch egal, um welches Insekt es sich handelte. Herr und Frau von Reiker hatten es ebenfalls gesehen.

Frau von Reiker starrte Agnes mit zusammengekniffenen Lippen an. Ihr Blick hatte sich irgendwo unterhalb von Agnes' Kinn verhakt. Als Agnes den Kopf senkte, sah sie, dass Frau von Reiker ihren fehlenden Blusenknopf entdeckt hatte. Beziehungsweise natürlich nicht den Knopf, sondern das leere Knopfloch und den auseinanderklaffenden Spalt, der den Blick auf ihre spitzenbesetzte Chemise freigab.

Agnes legte die flache Hand darauf und beschloss, nun einfach in dieser Position zu verharren, während Fräulein Friedas Stola halb auf den Boden hing. Immerhin war die Motte oder was immer es auch gewesen war davongeflogen.

»Ich war … bei der Ordnung?«

Herr von Reiker senior nickte. Er hatte einen düsteren Gesichtsausdruck aufgesetzt.

»Sie werden kaum merken, dass ich da war. Wäre«, verbesserte sich Agnes. »Selbstverständlich würde ich Sie teilhaben lassen, falls das von Interesse für Sie ist, denn ich habe alles durchgerechnet. Ich beziehe meine Waren zwar jetzt von hier, normalerweise aber von den Dorfbewohnern, die ja Ihnen unter… stellt sind? Nun, das ist wohl unwichtig. Ich habe es wie gesagt durchgerechnet und …«

Das Problem war, dass sie sich gerade an keine einzige Zahl mehr erinnerte. Sie war darüber immer wieder eingenickt in der vergangenen Nacht und hatte schließlich ein Stück Papier voll durchgestrichener Ziffern gehabt. Aber irgendwo in ihrem Gedächtnis musste sich doch etwas versteckt halten.

»Wenn ich eine Woche lang täglich zwei Dutzend Brombeertörtchen zu je fünf Pfennigen verkaufe, sind wir bei …«, sie kniff die Augen zusammen und überschlug die Summe, »rund sieben Mark. In einer Woche! Ich habe natürlich auch Ausgaben, die müssen wir aufrechnen, insgesamt aber mache ich sicher einen Gewinn von fünf, vielleicht fünf Mark und fünfzig. Und ich habe nur die Werktage gezählt. Sind wir realistisch, und das sollten wir sein, kommt noch ein Tag à zwei Dutzend Brombeerküchlein drauf. Und sie sind ja nicht das Einzige, was ich anbiete. Ich habe Limonaden und Süßes, und man hat mich sogar schon nach Gerichten für den Abend gefragt. Es ist kein Hexenwerk, genug zu verdienen, um ausreichend Kohlen kaufen zu können. Zudem habe ich mit Lieselotte und Oskar aus Kleenshoop gesprochen. Sie haben mir einen Handel vorgeschlagen, da sie beide dem Süßen nicht abgeneigt sind. Ein Chinois gegen ein Zwanzigstel Ferkel.«

»Wie bitte?«, fragte Herr von Reiker.

»Chinois«, fuhr Agnes unbeirrt fort, »ist elsässisches Hefegebäck. Schneckenkuchen sagt man wohl hierzulande. Sehr delikat, Oskar und Lieselotte lieben ihn. So kämen wir bei zwanzig Schneckenkuchen auf ein ganzes Ferkel. Und ein Ferkel mit noch einem Ferkel – womit wir bei vierzig Schneckenkuchen wären, und Sie sind sich bestimmt darüber im Klaren, dass ich diese nicht in unserer winzigen Kate backen kann – ergibt eine Schweinefamilie. Herde, so heißt es, oder?«

Weil Herr von Reiker senior mit eisigem Blick auf ihr Kinn starrte, wandte sie sich hilfesuchend an seinen Sohn, der sie ansah, als habe sie ihn eben um seine Hand gebeten. Er wirkte erstaunt, amüsiert auch, vielleicht sogar bewundernd, genau konnte sie es nicht sagen. *Was* sie sagen konnte, war, dass sie es beruhigend fand, in seine warmen Augen zu blicken. Langsam ließ ihr Schwindel nach. Ebenso das Gefühl, als spreche ihr Mund von ganz allein und sie habe keinerlei Macht darüber, was er von sich gab.

»Sie … Ich … Habe ich Ihnen meinen Standpunkt verdeutlichen können?«

»Durchaus«, sagte Herr von Reiker und starrte sie mit einer Mischung aus Verwirrtheit und Zorn an. »Mehr als deutlich. Ich danke.«

Sie schluckte. Sie hatte zu viel geredet und nicht besonders klar. Wenn sie ehrlich war, wirkte sie kaum wie jemand, dem sie ein Schloss anvertrauen würde.

»Verzeihung«, murmelte sie.

Frau von Reiker rührte sich nicht, sie schien nicht einmal den Gesichtsausdruck gewechselt zu haben, seit sie den fehlenden Knopf entdeckt hatte.

»Nun«, sagte Herr von Reiker senior schließlich. Er umklammerte seinen Gehstock fester und schüttelte sich wie ein Hund, der in den Regen gekommen war. »Das war interessant und aufschlussreich. Haben Sie bitte Verständnis dafür, wenn ich einen weiteren Besuch Ihrerseits ablehne. Ich denke, uns allen ist klar, dass wir nicht miteinander ins Geschäft kommen. Das Wort ist für Ihre Belange wohl auch reichlich hochgegriffen.«

»Vater!«

»Ich habe genug gehört.« Er schnipste. Drei livrierte Diener schossen heran und griffen nach den Koffern.

»Sohn.«

»Vater.«

Agnes senkte den Blick. Sie hatte es versucht, doch der Gedanke tröstete sie kaum. Sie war nicht besonders gut gewesen mit ihrer Vorstellung, damit hatte Herr von Reiker recht. Trotzdem musste er sich nicht wie ein Unmensch benehmen. Sie war schließlich freundlich und höflich gewesen.

Mit gesenktem Kopf verließ Agnes das Hotel. Sie stieg die Stufen hinunter und hatte das Gefühl, die Blicke der livrierten Angestellten brannten Löcher in ihren Rücken.

Sie war so enttäuscht von sich. Wenn sie nur ein Wort nach dem anderen herausgebracht hätte! Stattdessen war ein wahrer Wasserfall an Wirrheiten aus ihr herausgeströmt. Das hätte nicht einmal sie selbst sich zugetraut.

»Agnes!«

Sie blieb nicht stehen, verlangsamte aber ihre Schritte. Als Benjamin sie erreichte, schluckte sie.

»Ich hoffe, ich habe Ihnen keine Schwierigkeiten bereitet.«

Er schüttelte den Kopf. »Wieso sollten Sie? Meine Eltern … Sie sind … keine glücklichen Menschen. Und es gehört nicht zu ihren dringlichsten Anliegen, anderen zu deren Glück zu verhelfen.«

Sie nickte.

Schweigend fuhren sie zurück. Hin und wieder streifte sie sein Blick, doch Agnes nahm es kaum wahr.

»Es tut mir so leid«, sagte er mit brüchiger Stimme, als die Kutsche vor ihrer Pension zum Stehen kam. »Ich wünschte, ich könnte etwas für Sie tun.«

Das wünschte er? Wenn es nur so wäre! Doch die Einzige, die ihr helfen konnte, war sie selbst. Auch wenn eine dünne, gehässige Stimme in ihrem Kopf, die der seiner Mutter nicht unähnlich war, etwas anderes behauptete.

Lautlos schloss Agnes die Tür zu ihrem Zimmer hinter sich. Ihre Finger tasteten nach der Stola, die sie sorgsam über einen Stuhl legte, ihre eigenen Kleider warf sie achtlos daneben. Sie würde sich morgen darum kümmern.

Mit angehaltenem Atem, um kein Geräusch zu machen, schlüpfte sie unter die Bettdecke. Stocksteif lag sie da und starrte in die Nacht. Der Mond war halb voll. Eine schön geschwungene Sichel, die fahles Licht in den Hof und das Fenster der Pension schickte. Es wirkte so kalt, wie sie sich innerlich fühlte.

Ach, verdammt!

Sie konnte nicht schlafen, sie konnte nicht liegen, aber herumlaufen war natürlich auch undenkbar. Was nun?

»Ist Ihnen nicht wohl?«, erklang Fräulein Friedas leise Stimme.

»Habe ich Sie geweckt? Das tut mir leid!«

»Aber mitnichten. In meinem Alter schläft man nicht mehr. Man wird zur Nachteule und dreht und wendet und faltet die Gedanken wie ein Stück Papier. Es ist äußerst unangenehm, falls Sie das interessiert. Unangenehm und lästig.«

»Das glaube ich Ihnen.«

Ein Zündholz ratschte. Agnes blinzelte in eine Petroleumlampe, die Fräulein Frieda wie das Licht eines Leuchtturms kreisen ließ. Sie schien die richtige Position auf ihrem Nachttisch zu suchen und nicht zu finden, denn dort lehnte sich ein Bücherstapel in beängstigender Schräglage gegen den nächsten.

»Himmel noch eins«, murmelte Fräulein Frieda verstimmt.

»Ich halte sie«, bot Agnes sich an.

In dem schwachen Licht wirkte Fräulein Frieda noch gebrechlicher. Sie trug ein weißes Leinenhemd, das ihr bis weit über die Knöchel reichte, und eine rüschenbesetzte Haube, die Agnes an einen Topflappen erinnerte.

Leise in sich hineinschimpfend schlüpfte Frieda in ihre Pantoffeln, die selbst im schummrigen Licht ihren bemitleidenswert löchrigen Zustand nicht verhehlen konnten. Sie ächzte und versuchte aufzustehen, sank auf die Matratze zurück und versuchte es noch einmal.

»Diese Zipperlein«, schimpfte sie. »Grässlicher als Bettwanzen!«

»Was haben Sie vor?«

»Nichts«, seufzte Fräulein Frieda. »Das ist ja das Schlimme. Ich habe gar nichts vor. Mir fällt nichts ein, was ich vorhaben könnte, denn wenn mir einmal ein

Gedanke kommt, mich zu unterhalten, rufen meine Schmerzen so laut, dass sie alles übertönen.«

Endlich hatte sie sich hochgezogen und stand nun ebenso windschief da wie die Bücherstapel auf ihrem Nachttisch. Agnes hob die Lampe, deren Lichtkegel über die Pelzstola glitt.

»Haben Sie vielen Dank für die Leihgabe«, sagte Agnes leise.

Fräulein Frieda betrachtete sie prüfend.

»Augenscheinlich hat sie Ihnen aber wenig genützt, so ein Gesicht, wie Sie machen.«

Agnes zuckte mit den Schultern. Sie zog es vor, nicht über den Abend nachzudenken.

»Wieso leben Sie eigentlich in einer Pension?«, fragte sie. »Wäre es nicht günstiger, eine Wohnung zu nehmen? Oder ein dauerhaftes Zimmer?«

Erstaunt wandte Fräulein Frieda ihr das Gesicht zu.

»Oh, ich lebe nicht hier. Ich mache Urlaub. Es war schon lange mein Wunsch, die Welt zu sehen, wissen Sie?«

Agnes musste die Nase krausziehen, um ihr Lächeln zu verbergen. Die Welt vom Bett einer Lübecker Pension aus gesehen …

»Ich habe eine Idee«, sagte Agnes und war schon bei dem Stuhl, neben dem ihre Kleider lagen. »Lassen Sie uns spazieren gehen!«

»Jetzt, meine Liebe? Zu dieser späten Stunde?«

»Eben jetzt! Kommen Sie!«

Ganz uneigennützig war es ja nicht, musste Agnes zugeben. Sie sehnte sich danach, aus dem stickigen dunklen Zimmer herauszukommen. Bewegung hatte ihr schon immer geholfen. Ihr war, als könne sie ihre Ängste und Sorgen abschütteln, wenn sie nur einen Fuß vor den anderen setzte.

Umständlich begab sich Fräulein Frieda in ihre Garderobe. Anders konnte man es wahrlich nicht nennen: Statt ihre Kleidung über den Kopf zu ziehen, entfaltete sie sämtliche Hemden, Unterhemden, Unterröcke und Röcke sorgfältig, legte sie auf den Fußboden und steckte einen Zeh hinein.

»Wären Sie so gut und helfen mir?«

Eifrig machte sich Agnes daran, einen Bund nach dem anderen hinaufzuziehen. Lieselotte mit ihren diversen Kleiderschichten war nichts gegen Fräulein Frieda, die innerhalb einer Viertelstunde auf mindestens doppelte Breite anwuchs. Schließlich war alles geschafft.

»Wollen wir?«, fragte Agnes.

Unsicher tastete Fräulein Frieda nach ihrem Gehstock.

»Ja.« Ihre Stimme klang, als habe sie nie zuvor eine solche Angst gehabt.

Die Welt draußen erschien so friedlich, wie es ihr nur nachts gelang. Die Lichter der Laternen waren gelöscht. Mondlicht erhellte das Pflaster und die niedrigen Fachwerkbauten, die sich an die Stadtmauer kauerten.

Das Klacken des Spazierstocks hallte unnatürlich laut von den Wänden wider, und Fräulein Frieda sackte bei jedem Schritt mehr in sich zusammen.

»Ist es zu anstrengend für Sie?«, fragte Agnes besorgt. Sie hätte doch besser allein gehen sollen.

»Es ist schon gut«, flüsterte Fräulein Frieda.

»Ich weiß einen hübschen Platz, an den wir uns setzen können. Es ist nicht weit!«

Eigentlich hatte Agnes nicht vorgehabt, diese Richtung einzuschlagen, zumindest nicht heute Nacht. Aber der kleine Flecken Grün, wo so fröhlich der Bach gluckste, war selbst für Fräulein Frieda in erreichbarer Nähe.

Sie nahm ihre Zimmergenossin am Ellbogen und führte sie gemächlichen Schrittes dorthin, wo sie am vergangenen Abend mit Benjamin von Reiker gesessen hatte. Hager war Fräulein Frieda, hager wie ein Hühnerknochen. Wie alt sie wohl war? Wie sie so dasaß, mit müde herabhängenden Schultern und trotz ihrer Unmengen von Kleidern zitternd, wirkte sie auf Agnes wie eine Hundertjährige.

»Du bist ein hübsches Kind«, sagte Fräulein Frieda unvermittelt. »Aber du scheinst es nicht darauf anzulegen, einem Mann zu gefallen.«

Erstaunt wandte Agnes ihr das Gesicht zu.

»Du erinnerst mich an mich selbst, als ich jung war. Ich hatte auch kein Interesse daran. Ich wollte lieber lernen und lesen. Für Astronomie habe ich mich interessiert.« Sie lächelte und sah mit einem Mal weit jünger aus. »Ich habe sogar versucht zu studieren. Ich dachte, wenn ich aussehe wie ein Mann – und mich gebe und mich anhöre wie einer –, wird womöglich niemand Fragen stellen.« Wieder huschte ein Lächeln über ihre Züge, diesmal war es jedoch ein trauriges. »Dem war leider nicht so. Es wurden Fragen gestellt und Beschlüsse gefasst und Strafen erlassen.«

»Strafen?«, fragte Agnes. »Welcher Art?«

»Oh, keine körperliche Züchtigung, falls du das glaubst. Nein, man hielt mich fern von allem, was das Denken bewegt. Nicht einmal Gedichte durfte ich noch lesen. Nur Rezeptbücher. Ausschließlich die.«

Agnes blinzelte. »Oh.«

»Vielleicht fällt es mir deshalb so schwer, mich mit dem Umstand anzufreunden, dass Essen eine Notwendigkeit ist. Wenn du von deinen Backwaren erzählst ... Nun, das lockt mich nicht. Geistige Nahrung war mir schon immer lieber.«

»Sie sollten Marzipan probieren.«

»Marzipan? Wieso das?«

»Es sättigt, und ich bin mir sicher, dass es auch das Denken anregt. Aber es ist teuer. Sehr, sehr teuer. Vielleicht sollten Sie es doch nicht kaufen. Aber wenn Sie möchten, schicke ich Ihnen Haferplätzchen. Sie wissen, dass bestimmte Getreidesorten gesünder sind als andere, oder? Und so wichtig geistige Nahrung ist – Ihren Bauch sollten Sie auch nicht unterversorgen. Sonst funktioniert Ihr Denken irgendwann nicht mehr.«

Fräulein Frieda brach in mädchenhaftes Kichern aus. »Wie du das sagst! Du weißt schon, dass sich das nicht schickt, ja? Bauch ...« Sie hatte das Wort geflüstert.

»Was ist denn so schlimm daran?«

»Bauch«, wiederholte Fräulein Frieda, jetzt mutiger und beinahe halblaut. Wieder kicherte sie. »Sind dir eigentlich schon meine Strümpfe aufgefallen?«

»Nein.«

»Sie sind blau. Immer, ich trage keine von einer anderen Farbe. Das ist *meine* Form des Protestes, auch wenn es niemandem auffällt und sich niemand darum schert. Aber ein Blaustrumpf zu sein, das immerhin hat mir niemand nehmen können.«

Agnes lachte laut auf, als Frieda ihre Röcke hochzog und ihre Strümpfe zur Schau stellte. Sie waren tatsächlich blau. Blau wie das Meer.

»Ich weiß gar nicht, welche Farbe meine haben«, bemerkte Agnes und hob nun ihren Rock.

»Weiß«, murmelte sie.

»Wir geben sicher ein köstliches Bild ab. Zwei Damen mit hochgezogenen Röcken auf einer Parkbank. Wenn das mein Vater wüsste …«

Agnes gelang es in letzter Sekunde, ihre Frage wieder herunterzuschlucken. Das würde sich nun wirklich nicht schicken: ihre Begleiterin zu fragen, ob der Herr Vater etwa noch am Leben sei.

»Am liebsten ist es mir, den Rock bis hierher hochzuziehen.« Agnes stand auf und demonstrierte es auf Kniehöhe.

»Himmel! Aber doch nicht … hier!«, flüsterte Fräulein Frieda, nun wieder bleich und faltendurchfurcht.

»Wieso nicht? Zu dieser Uhrzeit sieht uns niemand. Wenn ich nicht schlafen kann, schleiche ich mich im Morgengrauen gern an den Strand. Ich ziehe die Stiefel aus und die Strümpfe und wate im Wasser herum. Sie glauben nicht, wie wunderbar sich das anfühlt.«

»Himmel«, wisperte Fräulein Frieda noch einmal.

»Ziehen Sie Ihre Schuhe aus.«

»Niemals.«

»Ich habe doch schon Ihre Strümpfe gesehen.«

»Das ist etwas ganz anderes.«

Zugegeben, das war es.

»Gut. Dann *zeige* ich Ihnen eben, wie es sich anfühlt, ja?«

»Wenn du unbedingt musst.«

Ja, Agnes musste. Sie löste die Schnürbänder und zog ächzend die Stiefel von ihren Füßen, löste die Strumpfbänder und rollte ihre Strümpfe hinab. Fräulein Frieda blickte konzentriert woandershin. Vielleicht formulierte sie in Gedanken ihre Verteidigungsrede, falls ein Polizist auftauchte.

Nein, Herr Wachtmeister, dieses junge Fräulein ist mir gänzlich unbekannt. Meine Strümpfe sind übrigens nur ausnahmsweise blau, falls sie Ihnen aufgefallen sind. Ich trage sonst Ringelsocken, rot und weiß gestreift.

»So.« Agnes sprang auf. »Sehen Sie zu?«

»Ja, ich sehe zu.« Fräulein Frieda klang grantelig, konnte ihr leises Interesse aber nicht verhehlen. Aus den Augenwinkeln schielte sie zu Agnes, die über die kühle Wiese tappte und einen Zeh in den Bach steckte. Warm war das Wasser wie ein Bad in der Kupferwanne. Agnes tat einen großen Schritt und versank zu ihrem eigenen Erstaunen bis weit über die Knie im Nass.

»Hoppla!«

»Um Gottes willen, ertrinken Sie jetzt?«

»Nein«, sagte Agnes beruhigend. »So tief ist es nicht.«

Ihr Rock sog sich innerhalb von Sekunden voll Wasser. Trotzdem machte es Spaß, die kleinen Steine unter ihren Sohlen zu spüren und die Pflanzen, die sie sanft berührten.

»Das soll angenehm sein?«, ließ sich Fräulein Friedas skeptische Stimme vernehmen.

»Sie werden es nie erfahren, wenn Sie es nicht ausprobieren.«

Agnes hörte Kruschteln und Ächzen. Es dauerte eine Ewigkeit, bis Fräulein Frieda rief: »Wärst du nun so gut, mein Kind? Ohne Schuhe stehe ich noch ungelenker als mit.«

Agnes watete aus dem Wasser heraus, spazierte mit kiloschwerem Rock zur Parkbank und half Fräulein Frieda auf. Der Blick aus ihren hellen Augen war nicht mehr so ängstlich wie zuvor. Sie wirkte, als habe sie beim Schuheaufschnüren eine Erinnerung ihrer selbst hervorgezaubert. Aus einer Ära, als sie jung und mutig gewesen war und voller Entschlossenheit.

Fräulein Frieda wagte sich nur knöcheltief hinein. Doch es reichte aus, um ihr Gesicht strahlen zu lassen.

»Agnes«, sagte sie und vergaß zu flüstern. »Ich fühle mich ja so … lebendig!«

Englische Kamille

Mit dem Handrücken wischte sich Agnes eine Strähne aus der Stirn. In nicht allzu weiter Entfernung leuchtete in heimeligem Grün das Dach des Kleenshooper Schlosses. Ihr Herz begann vorsichtig zu hüpfen, auch wenn sie sich wie eine dreiste Betrügerin vorkam.

»Ach, Madame …«, seufzte sie.

Das Pferd schlug mit dem Schwanz.

»Was soll ich tun?«

Madame geruhte nicht, darauf eine Antwort zu geben. Agnes seufzte wieder. Was fragte sie das Pferd überhaupt? Sie wusste doch genau, welchen Weg der Karren einschlug.

Als das breite Tor vor ihr auftauchte, begann ihr Herz noch schneller zu schlagen. Verflixtes Gewissen, sagte sie sich. Aber war es bloß das, was sie so bedrückte? Bloß ihr schlechtes Gewissen und kein bisschen das andere, unangenehm Nagende, das sich immer wieder in ihre Gedanken schlich, dieses Bild einer Miss Cecil, deren zarte, seidenbehandschuhte Finger auf Benjamin von Reikers Arm lagen …

Ihre Stimmung sank noch tiefer, als sie den Heukarren vor dem großen Tor zum Stehen brachte. Den Rest des Weges würde sie zu Fuß zurücklegen müssen, jeden Sack einzeln schleppend. Doch ihre Laune stieg schlagartig, als sie die Holzpforte aufstieß, ihr beruhigendes Knarren vernahm und nach ein paar Schritten den verwilderten Garten um sich sah. Er war wunderschön! Egal wie viel Unkraut wucherte, wie dunkel der Efeu die Hauswand färbte, wie knorrig die verwachsenen Bäume dastanden und teils windschief ihre Kronen in den Himmel schoben. Der süßlich herbe Duft der Wildblumen wehte heran. Bienen und Hummeln summten träge über die Kleewiese, unterlegt mit dem steten Rauschen der Ostsee. Die Baumwipfel warfen zuckende Schatten auf das Grün und das Gebäude, das am Ende des Weges in der Nachmittagssonne leuchtete.

Nur ein paar Wochen noch, dachte sie und sandte eine stumme Entschuldigung zu Benjamin von Reiker. Bloß, bis der Herbst beginnt.

Agnes ruckelte den Sack Zucker auf ihrer Schulter zurecht und wollte gerade die Abkürzung durch das kniehohe Gras einschlagen, als sie leises Murmeln hörte. Stocksteif blieb sie stehen. Das war kein Murmeln von Wasser oder das leise Singen eines Vogels. Sie hörte jemand sprechen, verstand allerdings kein einziges Wort.

Behutsam ließ Agnes den Leinensack von ihrem Rücken gleiten. Mit zwei leisen Schritten suchte sie den Schutz einer Buche. Sie legte die Handflächen an die warme Rinde und lugte hinter dem Stamm hervor. Da war niemand. Der Garten war verwaist, bloß eine Amsel hüpfte durch das Gras. Doch als sie die Augen zusammenkniff, glaubte sie, bei den Rosenbüschen im hinteren Teil des Gartens eine Bewegung wahrzunehmen.

Geduckt schlich sie näher. Die Gestalt wurde deutlicher, ein hagerer Rücken, dunkelblondes Haar, das längst nicht mehr so kurz geschnitten war wie noch in Hamburg. Tilly sprach augenscheinlich mit sich selbst. In einem tröstlichen Ton, den sie sonst nur anschlug, wenn eines der Kinder weinte.

Als Agnes auf einen Zweig trat, der mit einem trockenen Knacken zerbrach, fuhr sie zusammen. Doch Tilly sah nicht auf. Vollkommen versunken kniete sie im Gras, die Hände in frischer Erde vergraben.

Ein bisschen schäbig kam sich Agnes vor, als sie weiter heranschlich. Aber ihre Neugier war zu groß. Zu viele Geheimnisse rankten sich um Tilly Bevenkamp. Zu viele Fragen waren unbeantwortet – oder gleich ungehört – geblieben.

Agnes lauschte mit angehaltenem Atem. Es war schwer, die Worte zu verstehen. Das einzige, das sie aufschnappte, war *Johann.* Immer wieder hörte sie Tilly den Namen murmeln, während sie behutsam mit den Fingern die Rosenstöcke von Unkraut befreite und Erde um sie herum anhäufelte. Es klang zärtlich, voller Liebe und Zuneigung.

Agnes beschloss, die Vorräte zu einem späteren Zeitpunkt im Keller zu verstauen. So leise, wie sie gekommen war, schlich sie rückwärts zu der Buche, nahm den Sack Zucker wieder auf und trug ihn zu Madame zurück, die geduldig am schmiedeeisernen Tor auf sie gewartet hatte.

»Lass uns erst einmal nach Hause fahren«, sagte Agnes. »Wir werden schon ein kühles Eckchen für die Butter finden, nicht wahr?«

Auf dem Weg zur Kate schwirrte Agnes der Kopf. Der Name von Tillys Ehemann, da war sie sich ganz sicher, hatte nicht Johann gelautet, sondern Guntram. Guntram Bevenkamp.

Als sie am nächsten Morgen erwachte, wusste sie erst nicht, wo sie war. Sie blinzelte zur Zimmerdecke, folgte mit dem Blick den Spuren des Holzwurmes auf dem Alkoven und lauschte mit halbem Ohr den Stimmen von draußen.

Sie war in der Kate. Wo auch sonst? Und wenn sie sich auch nur millimeterweise bewegte, begann der Schmerz in ihr zu pochen. Sogar ihre Zehen taten ihr weh, genau wie ihre Finger, ihre Arme, ja auch ihr Hals.

Die halbe Nacht hatte sie im Dunkeln noch ihre Einkäufe in den Reiker'schen Keller geschafft. Nun war alles sicher verstaut – sicher vor naschwilligen Kindern und Mäusen, aber auch vor neugierigen Dorfbewohnern, die bei den Kindern mehr als nur einmal nach Agnes' Verbleib gefragt hatten. Um den Anschein zu wahren, sie backe wieder hier, musste die Kate nach Köstlichkeiten riechen. Das durfte sie nicht vergessen. Zudem sollte der Ofen warm bleiben, schließlich schlichen sich die Heinzelmänner Bille und Oskar nach wie vor herein, um ein wackliges Stuhlbein zu reparieren oder den Holzwurm in Schach zu halten.

Agnes schlug die Decke zurück und richtete sich langsam auf. Himmel, tat das weh! Und dann ihre Füße! Rot waren sie und geschwollen. Kein Wunder, sie war den größten Teil des Wegs von Lübeck gewandert, um Madame ihre Last nicht zusätzlich zu erschweren.

Langsam tappte sie zum Fenster und blinzelte hinaus. Clara und Johanna gruben ein Beet um, und Otto und Fridolin assistierten ihnen mit einer kleinen Spitzhacke und einem Eimer, in dem sie Schnecken sammelten. Die anderen Kinder saßen im Schatten des Kirschbaumes, plauderten leise und kicherten, und in ihrer Mitte saß Tilly.

Ihr Anblick ließ Agnes ihre geschwollenen, schmerzenden Füße vergessen, ihre Müdigkeit, sogar das schlechte Gewissen, das selbst in ihren Träumen noch an ihr nagte. Ungläubig betrachtete sie Tilly, deren Augen halb geschlossen waren. Tilly Bevenkamp lächelte!

Hastig zog sich Agnes an, setzte Wasser auf und lief, immer noch auf blanken Sohlen, nach draußen. Jeder Kiesel pikste entsetzlich, doch die Füße wieder in die Stiefel zu zwängen war schlicht undenkbar.

»Guten Morgen!«

»Guten Morgen«, erscholl es vonseiten der Kinder.

Tilly nickte ihr zu. Agnes nickte zurück.

Ein paar Minuten später ließ sie sich mit einer Tasse Tee neben Tilly sinken. Stumm rührte sie in der dampfenden Flüssigkeit, lauschte dem Summen der Kinder und dem der Bienen, hörte Tilly neben sich entspannt seufzen und fragte sich, ob sie öfter auf Reisen gehen sollte. Welcher wundersamen Verwandlung hatte sich Tilly unterzogen, während Agnes in Lübeck gewesen war?

Aller Zorn schien fort. An seine Stelle war Sanftheit getreten.

»Darf ich dich etwas fragen?«

»Ist *das* schon deine Frage oder kommt noch eine?«

»Es kommt noch eine«, sagte Agnes.

»Gut.«

Tilly nahm einen Schluck und blickte einem Zitronenfalter hinterher, der von Blüte zu Blüte taumelte.

»Wer ist Johann?«

Tilly ließ die Tasse sinken und warf Agnes einen scharfen Blick zu.

Agnes wartete einfach ab.

»Ich weiß nicht, von wem du redest.« Tillys Stimme klang gefasst und kühl.

»Ich auch nicht. Ich dachte bloß ... Ich dachte, du möchtest mir vielleicht von ihm erzählen.«

Tillys Augenbrauen hüpften nach oben. Sie schnaubte in sich hinein und erhob sich. »Möchtest du noch Tee?«

»Nein. Danke.«

»Gut.«

Sie stakte davon.

»Tilly, ich wollte nicht neugierig erscheinen«, rief Agnes ihr hinterher, doch Tilly zeigte keinerlei Reaktion. Agnes stieß einen enttäuschten Seufzer aus. Es war nur ein kurzer Moment der Freude und der Leichtigkeit gewesen.

Zwei Tage später fiel dem Herbst ein, dass eine Stippvisite längst fällig war. Als Agnes am Morgen aus dem Fenster blickte, zogen sich Schlieren das Glas hinab.

Das Dach der Scheune glänzte dunkel, mit gleichmäßigem Klopfen traf der Regen auch auf dem Reetdach der Kate auf.

»Mjam«, sagte Marie, als sie sich aufsetzte und den Schlaf aus ihren Augen rieb. Ihre Wangen waren rot und rund vom Landleben geworden.

»Ein bisschen hin ist das Frühstück aber noch«, sagte Agnes und wandte sich vom Fenster ab. Sie liebte den Herbst, so wie sie alle Jahreszeiten mochte, deren Abwechslung und Eigenheiten ihr willkommen waren. Dieses Jahr aber war es anders. Dieses Jahr wirkte der Herbst bedrohlich. Und der Winter erst, an den zu denken sie nicht einmal wagte.

Um sich abzulenken, wühlte sie im Schrank nach einem Mantel. Da ihrer einfach nicht aufzufinden war, befand sie schließlich, dass eine Decke als Regenschutz ausreichte. Als sie sich wieder dem Fenster zuwandte, sah sie eine schmale, hochgewachsene Gestalt durch den Regen auf das Haus zukommen.

Für einen Moment glaubte sie, ihr Herz bliebe stehen. Dann sah sie das Gesicht und lachte vor Erleichterung laut auf.

Wie in aller Welt kam sie darauf, Benjamin von Reiker könne sich hierher verirren?

»Was 'n so komisch?«, fragte Oskar, nachdem er den Kopf durch die Tür gestreckt hatte. Ohne auf ihre Antwort zu warten, beugte er sich tief hinab, bis er unter dem niedrigen Türsturz hindurchpasste. »Die Frau sacht, die Möpse sollen rumkommen. Das Schietwetter verlangt nach Kasperletheater. Also, wer will?«

»Ich! Ich! Ich!«, ertönte es von plötzlich putzmunteren Kindern. Minuten später war die Kate wie leergefegt. Unter der zu einem hin- und herwogenden Schirm gespannten Decke trippelten die Kinder dem langen Oskar hinterher. Sie würden trotzdem pitschnass sein, wenn sie das Dorf erreichten. Doch der Regen war warm, wie Agnes feststellte, als sie eine Hand hinausstreckte. Sie würden sich nicht verkühlen.

Nun war ihr eigener Regenschutz dahin. Doch was hatte sie gerade festgestellt? Der Regen war warm. Und der riesige Herd in der Schlossküche würde ihre Kleider gewiss schnell wieder trocknen.

Als sie aus der Tür trat, wurde der Regen stärker. Die Baumwipfel bogen sich, die Tropfen platschten hart auf den Boden und ließen die Erde in kleinen Fontänen gegen ihre Stiefel spritzen.

Sie lief zur Scheune und klopfte.

»Tilly?«

Sie klopfte noch einmal, dann schob sie die Tür auf und blinzelte in klamme Dunkelheit.

»Tilly, bist du da?«

»Wo soll ich sonst sein?«, kam Tillys Antwort, die sicher hätte barsch klingen sollen, es aber nicht tat. Ihre Stimme klang gewöhnlich dunkel und immer eine Spur zu laut. Jetzt war sie weich und leise.

Mit klopfendem Herzen trat Agnes ein.

»Möchtest du …« Sie sprach nicht weiter, weil sie gar nicht wusste, was sie überhaupt hatte sagen wollen.

Tilly wandte ihr das Gesicht zu. Sie saß auf dem Strohsack, der ihr als Bett diente, die Beine angewinkelt und eng aneinandergedrückt. Darüber bauschte sich ein weißes Kleid, das Agnes nie zuvor an ihr gesehen hatte. Tilly, deren Haar ihr mittlerweile bis zum Kinn reichte, wirkte jung darin. Geradezu mädchenhaft.

»Ich gehe zum Herrenhaus«, sagte Agnes. »Möchtest du mich begleiten?«

Tilla sah sie an, als spreche sie eine andere Sprache. Ob sie fieberte? Ihre Augen hatten einen unnatürlichen Glanz, fand Agnes, auch die Wangen waren gerötet.

Sie fühlte sich unbeholfen. Erkrankte eines der Kinder, wusste sie, was zu tun war. Bei Tilly aber – sie war wie ein Mammutbaum. Mammutbäume erkrankten nicht. Sie ragten stolz und unnahbar in den Himmel.

Jetzt sah Agnes, dass Tilly etwas in den Händen hielt. Als sie näher trat, erkannte sie, dass es sich um Rosenblätter handelte.

Mit leisem, gleichmäßigem Geräusch, das wie das rhythmische Klopfen von Fingerspitzen klang, kam der Regen auf dem Dach auf. In dem matten Licht schwebte Staub, es roch nach Heu und Getreide.

»Tilly, wer ist Johann?«

Tilly atmete scharf ein, antwortete aber nicht.

»Erzähl es mir.«

Alle Sanftheit war aus ihrem Gesicht gewichen.

»Hast du keine Arbeit zu erledigen?«, fragte sie. Ihre Stimme klang wieder wie immer.

»Doch. Aber ich wüsste gern, was geschehen ist, als du noch hier gelebt hast. Und ob dieser Johann damit zu tun hat. Niemand will es mir sagen, und unter normalen Umständen würde ich zugeben, dass es mich nichts angeht. Aber wir haben darunter zu leiden, wir alle. Nicht nur du, Tilly.«

Tillys Augen begannen drohend zu funkeln, und Agnes nahm wahr, dass sich darin Wut mit Angst vermischte. Die Wut war stärker.

»Niemand will es dir sagen?«, grollte Tilly. »Was heißt das: niemand?«

»Lieselotte. Oskar. Die Leute aus Kleenshoop.«

Vollkommene Stille trat ein, als habe jemand eine dicke Decke über sie fallen lassen. Nicht einmal der Regen war noch zu hören.

Tilly senkte den Blick. Wieder veränderte sich ihre Miene, ihre gesamte Gestalt. Alles an ihr schien in sich zusammenzusinken. Sie wirkte, als würde sie mit jedem Augenblick kleiner und dünner, und alle Farbe wich aus ihrem Gesicht.

Sie blinzelte.

»Was immer alle zu wissen glauben, muss noch lange nicht die Wahrheit sein.«

»Dann erzähl sie mir. Bitte.«

Tilly rappelte sich auf, lief mit großen Schritten an Agnes vorbei und riss das Scheunentor auf. Soweit Agnes erkennen konnte, hatte der Regen nachgelassen. Düstere Wolken aber ballten sich am Himmel zusammen.

Ohne sich noch einmal umzusehen, lief Tilly zur Gartenpforte und steuerte auf den Wald zu. Hastig schloss Agnes die Scheunentür hinter sich und eilte ihr nach. Es nieselte noch, stellte sie fest, die Luft hatte sich abgekühlt, während der Wind noch zugenommen hatte. Dies fühlte sich nicht mehr wie ein Bote des Herbstes an. Er stand schon da und grüßte freundlich.

Tief versanken ihre Sohlen im Matsch. In einiger Entfernung wehte Tillys Rock, dessen Weiß durch die Feuchtigkeit schon dunkler geworden war.

»Tilly, nun warte doch!«

Zu ihrer Überraschung blieb Tilly stehen und drehte sich zu ihr um. Das Haar fiel ihr feucht in die Augen.

Als Agnes bei ihr ankam, rief Tilly, als fürchte sie, es sonst nie über die Lippen zu bringen: »Johann ist der Mann, den ich einmal geliebt habe. Und Guntram ist der, den ich geheiratet habe.«

Über ihren Köpfen rauschte der Wind, rüttelte an den Zweigen und Ästen. Laub stob durch die Luft, wirbelte umher, als wollte es tanzen. Mit gequältem Gesicht presste Tilly die Lider zusammen. Als sie die Augen wieder öffnete, blickten sie klar und entschlossen.

»Lass uns ans Meer gehen.«

Agnes folgte ihr. Der Strand war menschenleer. Drohend donnerten die Wellen heran und warfen sich schäumend gegen den Fels und auf den Sand. Der Sand hatte eine schmutzig-graue Färbung angenommen, Algen, Muscheln und Kiesel bildeten kleine Fallen, in denen ihre Stiefel feststeckten.

»Ich war fünfzehn, als ich ihn kennenlernte.«

Agnes fielen Lieselottes Worte wieder ein – was für eine Schönheit Tilly gewesen war. Sie konnte es sich gut vorstellen. Immer noch waren Tillys Züge klar, und das helle Haar bildete einen exotischen Kontrast zu ihren dunklen Augen und den scharf geschnittenen Brauen.

»Ich habe ihn gesehen und war … Er kam ins Dorf, als wenn es ihm gehörte, dachte ich damals. Ich dachte auch, er wäre ein Angeber. So ein reicher Stinkstiefel, wie seine Eltern. Er blieb nicht lange, doch als er abreiste, schenkte er mir eine Kastanie, in die er meinen und seinen Namen eingraviert hatte. Eine Kastanie …« Tillys Stimme war nicht mehr als ein Flüstern. »Sie war das wunderbarste Geschenk, das ich je erhalten habe. Eben weil er nicht Unmengen des Geldes seiner Eltern dafür ausgegeben hatte. Sondern etwas gesucht und es gefunden hatte, nur für mich.«

Ob sie das Andenken noch bei bei sich trug? Agnes hatte in Tillys Besitz bisher keine Kastanie gesehen. Doch so viele Jahre überdauerten die Früchte sicher nicht.

»Wir haben uns damals nichts geschworen. Nichts versprochen. Es war nicht notwendig. Wir wussten auch so, dass wir zusammenbleiben würden. Johann war … er war so anders als seine Eltern, überhaupt als die Menschen, die ich bisher kennengelernt hatte. In einem Dorf aufzuwachsen heißt, dass du kaum Eigenarten entwickeln kannst. Es hat seine schönen Seiten, das bezweifle ich nicht. Es ist beruhigend, alles von seinen Nachbarn zu wissen. Es ist allerdings auch einengend, wie du dir denken kannst. Doch ich wollte gar nicht fort. Ich habe die Natur geliebt. Johann ebenso.«

Agnes lauschte mit aller Aufmerksamkeit.

»Wir waren uns einig darüber, dass wir in ein noch kleineres Dorf ziehen wollten. Eines, das nur aus uns bestand. Aus uns und vielleicht … irgendwann … unseren Kindern.«

Hin und wieder hatte sich Agnes gefragt, ob der Umstand, dass die Eheleute Bevenkamp kinderlos geblieben waren, gewollt war. Durchaus möglich, hatte sie vermutet – sie kümmerten sich um so viele Kinder, genau wie Pfarrer Wieland und seine Frau. Tat es da etwas zur Sache, dass es nicht die eigenen waren?

Tillys Worte warfen nun Zweifel daran auf.

»Wer weiß, ob wir wirklich so glücklich geworden wären«, sagte Tilly leise. Ihre Lippen zitterten, während sie sprach. »Womöglich wären wir jetzt kreuzunglücklich. Würden uns den lieben langen Tag verächtlich ansehen und spitze Bemerkungen an den Kopf schleudern. Und so tun, als sei nichts gut genug und alles eigentlich nur ärgerlich.«

»Vielleicht wärt ihr aber auch glücklich«, wandte Agnes ein.

Tilly machte eine wegwerfende Handbewegung.

»Ich bin nicht so dumm, an das Schicksal zu glauben. Und ich halte nichts von der Annahme, dass alles sein Gutes hat, man müsse nur abwarten, bis es sich zeigt. Das ist Blödsinn. Wie kann man derart naiv sein, das zu glauben? Wir wissen, wie Menschen sind. Menschen töten einander. Menschen sind grausam. Wo liegt da der tiefere Sinn? Wie soll alles wieder gut werden, wenn dir der Arm von einer Kanonenkugel zerfetzt wurde?«

Verwirrt hob Agnes die Schultern. War Johann gestorben? Rasch rechnete sie zurück. Tilly hatte im Frühling ihren sechzigsten Geburtstag gefeiert. Oder auch nicht gefeiert, aber jedenfalls begangen.

Als Tilly fünfzehn Jahre zählte, hatte die Revolution bevorgestanden.

Teile Europas waren von Umbrüchen überrollt worden. Pfarrer Wieland hatte großes Interesse an jener Epoche gehabt und Wert darauf gelegt, dass die Kinder etwas mit den Begriffen Februar- und Märzrevolution und demokratischen Bestrebungen anfangen konnten.

»Was wurde aus Johann?«, fragte Agnes.

Tilly runzelte die Stirn und presste erneut die Lider zusammen, als sei das, was sie sah, zu schmerzhaft, um es zu ertragen.

»Er ging nach Berlin. Im März 48. Um zu kämpfen.«

Agnes hatte also richtig vermutet.

»Und wenn er wiederkäme, wollten wir fortgehen. Wir hatten eine Hütte gebaut. Tief im Wald. Gerade groß genug für zwei.«

Agnes hielt die Luft an. Doch er kam nicht zurück, würde Tilly das nun sagen?

»Was für wilde Vorstellungen wir hatten! Wir wollten ohne Geld leben. Von der Hand in den Mund. Mit nichts als dem, was unser Garten uns schenken würde. Doch dann …« Tilly stockte. »Dann …«

Agnes spürte kaum mehr die Feuchtigkeit, die sich wie ein feiner Film über ihre Haut gelegt hatte, auch die immer schwerer hängenden Kleider nicht mehr, auch nicht, dass ihr Wasser in den Stiefelschaft tropfte.

Mit hohl klingender Stimme, leidenschaftslos und flach, sagte Tilly: »Es war an einem Abend im Frühjahr. Johann war noch nicht lange fort. Mein Vater kam heim. Er war selten da, aber wenn … Nein, meist kamen wir miteinander aus. Nicht gut allerdings, seit er von Johann wusste. Ich höre noch seine Stimme. Sie war sehr hell für einen Mann von seiner Statur und konnte furchtbar gehässig klingen.« Ein Schatten flog über ihr Gesicht. Ihre Mundwinkel zuckten angestrengt. »Er sagte später, ich hätte es nicht anders verdient.« Ihr Blick huschte zu Agnes und kehrte gleich zu dem wogenden Meer zurück. »Eines Abends brachte er Kumpane mit. Zimmerleute wie er. Zu viert waren sie insgesamt. Aber nur einer …« Wieder stockte sie, blinzelte mehrfach. »Nur einer kam in der Nacht zu mir.«

Sie hustete. Agnes sah, dass sie am ganzen Körper zitterte. Als sie die Hand nach ihr ausstreckte, schüttelte Tilly den Kopf.

»Nein«, sagte sie leise. »Bitte nicht.«

Agnes fühlte Verzweiflung in sich emporsteigen. Sie musste sich auf die Lippe beißen, um nichts zu sagen, und auch, um Tilly nicht trotz ihrer Bitte an sich zu ziehen.

»Als Johann von der Schande hörte, blieb er fort. Ich habe ihn nicht wiedergesehen. So wenig wie meinen Vater. Sicher hat er sich geschämt. Geschämt dafür, dass seiner Tochter so etwas widerfahren war und es alle wussten.« Tilly schwankte im Wind. »Es ist …« Sie nickte, den Kopf tief gebeugt. Der Regen rann ihr das Haar hinab in den Nacken und ließ den Stoff ihres Kleides dunkel schimmern. »Es ist nie weggegangen. Dieses Gefühl der Gewalt. Die Erinnerung an … an …«

Ein leises Pfeifen kam aus ihrem Mund, ein kurzes Röcheln. »Wenn dir jemand so etwas antut, erlischt alles Vertrauen ... dass die Welt ein guter und sicherer Ort für dich ist. Du fühlst ihre Kälte. Du lernst, dass dir alles Schlimme jederzeit geschehen kann. Niemand wacht über dich. Und du selbst kannst dich nicht wehren. Du kannst nur warten, bis es vorüber ist.«

Agnes schluckte. Sie war in einem evangelischen Waisenhaus groß geworden, was vielleicht, aber nicht zwingend der Grund dafür gewesen war, dass sie sich beschützt gefühlt hatte. Der Gedanke hatte sie immer beruhigt. Irgendwer (oder irgendwas) dort oben sorgte dafür, dass ihr nichts zustieß.

»Vielleicht habe ich deswegen einen Pastor geheiratet«, sagte Tilly. »Blanker Hohn, nicht wahr? Ich muss gehofft haben, dass sein Glaube meinen reparieren könnte, doch das geschah nicht.« Sie seufzte. Es klang müde und erschöpft. »Guntram war ein guter Mann. Glücklicherweise. Er hat nie erfahren, was mir zugestoßen war. Er nahm mich, obwohl ich bloß ein Dienstmädchen war, das mit seinem Leben abgeschlossen hatte. Ja, ich war ein Dienstmädchen.« Sie hatte wohl Agnes' überraschten Blick bemerkt. »Ich habe dir nicht erzählt, wie ich meinen späteren Mann kennengelernt habe, nicht wahr?«

Das war untertrieben. Tilly hatte so gut wie nie über ihre Zeit mit Pastor Bevenkamp gesprochen, nicht über die vor der Hochzeit, aber auch nicht über die danach. Was Agnes wusste, stammte aus Pfarrer Wielands Mund.

»Im Garten meiner damaligen Herrschaften. Ich habe in Kiel gelebt, nachdem ich von hier fortgegangen war. Guntram hat sie besucht, und ich hätte Tee servieren sollen, hatte es aber vergessen.« Ein wehmütiges Lächeln glitt über ihr Gesicht. »Ich habe ständig etwas vergessen. Vorher nie. Danach immer. Als wenn mein Kopf einfach seine Arbeit eingestellt hätte, damit er sich an die eine Nacht nicht erinnerte. So suchte mich Frau Jensen also in der Küche, und Herr Jensen suchte mich im Keller, wo sie das Gebäck aufbewahrten. Guntram aber entschloss sich, durch den Garten zu spazieren. Und dort fand er mich. Bei den Rosenbüschen. Er war ganz anders als Johann. Aber ein feiner Mensch. Fein und still.«

»Wolltest du nie mit ihm darüber sprechen?«

Entschieden schüttelte Tilly den Kopf. »Er war zu gut für so etwas. Und er sollte nicht glauben … Er sollte nicht wissen, was es aus mir gemacht hat.«

»Du warst auch zu gut für so etwas«, sagte Agnes leise. »Jeder Mensch ist zu gut dafür.«

Über ihnen flogen die Wolken dahin. Sie standen lange da, ohne etwas zu sagen. Die Möwen hatten sich wieder in die Luft geschwungen und zogen ihre Kreise.

»Für den Rest meines Lebens bin ich in Nebel gehüllt gewesen. Einen Nebel, der mich nichts mehr spüren ließ. Ich glaube …« Tilly atmete tief ein. Es klang wie das Knarren einer uralten Tür. »Ich konnte Guntram nicht lieben, weil ich voller Nebel war. Es war grässlich, das einsehen zu müssen. Aber obwohl ich seine Liebe nicht erwidern konnte, hat er doch ein wenig helfen können. Er hat den Nebel gelichtet, ein bisschen jedenfalls. Nach seinem Tod kam alles wieder. Und es war so schlimm, als sei es erst zwei Tage zuvor passiert. Ich versank in meiner Angst und meiner Trauer. Ich sah die Hand vor Augen nicht mehr. Ich spürte nichts. Und konnte nicht atmen. Ich ging ins Waisenhaus, um das Kinderlachen zu hören. Doch selbst ihr Weinen, weißt du, das einem doch das Herz bricht, hat mich kaum berührt. Aber ich wusste, wenn ich das Waisenhaus verliere, werde ich nie wieder das Tageslicht sehen. Wenn Pastor Sörensen mich vertreibt, ist alles vorbei.«

Agnes nickte. Nun verstand sie, was in Hamburg vor sich gegangen war. Tillys Launen. Ihre Weigerung, das Waisenhaus und die Pfarrerswohnung zu verlassen. Sie hatte nach dem Tod ihres Mannes um ihr Leben gekämpft, und niemand hatte es bemerkt.

In der Ferne begann das Dach des Herrenhauses zu glitzern, als sich ein Sonnenstrahl durch die Wolken schob. So, als sei nichts geschehen. Als sei alles gut, für alle Zeiten.

Auf dem Weg zurück nahm sie nicht einmal mehr das Meer wahr. Tilly hatte am Strand bleiben wollen und sich nicht davon abbringen lassen.

»Ich habe ein Plätzchen gefunden, an dem Englische Kamille wächst«, hatte sie erklärt und war Agnes' fassungslosem Blick ausgewichen. »Lass mich ein wenig Frieden finden. Ich komme nach.«

Agnes hatte Angst, dass Tilly nicht nachkäme, doch

was sollte sie tun? Ihr auf Schritt und Tritt folgen? Das würde niemanden glücklicher machen und niemandem helfen.

So lief sie, so schnell sie ihre Füße trugen, durch den Wald, an hoch aufragenden Kiefern vorbei und kleineren Tannen und Birken, warf keinen Blick mehr zum Strand zurück und verschloss ihre Ohren und Augen vor dem, was sie so lieben gelernt hatte.

Jetzt ging es nicht um sie. Es ging um Tilly.

Sie hatte sogar kaum ein Auge für die Schönheit des Gartens übrig, der unter dem aufgeklarten Himmel wie frisch gewaschen glänzte. Sie rannte an den Astern vorbei, die längs des Weges rosa und violett leuchteten, an den Apfelbäumen, an denen pralle rotwangige Früchte hingen. Als das Gartentor hinter ihr zuklappte, hätte sie es am liebsten noch einmal geöffnet und mit Wucht hinter sich zugeschmissen.

Doch wozu? Sie würde die Kinder auch so aufschrecken.

»Was ist passiert?«, fragte Clara, die Agnes' Gesichtsausdruck richtig zu deuten wusste.

»Wir müssen fort. Lasst uns packen. Zuerst bei uns, dann bei Tilly.«

Bestürzt sahen die Kinder sie an. Agnes hatte versucht, munter oder wenigstens entschlossen zu klingen, doch das hatte überhaupt nicht geklappt.

»Fahren wir nach Hamburg?«, fragte Otto, dessen Wangen schlagartig ihre hellrote Färbung verloren hatten.

»Nach Hamburg? Nein!«

Dorthin konnten sie nicht. Die Cholera wütete doch immer noch.

»Wir … Ich überlege mir etwas. Wir werden schon einen Ort für uns finden. Ich bin ganz sicher, dass wir uns dort bald ebenso wohlfühlen werden wie hier.«

Johanna begann zu schluchzen. »Ich will hier aber nicht weg! Ich will bei Lieselotte und Oskar bleiben!«

Hilflos starrte Agnes sie an. Dann schüttelte sie den Kopf.

»Es tut mir so leid«, sagte sie. »Aber wir müssen fahren.«

Sie hatte Mühe, nicht selbst in Tränen auszubrechen, als sie die Kleider zusammenlegte, die Betten abzog und alles verstaute. Der Wind hatte die Wolken fortgescheucht. Jetzt stand die Sonne tief und sandte ihre orangefarbenen Strahlen über den Holzfußboden. Die Kate sah aus wie in Gold getaucht. Alles schimmerte freundlich und behaglich.

Doch schreckliche Dinge trugen sich auch an den wunderbarsten Orten zu. Sie biss sich so fest auf die Unterlippe, dass sie Blut zu schmecken glaubte. Das war unnötig und nicht nur unnötig, sondern dumm. Du sollst niemandem Schaden zufügen, das hatte Tilly zu Otto gesagt, als Agnes und sie den Jungen zu sich holten. Niemandem. Auch nicht dir selbst.

Ein wenig ruhiger wusch sie das Geschirr, fegte den Boden, legte die Kissen, die als Matratzenersatz gedient hatten, zurück in die nach Mottenpulver riechende Truhe. Ächzend klappte der schwere Deckel zu. Agnes setzte sich darauf, um dem Haus zu zeigen: Jetzt gehen wir.

Der Gedanke ließ solche Trauer in ihr aufwallen, dass sie schnell wieder aufstand und zur Scheune hinüberlief. Hinter dem Gartenzaun tauchte Oskar auf. Sein Gesicht war in Sorgenfalten gelegt, die tiefe Gruben um die Mundwinkel, die Nase und die Augen bildeten.

»Mädchen, was habt ihr vor?«

»Wir reisen ab«, sagte sie. Sie war stehen geblieben und schloss ihre Finger um den hölzernen Gartenzaun.

»Wieso?«

»Weil …« Ihr fehlten die Worte. »Wir müssen einfach.«

Er nickte mit finsterem Gesichtsausdruck.

»Deswegen«, sagte er mit Grabesstimme und gerade so laut, dass Agnes ihn verstehen konnte. »Ich wusste immer, dass ihr deswegen nich bleiben könnt. Wusste es von Anfang an. Hab's der Frau gesagt, aber die Frau hat mir nich geglaubt.«

»Ihr … wusstest also davon?«, fragte Agnes.

Er nickte.

»Klar. Wie soll so 'n Unglück verborgen bleiben? So 'n grässliches, furchtbares Unglück. Hab immer gewusst, dass der Vater nix taugt. Aber dass er da hockt oder was weiß ich, was er gemacht hat, dass er da hockt und tut, als bekommt er nix mit. Dass er ihr nich hilft, der Mechthild, dass er seiner Tochter nich …« Mit einer wütenden Geste fuhr er sich durch das Haar. »Hätt ihn umbringen können. Hätt ich gemacht, das wett ich, wär der Feigling noch da gewesen. Aber hat sich davongemacht wie 'n Hund mit eingezogenem Schwanz. Verdammter Feigling. Verdammtes Untier.«

Es musste wohl jemand von außen kommen, der darüber sprach. Denn während Oskar redete, schwappte die Trauer wie eine riesige Welle über Agnes hinweg. Keine Möglichkeit zu entrinnen. Ihr wurde eiskalt, sie begann zu zittern. Und dann weinte sie. Sie weinte sogar noch mehr, als sie in Lübeck geweint hatte und damals, als sie gerade erst müde und erschöpft in Kleenshoop angekommen waren.

»Komm her, Kind.«

Oskar zog sie an sich. Dankbar presste sie ihr Gesicht in seinen struppigen Mantel, der nach Tabak und Schweinemist roch.

Als sie nur noch leise schluchzte und selbst das verebbte, wurde ihr klar, dass die Kinder Zeugen ihres Ausbruchs geworden waren. Beschämt wischte sie sich die Wangen ab. Aber wieso sollte sie alles vor den Kindern verbergen? Sie spürten ja doch, was in den Erwachsenen vorging.

»Entschuldigt«, sagte sie, als sie sich umdrehte. »Das musste einfach sein.«

Die Kleinen sahen erschrocken aus. Die Größeren wirkten hilflos, bis auf Clara, die zu Agnes' Erstaunen zwischen dem Karren und dem Hügel an Habseligkeiten hin- und herlief, den Agnes aufgehäuft hatte. Koffer um Tasche um Kiste wuchtete das Mädchen hinauf, prüfte, ob alles ausreichend festsaß oder bei der ersten Kurve über Bord gehen würde.

Agnes war froh und dankbar.

»Ich helfe dir, Clara.«

»Nee, mach ich«, sagte Oskar, glücklich, etwas tun zu können. Es dauerte kaum fünf Minuten, bis sie reisefertig waren.

»Und nu koch ich uns ne feine Tasse Tee.«

Damit verschwand der lange Oskar im Innern der Kate. Sie würde ihn vermissen! Ihn und Lieselotte und Bille, den Bären. All die unwirschen Kleenshooper, die in Wirklichkeit freundlich und hilfsbereit waren.

Agnes schluckte und bemühte sich, nicht weiter als bis zur nächsten Straßenecke zu denken. Ihr Kopf schwirrte sowieso, sie konnte kaum einen klaren Gedanken fassen.

Aber sie musste noch einmal zum Schloss. Sie musste aufräumen, vor allem aber Abschied nehmen.

»Ach, Agnes.«

Hinter ihr stand Tilly. Ihr weißes Kleid war an einigen Stellen matschgrün eingefärbt, an anderen gräulich oder braun. Das Haar klebte ihr klatschnass am Kopf, sodass sich Agnes fragte, ob sie ins Wasser gegangen war.

»Glaubst du, das wird mich retten?«

Prüfend blickte ihr Agnes ins Gesicht.

»Vielleicht nicht retten«, sagte Agnes, nachdem sie darüber nachgedacht hatte. »Aber dir geht es doch erst wirklich schlecht, seit wir hergekommen sind. Es ist meine Schuld. Und jetzt sorge ich dafür, dass es dir wieder besser geht.«

»Wie sollte es mir besser gehen? Mir ging es in Kiel nicht besser und in Hamburg auch nicht.«

»Aber du sagtest doch …« Hilflos hob Agnes die Schultern. Sie wusste nicht mehr ein noch aus. Wieso hatte es Tilly nicht mindestens so eilig wie sie, alles hinter sich zu lassen?

»Weglaufen ändert nichts«, sagte Tilly, als hätte sie Agnes' Gedanken gehört.

»Und wegfahren?«

Tilly lächelte.

»Du weißt, wie gut ich mich auf dem Heukarren mache.«

O ja, das wusste Agnes.

»Hat was mit Vertrauen zu tun«, erklärte Tilly. So etwas hatte sich Agnes mittlerweile gedacht. »Das klappt einfach nicht. Aber ich arbeite dran. Wer weiß, vielleicht steige ich eines Tages sogar auf den Rücken eines Pferdes.«

Wäre Agnes nicht so traurig gewesen, sie hätte laut losgeprustet.

»Ich will nicht, dass Kleenshoop ein Ort für dich wird, an den du mit Trauer denkst.« Tilly schniefte und nickte, als spreche sie sich selbst Mut zu. »Und ehrlich gesagt möchte ich das selbst auch nicht mehr. Ich habe es nirgendwo so geliebt wie hier. Auf meine alten Tage will ich nicht noch mal weggehen und zurückblicken. Es ist zu spät dafür. Und das ist gut so.«

»Aber …«

»Das ändert nichts daran, dass ich das Haus nicht betreten kann. Mein Elternhaus. Glaub also nicht, wir trinken bald Tee darin und spielen Karten, während draußen der Regen an die Fensterscheiben trommelt.

Aber ich mag die Scheune. Ich mag den Garten. Vor allem liebe ich den Rosengarten beim Herrenhaus. Das ist … Ich war lange nicht so glücklich wie dort, Agnes.«

Sie hatte die letzten Worte geflüstert.

»Das heißt …« Agnes schaffte es nicht, die Frage auszusprechen. Sie fürchtete beide Möglichkeiten einer Antwort.

Tilly nickte.

Darauf wusste Agnes nichts zu sagen. Ein Teil von ihr war froh. Ein anderer so traurig, dass es kaum zu ertragen war.

Am Horizont ein Glitzern

War es nicht seltsam, dass ein Ort zugleich Paradies und Hölle war, vom Standpunkt des Betrachters aus gesehen oder aber vom Zeitpunkt der Betrachtung her? Agnes liebte Kleenshoop und die Kate. Vor allem aber liebte sie die Küche des Herrenhauses, in der sie stand und tief die nach karamellisierten Äpfeln und Holunderbeeren duftende Luft einatmete. Doch egal, wie wunderbar es war, hier zu sein, sie glaubte nun überall den Schrecken zu sehen, die Angst und die Trauer.

Eine Träne sammelte sich in ihrem Augenwinkel. Schon wieder. Aber Tilly hatte ihr untersagt zu weinen – was natürlich Quatsch war, das wussten sie beide. Aber Agnes war klar, dass sie Tilly damit nicht half, dass sie nur sich selbst ein wenig damit helfen konnte. Es gab Augenblicke, in denen zu weinen gut und hilfreich war. Dieser aber zählte nicht dazu, denn die Brombeertörtchen im Ofen wurden an den Rändern braun.

»Agnes!«, ertönte Tillys Stimme. Kurz darauf wurden ihre Schritte laut, und sie erschien mit gehetztem Gesichtsausdruck in der Tür.

»Agnes, hörst du denn nicht?«

»Wie sollte ich hier drin etwas hören?«

Weil ihre Hände damit beschäftigt waren, Dreiecke

für die Croissants zu formen, konnte Agnes nur mit dem Kinn in den Raum deuten. Die Küche dampfte und rauchte, im Ofen knackte das Holz. Durch das geöffnete Fenster drangen das Rauschen des Windes in den Baumkronen und immer wieder ein Lachen der Kinder.

Wobei – jetzt nicht. Jetzt war es mucksmäuschenstill.

»Da kommt wer«, sagte Tilly. »Ich hab ihn am Tor gehört!« Ihr Gesicht war bleich, die Augen vor Schreck aufgerissen.

Seit ihrem Spaziergang am Strand waren vier Tage vergangen. Vier Tage, hatte Agnes rückblickend festgestellt, die sich wie ein ganzes Jahr angefühlt hatten. Seit sie ihre Taschen, Kisten und Koffer wieder ausgepackt hatten, war in Agnes mehr und mehr das Gefühl gewachsen, dass hier ihr Zuhause war. Und bleiben würde, nicht bloß, bis sie nach Hamburg zurückkehren konnten.

Der Gedanke begleitete sie seither. Wie auch jener an Tillys traurige Vergangenheit. Die Witwe wiederum wirkte gelöst. Ihr Gesicht hatte eine neue Weichheit angenommen. Die Wangen waren rosig und samtig wie Pfirsichhaut, und ihre Augen leuchteten, wenn sie die Kinder unterrichtete.

Jetzt leuchteten sie auch, aber deswegen, weil sie umherlief wie ein nervöses Eichhörnchen.

»Wen hast du gehört?«, fragte Agnes und trocknete sich die Hände an ihrer Schürze ab.

»Was weiß denn ich, wen! Ich hab mich doch nicht da hingestellt und höflich Guten Tag gesagt!«

Es könnte jemand aus dem Dorf sein. Bisher allerdings hatte es nie jemanden hierher verschlagen. Es sprach ja nicht einmal jemand über das Herrenhaus.

»Hat dieser Jemand bloß am Tor gerüttelt, vielleicht seine Nase durch die Stäbe gesteckt? Vielleicht ein Spaziergänger?«

»Hörst du mir denn nicht zu?«, zischte Tilly. »Wenn ich sage, da ist jemand, dann ist da jemand, und zwar ein Jemand mit einem Schlüssel!«

»Wieso sagst du das erst jetzt?«

Hektisch blickte sich Agnes um. Die Küche sah aus, wie eine gute Küche auszusehen hatte: ein einziges wildes Durcheinander. Da lagen die noch ungeschrubbten Backbleche neben der handgeschriebenen Wunschliste der Strandbesucher; Geschirr stapelte sich vor dem Schrank, weil sie die Schranktür nicht hatte öffnen können. Die Schranktür hatte sie nicht öffnen können, weil sie auf dem Boden die Utensilien für das Marzipan aufgestellt hatte. Im Kreis, damit sie sie inspirieren könnten, sie hatte nämlich nach wie vor nicht herausgefunden, welche Zutaten und wie viele genau sie davon benötigte. Ach ja, und es lagen Tücher herum, ein Teppich lehnte aufgerollt an der Wand, auf dem Herd köchelte Wasser (wofür benötigte sie es noch einmal?), im Ofen buken die Brombeertörtchen, von denen nun schon etwas mehr als nur der Rand braun war.

»Verflixt!« Agnes riss das Blech heraus. »Du musst mir helfen! Halt ihn auf!«

Tilly wackelte missmutig mit dem Kopf. »Was dachtest du denn, was ich tun würde? Mit dir hier saubermachen? Du weißt, was ich von Ordnung halte. Hier täte sie aber zur Abwechslung einmal Not, falls es dir noch nicht aufgefallen ist.«

»Ach!«

Weg war sie, und Agnes machte sich daran, alles, was auf dem Boden, dem Tisch und den Stühlen lag, zusammenzuschaufeln und in die Vorratskammer zu stopfen. Den Teig für die Croissants rollte sie wieder ein und versetzte der Kugel einen Hieb, doch was konnte er schon dafür? Das wirkliche, das wahrhaft große Problem aber stand vor ihr und ließ sich weder in die Kammer schieben noch zusammenrollen. Der Herd! Für einen, der seit Jahren, wenn nicht Jahrzehnten nicht mehr gebrannt hatte, war er verflixt heiß. Er glühte, um genau zu sein.

Mit Wasser begießen wäre dumm, sie würde aus der Küche ja ein Dampfbad machen. Um wenigstens noch etwas zu tun, pustete sie Mehl auf die Arbeitsfläche und den gewaltigen Holztisch. Wenn sie Glück hatte, sah, wer auch immer da käme, nicht allzu genau hin und hielt es für den Staub der vergangenen Jahrzehnte. Nun schnell wieder die Fenster verschließen und sicherstellen, dass auch auf den Messingknäufen eine Mehlschicht lag. Schwere Schritte erklangen auf der Treppe. Agnes schlich sich auf Zehenspitzen zur Vorratskammer, drückte sich hinein und zog leise hinter sich die Tür zu. Die an einem Haken hängenden Schürzen rochen nach Kampfer und Staub, der ihr in der Nase kitzelte. Hoffentlich musste sie nicht niesen!

Die Küchentür knarrte leise und schwang auf. Stocksteif stand Agnes da. Sie hatte das Gefühl, mit der kühlen Wand hinter ihr zu verschmelzen. Um sich zu beruhigen und nicht an ihr Herz zu denken, das grässlich laut und viel zu schnell schlug, zählte sie bis fünfzig. Dann bis hundert. Was machte die Person nur? Agnes hatte keinen Laut mehr gehört, seit die Küchentür aufgeschwungen war.

Bei hundertachtundsiebzig reichte es ihr. Vorsichtig schob sie die Schürzen beiseite und suchte in dem Holz nach einem Spalt, durch den sie blicken konnte. Die Hand an dem eisernen Schloss, damit sie ja nicht das Gleichgewicht verlöre, fuhr sie mit den Fingerspitzen die Maserung ab. Endlich fand sie ein Astloch, groß genug, um hindurchzublicken, nicht weit von ihrem Knie entfernt.

Agnes ging in die Hocke. Mittlerweile war ihr der Schweiß ausgebrochen. Sie sicherte sich zuerst mit beiden Händen am Fußboden ab, hob dann den rechten Fuß ein winziges bisschen an, um ihn vor den anderen zu setzen, und verlagerte ihr Gewicht auf das linke Bein. Nun konnte sie sich vorbeugen und in die helle Küche blinzeln. Da standen zwei Schuhe, braun und an den Spitzen abgewetzt, in eine nicht minder abgewetzte Arbeitsbekleidung mündend. Weiter als bis zu den Knien konnte Agnes nicht sehen.

Mit angehaltenem Atem presste sie ihre Nase gegen das Holz, als sie das Geräusch von klackernden Tatzen auf dem Fliesenboden hörte. Gleich darauf war lautes Hecheln zu vernehmen, und sie blickte in zwei tiefbraune Hundeaugen. In Idas!

Starr vor Schreck starrte sie zurück, bis ihr einfiel,

was ihr Charles gesagt hatte, der Gärtner vom Straßburger Waisenhaus. *Blick keinem Hund in die Augen. Damit machst du ihn aggressiv.*

Doch Ida war das Gegenteil eines aggressiven Hundes. Wie ein Ball hüpfte sie vor und zurück, drehte sich mit wedelndem Schwanz im Kreis und blickte entzückt wieder durch das Loch in der Tür.

Zu einem anderen Zeitpunkt, vor allem aber an einem anderen Ort, wäre Agnes hingerissen gewesen, Ida wiederzusehen. Zu einem anderen Zeitpunkt und ganz sicher an einem anderen Ort hätte sie sich auch gefreut, Benjamin von Reiker gegenüberzustehen. Leider aber war sie jetzt hier und nicht ein andermal woanders.

»Ida!«, sagte er mit seiner warmen, weichen Stimme. »Was hast du denn da entdeckt?«

Ihre Wirbelsäule spannte sich an, die Arme, die Finger, sogar die Haare waren wie unter Strom. Jetzt musste es schnell gehen. Sie brauchte eine Erklärung dafür, warum sie sich auf allen vieren in der Reiker'schen Vorratskammer befand. Aber alles, was sie sich zurechtlegte – sein Taschentuch, das sie verloren und seltsamerweise hier wiedergefunden hatte; ein verletzter Spatz, dem sie hereingefolgt war, um ihm zu helfen –, klang dumm und ausgedacht, und das war es ja auch.

Ihr Herz klopfte so schnell, dass sie glaubte, er müsse es hören können. Ein Glück, dass Ida einen solchen Krach machte. Sie raste vor der Vorratskammer im Kreis und schnappte nach ihrem Schwanz. Erwischte sie ihn, hopste sie vor Freude in die Höhe, sprang zu dem Loch in der Tür, blinzelte stolz hinein und schnupperte so laut, dass es in Agnes' Ohren dröhnte.

Die Stiefelspitzen hatten sich in ihre Richtung gedreht, kamen aber nicht näher. Still stand Benjamin von Reiker da, als lausche er einem Geräusch, das Agnes nicht hörte.

Sie kämpfte mit sich. War dies nicht die einzige Möglichkeit, mit Blessuren, aber einigermaßen heil aus der Angelegenheit herauszukommen? Sie könnte ihm freiwillig unter die Augen treten und es ihm wenigstens zu erklären versuchen. Aber wenn er sie fand, zusammengekauert hinter der Tür der Vorratskammer, würde er ihre Erklärungen mit Sicherheit nicht hören wollen.

Da war der Haken, der die Tür verschlossen hielt. Sie müsste nur die Hand heben und ihn lösen. Doch sie war wie gelähmt. Starrte auf die Füße, auf Ida, die heranhopste und wieder fort, auf den mehligen Fußboden und den glühenden Herd.

»Komm, Ida.«

Verwirrt, aber maßlos erleichtert beobachtete Agnes, wie sich die Schuhe umdrehten und auf die Tür zusteuerten. Unschlüssig schnüffelte die Hündin noch einmal an der Tür, doch als sich ihr Herr weiter entfernte, stieß sie ein trübes Seufzen aus und schoss hinterher.

Agnes legte ihre verschwitzte Stirn auf ihr Knie. Sie zitterte am ganzen Leib.

Heftig blinzelnd starrte Agnes auf ihre Finger, die ruhig auf dem Küchentisch in der Kate lagen. Sie war hierher zurückgekehrt, sobald ihr die Kinder reine

Luft gemeldet hatten. Immer noch fühlte sie sich wie durch den Fleischwolf gedreht. Trübe stützte sie das Kinn in die Hand und atmete tief aus. Sie fühlte sich grässlich.

Sie erhob sich, klopfte geistesabwesend ihren Rock ab und zog die Bluse straff und betrachtete sich in dem welligen Spiegel, der eigentlich der Boden eines Kochtopfs war. Ihr Haar hatte sich mit Sonne und Meersalz vollgesogen. Röter als je zu vor schimmerte es im Mittagslicht. Ihr Gesicht hatte eine goldene Farbe bekommen, was den hellen Karamellton ihrer Augen noch unterstrich. Nachdenklich fuhr sie sich mit der Fingerspitze über die Wangenknochen, die fein geschwungenen Augenbrauen hinauf zur Stirn. Sie fühlte sich ... seltsam. Es war nicht greifbar, entzog sich ihrem Denken wie ein Stück Schale im Eiweiß, das immer wieder in die entgegengesetzte Richtung ausbüxte.

»Verflixt noch mal.«

Sie versetzte dem von der Decke baumelnden Topf einen Stoß, sodass ihr Spiegelbild aus ihrem Blickfeld glitt.

»Ich glaube nicht, dass sie da ist«, hörte sie Tillys Stimme. Agnes zuckte zusammen. Tilly war mit den Kindern im Dorf gewesen, um ein wenig herumzuschnüffeln. Und jetzt hatte sie jemanden mitgebracht.

»Ich kann gerne nachsehen. Aber wie gesagt ...«

Agnes hörte die Pforte aufschwingen.

»Agnes!«, ertönte Tillys Stimme. Sie klang seltsam. Laut und schrill. »Agnes, bist du da?«

Es war glasklar, dass sie Agnes warnen wollte. Und

vor wem sollte sie das tun – wenn nicht vor Benjamin von Reiker?

Agnes kämpfte mit sich. Sie könnte sich verstecken wie heute Vormittag im Herrenhaus. Ihre Vernunft riet ihr dazu, und zwar laut und deutlich. Doch da war auch eine andere Stimme zu hören, und die flüsterte: *Sprich mit ihm.*

Wem sollte sie folgen – ihrem Kopf oder ihrem … dem anderen, das da sprach?

»Das dachte ich mir.« Die Erleichterung in Tillys Stimme war klar herauszuhören. »Sie ist nicht hier. Und wenn ich es recht bedenke, bin ich doch ganz sicher, dass sie im Wald ist. Zapfen sammeln.«

»Zapfen sammeln«, wiederholte Benjamin, und es klang amüsiert.

Es gab ja vieles, was sich Agnes aus der Natur holte. Zapfen waren bisher nicht darunter gewesen. Agnes holte so tief Luft, dass ihr schwindelig wurde. Sie strich sich über das Haar und über die Bluse, über den Rock und war versucht, bei den Stiefeln weiterzumachen, aber dann würde sie mit Sicherheit vornüberkippen.

Klirrend holte sie zwei Tassen aus dem Schrank und setzte mit einem Knall den Kessel auf den Herd. Die Ofenklappe quietschte in genau der richtigen Lautstärke.

An der Tür ertönte ein Klopfen. Tilly steckte ihren Kopf herein. Sie sah schrecklich aus. Wie ein Laubbaum, schoss Agnes durch den Kopf, dem ein Herbststurm alle Blätter von den Zweigen gerüttelt hat.

»Du bist ja doch hier«, sagte Tilly und wich tunlichst Agnes' Blick aus. »Ich dachte, du wärest …«

»Ich bin fertig mit Zapfen sammeln. Wen hast du denn mitgebracht?«

Tilly trat zur Seite, um Benjamin von Reiker an sich vorbeizulassen.

»Ich … Nun, bis später.« Mit lautem Krachen fiel die Tür hinter ihr zu.

Er füllte den Raum auf erschreckende Weise aus. Viel zu groß war er dafür, während der Flickenteppich, auf dem er stand, winzig unter ihm wirkte. Ebenso der Stuhl, auf den Agnes deutete und den er sich mit einem Nicken heranzog. Er trug seinen abgetragenen Anzug mit den Löchern an den Knien. Sein Gesicht hatte noch an Farbe gewonnen, sein Haar war hell gesträhnt.

Er wirkte wie ein Bauernbursche. Ein sehr gut aussehender, dem es gelang, mit einem einzigen Blick ihr Herz zum Rumpeln zu bringen.

Abrupt drehte sie sich zum Ofen. Während sie darauf starrte, fragte sie sich, ob sie überhaupt schon etwas zu ihm gesagt hatte. Nein, nahm sie an. Falls doch, hatte sie es vergessen.

Mit einem Knarren schoben sich die Stuhlbeine zurück. Dann stand er irgendwo hinter ihr. Sie glaubte, seinen Atem auf ihrem Haar zu spüren. Was sie sich natürlich bloß einbildete, niemals würde er so dicht an sie herankommen. Schwungvoll drehte sie sich um. Doch da war er. Ganz nah, sodass sie den Kopf in den Nacken legen musste und die Bartstoppeln auf seinem Kinn entdeckte.

Sie konnte nicht zurückweichen, dann fiele sie über

den Herd. Also blieb sie, wo sie war, und starrte auf seinen Hals und das kleine Dreieck Haut, das der verschlissene Kragen durchblitzen ließ, auf seinen Mund und seine elegant geschwungene Nase. Seine Augen standen weit auseinander. Dunkle Brauen wölbten sich darüber und eine hohe Stirn, über der sich ungezähmt das dunkelblonde Haar erhob.

»Wo haben Sie denn Ida gelassen?«, fragte sie mit krächzender Stimme.

Wieso hatte sie das gesagt? Sie konnte doch unmöglich wissen, dass Ida bei ihm war – außer sie hatte ihn heute schon einmal gesehen. Von der dunklen Kammer der Schlossküche aus.

Er sah sie lange an, senkte dann den Blick und sagte, wobei sich neben seinem Mund Grübchen bildeten: »Ida ist ganz verrückt nach Ihnen.«

Agnes wurde schwindelig. Natürlich nicht, weil das quirlige Hündchen sie mochte. Sondern weil sein Blick so intensiv war, als habe er etwas ganz anderes gesagt.

»Ich …« Sie wusste schon nach einem Wort nicht mehr weiter.

»Da habe ich befürchtet, sie würde gar nicht mehr mit mir zurückkommen, wenn sie Sie erst sieht.«

Ihre Knie fühlten sich weich an, ihr war zugleich heiß und eiskalt. Wie gern würde sie ihre Hand ausstrecken! Um was zu tun, fragte sie sich – über den Stoff seines Anzugs zu streichen? Oder seine Wangen, die sich bestimmt weich und stoppelig zugleich anfühlten. Es kostete sie einiges an Mühe, sich von diesem Gedanken loszureißen.

»Möchten Sie Tee?«, fragte sie. »Habe ich Sie das schon gefragt?«

»Nein. Haben Sie nicht. Und ja, gern.«

Er bewegte sich immer noch keinen Zentimeter weg. Seine Nähe war irritierend.

Abrupt drehte sie sich zum Herd, prüfte, ob noch Wasser im Kessel war, und schob ihn auf die heiße Platte. Einmal tief einatmen, tief ausatmen. Es war doch albern, dass sie sich so beklommen fühlte. Erst recht aber war es albern, dass sie sich derart wohlfühlte. Benjamin von Reikers Besuch hatte sicher andere Gründe, als freundlich Konversation zu betreiben. Womöglich wollte er im Namen seiner Eltern um Verzeihung bitten, und das machte die Angelegenheit überhaupt nicht einfacher.

Sie konnte es ihm einfach nicht sagen! Eine Woche, vielleicht zwei blieben ihr noch, bis sämtliche Strandbesucher abreisten. Und dann würde sowieso alles vorbei sein, und zumindest über ihre Lügen müsste sie sich dann keine Gedanken mehr machen.

»Ich habe heute nach dem Haus gesehen«, sagte er.

Erleichtert atmete sie auf. Sicheres Terrain. Falsch! Gar kein sicheres Terrain!

»Es geht ihm so gut wie nie zuvor. Seltsam, oder? Wo doch Leerstand die größte Bedrohung für ein Gebäude ist, das haben Sie gesagt, und ich bin ganz Ihrer Meinung. Und erst der Garten. Wie von Zauberhand gepflegt und gehegt …«

Wieder spürte sie seinen Atem in ihrem Nacken und hatte Mühe, sich zu erinnern, wohin sie den Tee verfrachtet hatte.

»Überaus seltsam«, murmelte Agnes und versuchte, normal ein- und auszuatmen. Aber wenn man sich darauf konzentrierte, erschien mit einem Mal gar nichts mehr normal. Atmete sie zu schnell oder zu langsam? Sie wusste es nicht zu sagen.

»Alles blüht«, sprach er weiter. »Zu meiner Überraschung hat das Unkraut klein beigegeben. Als ich das letzte Mal hier war, war noch alles überwuchert. Aber jetzt … Allein die Orchideen. Haben Sie je von Orchideen gehört, die sich gegen wuchernden Efeu und Klee durchsetzen konnten?«

Tilly hatte die Beete mit Liebe und Sorgfalt freigelegt und sich nicht im Mindesten um Agnes' Warnungen geschert. »Wächst doch alles ruckzuck wieder zu!«

Nun, es war nicht ausreichend ruckzuck gegangen.

»Besonders in der Küche war es richtiggehend heimelig. Obwohl sie doch nach Nordosten liegt, hatte die Sonne den Raum erwärmt. Genauer ausgedrückt war es heiß darin wie in einem Glashaus zur Mittagszeit.«

Sie wusste nicht, ob ihr nach Lachen oder Weinen zumute war. Durchschaute er all ihre Lügen? Aber wieso sagte er nichts dazu – und wieso wirkte er überhaupt nicht erbost? Sie nahm allen Mut zusammen und drehte sich um.

»Benjamin, was wü…«

Sein Blick brachte sie zum Schweigen. Er starrte sie so beschwörend an, als wollte er die Wahrheit unter keinen Umständen wissen. Oder bog sie sich das nur zurecht?

Bevor sie einen klaren Gedanken dazu fassen konnte, entdeckte sie etwas silbrig Grünes in seinem Haar. Sie hob die Hand und zupfte es aus seiner Stirn. Ein Apfelbaumblatt war es, samt Stiel.

»Und dann bin ich auch noch in einen Apfelregen geraten«, sagte er. Sein schöner Mund verzog sich zu einem Lächeln, und neben seinen Augen bildete sich ein Kranz feiner Falten. »Die Bäume haben ihre Früchte alle gleichzeitig fallen lassen. Dutzende waren es. Und *fallen* ist auch nicht das richtige Wort. Sie feuerten ihre Äpfel. In meine Richtung. Erstaunlich, nicht?«

»Mehr als erstaunlich.« Ihre Stimme klang heiser von dem Versuch, nicht in hysterisches Gelächter auszubrechen.

Das war also die Erklärung, die Tilly ihr nicht hatte geben wollen. Agnes hatte ihre Freundin bohrend angestarrt und gefragt, warum sie denn nichts, *rein gar nichts* getan hatte, um Herrn von Reiker im Garten des Herrenhauses aufzuhalten.

Ihre Idee, hatte Tilly gemurrt, sei schlicht zu gut gewesen, um sie ohne Planung umzusetzen. Nun hatte Agnes ein klareres Bild: von Tilly, Clara und Fridolin, die mit glänzenden Augen in den Baumkronen saßen und Äpfel auf Benjamin von Reiker feuerten.

»Wie durch ein Wunder wurde Ida nicht getroffen«, sagte er.

»Darüber bin ich sehr froh«, sagte Agnes.

Es ging nicht anders, sie konnte ihr Kichern nicht länger unterdrücken. Feuerrot musste sie schon sein, ihre Augen begannen zu tränen. Als sie aufblickte, sah sie, dass es Benjamin nicht anders ging. Seine Wangen glühten, und seine Schultern zuckten.

Sie wandte den Blick ab, um sich zu sammeln. Könnte er doch immer hier sein, schoss es ihr durch den Kopf. Es war so angenehm, seine Nähe zu spüren, und wenn er ging … Nun, sie sollte es wie mit dem Herbst und dem Winter halten: bloß nicht daran denken.

»Haben Sie eigentlich Nachricht aus Hamburg?«, fragte Benjamin, während sie nebeneinanderher am Strand entlangliefen. Er musste rufen, damit der Wind seine Worte nicht aufs Meer trug.

Agnes blieb stehen und schüttelte den Kopf. »Leider nein.«

»Ich habe einen Hamburger Freund gebeten, sich umzuhören. Zu meinem Bedauern ließ er sich nicht überreden, selbst zum Großen Neumarkt zu fahren. Aber immerhin hat er die Information einholen können, dass das Waisenhaus weiterhin geöffnet ist. Ihr Pastor …«

»Pastor Sörensen?«, fragte Agnes, die mit wild klopfendem Herzen zugehört hatte.

»Ja, Pastor Sörensen soll dort sein, wohin er gehört. Und soweit es sich aus der Ferne feststellen ließ, ist keines der Kinder erkrankt oder sonst wie zu Schaden gekommen.«

Ungläubig starrte Agnes ihn an. »Sie haben das herausbekommen?«

Er nickte. »Ich hätte es Ihnen gleich erzählen sollen, nicht wahr? Aber eben in der Kate … Ich war noch so in meine Gedanken verstrickt, wie hübsch das Haus meiner Eltern mit einem Mal wirkt … Und dann sah ich Sie, ich …« Hilflos kratzte er sich an der Schläfe und setzte wieder zum Gehen an. »Ich hatte es für einen Moment einfach vergessen. Furchtbar, oder? Ich hoffe, Sie halten mich nicht für einen Unmenschen.«

»Sie?«, rief sie. »Wieso sollte ich Sie für einen Unmenschen halten?«

Er lächelte und blickte verlegen an ihr vorbei.

»Herr von Reiker, nein, Benjamin …« Sie hielt inne, um sich zu sammeln. Sie musste mit der Wahrheit heraus. Auch wenn es nur noch zwei Wochen waren. Auch wenn sie die Einnahmen dringend benötigten. Aber nach dem, was er für sie getan hatte, da war es schlicht undenkbar, sich weiter in Heimlichkeiten zu ergehen.

»Ich finde es wunderbar, was Sie tun, Agnes«, sagte er und blickte sie beschwörend an. »Ich kann nicht behaupten, dass mir zuvor jemand so imponiert hat wie Sie. Wir haben über das Schicksal gesprochen, wissen Sie noch? Als ich Ihnen meine naiven Ansichten über Findelkinder erklärt habe. Ich will es nicht gern wahrhaben, aber Sie hatten recht mit Ihrer Annahme, dass ich mir manchmal wünsche, ohne all das hier geboren zu sein.« Er breitete die Arme aus und zeigte über den Strand.

»Oh«, sagte sie und runzelte die Stirn. »Der Strand gehört Ihnen auch?«

»Meinen Eltern, ja. Und eines Tages mir.«

Sie nickte. »Ein Schloss und ein Strand.«

»Ja, und alles ist vollkommen unwichtig.«

»Aber vielleicht möchten Sie ja eines Tages hier leben.«

Um Himmels willen, das hatte sie doch gar nicht sagen wollen! Das implizierte, dass sie sich über seine Zukunft Gedanken machte, oder nicht? Und das tat sie und sah seltsamerweise sich selbst darin, und das war wirklich das Dümmste, was einem überhaupt in den Sinn kommen konnte.

Er blickte sie an, und sie glaubte, Sehnsucht und Verlorenheit in seinen Augen zu entdecken, doch vielleicht täuschte sie sich auch.

»Ich habe lange geglaubt, dass ich auf einen bestimmten Punkt zusteuere«, sagte er so leise, dass sich Agnes vorbeugen musste.

Sie wurde von einem seltsamen, sehnsüchtigen Gefühl überwallt.

»Das Buch über mein Leben war schließlich schon geschrieben, bevor ich auf die Welt kam. Und wissen Sie, was dann geschah? Dann kamen Sie.«

Agnes senkte den Blick. Alles in ihr war weich wie Pudding und zittrig.

»Und seither läuft eigentlich alles schief«, sagte er leise.

Verwirrt hob sie den Kopf.

»Oh. Was … Das tut mir leid. Das wollte ich nicht.«

Er lächelte traurig. »Entschuldigen Sie, Agnes. Ich rede Unsinn, und dabei wollte ich doch nur …«

Ehe er den Satz beenden konnte, war sie an ihn herangetreten. Sie wusste nicht, wieso, wusste nicht, was sie vorhatte. Einzig sicher war sie ihrer Sehnsucht danach, ihn zu berühren.

Behutsam strich sie über seine Wange. Tatsächlich

fühlte sie sich genau so an, wie sie es erwartet hatte. Weich und zugleich stoppelig, warm und trocken.

»Agnes«, murmelte er, sprach aber nicht weiter.

Sie trat noch näher an ihn heran. Langsam beugte er sich zu ihr herab. Zart wie eine Feder strich seine Fingerkuppe über ihre Stirn, ihre Nase, ihre Wange.

Seine Lippen berührten ihre. Sie spürte seinen Atem auf ihrem Mund, fühlte die Wärme, seine Haut, alles, als verschmelze es mit ihr. Seine Arme umschlangen sie. Nie hatte sich Agnes so geborgen, so sicher, so … heimisch gefühlt. Alles in ihr prickelte.

Dann riss er sich los, blickte sie erschrocken an und wandte sich um. Mit langen Schritten stapfte er davon.

Schlagartig wurde ihr kalt. Trotzdem ließ sie sich in den Sand fallen und starrte auf das schäumende Wasser, das kam und ging, kam und ging.

Alles in ihr war in Aufruhr. Sie glaubte noch seine Lippen auf ihren zu spüren und seine Wangen unter ihren Fingerspitzen. Es hatte sich so gut, so richtig angefühlt. Doch seine Miene, als er sich umdrehte, war voller Trauer und Schmerz gewesen.

Sie schloss die Augen und sprach stumm und beruhigend auf sich ein. Aber es nutzte nichts. Ganz tief in sich spürte sie, dass er nicht zurückkommen würde.

»Was ist denn nur los mit dir?«, fragte Tilly und verschränkte die Arme. »Du siehst aus, als ginge in der nächsten Stunde die Welt unter.«

Agnes hatte ihr nicht richtig zugehört und schüttelte mit abwesendem Blick den Kopf.

»Möchtest du Gurkensuppe?«, fragte sie mit schwacher Stimme.

»Schon wieder?«, grollte Tilly. »Mittlerweile müsste doch sogar Fridolin genug davon haben.«

Sie blickte aus der geöffneten Scheunentür, hinter der Regen herabprasselte. Agnes folgte ihrem Blick und fühlte sich entmutigt. Wind pfiff um den Dachgiebel, ließ Blätter gegen die Scheibe prasseln und Tannenzapfen mit dumpfem Ploppen zu Boden fallen.

»Fridolin liebt Gurkensuppe«, sagte Agnes leise. Sie hatte sich umgewandt und klopfte ihre Schürze ab, während es hinter ihr einen kleinen Erdrutsch gab.

»Was machst du denn bloß mit den Kartoffeln?«, donnerte Tilly. »Lass sie doch einfach dort liegen!«

»Ich habe sie gezählt«, sagte Agnes.

»Warum?«

»Weil … um … mich zu beschäftigen.«

Tilly seufzte.

»Und, wie viele sind es?«, fragte sie in besänftigtem Ton.

»Achtundsiebzig.«

»Und wie viel Mehl haben wir?«

»Zehn Pfund und dreißig Gramm.«

»Zucker?«

»Ebenso viel.«

»Geld?«

»Nicht genug.«

Bis in die Morgenstunden hatte Agnes Listen geschrieben und Münzen gezählt. Aus den Groschen, Pfennigen und Markstücken hatte sie Türmchen gebaut. Einen für Oktober, einen für November, einen für Dezember. Letzterer war halb so hoch gewesen wie die anderen beiden. Weihnachtsgeschenke für die Kinder, selbst bescheidene, würde sie sich wohl aus dem Kopf schlagen müssen.

Also hatte sie die Vorräte durchgezählt. Und ihre Ersparnisse. Und wieder bei den Vorräten angefangen.

»Seit Herr von Reiker hier war, weiß man mit dir nichts mehr anzufangen«, grummelte Tilly. »Was hat der Mann nur zu dir gesagt?«

»Nichts«, murmelte Agnes und blinzelte. »Ich bringe dir einen Teller Gurkensuppe.«

»Wenn es unbedingt sein muss.«

»Oskar sagt, da ist wer für dich.« Fridolin hatte schon während er lief gerufen und kam völlig außer Atem bei der Kate an. »Die haben nach dir gefragt, Agnes. Oskar kennt sie aber nicht, hat er gesagt. Aber sie haben gesagt, sie kennen dich.«

»Sie?«, fragte Agnes und strich sich über die müden Augen. Sie hatte gerade einen Tee aufsetzen wollen.

»Wen meinst du mit *sie*?«

»Weiß ich nicht. Oskar hat nur gesagt, da wären welche, die er auch nicht kennt.«

Neugierig steckte Agnes die Nase hinaus und zog den Kopf wieder zurück.

»Hui, ist das kalt!«

Zumindest hatte sie ihren Mantel gefunden. Eilig legte sie ihn über ihre Schultern und lief auf die Gartenpforte zu. Am Himmel türmten sich graue Wolken, schwungvoll blies ihr eine Böe das Haar aus dem Gesicht. Als Agnes die Ohren spitzte, hörte sie das Klappern von Hufen.

Auf dem Kiesweg, der von der Kate zum Dorf führte, tauchte eine Kutsche auf. Der Gaul, der sie zog, wirkte mehr als unwillig, seine Arbeit ordentlich zu verrichten. Mal taperte er nach rechts, dann nach links. Das Gefährt schwankte, der Kutscher fluchte und hob die Peitsche, ließ sie aber zu ihrer und Fridolins Erleichterung nicht herabsausen.

Das Pferd verlangsamte sein Tempo. Unter dem regenfeuchten Hut blickte der Kutscher finster zum Haus. Als er Agnes und Fridolin erblickte, hellte sich seine Miene nur geringfügig auf.

»Agnes Martin?«, fragte er. Seine Stimme klang knirschend und rau, als habe er den gesamten Weg hierher gebrüllt.

»Ja.«

»Brrr!«

Der Gaul kam zum Stehen und beäugte interessiert die Astern, die ihre violett und rot blühenden Köpfe durch den Zaun steckten. Die Tür der in die Jahre gekommenen Kutsche klappte auf, ein abgeschabter Stiefel schob sich heraus und tastete nach der Stufe, dann erschien eine blässliche Dame, die abgetragene Pelzstola mehrfach um den Hals gewickelt. Sie wirkte noch schmaler, als sie Agnes in Erinnerung geblieben war.

»Fräulein Frieda!«

Agnes hatte ihr mehrfach an die Lübecker Pension

geschrieben, war aber schließlich zu der Einsicht gelangt, Frieda habe ihren Urlaub beendet.

»Guten Tag! Wie schön, Sie zu sehen.«

Mit ausgebreiteten Armen lief Agnes auf die zierliche Dame zu, deren schlohweißes Haar heute von einem hellvioletten Schal gebändigt wurde.

»Guten Tag«, wisperte Frieda. »Ich bin gekommen, um mich bei dir zu erholen.«

Baff starrte Agnes sie an.

»Und ich habe ein paar Freundinnen mitgebracht. Es ist dir doch recht, nicht wahr?«

Noch verdatterter beobachtete Agnes, wie eine weitere Dame in der Tür erschien. Sie trug das weiße Haar zu zwei dünnen Zöpfen geflochten und als Affenschaukeln hinter ihren Ohren befestigt. Ihr Gesicht, runzlig wie ein zusammengeknülltes Taschentuch, wirkte so fröhlich wie das eines Kindes.

»Guten Tag«, sagte sie, raffte ihren ausladenden Rock und quetschte ihn mit reichlich Mühe durch die Kutschentür. Wacklig balancierte sie die Stufen hinab. Unten angekommen knickste sie formvollendet.

»Ephegenie«, stellte sie sich vor. »Ich freue mich, Ihre Bekanntschaft zu machen. Nennen Sie mich Effie, falls Sie mögen. Ich hoffe, dass Sie mögen! Auf Ephegenie höre ich nämlich nicht.«

»Sehr gern«, stammelte Agnes, die sich noch nicht ganz von der Überraschung erholt hatte, von nun an zwei nicht mehr ganz junge Damen zu beherbergen. Ob Tilly in ihrer Scheune Platz für sie fände? Aber konnte man den beiden eine solche Unterkunft zumuten?

Wieder ertönte aus dem Innern der Kutsche ein Rumpeln. Das Gefährt schwankte, ein Seufzer erklang, und wieder kam ein Stiefel zum Vorschein, der sich ähnlich unsicher wie die von Frieda und Effie seinen Weg ertastete.

»Guten Tag«, sagte eine etwas stämmigere Dame, als sie in der Tür erschien. »Wollen Sie so freundlich sein und mir hinaushelfen?«

Das war an den Kutscher gerichtet, doch Agnes sprang vor und reichte ihr eine Hand.

»Rosalia«, stellte sich die Dame vor, während sie mit derselben Mühe wie zuvor Effie ihren Rock durch die Türöffnung presste. »Nennen Sie mich bitte genau so.«

Ihr ausladendes dunkelblaues Kleid war um die Jahrhundertmitte herum sicher *à la mode* gewesen. Gelbstichige Spitze zierte den Ausschnitt und die Ärmel, und bei jeder noch so kleinen Bewegung raschelte der Taftstoff laut und vernehmlich. Ihr Haar wirkte wie in mühevoller Kleinarbeit zusammengesteckt, die dunklen Locken waren straff eingerollt und mit Dutzenden Spangen befestigt.

Drei Gäste, dachte Agnes. Um Gottes willen!

Wieder rumpelte es in der Kutsche, und zwei weitere Damen steckten erst ihre Köpfe und dann einen Fuß nach dem anderen heraus. Still und ohne eine Antwort zu erwarten, fragte sich Agnes, wie allein diese fünf Kleider in einen einzigen Wagen gepasst hatten. Und wie sie in eine einzige Kate passen würden – zusammen mit elf Kindern und ihr selbst.

Die beiden verbliebenen Neuankömmlinge stellten sich als Ernestine und Marlene-Luise vor.

»Wir konnten Frieda unmöglich allein reisen lassen«, bemerkte Marlene-Luise. »Nicht weil wir um ihre Sicherheit fürchteten. Sondern weil wir so neidisch waren!«

Sie stieß ein helles Lachen aus, das ansteckend wirkte. Nur Rosalia verzog keine Miene. Mit zusammengepressten Lippen betrachtete sie die Kate und legte den Kopf schief.

»Und wo gedachten Sie uns zu beherbergen?«

Am liebsten hätte Agnes ihr geantwortet, dass sie sich das erst noch überlegen müsse. Schließlich hatte sie von dem Besuch ja nichts gewusst. Doch sie wollte nicht unhöflich sein und klatschte stattdessen in die Hände.

»Wir werden es uns halt gemütlich machen!«

Und so war es. Der kleine Raum schien noch mehr zusammenzuschrumpfen, als die fünf Damen ihn betraten. Wo in aller Welt sollte Agnes sie bloß unterbringen?

»Wie urig«, rief Effie. »Eine Holzvertäfelung!«

»Ein Alkoven!«, bemerkte Ernestine begeistert.

»Und der Herd!«, sagte Marlene-Luise und starrte Agnes staunend an. »Benutzen Sie den?«

»Ja, nun, schon, doch. Ich benutze ihn zum Heizen – und zum Kaffeekochen. Möchten Sie einen?«

Sämtliche Reste an Kaffeebohnen kratzte sie zusammen, die Kaffeemühle knirschte freundlich, und wenig später hatten die fünf Damen ihre ausladenden Röcke um die Stühle drapiert und saßen vorn auf den Kanten, um nicht das Gleichgewicht zu verlieren. Aus ihren Tassen stieg herb riechender Dampf auf.

Mehr und mehr Kinder versammelten sich in der Kate. Fridolin hatte allen Bescheid gesagt. Nicht nur Johanna, Otto, Paul, Clara, Marie, Hans, Karlchen, Lore, Max und Peter, sondern auch den Dorfbewohnern, die, wie zufällig vorbeigekommen, ihre Köpfe zur Tür hereinsteckten und grinsten. Agnes hatte nicht das Gefühl, sich je wieder in einem Schwung hier im Kreis drehen zu können.

Die Luft war warm und mit fröhlichen Stimmen durchtränkt. Die Fensterscheibe beschlug, bis man vom tiefgrauen Himmel kaum noch etwas erkannte. Kerzenlicht flackerte und warf behagliche Schatten gegen die Wände.

Agnes setzte sich auf den Rand des Alkovens. Sie legte die Hände in den Schoß und betrachtete die Menschen, die immer noch mehr wurden. Oskar erzählte mit weitschweifenden Worten von einer Jagd, die andersherum als üblich verlaufen war:

»Ham *mich* gejagt, die frechen Biester. Immer hinter mir her un' die Schnauze in meine Kniekehle gedrückt. Das war 'n Spaß. Die Frau hat sich gekrümmt vor Lachen, ne, Lieselotte, das haste doch?«

Lieselotte nickte und wandte sich wieder Marlene-Luise zu. Soviel Agnes verstand, sprachen die Frauen über die Mühsal der Haushaltsführung.

»Die kann kochen«, sagte Lieselotte und deutete auf Agnes. »Und backen, dass es die wahre Freude ist.«

Fräulein Frieda, die dem Gespräch ebenfalls gelauscht hatte, erhob sich behender, als Agnes es für möglich gehalten hätte. Erst jetzt fiel ihr auf, dass ihre Lübecker Bekanntschaft lebhafter wirkte als noch vor ein paar Wochen, als sie mit ihr das Pensionszimmer geteilt hatte. Lebendiger, fröhlicher und … ja, sie wirkte regelrecht jugendlich verschmitzt, als sie Agnes ein zusammengerolltes Papier überreichte.

»Das ist für dich, gutes Kind. Das Marzipanrezept. Der Herr wollte es mir partout nicht käuflich überlassen, eine Geheimniskrämerei ist das, wirklich, sehr verwunderlich.«

»Sie haben meine Briefe doch bekommen?«

»Aber sicher. Habe ich dir etwa nicht geantwortet?«

»Nein«, sagte Agnes. »Das haben Sie nicht.« Erfreut starrte sie auf die krakeligen Lettern. »Wenn Ihnen der Herr das Rezept aber nicht überlassen wollte – wie ist es dann in Ihren Besitz gelangt?«

»Oh.« Fräulein Frieda seufzte mit gespielter Betrübnis. »Nun, sagen wir es so … Der Herr ist sich nicht darüber im Klaren, dass er es mir gegeben hat.«

»Sie haben es gestohlen?«, fragte Agnes baff.

»Ach, gestohlen, papperlapapp. Das sind doch nur Worte. Worte kann man nicht stehlen. Worte gehören allen, und wenn sie nun in einer bestimmten Abfolge auf einem Blatt Papier stehen, die möglicherweise geheim ist … Nun, mich kümmert das nicht. Ich finde, das Gute sollte geteilt werden. So wie Marzipan. Oder aber das Wissen darum, wie es hergestellt wird.«

Agnes hatte Mühe, ein Kichern zu unterdrücken.

Hastig überflog sie die Zutatenliste. Bis auf die Mandeln hatte sie alles. Nun, Rosenwasser fehlte ihr ebenfalls, aber bei so vielen Rosen im Schlossgarten sollte die Herstellung doch gar kein Problem sein.

Sehnsüchtig atmete sie ein. Die Küche fehlte ihr. Die Ruhe, die das Haus ausstrahlte ... Auch wenn sie die Gemeinsamkeit hier in der stickigen Enge natürlich genoss.

»Nun geh schon, hopphopp!«, sagte Fräulein Frieda und hielt Agnes einen Beutel unter die Nase. »Sonst erkenne ich dich ja kaum wieder. Du warst doch auch in Lübeck ständig unterwegs. Hier, unser Gastgeschenk. Vielleicht kommen sie dir gerade recht?«

Als Agnes den Beutel öffnete, biss sie sich vor Freude auf die Lippen. Mandeln! Fräulein Frieda hatte wirklich an alles gedacht.

»Auf Wiedersehen«, trällerte Frieda und wedelte wieder mit ihrer schmalen Hand. »Bis nachher!«

Tatsächlich konnte sich Agnes kaum bändigen vor Ungeduld. In den vergangenen Tagen hatte sie keinen Grund mehr gefunden, ins Herrenhaus zu gehen. Niemand war mehr am Strand, keiner wollte ihr noch Zimtwecken und Holunderbrause abkaufen. Aber Marzipan ... Diese kostbare Süßigkeit ließ sich lagern. Und sie ließ sich verschicken!

»Was bin ich gerannt«, hörte sie Oskar noch sagen, »aber sie war'n mir auf den Fersen und ham mit ihren kleinen kalten Schnauzen an mir geschnuppert. Ich wech wie der Blitz. Sind schließlich gefährlich, so Hasen, ne, fressen einen mit Haut und Haar!«

Schwungvoll warf Agnes die Tür hinter sich zu. Es war herrlich, in den kühlen Regen hinauszulaufen, die Schritte durch den Wald zu lenken, die Pforte in der Mauer zu öffnen, und dann, endlich, wieder in der Küche zu stehen! Sie feuerte den Herd an und eilte wieder hinaus, um Rosenblätter zu sammeln, von deren weicher rosafarbener Haut die Regentropfen wie Tau herabperlten.

Laut trug sie aus Fräulein Friedas gestohlenem Rezept vor, verlas die Mandeln, erhitzte Wasser im Kessel. Sie dachte an Benjamin, an den nicht zu denken sie in den vergangenen Tagen so viel Kraft gekostet hatte. Ihre Hände an seinen Wangen, seine Lippen auf ihren … Oder hatte sie das nur geträumt?

Sein Taschentuch, das er ihr in Lübeck gegeben hatte, lag noch in ihrer Reisetasche. Ganz unten und glatt gestrichen. Hin und wieder erhaschte sie wie zufällig einen Blick darauf. Wobei von Zufall keine Rede sein konnte, wenn sie ehrlich zu sich selbst war. Die Tasche benötigte sie im Alltag nie. Dennoch öffnete sie die Knöpfe immer wieder, steckte die Nase hinein und betrachtete das helle Stück Weiß, das sie gewaschen und gebügelt hatte und nicht zurückzugeben gedachte.

Aber sie sollte sich wahrlich lieber auf das Marzipan konzentrieren. Oder das, was einmal zu Marzipan werden würde. Ihre Absätze klackerten auf den Fliesen, sie hörte nicht mehr die Tropfen und Efeuzweige gegen das Fenster klatschen. Im Innern der Küche herrschte eine trockene, geschäftige Hitze, und Agnes war ganz in ihrem Element. Wie ein Fisch, dachte sie, den es an

Land gespült hatte und der nun endlich wieder das Wasser fand.

»Ich soll – wie bitte?«

Rosalia riss die Augen so weit auf, dass sie aussah wie ein erschrockenes Gespenst. Der Wind rupfte an ihrem Hut, den sie mit der einen Hand umklammert hielt. Die andere bog ihr rechtes Ohr nach vorn.

»Bitte sagen Sie das noch einmal!«

Der heutige Morgen war wie gemacht für einen Strandspaziergang. Schaumkronen schmückten die Wellen, die sich mit voller Wucht gegen die Felsen warfen. Möwen stürzten sich senkrecht in die Fluten, verschwanden und tauchten mit einem Fisch im Schnabel wieder auf.

»Ziehen Sie Ihre Stiefel aus«, wiederholte Agnes.

Rosalia schüttelte den Kopf.

»Ich schlafe schon auf dem Fußboden eines Dachbodens, was, beim lieben Herrgott, ich zeit meines Lebens nicht für möglich gehalten hätte. Wenn ich auf dem Rücken liege, berührt meine Nase das Dach! Wenn ich mich zur Seite drehe, berührt meine Nase Effies Schulter, zur anderen Seite die von Frieda. Aber jetzt auch noch meine Schuhe ausziehen? Niemals!«

»Ach, zier dich nicht so«, brüllte Fräulein Frieda, um den stürmischen Wind zu übertönen. »Ich habe mich nicht so angestellt.«

Was nicht vollkommen der Wahrheit entsprach, wie Agnes sich erinnerte. Doch sie würde einen Teufel tun und Fräulein Frieda bei ihren Freundinnen verpfeifen.

Schon war diese aus ihrem Schuhwerk geschlüpft und tänzelte mit hochgerafftem Rock auf das Meer zu. Verblüfft sahen ihr die anderen vier nach. Auch Agnes zog ihre Stiefel aus.

»Kommen Sie!«, rief sie noch einmal und rannte Fräulein Frieda hinterher.

Als Agnes sich umwandte, sah sie, dass alle fünf Damen sich mittlerweile ihrer Stiefel entledigt hatten. Wie Störche stakten sie wackelig durch den feuchten Sand. Rosalia kicherte. Ihre Augen glänzten, ihr Haar fiel wie ein Wust aus schwarzer Wolle auf ihre Schultern.

»Das ist ...«, rief sie und suchte nach der richtigen Beschreibung, fand sie aber wohl nicht. »Agnes, wissen Sie, dass ich das seit 1830 nicht mehr getan habe? Barfuß draußen zu sein?«

Agnes lachte. »Nein, das wusste ich nicht!«

Auch die anderen – allen voran Fräulein Frieda, gefolgt von Marlene-Luise, Ernestine und Effie – wateten jauchzend wie Backfische durch die Wogen. Als es Agnes kühl wurde und sie sich wieder an den Strand trollte, saß sie noch lange da, die Knie angezogen, das Kinn darauf gelegt, und sah ihnen zu.

Es ist doch seltsam, dachte sie, dass sie sich trotz aller Sorgen und Ängste so fühlte: glücklich. Nicht wunschlos, nein. Aber das war ja auch gar nicht erstrebenswert.

Durchgefroren und mit roten Wangen kehrten sie zurück. Agnes verlangsamte ihre Schritte. Die Gartenpforte war geöffnet, ebenso die Tür zur Scheune. Elf blasse, erschrocken wirkende Gesichter wandten sich ihnen darin zu.

Auch Oskar war da. Lieselotte, Bille und Tilly, sie standen mit seltsamen Mienen um Tillys notdürftig zusammengezimmerten Tisch herum.

»Was ist denn mit euch?«, fragte Agnes.

Ottos Augen waren aufgerissen. Clara weinte lautlos.

»Was ist mit euch?«, wiederholte Agnes.

»Ich …«, begann Bille unschlüssig und knetete seinen Hut. »Ähm, ich …«

»Die von Reikers vermieten das Haus«, schnitt ihm Tilly barsch das Wort ab. Ihre Stimme klang brüchig und rau. »Das Herrenhaus. Bille hat es vom Pfarrer, und der hat ja bekanntlich beste Verbindungen zum Allwissenden.«

»Ja, aber …«, stammelte Agnes. Dann fiel ihr nichts mehr ein.

»Tut mir leid«, murmelte Bille und versuchte, sich hinter seinen dürftigen Haaren zu verstecken.

»Du hast die Entscheidung ja wohl kaum gefällt«, sagte Tilly. Sie straffte die Schultern und blickte gefährlich gefasst in die Runde.

In Agnes war mit einem Mal alles eiskalt, dann schmerzlich heiß.

»Wann?«, brachte sie nur heraus.

»Sobald sie wen finden. So schnell wie möglich.«

»Danke«, murmelte Agnes. Ihre Lippen fühlten sich taub an. Als gehörten sie gar nicht ihr selbst. »Ich … bin gleich zurück.«

Draußen hatte es zu regnen begonnen. Agnes schaffte

es nicht, sich zu entscheiden, wohin sie überhaupt wollte. Sie stand bloß da, in der Mitte des Gartens. Als sie sich umdrehte, sah sie die Kinder in der Scheunentür. Sie wirkten ängstlich. Tillys Blick war abweisend, so viel ließ sich von hier erkennen.

Fräulein Frieda sagte etwas. Die anderen Damen nickten einhellig und blickten Agnes mit einer seltsamen Mischung aus Entschlossenheit und Mitleid an.

Unter dunklen Wolken

Sie konnte nicht atmen. Etwas hockte auf ihrer Brust und presste alle Luft aus ihr heraus. Ruckartig setzte sich Agnes auf und starrte aus weit aufgerissenen Augen in die Dunkelheit. Während das Schnarchen der fünf Damen oben kläglich wie die Ketten eines Schlossgespensts rasselte, klangen die Atemzüge der Kinder friedlich. Eng an eng lagen sie alle da, enger sogar als im Schlafsaal des Straßburger Waisenhauses, und eigentlich hätte Agnes dies als beruhigend empfinden müssen. Stattdessen fühlte sie sich immer noch, als würde ihr die Luft abgeschnürt. Tief in sich spürte sie Trauer aufsteigen.

Warum hatte Benjamin nichts davon gesagt, als er hier gewesen war? Und sein Blick, der Ernst darin … Er musste von den Plänen seiner Eltern gewusst haben. Vielleicht hatte er den Entschluss sogar selbst gefällt.

Schniefend wischte sie sich über das Gesicht und lauschte angespannt in den Raum hinein, ob eines der Kinder wach geworden war. Leise kletterte sie aus dem Bett. Auf Zehenspitzen umrundete sie ihre Köpfe, nahm sich den Mantel vom Stuhl und zog ihn über ihr Nachthemd. Sie warf einen Blick zurück in die Dunkelheit und war beruhigt. Falls eines der Kleinen erwachte, würden sich Frieda und die anderen zu kümmern wissen. Leise drückte Agnes die Klinke hinab und zog die Tür auf.

Vor Schreck taumelte sie einen Schritt zurück. Jemand stand in der Dunkelheit und starrte sie aus weit aufgerissenen Augen an.

»Tilly! Um Gottes willen, was ist mit dir?«, flüsterte Agnes, der das Herz bis zum Hals schlug.

Wie um ihren Schmerz nicht nach außen dringen zu lassen, schloss Tilly die Augen. Ihre Züge wirkten angespannt.

»Alles ist wieder da«, flüsterte sie. Ihre Stimme klang, als habe sie den ganzen Abend geweint.

»Komm, lass uns zu dir gehen«, sagte Agnes leise und nahm ihren Arm.

Die Regenwolken hatten sich verzogen und einem sternenklaren Himmel Platz gemacht, doch in der Scheune war es kalt und ungemütlich. Sie musste öfter nach Tilly sehen, nahm sich Agnes vor. Die Kinder, die Nachricht vom Herrenhaus, Fräulein Frieda und ihre Freundinnen – all das hatte sie in Beschlag genommen. Aber wie sich zeigte, war Tilly nicht immer die starke, laute, herrische Witwe Bevenkamp. Manchmal war auch sie schwach und klein.

»Alles kehrt zurück«, begann Tilly wieder. Es kostete sie Mühe zu sprechen, so viel konnte Agnes selbst in der Dunkelheit erkennen. »Ich weiß nicht, warum. Wieso gerade jetzt. Aber ich habe das Gefühl, als … als …« Ihr Atem ging schwer. »Als wenn alles wieder geschieht. Ich kann ihn vor mir sehen. Und ich rieche ihn.« Tilly spuckte die letzten Worte aus, als schmeckten sie faulig. »Ich fühle seinen Schweiß auf meiner Haut. Ich … Ich höre auf, mich selbst zu spüren. Als wenn mir zuerst der Fuß abfiele und dann das Knie, dann der andere Fuß und das Knie. Und dann zieht es hoch, alles wird mir abgerissen, bis bloß noch mein Kopf zurückbleibt. Es ist so grausam, Agnes. So furchtbar. Ich … Ich dachte, ich hätte es überstanden. Ich habe geglaubt, dadurch, dass ich hierbleibe, dass ich es ertragen lerne, diesen Ort ertragen lerne, sei ich geheilt. Aber ich bin es nicht. Alles ist noch da. Nichts ist vorüber, überhaupt keine Zeit scheint vergangen zwischen damals und heute.«

Agnes legte ihr die Hand auf die Schulter. Mager fühlte sie sich an und kalt.

»Lass uns in den Garten gehen«, flüsterte Tilly. »Zum Herrenhaus.«

Kalte Nachtluft schlug ihnen entgegen. Agnes hätte den Weg auch mit geschlossenen Augen zurücklegen können. Ihre Füße tasteten sich mit derselben Gewissheit voran, wie ein Pferd die Route nach Hause einschlug.

An der Mauer angekommen schwenkte Tilly nach links, lief durch die hölzerne Pforte und weiter zur nächsten efeubewachsenen Umrandung. Wie Agnes kannte sie den Weg mittlerweile im Schlaf.

Als sie den Garten erreichten, blieb Tilly, das Gesicht müde dem Mondlicht entgegengestreckt, stehen. Traurig starrte sie zum Haus hin, das aus diesem Blickwinkel wie der herrschaftliche Mittelpunkt eines Gemäldes wirkte. In der Mitte von einem Weg geteilt fiel die Wiese in einer weichen Rundung zum Haus hin ab. Bäume reckten ihre kahlen Äste gen Nachthimmel, an dem die Sterne fröhliche gelbe Tupfer bildeten. Agnes meinte ein leises, trauriges Raunen durch die Zweige und das braun gewordene Gras gehen zu hören. Sie spürte, wie in ihr die Mutlosigkeit überhandnahm. Jegliche Hoffnung entglitt ihr, Dunkelheit ballte sich über Tillys und ihrem Kopf.

»Wenn mir der Garten nicht bleibt …«, sagte Tilly leise. Sie vervollständigte ihren Satz nicht. Warum auch? Agnes wusste, was sie sagen wollte, und sie hatte Mühe, die Tränen hinunterzuschlucken, die hinter ihren Lidern zu prickeln begannen.

In aller Hast packte Agnes die Tasche, noch bescheidener als für ihre letzte Fahrt nach Berlin. Prüfend sah sie sich in der Kate um, blickte in Claras ängstlich aufgerissene Augen und murmelte etwas, das beruhigend klingen sollte, es aber wahrscheinlich nicht tat.

Sie drückte dem Mädchen einen Kuss auf die Wange und öffnete die Tür. An der Pforte wartete vor den Karren gespannt Madame und schüttelte die Mähne, um die Regentropfen daraus zu vertreiben. Marie fütterte sie mit einem Stück Brot.

»Mjam«, flüsterte sie dumpf.

»Adieu«, murmelte Agnes.

»Auf Wiedersehen«, sagte Fräulein Frieda, die heute ein blassblaues Tuch um den Kopf trug. Mit entschlossenem Blick stemmte sie sich dem Oktoberwind entgegen. Hinter ihr versammelten sich ihre Freundinnen. Auch sie erhoben die Hände und winkten.

»Gut, dass du auf mich gewartet hast«, sagte Tilly und kletterte, mit einer kleinen Tasche bepackt, auf den Karren.

Verblüfft starrte Agnes sie an.

»Du kommst mit?«

»Ja«, entgegnete Tilly knapp. »Oder hast du dagegen etwas einzuwenden?«

Durchaus! Wenn sie nur an die Herfahrt dachte – Tilly, die wie ein sturer Esel neben dem Karren hermarschiert war und sich erst auf den letzten Kilometern dazu hatte überreden lassen aufzusteigen. Das waren aber nicht die einzigen Bedenken, die Agnes hegte. Sie wollte vernünftig mit der Reiker-Familie sprechen. Vernünftig und Tilly, das ging nicht zusammen, überhaupt nicht.

»Tilly, sei mir nicht böse, aber ich würde lieber ohne dich fahren.«

»Tja … Pech gehabt. Was ist denn nun, Agnes? Kommst du mit oder soll ich die Arbeit allein machen?«

Agnes zog sich hinauf. Fast hätte sie gefragt, ob Tilly in dem Augenblick, in dem sie Kleenshoop verließen, wieder abspringen und verkünden würde, die restlichen Kilometer zu Fuß zurückzulegen. Doch sie biss sich auf die Zunge.

»Passt gut auf die Kinder auf!«

»Verlass dich auf uns!«, rief Fräulein Frieda dem Karren hinterher. »Wir bringen alles in Ordnung!«

Als habe sie etwas Wichtiges zu erledigen, stapfte sie mit resoluten Schritten zur Kate zurück.

Petrus schien einzusehen, dass man zwei Frauen, die tagelang auf einem Heukarren saßen oder neben ihm herliefen, nicht mit Regen und Kälte malträtieren sollte. Sanft blinzelte die Oktobersonne vom zartblauen Himmel herab, nur hier und dort schob sich ein Wölkchen davor und suchte gleich wieder das Weite.

Die Reise verlief weitgehend stumm. Mit Erstaunen stellte Agnes fest, dass Tilly auf dem Wagen sitzen blieb, bis sie Ludwigslust erreichten und in die Bahn umstiegen. Etwas – wenn Agnes auch nicht wusste, was – hatte sich geändert. Die schlimmen Gefühle von damals waren nicht in aller Heftigkeit zu Tilly zurückgekehrt.

Als die Eisenbahn sich der Hauptstadt näherte, wurde Tilly sichtbar unruhig. Agnes hatte sie mehrfach gefragt, wieso sie mitgekommen war, aber keine Antwort erhalten. So hatte sie viel Zeit, sich mit ihren eigenen Gedanken zu beschäftigen. Und mit der Frage, was genau sie mit Benjamin von Reiker besprechen wollte.

Ihr war klargeworden, dass sein Wort mehr Gewicht haben musste, als er zugab. Wenn die Eltern mit dem Haus nichts zu schaffen haben wollten – wieso vermieteten sie es ausgerechnet jetzt? Benjamin hatte von Vergessen gesprochen. Nun war das Haus in der Erinnerung der von Reikers doch wiederaufgetaucht. Oder war das nur ihr, Agnes, zu verdanken? Hatte sie den Handel glatt beschworen, den seine Eltern einzugehen planten?

Voll Ungeduld ließen sie sich vom Bahnhof aus über Berlins kopfsteingepflasterte Straßen kutschieren. Diesmal hatte Agnes kein Auge für die Eleganz der Stadt.

Sie wollte sich umziehen, eine Tasse Tee trinken und zum Haus der von Reikers gehen. Auch wenn sie sich immer noch nicht im Klaren darüber war, was genau sie dort sagen würde.

Sie nahmen sich ein Zimmer in einer Pension nahe dem Spittelmarkt. Nervös wie sie war versuchte sich Agnes mit einem Blick aus dem Fenster zu beruhigen. Sie schaute auf den trubeligen Platz hinunter, den eine Vielzahl von Pferdebahnen kreuzten. Passanten in herbstlicher Kleidung stemmten sich den Böen entgegen, die Markisen an den Läden flatterten.

Sie wünschte sich einen starken Kaffee und etwas Gebäck, um das Gefühl zu bekommen, irgendwie mit dem Boden unter ihren Füßen verhaftet zu sein. Ihr war, als schwebe sie und als habe sie überhaupt nicht die Kontrolle über die Richtung, die sie einschlug.

Tilly saß auf dem Bett. Sie war still geblieben, als sie das schmale Zimmer betreten hatten. Und auch jetzt saß sie bloß da und schien sich, ebenso wie Agnes, zu sammeln.

Warum eigentlich?

Agnes drückte sich den Hut auf den Kopf und warf einen Blick in den Spiegel. Ängstlich lugten ihre Augen unter der Krempe hervor. Sie war blass, die Sommersprossen kaum mehr zu sehen, nur ihr Mund leuchtete fröhlich in der Farbe von Himbeeren, obwohl Agnes überhaupt nicht nach Fröhlichkeit zumute war.

Voller Angst war sie davor, Benjamin wiederzusehen. Was, wenn er bereute, sie geküsst zu haben? Denn wenn er es als so wundervoll empfunden hatte wie sie –

wäre er dann nicht zu ihr zurückgekehrt? Agnes räusperte sich und hörte, wie kläglich ihre Stimme klang.

Und dann das Haus … Sein Verlust, besser gesagt. Der sich wie ein Verrat anfühlte.

Sie schloss die Augen und sah die Küche vor sich. Den Staub, wie er durch die warme Luft tanzte. Sonnenstrahlen, die den rot-weißen Boden leuchten ließen.

»Auf Wiedersehen«, murmelte sie und zog die Tür auf.

»Denkst du etwa, ich käme nicht mit?«

Tilly hatte ihre Reisekleidung gar nicht erst abgelegt. Sie spritzte sich kaltes Wasser ins Gesicht, richtete sich auf und griff nach ihrem Hut.

»Gehen wir.«

»Tilly, nein.«

»Doch, Agnes, doch. Ich bin mit nach Berlin gekommen. Ich werde auch mit zum Haus der von Reikers gehen.«

Agnes fügte sich. Nicht, weil sie im Geheimen dankbar war, nein, im Gegenteil. Sie fürchtete, dass Tilly ihr ins Wort fallen würde, ja vielleicht sogar schreien und zetern würde, und damit wäre niemandem geholfen.

Das Problem war (eines ihrer vielen), dass sie keine Kraft mehr hatte. Sie schaffte es nicht, sich der Entschlossenheit Tillys entgegenzustellen. So lief sie in sich zusammengesunken neben ihrer Freundin her, die mit langen Schritten über das Pflaster schritt und die Passanten dazu brachte, schon meterweit entfernt in großen Bögen auszuweichen.

Da war die schmale Brücke, an der sich die Kutschen

wie Eisenbahnwaggons aneinanderreihten, weil es so langsam voranging. Und dort das Haus, nüchtern und hell in den Himmel ragend. Im Garten blühten keine Hortensien mehr. Der Rasen hatte ein matschiges Grünbraun angenommen, vollbrachte aber dennoch das Kunststück, gepflegt zu wirken.

Agnes' Finger fühlten sich eiskalt an, als sie die Pforte öffnete.

»Tilly, ich möchte allein mit Benjamin reden.«

Zu ihrer Überraschung hörte sie keine Widerworte. Tilly blieb an der Pforte stehen und nickte.

Sie klopfte. In ihren Ohren begann es zu rauschen, und sie hatte Mühe, langsam ein- und wieder auszuatmen.

Sie glaubte wieder sein Gesicht ganz nahe an ihrem zu sehen, seinen Kuss zu spüren …

»Sie wünschen?«

Ein Dienstmädchen in schwarzem Kleid mit blütenweißer Schürze war in der Tür erschienen.

»Benjamin von Reiker zu sprechen, bitte. Mein Name ist Agnes Martin.«

»Es tut mir leid, meine Dame, der junge Herr ist nicht zu Hause.«

»Wann …«, begann sie und hörte, wie dünn und kläglich ihre Stimme klang. »Wann erwarten Sie ihn denn zurück?«

Das Mädchen senkte den Blick und runzelte angestrengt die Stirn.

»Wie war bitte Ihr Name?«

»Agnes Martin.«

»Ich fürchte, er ist gar nicht zu sprechen.«

Ungläubig starrte Agnes sie an. Was wollte sie damit sagen – dass er *für sie* nicht zu sprechen war, nie mehr? Dass er die Anweisung gegeben hatte, Agnes nicht vorzulassen?

Bereute er den Kuss also so sehr?

»Danke«, murmelte sie. »Auf Wiedersehen.«

Sie hatte die Schritte hinter sich nicht gehört und schrak zusammen, als Tilly neben ihr auftauchte.

»Ich möchte seinen Vater sprechen«, ließ diese mit forscher Stimme wissen.

Unschlüssig sah das Dienstmädchen von Tilly zu Agnes und wieder zurück.

»Und Ihr Name ist, meine Dame?«

»Mechthild Harms.«

»Einen Moment, bitte.«

Das Mädchen knickste und schloss die Tür. Stumm blickte Agnes Tilly an, die entschlossen zurückstarrte.

»Was willst du ihm denn sagen?«, fragte Agnes schließlich. »Ich habe es bei meiner Begegnung mit ihm nur schlimmer gemacht. Wenn du ... Was tun wir, wenn er das Haus nun verkauft, statt es zu vermieten?«

»Erstens wäre das gleich.« Mit einer nervösen Geste fuhr sich Tilly durchs Haar und klopfte sich anschließend den Mantel ab. Sie wirkte angespannt. »Für uns wäre das vollkommen gleich, Kind. Zweitens wird er es nicht tun. Es gibt eine Erbschaftsbestimmung, die ihm den Verkauf des Hauses untersagt.«

Woher wusste sie davon? Agnes konnte sich nicht erinnern, ihr dieses Detail verraten zu haben.

»Und drittens …«

Die Tür schwang wieder auf. Statt des Dienstmädchens stand Benjamins Vater dort. Sein schlohweißes Haar schien zu Berge zu stehen, und seine Hand umklammerte derart fest den Türknauf, dass seine Fingerknöchel hellrosa hervortraten.

»Mechthild«, flüsterte er.

»Johann. Guten Tag.«

Agnes war immer noch so baff, dass sie nicht einmal in Gedanken Fragen formulieren konnte. Johann. Johann von Reiker. Benjamins Vater. Aber auch Tillys große Liebe, der junge Mann, der sie so feige verlassen hatte. Nie hatte sie einen Zusammenhang hergestellt zwischen dem Schlossgarten, Tillys Liebe zu ihm und Benjamin von Reikers Vater. Nun, es lag auch nicht direkt auf der Hand, doch wenn sie der Sache mehr Aufmerksamkeit geschenkt hätte …

Sie befand sich im Entree des Stadthauses, durch das sie bei ihrem letzten Besuch nur hindurchgestolpert war. Diesmal blieb ihr ausreichend Zeit, sich umzusehen. In den Vasen leuchteten in mattem Weiß Lilien, das einzig Helle in dem dunklen, vollgestellten Raum.

Agnes lief kreuz und quer über den dicken Teppich und nahm schließlich mit einem tiefen Seufzer in einem Sessel Platz. Sie starrte in das flackernde Kaminfeuer, ließ ihren Blick über die Figürchen und Vasen wandern, die Wandteller und Wandteppiche und Gemälde. Sicher hatte einiges von hier früher auf dem Landsitz seinen

Platz gehabt. In dem Herrenhaus, das Benjamins Vater nun vermieten wollte.

Wieso? Weil Agnes so darauf gedrängt hatte, die Küche zu pachten? Weil sie alles hervorgeholt hatte, nicht nur in Tillys Erinnerung, sondern auch in der Johann von Reikers?

Und was besprachen die beiden? Tilly hatte gesagt, sie habe ihn nicht mehr wiedergesehen. Nicht mehr seit 1848. Das war vierundvierzig Jahre her.

Vieles musste es da zu bereden geben. Oder aber gar nichts, weil die Enttäuschung bodenlos war und die Wut ebenso.

Agnes legte die Hände in den Schoß und zupfte an ihrem dunklen Rock herum, bis ihre Nervosität zu groß wurde. Sie sprang wieder auf, lief noch einmal im Kreis, bis sie erneut bei dem Sessel anlangte und sich hineinplumpsen ließ. Wie lange wartete sie nun schon? Stunden – oder waren es bloß ein paar Minuten?

Diese Stille hier! Wie in einem Grab.

Dass man so leben konnte. Kein Wunder, dass Benjamin nicht hier war. Oder war er es doch und ließ sich nur verleugnen? Erneut stand sie auf. Sie wurde ja noch ganz kirre hier. Wenn nur Tilly bald herunterkäme!

Endlich hörte sie von oben ein Geräusch. Sachte wurde eine Tür ins Schloss gezogen, gesetzte Schritte erklangen. Tilly kam die Treppe herab. Ihr blasses Gesicht wirkte wie eine Maske, starr, undurchdringlich und gefühllos. Kein Wort sagte sie, als sie an Agnes vorbeischritt. Auch nicht, als sie zur Tür kamen, durch den Vorgarten gingen, die Spree überquerten, die dunkel unter ihnen schäumte. In völligem Schweigen kamen sie bei der Pension an und betraten ihr Zimmer. Mit ihren Schuhen legte sich Tilly auf das Bett und schloss die Augen.

»Was dachtest du eigentlich, was du erreichen könntest?«, fragte sie. Ihre Stimme klang weich und überhaupt nicht so, als sei sie den Tränen nahe.

»Ich weiß es nicht. Ich hatte gehofft …« Agnes zuckte mit den Schultern, obwohl Tilly ja die Augen geschlossen hielt. »Aber wieso hast du mir nicht davon erzählt, Tilly? Dass Benjamins Vater dein Johann ist? Findest du nicht, du hättest es mir sagen müssen?«

»Wozu? Es hätte die Angelegenheit doch noch komplizierter gemacht.«

»Welche Angelegenheit?«, fragte Agnes. Ihre Stimme klang, als breche sie gleich in Tränen aus. Und ja, so fühlte sie sich auch.

»Die Angelegenheit deines Herzens. Deine Liebe zu seinem Sohn. Es wäre kaum einfacher für dich gewesen, wenn du gewusst hättest, was ich für seinen Vater empfinde, nicht wahr?«

Bohrend starrte Agnes sie an, doch Tilly hielt die Augen weiter geschlossen. Ihre Atemzüge wurden regelmäßiger.

»Was du für ihn *empfindest*? Immer noch?«

Tilly antwortete nicht. Vielleicht schlief sie, vielleicht tat sie nur so.

Agnes wandte sich zum Fenster und blickte auf einen Marktplatz hinunter, auf dem Händler Obst und Gemüse feilboten.

»Und – hast *du* etwas erreicht, Tilly?«

Tilly antwortete nicht. Vielleicht war sie eingeschlafen. Vielleicht ließ sich nur so die Trauer überwinden. Indem man schlief. Und damit alles vergaß.

Nach dem Frühstück packten sie ihre Reisetaschen. Agnes rollte die Zeitung zusammen, die sie draußen gekauft hatte. Sie hatte schlecht geschlafen und angstvolle Träume gehabt, jetzt aber fühlte sie sich ein bisschen besser. Der Kaffee beim Frühstück war schwarz wie die Nacht gewesen. Nach ein paar Schlucken waren ihre Lebensgeister zurückgekehrt. Und jetzt fühlte sie sich beinahe gut.

In der Zeitung hatte sie gelesen, seit Anfang des Monats habe es keine Neuansteckung mit der Cholera mehr gegeben. Der Senat hoffe, dass die Seuche bald eingedämmt sei.

Zumindest das. Sie würden nach Hamburg zurückkehren können.

Ein Gedanke, der ihr jedoch kein Lächeln entlockte.

»Wollen wir?«, fragte Agnes.

Tilly, die mit dem Gesicht zum Fenster stand, nickte. Sie hatte den ganzen Morgen über kaum etwas gesagt und war in Gedanken versunken gewesen. Agnes brannte vor Neugier auf das gestrige Gespräch, doch sie wusste genau: Wenn Tilly nichts darüber sagen wollte, würde sie es auch nicht tun.

Im Flur erklangen Schritte, ein Tippeln eher, das vor ihrer Tür stoppte. Jemand klopfte hart gegen die Holztür.

Erstaunt sahen sich Tilly und Agnes an.

»Herein!«, rief Agnes und schämte sich, weil in ihr schon wieder die Hoffnung erwacht war.

Doch es war nicht Benjamin, der hinter der aufschwingenden Tür erschien. Sondern seine Mutter.

Sie trug einen blassblauen Hut, der zu ihren blassvioletten Augen passte. Ihr Gesicht war noch bleicher als im August, als Agnes ihr das erste Mal gegenübergestanden hatte. Frau von Reiker hielt ihre schmalen Lippen fest zusammengepresst, sodass sie wie eine feine Linie aussahen.

»Guten Morgen, Fräulein Martin.«

Dass Frau von Reiker sich an ihren Namen erinnerte, überraschte Agnes fast ebenso sehr wie die Tatsache, dass sie überhaupt hier war.

»Guten Tag«, sagte Agnes. »Woher wissen Sie …«

»Johann hat es mir gesagt. Er ist auch der Grund, weshalb ich hier bin. Frau Harms, Frau Martin? Ich würde gern mit Ihnen beiden sprechen, falls es Ihnen nichts ausmacht.«

Gemächlich wandte sich Tilly um. Doch Agnes erkannte, dass ihre Freundin nervös war.

»Ich möchte es kurz machen«, sprach Frau von Reiker mit kühler Stimme weiter, deren Zittern sie jedoch nicht ganz unterdrücken konnte. »Die Entscheidung bezüglich des Kleenshooper Hauses ist gefallen und wird keinesfalls rückgängig gemacht. Die Verträge wurden aufgesetzt. Alles ruht in den Händen der Anwälte. Es gibt also keinen Grund, sich Hoffnungen jedweder Art hinzugeben. Zudem ist mein Gatte gesundheitlich angeschlagen. So wie ich auch. Aufregung sollte strengstens vermieden werden. Es ist also nicht nur in meinem Sinne, wenn ich Sie bitte, von weiteren Besuchen oder von Briefen abzusehen, Frau Harms. Und mein Sohn, Fräulein Martin ...« Der Blick aus ihren veilchenblauen Augen hätte nicht kühler sein können. »Benjamin wird in naher Zukunft heiraten. Sie können sich denken, dass die Dame, nun ... einen anderen Stand hat als Sie. Sie werden bald in der Zeitung darüber lesen, denn das tun Sie ja. Zeitung lesen, meine ich.«

Abfällig war ihr Blick über Agnes' wenige Habseligkeiten gewandert, zu denen auch die aufgeschlagene Zeitung mit den Zeilen über Hamburg gehörte.

»Wir sind ausnehmend glücklich über diese Verbindung. Adalina Cecils Vater ist der Privatbankier Alfred Cecil. Aber warum erzähle ich Ihnen das? Sie haben sicher noch nie vom ihm gehört.«

Das hatte Agnes durchaus. Doch sie sparte sich den Hinweis darauf, ihm sogar schon vorgestellt worden zu sein. Miss Cecil. Natürlich.

Agnes spürte in sich etwas, das sich zusammenballte und herabstürzte wie eine Lawine, doch es gelang ihr, nicht zu blinzeln, nicht zu weinen, ja sich überhaupt nicht zu rühren. Still wie eine Eisstatue stand sie da. Und fühlte sich ebenso kühl.

»Ich will es nun noch einmal betonen. Frau Harms, Fräulein Martin, ich möchte Sie nie wiedersehen. Und ich denke, wir sind uns einig, dass das auch nicht nötig sein wird.«

Agnes hatte das Gefühl, Frau von Reiker kaum mehr wahrnehmen zu können. Alles schien in einer Art Nebel zu versinken, der dichter und dichter wurde.

»Ihnen ist gewiss klar, warum Sie bei uns nicht willkommen sind«, sprach Frau von Reiker weiter. »Ich fordere Sie auf, nie wieder ein Wort mit meinem Sohn zu wechseln. Guten Tag.«

Das bauschige Kleid drehte sich schwungvoll zur Tür. Stählernes Korsett, dachte Agnes, mit einer stählernen Frau darin. Aber auch sie konnte hart sein, wenn es darauf ankam.

»Frau von Reiker, mir ist vollkommen gleich, wen Ihr werter Sohn zu heiraten gedenkt. Wir sind aus nur dem einen Grund nach Berlin gereist, mit Ihrem Gatten oder Ihrem Sohn über die Nutzung des Herrenhauses zu sprechen.«

Lüge, rief eine Stimme ihrem Kopf.

»Aber Sie haben recht. Nun ist das geklärt. Es gibt also keinen Grund mehr, sich zu verständigen.«

Frau von Reiker zupfte an ihren Handschuhen, die sie nicht einmal abgelegt hatte, und drückte die Klinke hinab.

»Gut. Dann leben Sie wohl.« Sie wandte sich Agnes zu und flüsterte: »Oder nein. Fahren Sie zur Hölle.«

Unsicher, ob sie Frau von Reiker richtig verstanden hatte, warf Agnes Tilly einen Blick zu. Die starrte Frau von Reiker mit halb geöffnetem Mund an.

Agnes hatte sich also nicht verhört.

»Dann sehen wir uns also dort«, sagte Agnes ebenso leise, aber deutlich.

Leise und vornehm glitt die Zimmertür ins Schloss. Frau von Reiker trippelte davon.

Tilly wandte sich Agnes zu und betrachtete sie prüfend.

»Ich hätte es nicht anders von dir erwartet, aber ich muss trotzdem sagen: Das hast du gut gemacht!«

Agnes griff nach ihrer Tasche. »Wollen wir?«

Tilly trat auf Agnes zu, nahm ihr Gesicht in beide Hände und sagte weich: »Er wird dir sein Leben lang nachtrauern. Das weiß ich.«

Langsam schloss Agnes die Augen. Sie fühlte sich wie betäubt. In ihr schien nichts mehr zu sein. Kein Gefühl, keine Wünsche. Nur eine stille, unheimliche Leere.

Nach einer Weile blickte ihr Tilly ins Gesicht und schüttelte mit besorgter Miene den Kopf.

»Kind, wenn wir Ludwigslust erreicht haben, kutschiere ich. Und du – du schläfst. Agnes, du schläfst. Und wenn wir wieder ins Kleenshoop sind, wird es dir besser gehen.«

Agnes bezweifelte das. Sie nickte trotzdem.

Silberstreif

»Agnes, Agnes!«

Clara stand am Gartentor. Hatte sie das Pferdetrappeln kommen hören oder wartete sie dort schon seit Tagen? Claras Augen leuchteten, überhaupt schien sie vor Freude schier zu bersten.

»Hallo, hallo, Agnes, hallo, Tilly, hallo, Madame!«

Sie winkte so kräftig, dass sie fast das Gleichgewicht verlor. Langsam stieg Agnes vom Karren herunter und schloss das Mädchen fest in ihre Arme. Zusammen versanken sie bis zu den Knöcheln im Matsch. Agnes hatte das Gefühl, nie froher über ein freudiges Gesicht gewesen zu sein als jetzt. Dankbar schloss sie die Augen und schnupperte an dem vertrauten Duft von Claras Schopf.

»So viele Leute sind da«, rief Clara nahe ihrem Ohr. »Alle zusammen haben wir sie gar nicht in die Kate stopfen können. Wir haben sie in Tillys Scheune gelassen. Meinst du, sie wird böse sein?«

Lachend schob Agnes das Mädchen von sich. »Von wem sprichst du denn?«

»Na, von denen allen da!«

Mit dem Daumen zeigte Clara in Richtung der Scheune. Darin brannte ein heimeliges Licht. Jemand stand in der geöffneten Tür, ein Mann in einem altmodischen, aber gut sitzenden dunklen Anzug. Über sein blasses Gesicht flog ein Lächeln, und Agnes war es, als täte ihr Herz einen gewaltigen Satz.

»Pfarrer Wieland!«

Ihr, nun … durfte sie ihn Ziehvater nennen? Für sich selbst ja, beschloss sie. Schließlich fühlte es sich genauso an.

»Was hat Sie denn hergebracht?«

»Die Eisenbahn. Und deine Briefe, mein Kind.«

Sie umarmten sich. Nie zuvor hatten sie das getan, und Agnes spürte, wie ihr die Verlegenheit als Röte ins Gesicht schoss. Er lächelte gütig wie eh und je, und endlich wusste Agnes, warum sie manchmal an Eichhörnchen gedacht hatte, wenn sie ihn sah: Seine Augen waren so dunkel und rund wie die der flinken Nager, blank und glänzend und durch und durch freundlich.

Graupel schwebte herab und legte sich auf ihre Gesichter. Petrus hatte wohl gemerkt, dass Tillys und Agnes' Reise hier endete, und den Winter herbeigerufen.

»Ich dachte, ich schaue mal nach dem Rechten«, sagte Pfarrer Wieland. »Auch Charles wollte es sich einfach nicht nehmen lassen mitzukommen.«

Agnes klatschte in die Hände. »Charles? Und wer passt auf die Kinder auf?«

»Bertrande, was denkst denn du?«

Agnes spürte, wie sich vor Freude und Dankbarkeit ein Kloß in ihrem Hals bildete. Es gelang nicht, die Trauer aus ihr zu vertreiben. Aber einen Lichtstrahl, ja, den glaubte sie zu sehen.

»Als ich deine Briefe las, habe ich mich daran erinnert, wie du all die Jahre mit Schwierigkeiten umgegangen bist«, sprach Pfarrer Wieland weiter. »Du hast dich hineinfallen lassen. Kopfüber. Und bist erhobenen Hauptes wiederaufgetaucht.« Er schmunzelte. »Und ich sehe, daran hat sich nichts geändert.«

Das Innere der Scheune war kaum wiederzuerkennen. Hell erleuchtet und warm von all den Petroleumlampen, frisch gefegt und aufgeräumt. In der Mitte des großen Raumes stand eine Tafel, von Stühlen umgeben, von denen nicht einer zum anderen passte. In Gläsern verschiedener Größen standen Trockenblumen und Zweige, von denen Hagebutten hingen.

Überwältigt schaute Agnes in die Kindergesichter, die strahlten, als sei schon Weihnachten. Ihr Blick wanderte weiter zu Oskar, der sein Grinsen zeigte, und Lieselotte, die heute sogar noch mehr Röcke trug als sonst. Sie war breiter als hoch darin, ebenso wie Fräulein Frieda, die in einem riesigen, in die Jahre gekommenen Pelz neben ihr stand.

»Endlich«, rief sie. »Dies ist schon der dritte Tag, an dem wir alles hergerichtet haben zur Feier eurer Rückkehr. Wenn ihr noch länger gebraucht hättet, wäre uns wohl der Spaß daran verloren gegangen.«

Auch sämtliche anderen Kleenshooper hatten sich eingefunden, sogar der Pastor, der es kaum erwarten konnte, Pfarrer Wieland in Beschlag zu nehmen. In einer Ecke, kaum beleuchtet und schummrig, entdeckte Agnes eine weitere Gestalt, die gekrümmt auf einem Stuhl saß.

»Charles! Guten Tag!«

»Na, Hexchen«, sagte er auf Französisch. »Es war mal an der Zeit, dass wir nach dir sehen.«

Agnes nickte.

»Nu komm schon her!«

Er winkte sie mit demselben mürrischen Ausdruck zu sich, den sie so gut von ihm kannte. Schelmisch blinzelte er zu ihr hinauf. Das kohlschwarze Haar fiel ihm ins Gesicht, und sein Mund verzog sich zu einem ungeübten Lächeln.

Agnes holte tief Luft. »Ich habe Ihnen immer sagen wollen, dass ich damals, mit fünf Jahren, nicht gemein zu Ihnen sein wollte. Ich habe mich aber nie getraut, mich zu entschuldigen. Jetzt traue ich es mich. Verzeihen Sie!«

Er lachte.

»Hätte ich dich denn so gemocht, wenn ich dich für ein gemeines kleines Mädchen gehalten hätte? Sicher nicht. Wusste doch, dass du da ein freundliches Herz drin hast und da«, er zeigte auf ihren Kopf, »eine ganze Menge Verstand. So, da das gesagt ist, wie ist es, bringst du mir ein Glas Rum? Oder gibt es so etwas Teuflisches im hohen Norden nicht?«

»Ich werde mal sehen, was ich auftreiben kann.«

Sie fand keinen Rum, aber Charles nahm großzügig ein Glas Bier an.

Bille, beobachtete Agnes, spielte für die Kinder den Honigbären. Lieselotte war nun in ein angeregtes Gespräch mit Fräulein Friedas Freundinnen vertieft – worüber sie sich wohl austauschten? Immer wieder schaute

Lieselotte zu Agnes hinüber und wandte sich mit verschwörerischer Miene erneut den Damen zu. Pfarrer Wieland betrachtete die ganze Gesellschaft mit einem milden Lächeln. Als er ihren Blick auf sich spürte, winkte er Agnes zu sich.

»Wir haben unser Haus vergrößert«, sagte er. »Du würdest dein altes Heim gar nicht mehr wiedererkennen. Dort, wo sich früher nicht mal die Mäuse hin verirrt haben, ist es nun ganz gemütlich und lustig. Im alten Waschhaus stehen weitere fünfzehn Betten, und es gibt sogar noch zwei Schlafsäle mehr hinter der Pfarrerswohnung. Ein bisschen zusammengerückt sind wir, versuchsweise, um zu sehen, ob wir noch elf weitere Kinder vertragen. Das tun wir. Was hältst du davon, Agnes, wenn wir eure muntere Schar bei uns beherbergen, bis der Winter vorüber ist?«

Agnes verschlug es die Sprache. Sie hob die Schultern und ließ sie wieder fallen.

»Keine Bange, Agnes, wir bekommen die Kinder gut unter. Und bald werden sie zu ihren Verwandten nach Hamburg zurückkehren können, da bin ich sicher.«

Agnes nahm die Kinder einzeln beiseite: Fridolin und Clara, Johanna und Peter, Max und Paul. Sie sprach mit Marie, die nicht verstand, worum es ging, wie sollte sie auch? Carl brach in Jubelgeschrei aus. Lore war traurig, doch als Agnes sagte, dass es nur für ein paar Monate sei, spätestens bis der Frühling Einzug halte, hellte sich ihre Miene schlagartig auf.

Wie viel hatten sie schon erlebt, dachte Agnes, als

sie sich erhob. Wie viel Leid und Trauer erfahren. Davon war glücklicherweise nichts mehr zu bemerken, als Gert, dem die Mühle gehörte, mit frisch gebackenen Brotlaiben hereinkam. Bald saßen alle, die Kinder kreuz und quer zwischen den Erwachsenen verteilt. Alle hatten feuerrote Wangen und schmatzten laut beim Essen, auch die Großen. Selten hatte Agnes eine Scheibe Roggenbrot derart gut geschmeckt. Sie belegte sie fingerdick mit Käse und hoffte, nachher trotzdem noch genug Hunger zu haben, wenn es Kartoffeln mit eingelegten Heringen geben würde.

Versonnen sah sie die Tafel hinab. Dort waren die windgegerbten Gesichter der Dorfbewohner, hier die blassen von Fräulein Frieda und ihren Freundinnen. Keine von ihnen zeigte irgendeine Scheu, und Agnes beschlich der Gedanke, dass sich die Damen während ihrer Reise nach Berlin mit den Kleenshoopern angefreundet hatten.

Während ihrer Reise nach Berlin … Agnes musste schlucken, um die aufkommende Trauer wieder hinunterzudrücken. Ganz egal, wie weit sie den Gedanken von sich schob, immer wieder sah sie die schmale Hand von Miss Cecil vor sich.

Liebte Benjamin sie?

Und wieso, wieso hatte er Agnes dann geküsst?

»Guck mal, guck mal da«, ertönte Lores helle Stimme nah an ihrem Ohr. Sie schob ihren blond gelockten Kopf zwischen den Erwachsenenschultern hindurch und quetschte sich neben Agnes auf die Bank.

»Sind die zwei da verliebt?«

Lore zeigte auf Charles, der sich angeregt unterhielt, was an sich schon ein Wunder war. Vergeblich versuchte Agnes auszumachen, wer Charles' Sitznachbarin war.

Mehr auffällig als unauffällig reckte sie ihren Kopf vor.

»Na so etwas«, murmelte sie.

»Sind die zwei beiden verliebt?«, krähte Lore noch einmal und schlug sich kichernd die Hand vor den Mund.

»Nein, das glaube ich nicht«, sagte Agnes, konnte sich ein Kichern aber selbst nicht verkneifen. »Sie kennen sich ja kaum. Aber ich kann mir sehr gut vorstellen, dass sich Charles und Tilly gut verstehen. Sie haben vieles gemeinsam, weißt du? Wirklich ausnehmend viel.«

Heute trug Fräulein Frieda ein schwarzes Tuch um den Kopf. Ihr Gesicht und selbst ihr Haar leuchteten darunter blass wie der Mond. In ihren Augen aber blitzte eine Unternehmungslust, die Agnes bisher nicht darin entdeckt hatte. Zwischen den kleinen Schlucken, die sie aus ihrer Teetasse nahm, lachte sie immer wieder in sich hinein.

»Hatten Sie einen erfreulichen Morgen?«, fragte Agnes schließlich, die selbst überhaupt keinen schönen gehabt hatte.

Die Kate, die gemütliche, warme, proppenvolle Kate, war ohne die Kinder keine gemütliche, proppenvolle Kate mehr. Bloß warm war sie noch, doch selbst das würde sich bald geben.

Sie nahm ebenfalls einen Schluck Tee. Fräulein Frieda lächelte verschmitzt in ihre Tasse, konnte sich aber zu keiner Antwort durchringen.

Agnes blickte hinaus. Eissterne schimmerten an den Scheiben. Auf der Fensterbank hatte sich Schnee gesammelt. Die kleinen Kristalle glänzten selbst im trüben Licht der Wintersonne, die sich hinter schweren Wolken verbarg.

Es sah weihnachtlich aus, was ihr gleich wieder die Tränen in die Augen trieb. Verstohlen tupfte sie sich mit dem Handrücken darüber und schluckte den Schluchzer hinunter, der sich unbedingt seinen Weg hinausbahnen wollte.

Heute Morgen waren Pfarrer Wieland und Charles mit den Kindern abgereist. Agnes hatte nicht kommen sehen, wie schwer ihr der Abschied von den »Möpsen« fallen würde.

»Nur noch ein paar Tage«, hatte sie Pfarrer Wieland angebettelt, aber schon gewusst, dass ihr diese Bitte ausgeschlagen würde. Natürlich konnten Pfarrer Wieland und Charles nicht länger bleiben. Das Waisenhaus erwartete sie – die Kinder, Bertrande, des Pfarrers Frau. Schließlich lag Weihnachten in nicht allzu weiter Ferne.

»Ach, Mädchen«, sagte Fräulein Frieda. »Schau doch nicht so trübsinnig.«

Aber wie könnte sie nicht? Wenn niemand munter plapperte und kicherte, hörte sie die Grabesstille in ihrem Herzen. Es gab nichts, das sie trösten konnte – fast nichts außer Tilly, Fräulein Frieda und die Kleenshooper.

»Sie fahren aber nicht so bald, oder?«, fragte Agnes. »Wenn Sie und Ihre Freundinnen auch abreisen, fällt mir endgültig die Decke auf den Kopf.«

»Keine Bange«, sagte Fräulein Frieda und grinste wieder verschmitzt. »So bald wirst du uns nicht los. Was sagst du, wollen wir spazieren gehen?«

»Bei dem Wetter?«

»Gerade bei diesem Wetter. Es schneit! Gibt es etwas Wunderbareres?«

Agnes blickte zum Fenster. Böen rissen die Baumwipfel herum, wie gehetzt flogen die Wolken über den Himmel. Doch Fräulein Frieda hatte recht. Es war schön draußen, auf eine unheimliche, gewaltige Art und Weise.

Nach vorn gebeugt, die Augen zusammengekniffen und eine Hand als Schutz vor den Mund gelegt marschierte Fräulein Frieda neben Agnes her. Das schwarze Tuch um ihren Kopf flatterte wie eine Flagge, auch an ihrem fledermausartig geschnittenen Mantel zog und zerrte der Wind.

Es kostete Agnes Mühe, nicht in die Richtung des Herrenhauses zu schauen. Seinen Anblick würde sie immer wie einen Stachel in ihrer Haut empfinden. Immer würde sie an ihr kleines Paradies denken und an Benjamin und Miss Adalina Cecil, und alles zusammen war einfach zu schmerzhaft, um es zu ertragen.

Da war es doch besser, bald nach Hamburg zurückzukehren.

Fräulein Frieda schob ihren Arm unter Agnes' Ellenbogen.

»Komm, meine Liebe.«

Im schneebedeckten Sand hinterließen ihre Absätze Kerben, tosend spülten die Wellen an den Strand. Die Möwen schossen im Sturzflug herab und erhoben sich mit raschen Flügelschlägen wieder in die Luft. Arm in Arm erklommen Fräulein Frieda und Agnes den Pfad abseits der Dünen, der auf den Fels führte, und genossen in respektvollem Abstand zum Abgrund die Aussicht. Die Weite des Meeres war atemberaubend. Nichts als schaumige Wellen, so weit das Auge blicken konnte. Wolken von demselben Grau, die sich mit dem Wasser vermählten. Der Wind spielte mit ihren Röcken und Fräulein Friedas Seidentuch, dessen Zipfel ihr klatschend gegen die Wangen schlugen.

Auch als sie den schmalen Pfad durch das Wäldchen einschlugen, sprachen sie nicht. Dann wurde Agnes bewusst, wohin sie steuerten, und sie blieb stehen.

»Lassen Sie uns umkehren, Sie müssen doch erschöpft sein, Fräulein Frieda.«

»Ich? Erschöpft?« Fräulein Frieda winkte ab. Sie wirkte alles andere als müde. Eher so, als habe der Schneesturm vergessene Lebensgeister in ihr geweckt. »Papperlapapp! Nun komm. Nur ein kleines Stück noch.«

Leicht fiel es Agnes nicht, doch sie folgte Frieda. Durch die kahlen Baumwipfel sah sie das Dach aufblitzen. Da war die efeuumrankte Mauer, von einer dünnen Schneeschicht bedeckt. Fräulein Frieda wandte sich nach rechts. Bald erreichten sie das Eingangstor, und Agnes spähte traurig durch die Torstreben.

Still und weiß lag der geschwungene Weg da, der jenseits der Mauer zum Haus führte. Der Garten schlummerte, würde aber bald schon geweckt werden von dem neuen Leben, das hier einzöge.

Wäre sie großmütiger, sie würde sich für die baldigen Mieter freuen. Doch großmütig, nein, so fühlte sie sich in diesem Augenblick wirklich nicht.

»Wäre es nicht zu schade«, bemerkte Fräulein Frieda, »alberne Pinkel darin leben zu wissen? Beziehungsweise *nicht* darin leben zu wissen, denn alberne Pinkel mieten zwar bekanntlich häufig, leben aber eher ungern. Und noch weniger gern in einem Anwesen, das ihnen gar nicht gehört. Wo man doch etwas ganz anderes daraus machen könnte. Etwas Sinnvolles. Und es nicht wie eine Jagdtrophäe bloß erinnert, sondern nutzt!«

»Natürlich, aber es ist nun einmal so, dass …«

»Weißt du, Agnes, ich finde, wir gehen jetzt hinein.«

»Hinein?«, fragte Agnes entgeistert. »Dort?«

»Es ist ja nicht so, dass *du* das noch nie getan hättest, meine Liebe, nicht wahr?«, sagte Fräulein Frieda mit einem Lächeln. Sie zog einen großen rostigen Schlüssel aus ihrer Manteltasche und betrachtete ihn, als überrasche sie sein Anblick. »Dann wollen wir doch einmal sehen, ob er passt.«

Verblüfft, aber auch mit einer Spur Erheiterung sah Agnes ihr zu, wie sie den Schlüssel in das Schloss des Tores steckte und an den Streben rüttelte. Fräulein Frieda hatte ein zu gutes Herz – und vergaß darüber die Wirklichkeit. Da stand sie, in ihrem Mantel und der Stola, die etlichen Mottenfamilien ein Zuhause schenkte. Ihre Schuhe waren abgetreten, die Strümpfe offensichtlich öfter gestopft, als Agnes es bei denen der Kinder tat. Und doch glaubte Fräulein Frieda, sie dürfe das Herrenhaus betreten, wenn sie es nur wollte. Und könne es auch ohne Weiteres.

Ein Knarren war zu hören, und die Torflügel schwangen auf.

»Fräulein Frieda?« Wie angewurzelt stand Agnes da. »Woher haben Sie den Schlüssel?«

Allmählich entpuppte sie sich ja als diebische Elster! Erst das Marzipanrezept und nun sogar der Schlüssel zum Schlosstor.

»Nun komm, Kind!«, rief Fräulein Frieda statt einer Antwort. Als sei es das Natürlichste der Welt, trippelte sie davon. Rasch folgte ihr Agnes um die Kurve herum, bis sie aus dem unberührten Weiß, das den Garten glitzern ließ, das Herrenhaus aufragen sah. Schon befand sich Fräulein Frieda auf der breiten Treppe, die zum Haupteingang führte. Immerhin wartete sie, bis Agnes sie eingeholt hatte, zauberte einen weiteren Schlüssel aus der Manteltasche und drehte auch diesen mit einem Knacken im Schloss. Mit glühenden Wangen wandte sie sich zu Agnes um.

»Hereinspaziert!«

»Fräulein Frieda, das dürfen wir nicht!«

»O doch, meine Liebe, wir dürfen. Es ist wunderschön hier, nicht wahr? Aber was frag ich denn, das weißt du ja längst! Na, hat es dir die Sprache verschlagen?«

»Was meinen Sie damit, dass wir dürfen?«, fragte Agnes, als sie endlich wieder Worte fand.

Fräulein Frieda nestelte einen Brief aus ihrer Manteltasche und überreichte ihn Agnes. In trockener und komplizierter Sprache wurde darin der neuen Mieterin das Herrenhaus auf unbestimmte Zeit überlassen.

»Und wer ist das?«, fragte Agnes und wendete mit gerunzelter Stirn das Schreiben. »Die Gräfin von Hedwiger?«

»Ach, Kind, sei doch nicht so schwer von Begriff! Ich bin es, kannst du dir das denn nicht denken?«

»Ehrlich gesagt, nicht«, sagte Agnes mit schwacher Stimme. Ihr Herz begann schneller zu klopfen.

»Deinem Schweigen entnehme ich, dass du dich freust. Tust du das, Agnes, freust du dich?«

»Nun …«

»Schau, hierher kommt der Empfang«, unterbrach sie Fräulein Frieda. »Aus Kirschbaum, stelle ich mir vor, das setzt sich farblich von den Eichenböden ab. Oder denkst du, es ist zu teuer? Auch Nussbaum wäre natürlich denkbar, ein festes Holz, oder aber etwas Weicheres und somit Kostengünstigeres … Nun, wir werden sehen. Ich bin Kiefer gegenüber durchaus aufgeschlossen, ganze Dienstbodenkammern hat man damit möbliert, warum also kein Hotel? Und hier stehen die Sessel. Mit Blick auf den Garten und die Neuankömmlinge, das ist sicher sehr apart. Wenn die Kirschbäume blühen, stell dir vor, wie Schnee schweben die winzigen Blüten durch die Luft und … Agnes, ist dir nicht gut? Du bist so blass.«

»Ein Hotel?« Agnes gelang es nicht, ihre Bestürzung

zu verbergen. »Sie wollen aus dem Haus ein Hotel machen?«

Ihre Stimme zitterte. Sie hatte das Gefühl, schon wieder an einem Abgrund zu stehen und in dunkle Tiefe hinabzustarren.

»Weißt du, ich war es leid, nie das tun zu können, wonach mir der Sinn stand, jedenfalls nicht im Sommer und nicht am Tage. Seit du diesen nächtlichen Spaziergang mit mir unternommen hast ... Ich habe mir wieder und wieder den Kopf zerbrochen, ob ich meinen Vetter achten Grades nicht anweisen könnte, bestimmte Strände nur für Damen zugänglich zu machen. So müssten wir uns nicht um diese lächerlichen Tugendwächter kümmern und könnten durch die Wellen tollen, als wären wir Kinder. Nun, mein Vetter achten Grades ist ein vielbeschäftigter und ignoranter Mensch. Er hat meine Briefe zwar gelesen, aber sich lieber darauf verlegt, seine Flotte aufzurüsten.« Ihre Miene verdüsterte sich. »Diese albernen Männer. Können nie aufhören, sich Spielzeug zuzulegen, selbst als Erwachsene nicht. Aber wie dem auch sei – ich musste selbst handeln. Das müssen die Frauen im Endeffekt ja immer, ansonsten geschieht nichts Gescheites in dieser Welt. Als ich hörte, dass das Herrenhaus zu vermieten sei ... Nun, da habe ich zugegriffen. Um aus dem Haus ein Hotel nur für Frauen zu machen. Und aus dem Strand einen Strand nur für Frauen. Und Kinder beiden Geschlechts, da bin ich nicht so streng. Ich hoffe, du bist mir nicht böse. Ich wollte dir nichts verraten, bis nicht alles unter Dach und Fach ist. Zu groß wäre doch die Enttäuschung gewesen, wenn du dich gefreut hättest und dann hätte es nicht geklappt. Was ist mit dir, Agnes? Möchtest du dich setzen?«

Es gab keine Stühle, auf die sich Agnes hätte setzen können, daher ließ sie sich auf den Boden sinken. Ihr war schwindelig und übel.

»Wer ist denn Ihr Vetter achten Grades, Fräulein Frieda?«

»Der Kaiser. Habe ich das nicht erwähnt?«

»Daran würde ich mich erinnern.«

Agnes wusste nicht, ob sie Fräulein Frieda auch nur ein einziges Wort glauben sollte.

»Ach, Mädchen, das ist wohl zu viel für dich, wie? Komm, wir schauen in der Küche nach, ob sich nicht ein Schlückchen für uns beide findet. Dieser Anlass gehört begossen, findest du nicht auch?«

»Wieso sollte …« Wieso sollte in der Küche etwas sein, das Agnes zuvor nicht gesehen hatte, wollte sie eigentlich fragen. Doch dieser Tag war so voller Überraschungen, dass sie ihre Worte getrost herunterschlucken konnte. Sie rappelte sich auf und trat zum ersten Mal den Weg durch den Haupteingang in die Küche an. Und tatsächlich. Auf dem Tisch, auf dem sie vor kurzer Zeit – die ihr unendlich lang erschien – Brombeertörtchen gebacken, Ingwerlimonade und Sanddornsaft gekocht hatte, stand eine Flasche Schaumwein. Und zwei Gläser daneben, sorgfältig poliert.

Keine Frage, Fräulein Frieda war vorbereitet hergekommen. Wie lange hatte sie die Idee mit sich herumgetragen? Agnes erinnerte sich an die Entschlossenheiten in ihren Augen, ihre Abschiedsworte: »Wir bringen das in Ordnung.«

Eiskalt war es hier drinnen, durch die Fenster pfiff der Wind. Doch dieses Haus, diese Küche befanden sich von nun an in guten Händen. Nicht in ihren eigenen Händen, und das machte Agnes traurig. Aber in guten, und das war doch schon viel wert.

Was würde Agnes mit ihrer Zeit anfangen? Und wenn sie hin und wieder noch herkommen dürfte – würde es sie schrecklich schmerzen, immer an Benjamin erinnert zu werden? Ihr Blick glitt zu der Vorratskammer, in der sie sich zusammengekauert hatte, mit wild hämmerndem Herzen halb erwartend und ein klitzekleines bisschen auch hoffend, dass er sie entdeckte.

Sie atmete tief ein, griff nach den Gläsern und lief zu Fräulein Frieda zurück, die sich mittlerweile in den Salon begeben hatte. Dort starrte sie aus zusammengekniffenen Augen auf das große helle Rechteck über dem Kamin.

»Was denkst du, hat die Familie je glücklich ausgesehen, und sei es nur auf einem Gemälde?«, fragte sie, ohne sich zu Agnes umzudrehen.

»Ich denke, nicht«, antwortete Agnes.

»Ein Trauerspiel«, sagte Fräulein Frieda. Und dann: »Lass uns anstoßen. Darauf, dass es innerhalb dieser Mauern von jetzt an laut und fröhlich zugeht. Nein, nicht nur das. Ich werde jeder Dame, die sich traut, mit ungewaschenen Füßen ins Bett zu gehen, ein Abendessen spendieren!«

Agnes prustete los.

»Denn ich versichere dir, gutes Kind, dieses Haus muss lernen, dass Ordnung nicht das Wichtigste im Leben ist.«

»Sie und Tilly, Sie kommen gut miteinander aus, oder? Darf sie denn ab und zu herkommen und nach den Pflanzen sehen? Vielleicht die Rosenbüsche pflegen? Sie liebt sie so sehr. Wenn niemand sie dabei sehen würde, dann …«

»Ha!«, rief Fräulein Frieda. Ihr faltiges Gesicht strahlte. »Gutes Kind, was redest du da? Es kommt ja nicht infrage, dass sie bloß die Rosenbüsche pflegt. Nein, nein, Tilly wird natürlich unsere Chefgärtnerin. Mir ist selten jemand untergekommen, der derart begabt mit Pflanzen ist, auch wenn mir persönlich das ein Rätsel bleiben wird.«

Blinzelnd starrte Agnes sie an. Sie wagte nicht zu atmen aus Angst, dann aus diesem Traum zu erwachen.

»Wieso schaust du, als hätte dich der Schlag getroffen? Es gibt durchaus Frauen in diesem Beruf, auch wenn es zugegeben neumodisch ist. Ah, ich freue mich auf den Streit mit den Obrigkeiten, weißt du, ich bin mir gar nicht sicher, ob ich all das nicht auch deswegen tue. Um den Herren in ihren Amtsstuben zu zeigen, zu was wir fähig sind. Wir – damit meine ich Frauen im Allgemeinen, vor allem aber Tilly, dich und mich.«

»Mich?«

»Aber selbstverständlich dich! Und nein! Bevor du auch nur daran denkst – nein!«

Verwirrt setzte Agnes zu einer Frage an, doch Fräulein Frieda unterbrach sie.

»Du wirst nicht die Chefköchin! Ich kenne eine Dame aus Paris, und nun schau nicht so enttäuscht, die so viele Arme hat wie ein Krake. Sie hat schon Armeen beköstigt, und zwar so gut, dass fortan alle zum Heer wollten, selbst die Damen. Wie auch der französische Staatspräsident, zumindest wird so gemunkelt.«

Agnes hatte schon wieder Mühe, nicht in Tränen auszubrechen.

»Nein, ich habe weit bessere Verwendung für dich, mein Kind, allerdings nur, wenn du nicht schniefend und mit bedröppeltem Gesicht in der Gegend rumstehst. Hopphopp, öffne das Fläschchen! Ich möchte darauf trinken.«

Agnes ließ den Korken aus der Flasche ploppen und schenkte ein. Fräulein Frieda erhob ihr Glas.

»Auf die künftige Hausdame Agnes Martin! Und darauf, dass wir von nun an per Du sind. Das verlange ich von dir.«

Verwirrt sah Agnes sie an. Langsam stieg ihr alles zu Kopf. Das Herrenhaus an Fräulein Frieda vermietet mit Tilly als Chefgärtnerin, Agnes, die nicht kochen oder backen sollte … Moment. Was in aller Welt tat eine Hausdame?

»Bitte sag Ja, Agnes! Wirst du die Hausdame?«

Agnes merkte, wie ihre Wangen zu glühen begannen. Sie hob ihr Glas und nahm einen Schluck, spürte das Prickeln, den herben Geschmack.

»Ich habe noch nie von den Aufgaben einer Hausdame gehört. Aber natürlich! Ich bin von nun an gern deine Hausdame!«

Fräulein Frieda warf die Arme in die Höhe und verschüttete die Hälfte ihres Schaumweines. »Herrlich«, flüsterte sie. »Die Welt verändert sich, und wir sind dabei. Ist das nicht aufregend?«

Agnes lächelte. »Oder andersherum. Wir verändern uns. Und die Welt macht mit.«

Fräulein Frieda hatte die Angelegenheit zweifelsfrei von langer Hand geplant. Sie weigerte sich jedoch, mit Details herauszurücken. Und letztlich blieb ihnen für einen Plausch darüber sowieso keine Zeit. Denn rasch bekam Agnes eine Ahnung davon, was den Tätigkeitsbereich einer Hausdame umfasste. Ihre Vorstellung, fortan in Pantoffeln und Morgenrock durch die Gänge des Herrenhauses zu geistern, löste sich schlagartig in Luft auf.

Die Hausdame war verantwortlich für – alles. Sie besorgte den Empfang der Gäste, die schon ab April eintreffen sollten, die Auswahl der Speisen, die Möblierung des gesamten Hauses, die Ordnung in den Zimmern.

»Nicht zu aufgeräumt«, sagte Fräulein Frieda immer wieder, »wir wollen die Damen doch nicht an ihr Zuhause erinnern!«

Zudem war sie die Ansprechpartnerin für sämtliche Angestellten, deren theoretische Zahl von Tag zu Tag weiter anschwoll. Praktisch hatten sie sich noch niemanden gesucht, aber immerhin schon annonciert. Doch es gab Handwerker noch und nöcher. Männer, deren Namen sich Agnes nach einer Weile einfach nicht mehr merken konnte. War Hermann der Kerl mit den hellen Locken oder der mit den paar Jährchen mehr auf dem Buckel, der Agnes das Rezept für Kaninchenschmorbraten verraten hatte? Auch Franz und Claudius konnte sie nur schwer auseinanderhalten. Nicht weil sie einander ähnelten, sondern weil sie beide so gut wie nicht sprachen.

»Das gibt sich alles«, sagte Tilly, wenn Agnes ihr bei einer Tasse Tee verzagt und zu Tode erschöpft gegenübersaß. »Warte ab, wenn der Betrieb erst losgeht, bist du in deine Aufgaben längst hineingewachsen.«

Das konnte sich Agnes beim besten Willen nicht vorstellen. So wenig, wie sie Fräulein Friedas unerschütterliche Hoffnung teilte, dass bis Anfang April alles in neuem Glanz erstrahlen würde. Nur noch viereinhalb Monate! Erst gestern war Agnes in einem der Zimmer im oberen Stock im Fußboden hängen geblieben, der scheinbar aus einer Laune heraus einfach nachgegeben hatte.

»Oh, das ist doch ganz hübsch«, hatte Fräulein Frieda kommentiert und weit weniger fassungslos in das Loch gestarrt als Agnes. Die hatte sich stöhnend den Knöchel gerieben und versucht, nicht über all das nachzudenken, was noch zu erledigen war.

Als sie an einem düsteren, eisigen Nachmittag dick eingemummelt in wollene Tücher und mehrere Schichten Röcke durch den Schnee auf Oskars und Lieselottes Haus zustapfte, blickte der Herr des Hauses sie ratlos an.

»Moin«, sagte er und stemmte die Hände in die Seiten. »Nich inner Kirche?«

Jetzt war es Agnes, die verwundert blickte. Sie hatte das Kleenshooper Gotteshaus noch nie von innen gesehen. Und wieso in aller Welt trug Oskar heute etwas, das entfernt an einen Anzug erinnerte?

»Is doch der Lichtblick vom Pfarrer heute, fast der einzige im ganzen Jahr. Von Ostern vielleicht mal abgesehen«, erklärte Oskar, aber Agnes verstand immer noch nicht. »Komm, Mädchen, sonst kriechste Ärger vom Herrn von ganz oben.«

Oskar nahm ihren Arm und führte sie den gewundenen Pfad entlang auf die Kirche zu. Knirschend fiel hinter ihnen die Tür ins Schloss. Durch den Dampf ihres Atems hindurch sah sie, dass die Bänke bis auf den letzten Platz gefüllt waren. Das ganze Dorf hatte sich versammelt, alle in ihren besten Kleidern, sogar das Haar hübsch frisiert. An der Kanzel stand der heute besonders hoheitlich aussehende Pfarrer und lächelte milde.

»Da nun auch die letzten Schäflein versammelt sind, möchte ich euch zunächst einen friedlichen Heiligabend wünschen.«

Nun, das erklärte, warum sie den gesamten Tag allein im Herrenhaus gewesen war. Sie hatte sich zusammengereimt, dass es ein ganz normaler Sonntag sei. Was ihr nur recht gewesen war, sie hatte die Stille genossen, während sie an sonstigen Tagen im Lärm und geschäftigen Treiben zu versinken schien. Aber Heiligabend! Heute!

Glücklicherweise hatte sie die Geschenke für die Kinder schon Anfang des Monats nach Straßburg geschickt. Und glücklicherweise hatte sie auch genug Geld dafür zusammenkratzen können.

Ja, zumindest das hatte sie nicht vergessen.

Behutsam, aber weit weniger leise, als sie sich wünschen würde, zog sie die schwere Tür wieder auf. Ein lang gezogenes Knarren war zu hören.

»Entschuldigung«, flüsterte Agnes in die kalte Kirchenluft hinein. Sämtliche Dorfbewohner hatten sich zu ihr umgedreht und grienten quer über das ganze Gesicht.

Die Tür knarrte ein drittes Mal, und schon stand Agnes wieder im Schneegestöber, das ihr die Flocken waagerecht ins Gesicht trieb. Mit zusammengekniffenen Augen stapfte sie jetzt in Richtung Herrenhaus. Als sie den Wald erreichte, versank sie bis zu den Knöcheln im feuchten Weiß. Was hatte sie eigentlich im Dorf gewollt? Ach ja, Bille fragen, ob er das Dach des Hühnerstalls reparieren könne. Das Federvieh gackerte bei jedem ihrer Besuche empört, weil jüngst eine Eule ihren Kopf durch ein Loch oberhalb ihrer Köpfe gesteckt hatte.

Schwere Wolken zogen über das Herrenhaus hinweg. Trotzdem wirkte es einladend mit seinen unzähligen Fenstern und dem herabrankenden Efeu, der vom Gewicht des Schnees hinabgedrückt wurde.

Wie in aller Welt hatte sie nur Weihachten vergessen können? Wie in aller Welt … Perplex sah sie, dass im Innern des Hauses Licht flackerte. Unmöglich, dass jemand arbeitete! Oder hatte sie die Handwerker etwa für den heutigen Nachmittag herbestellt? Sosehr sie sich den Kopf zerbrach, es wollte ihr nicht mehr einfallen. Sämtliche vergangenen Tage, ja Wochen verschwammen in ihrer Erinnerung. Das Einzige, was sie wusste, war, dass sie gearbeitet hatte. Vom frühen Morgen bis in den Abend hinein, und dann hatte sie mit schmerzenden Füßen am Küchentisch der Kate gesessen und auf Listen geschrieben, was sie geschafft hatte und was nicht.

Rasch erklomm sie die Stufen, drehte den Schlüssel im Schloss und drückte mit der Schulter die Türe auf.

»Hallo? Ist da jemand?«

Stille. Eine merkwürdig staubige Stille, in der sie jemand anderen atmen zu spüren glaubte, auch wenn sie nichts hörte.

»Hallo?«

Reglos verharrte sie in der Tür. Das übliche Durcheinander tat sich vor ihren Augen auf, hieß sie willkommen. Angst, nein, die hatte sie nicht. Aber etwas war seltsam. Nicht unheimlich seltsam. Schlicht … seltsam.

Agnes blickte sich um. Da war die Möbellieferung von gestern. Niemand hatte sich bisher die Mühe gemacht, unter die Decken zu gucken, ob alle Stühle in Ordnung waren. Wie ein riesiger schwarz-braun karierter Berg ruhte das Ungetüm in der Ecke. Für einen Eindringling wäre es ein Leichtes, sich darunter zu verstecken. Doch wer sollte hier sein und wieso? Zu stehlen gab es nichts, nichts jedenfalls, das auf einfache Weise zu transportieren wäre. Und wie hätte die Person auch hereinkommen sollen? Die Tür war verschlossen gewesen. Ebenso wie der Eingang durch den Keller, den sie selbst so lange genommen hatte. Darauf achtete sie besonders, seit sie hier das Sagen hatte.

»Hallo?«, fragte sie noch einmal in die Stille hinein, die undurchdringlich blieb. Sie seufzte und schalt sich albern, als sie in der Mitte des Raumes etwas entdeckte, das zuvor noch nicht da gewesen war.

Verwundert trat Agnes näher. Ein kleiner Berg Tannenzapfen, noch feucht vom mittlerweile geschmolzenen Schnee. Wer hatte sie dorthin gelegt – und wieso?

Überraschend weihnachtlich wirkte die Scheune, die Dutzende Kerzen erhellten. In tiefer Dunkelheit, in der nur der Schnee im Mondlicht glitzerte, hatte Agnes Tannenzweige gesammelt und anschließend hier drinnen aufgehängt. Sie hatte sie mit Silberband geschmückt und Kerzen aufgestellt, und Fräulein Frieda hatte aus geheimen Quellen Alkohol beigesteuert.

Agnes wärmte ihre Hände an ihrem Becher, aus dem nach Kaffee und Rum duftender Dampf aufstieg.

»Wie heißt diese Köstlichkeit?«, fragte Fräulein Frieda zum wiederholten Mal und starrte beglückt auf den Teller, der auf ihren Knien lag. In den letzten Wochen hatte sie einen gesunden Appetit entwickelt. Nur schemenhaft konnte sich Agnes noch an jene dünne, zittrige Dame erinnern, mit der sie in Lübeck das Zimmer geteilt hatte.

»Berawecka«, antwortete sie.

Glücklicherweise hatte sie ausreichend Voraussicht besessen, genügend davon zu backen. Das mit kandierten Orangen und Kirschwasser gewürzte Früchtebrot wurde im Elsass traditionell zu dieser Jahreszeit serviert. Überhaupt behandelte man Weihnachten in Straßburg wie eine Staatsangelegenheit. Selbst im Waisenhaus, wo das Geld immer knapp blieb, verließ Bertrande in den Tagen davor ihren Platz am Ofen kaum noch. Und Agnes hatte Heiligabend vergessen! Nun, genug Zeit für Anisbredele hatte sie immerhin noch gefunden. Die Plätzchen brauchten nicht lange, um knusprig und braun zu werden.

Die Luft knisterte und knackte. Agnes fühlte sich satt und müde. Und friedlich, wenn sie auch die Melancholie spürte, die wie ein dunkles Band über ihr schwebte. Es war das erste Weihnachten überhaupt, das für Agnes nicht von aufgeregtem Wispern und feuerroten Wangen begleitet wurde, von glänzenden Augen und hellem Kinderlachen.

»Ihr seht aus, als würdet ihr vor Langeweile gleich aus den Latschen kippen«, stellte Fräulein Frieda mit hochgezogenen Augenbrauen fest. »Nun, da hilft alles nichts, wir müssen in die Zukunft schauen. Schuhe aus, meine Damen, jetzt gilt es!«

Tilly runzelte die Stirn und sah Frieda ansonsten regungslos dabei zu, wie diese ihre Stiefel aufband. Agnes konnte sich nicht erklären, was ihre Freundin vorhatte. Wollte sie barfuß hinaus in die Kälte laufen?

»Schuhe aus!«, wiederholte Fräulein Frieda und rüttelte ächzend an dem ledernen Schaft.

Skeptisch blickte Agnes aus dem Fenster. Unter dem Nachthimmel türmte sich zentimeterhoher Schnee.

»Ist es nicht ein bisschen kalt dafür?«

»Papperlapapp, kalt! Was denkst du überhaupt – wir gingen raus? Nix da, wir blicken in die Zukunft, das sagte ich doch! So machen es die Dienstboten zum Jahreswechsel. Sie werfen ihre Schuhe, und wenn die Spitze zur Türe zeigt …«

»Stirbt man«, vervollständigte Tilly den Satz mit düsterer Miene.

»Um Gottes willen, nein!«, rief Fräulein Frieda. »Wenn die Spitze zur Türe zeigt, wird das Herz im neuen Jahr voll Freude und Liebe sein!«

Tilly schnaubte und senkte den Blick auf ihren Tellerrand.

»Heute ist Weihnachten«, wandte Agnes ein. »Nicht Silvester.«

»Das ist richtig. Aber wir werden dieses Jahr wohl keine Zeit haben, Silvester zu feiern«, bemerkte Frieda und holte aus. Mit einem leisen Zischen flog ihr abgewetzter Stiefel durch die Luft, überschlug sich auf dem Boden und landete mit der Spitze zur Tür.

»Ich wusste es doch! Es wird ein gutes Jahr!«, rief Frieda fröhlich. »Jetzt du, Agnes!«

»Gibt es eigentlich schon Reservierungen?«, fragte Tilly, die den Schuhwurf kaum verfolgt hatte.

Fräulein Frieda tat, als habe sie sie nicht gehört.

»Es ist nur so … Ich stelle mir ein Hotel ausschließlich für Frauen schwierig vor«, insistierte Tilly. »Allein die Damen, die frisch verheiratet sind. Sie wollen bestimmt nicht gleich nach der Hochzeit allein verreisen. Und die älteren – es gibt sicher zahlreiche, die nie in ihrem Leben von ihrem Mann getrennt waren.«

»Aber eben das ist es doch«, sagte Frieda mit säuerlicher Miene. »Das ist doch das Besondere am Hotel Madame.«

»Hotel Madame?« Tilly verzog das Gesicht. »Nach dem Pferd?«

Jetzt war es Frieda, die eine erstaunte Miene aufsetzte.

»Nach welchem Pferd?«

»Wollen wir mit dem Schuhewerfen fortfahren?«, rief Agnes dazwischen.

»Nach welchem Pferd?«, fragte Frieda erneut.

»Unser Pferd heißt Madame. Ich habe es so getauft«, erklärte Agnes.

Nachdenklich erhob sich Frieda und humpelte mit einem nackten Fuß zur Tür.

»Das … Ich habe es mir nie mit Namen vorgestellt. Das Pferd, meine ich. Wohingegen ich das Hotel sofort so getauft hatte. Nun, das nenne ich einen spaßigen Zufall!«

»Hotel Madame«, begann Tilly, »also …«

Agnes warf ihr einen warnenden Blick zu. Tilly schloss ihren Mund wieder. Nach einer kurzen Pause des Schweigens sprach sie jedoch weiter.

»Du solltest darüber nachdenken, ob du bei diesem Konzept bleiben willst, Frieda. Ich befürchte, dass wir nicht genug Gäste bekommen werden.«

Mit eisiger Miene und zusammengekniffenen Lippen schüttelte Fräulein Frieda den Kopf.

»Ein Etablissement für Damen *und* Herren würde alles zunichtemachen, was ich geplant habe. Wir müssten Badekarren an den Strand rollen, damit die Damen in den Genuss kommen, ihre bloßen Füße ins Wasser zu tauchen. Keine einzige würde es wagen, ihre Schuhe auszuziehen, wenn die Gefahr bestünde, von einem Herrn gesehen zu werden. Und das Konzept, dass man miteinander ins Gespräch kommt … Ich stelle mir doch einen Gesellschaftsraum vor, in dem sich unsere Gäste vor dem Kamin miteinander austauschen. Auch das wäre nichts, wenn jede zusammen mit ihrem Gatten in den Speisesaal ginge, an einem Zweiertisch säße und anschließend noch eine Runde durch den Garten drehte – schweigend!« Frieda pickte die letzten Krümel Früchtebrot von ihrem Teller und schüttelte den Kopf. »Wenn sie hingegen die Möglichkeit erhalten, einander kennenzulernen, ihre Interessen miteinander zu teilen, glaubt ihr nicht, das wäre wunderbar? Ein Ort der Träume! Ein Ort des Wissens und der Erfahrung, die von einer Generation zur nächsten weitergegeben wird.«

Friedas Beweggründe, ein Hotel nur für Frauen zu erschaffen, hatte Agnes bisher nicht verstanden. Jetzt, da sie sie kannte, fand sie die Idee großartig.

»Und was, wenn das einzige Wissen, das weitergegeben wird, jenes ist, dass so ein Hotel keine Gäste findet?«, erkundigte sich Tilly spitz.

»Du bist dran, Agnes«, sagte Frieda eisig. »Nun mach schon! Wirf! Oder willst du deinen Stiefel aufessen?«

Agnes ließ den Schuh eher gemächlich bis ans Ende des Raumes segeln, wo er auf der Sohle zum Stehen kam. Mit der Spitze zeigte er zum Tisch.

»Keine Freude im neuen Jahr«, stellte sie mit einem resignierten Seufzer fest. »Zu dumm. Aber deine Idee finde ich wundervoll, Frieda.«

Griesgrämig starrte Fräulein Frieda zu Tilly, die ebenso griesgrämig zurückblickte. Agnes war versucht, noch etwas zu sagen – zwischen ihnen zu vermitteln oder weihnachtliche Gefühle heraufzubeschwören –, dann aber schloss sie den Mund. Sie hatte mit dem Herrenhaus genug zu tun, es überstieg langsam ihre Kräfte. Wenn sich Tilly und Frieda zanken wollten, dann sollten sie es bitte sehr tun. Sie war zu müde, um sich dafür verantwortlich zu fühlen.

Agnes trank einen Schluck rumgewürzten Kaffee, der mittlerweile kalt geworden war, und verzog das Gesicht.

»Gute Nacht«, sagte Fräulein Frieda eine Spur zu heftig und stand auf.

»Gute Nacht, Frieda. Soll ich dich zur Kate begleiten?«

»Ich finde den Weg schon allein.«

Fort war sie. Agnes schloss die Augen. Sofort huschte der Schlaf heran, gewillt, sich auf sie zu stürzen, ganz egal, ob sie gerade auf einer als Sitzgelegenheit dienenden Kiste hockte oder im Bett lag.

»Entschuldige«, murmelte Tilly.

Agnes riss die Augen wieder auf.

»Nanu? Eine Entschuldigung? Die hättest du allerdings lieber an Frieda richten sollen.«

»Du hast ja recht.« Tilly seufzte. »Aber du weißt, wie ich Anlässen gegenüber empfinde, bei denen alle gefälligst fröhlich und dankbar sein sollen.«

»Durchaus.«

»Ich hasse diese aufgesetzte Friedlichkeit! Dieses dumme Singen und selig Dreinblicken. Und matt lächeln und dann auch noch Stiefel werfen!«

»Matt gelächelt hat eigentlich niemand, und selig hat sich auch keine von uns gefühlt. Es war nicht nett Frieda gegenüber. Du weißt doch gar nicht, wie sie ihre vorherigen Weihnachten verbracht hat. Womöglich war sie bisher immer ganz allein.«

»Oder im Kreise ihrer lieben Freundinnen«, bemerkte Tilly. »Die wann zurückkehren, wo wir schon über sie sprechen?«

Agnes wollte gar nicht daran denken. Sie mochte Rosalia, Effi, Ernestine und Marlene-Luise. Aber alle wieder in der Kate? Und das, wo Agnes doch auch ohne sie schon kaum mehr zur Ruhe kam?

»Im April, glaube ich.«

Wieder überfiel sie die Müdigkeit. Wenn sie sich nur anlehnen könnte!

»Er hat mir geschrieben.«

Agnes riss ihre Augen wieder auf.

»Johann von Reiker?«

Tilly nickte. Ihre Miene verriet nichts.

»Und was hat er dir geschrieben?«

»Ich weiß es nicht. Ich habe den Brief nicht gelesen.«

Agnes beugte sich vor und blickte Tilly über die zuckende Kerzenflamme hinweg prüfend an.

»Willst du es noch tun?«

Tilly schlug die Augen nieder. Sie runzelte die Stirn

und wirkte, als führe sie eine laute Debatte mit sich selbst, auch wenn sie keinen Ton von sich gab.

»Ich weiß es nicht«, flüsterte sie schließlich und öffnete die Augen wieder. Ihr Blick war verzagt. Ängstlich wie der eines Kindes.

»Möchtest du, dass ich bei dir bin, wenn du ihn liest?«

Wieder verhandelte Tilly die Sache still mit sich selbst und nickte endlich.

»Das wäre gut. Danke.«

Sie stand auf und holte unter dem Strohballen, auf dem sie schlief, einen Umschlag hervor. Mit fahrigen Bewegungen prüfte sie, ob der Docht der Kerze lang genug war, schenkte sich puren Rum in ihre Tasse ein und nahm einen Schluck. Mit einem leisen Knirschen öffnete sie das Siegel, dann hörte Agnes nichts mehr.

Während Tilly las, starrte Agnes in die zuckende Flamme. Sie versuchte, nicht an Benjamin zu denken, was ihr auch jetzt nur schwer gelingen wollte. Sein klares, schmales Gesicht mit den hohen Wangenknochen schien vom Kerzenlicht auf die Scheunenwände geworfen zu werden. Agnes glaubte, seine Hände an ihren Wangen zu spüren, den sanften Druck seiner Fingerspitzen. Und immer wieder: das Gefühl, als seine Lippen sanft auf ihre trafen …

Sie schniefte und rieb sich über die Augen.

Diese verflixte Erschöpfung. Sie war viel empfänglicher für Gedanken und Sehnsüchte dieser Art, als wenn sie ausgeruht wäre. Seit Wochen war ihr, als würde ihre Haut dünner und dünner. Alles drang zu ihr durch, ängstigte und besorgte sie. Die Kinder, das Hotel …

Wie auch die Frage, wann die Hochzeit wohl stattfand. Es war ein grässliches, kaltes Gefühl, das sie beschlich, wenn sie an die schöne Adalina Cecil dachte. Wie sie die Hand auf seinen Arm legen würde, wie sie gemeinsam zum Altar gingen … Das Fest war sicher ein Staatsakt.

Aber sollte ausgerechnet sie das bekümmern?

Nein, das wirklich Schreckliche war doch keine rauschende Feier und auch nicht, wie wunderbar zierlich und hübsch die Braut in ihrem prächtigen Kleid aussehen würde. Der Gedanke aber, dass Miss Cecil und Benjamin von nun an das Leben teilten … Sich für immer und ewig Treue und Liebe schworen und es so meinten!

Das gab ihr das Gefühl, in einen unendlich dunklen, unendlich tiefen Abgrund zu starren.

Agnes tat es Tilly nach und goss sich schwungvoll Rum in die Tasse, ohne ihn mit Kaffee zu verdünnen. Sie starrte auf ihren Stiefel, der so frech verkehrt herum bei der Scheunentür gelandet war, und ärgerte sich, dass sie nun doch an solchen Unsinn glaubte.

Keine Freude, keine Liebe im kommenden Jahr … Aber wieso auch? Hatte sie etwas in der Art erwartet? Sicher nicht, nein.

Mit einem Zug schluckte sie den Rum herunter, der in ihrem Hals wie Feuer brannte.

»Nun«, sagte Tilly leise und faltete den Brief zusammen. Sie atmete tief ein und begann, den Tisch abzuräumen. Agnes erhob sich, um ihr zu helfen.

»Er …« Tilly schüttelte den Kopf. Ihr Gesicht wirkte

mit einem Mal uralt. »Er sagt, alles, was nach mir kam, war die Strafe dafür, dass er mich im Stich ließ. So ein dummer Mensch. So alt ist er geworden und so dumm geblieben!«

Agnes ließ die Hände sinken, in denen die Reste des Früchtebrots und der Anisbredele lagen.

»Glaubt er etwa, mich damit trösten zu können?« Aus Tillys Mund kam ein Ächzen, das auch ein Schluchzer sein konnte. »Glaubt er, mich damit besänftigen zu können und mir Genugtuung zu geben?«

»Vielleicht meint er es auch anders. Vielleicht meint er es ehrlich.«

Müde schüttelte Tilly den Kopf.

»Johann von Reiker ist ein Kaufmann durch und durch. Er mag adlig klingen und sich vornehm benehmen, aber im Grunde seines Herzens ist er nichts als ein gewöhnlicher Kaufmann. Er sucht seine Vorteile, wo er auch kann. Das war einmal anders. Damals, als er auf alles verzichten und ein Leben in der Natur führen wollte. Aber dann kam das Erbe, das Geld. Es hat seine Seele gekapert. Sein Brief ist der Versuch eines Handels. Er verkauft mir seine Schuld, und ich gebe ihm dafür Frieden. Aber so nicht, Johann. So nicht.«

Sie zerriss den Brief in kleine Fetzen und warf sie zornig auf den Boden.

»Jämmerlicher Heuchler. Seine scheußliche Frau hat er sich durch und durch verdient. Was tust du da? Was willst du mit dem Früchtebrot?«

Verblüfft über den plötzlichen Themenwechsel blickte Agnes auf ihre Hände hinab.

»Stell alles wieder hin«, sagte Tilly. »Ich hole Frieda.«

In der Kate, sah Agnes durch das kleine Fenster der Scheune, brannte noch Licht. Mit angehaltenem Atem beobachtete sie, wie Tilly auf das Haus zustapfte und klopfte. Als sich im Innern ein Schatten regte, zögerte Tilly. Und dann trat sie ein und schloss die Tür hinter sich.

Agnes ließ sich auf ihre Kiste sinken. Sie würde einen Teufel tun und ihre Freundin darauf ansprechen. Aber sie würde es nicht vergessen: dass Tilly am Heiligabend des Jahres 1892 wieder die Kraft gefunden hatte, ihr Elternhaus zu betreten.

Wilder Thymian

»Schön«, kommentierte Fräulein Frieda und strich sich über ihren federgeschmückten Hut. »Ich wollte ja, dass es nicht zu ordentlich ist.«

In dieser Hinsicht, dachte Agnes, hatten sich Fräulein Frieda und Tilly wahrlich gefunden. Dass in dem Zimmer *Wilde Rosen,* das Frieda gerade begutachtete, fingerdick Staub auf den Fensterbänken lag und die Fenster darüber kaum als solche zu erkennen waren, störte sie nicht im Mindesten. Wohl aber hatte sie etwas daran auszusetzen, dass es nicht warm genug war und nach Leim roch.

»Das änderst du, ja?« Damit wandte sie sich um. »Nun komm, ich will mir auch die anderen Räume ansehen.«

Hinter den schmierigen Scheiben eroberte die Märzsonne ihren Platz am milchig weißen Himmel. Agnes hörte Friedas Schritte auf dem Parkett nachhallen und sagte sich, dass sie ihr folgen sollte, aber sie war zu gefangen von dem Anblick.

Ja, hier war es nicht gerade ordentlich, von sauber ganz zu schweigen. Aber Fräulein Frieda hatte ihre Idee auf einzigartige Weise umgesetzt. Die Frauen – wenn sie denn kämen – würden sich je zu zweit ein Zimmer teilen. Dafür gäbe es mehr Platz für Gemeinsamkeiten. So wie hier, in dem Raum, den Frieda nach dem ersten Gedichtband der Schriftstellerin Louise Aston benannt hatte.

Wilde Rosen ähnelte einer herrschaftlichen Bibliothek. Unzählige Bücher schmückten die Wände, in Gold geprägte Lettern wiesen auf kostbare Einbände und Inhalte hin. Vor dem Kamin drängten sich samtbezogene Sessel, etwas abseits und geschützt luden Sekretäre dazu ein, die Gedanken zu Papier zu bringen. Tapeziert waren die hohen Wände in zurückhaltendem Blau.

»Wir benötigen Gedenktafeln für jedes Zimmer«, rief Fräulein Frieda aus dem Flur, »auf denen wir erklären, wie der Raum zu seinem Namen kam. All die großen Frauen, all die großen Werke, die niemand mehr erinnert … Dem setzen wir ein Ende. Agnes, hörst du mich? Wo steckst du denn?«

»Ich komme!«

»Weißt du eigentlich, was auf meinem Grabstein stehen soll?«, erklang die sich entfernende Stimme von Fräulein Frieda. »›Sie hat es versucht.‹ Schließlich geht es nicht um das, was irgendwann kommt oder nicht kommt – ob man Erfolg hat oder Gehör findet oder eine Gruppe Menschen umstimmt. Es kommt darauf an, es zu versuchen. Und wenn man scheitert, wenn *ich* scheitere, werde ich den Teufel tun und mich schämen. Ich werde trotzdem stolz sein. Auf mich. So wie ich auf alle Frauen stolz bin, von denen niemand spricht, die niemand kennt, die irgendwann in ihrem Leben den Beschluss gefasst haben aufzustehen und dann auf die

Nase gefallen sind. Was ist denn nun? Kommst du endlich? Ich will die Küche ansehen. Du weißt, dass bald Madame Leroy eintrifft.«

Das wusste Agnes durchaus. Und sie freute sich kein bisschen darauf. Es war verwunderlich, es war vielleicht sogar schlicht dumm, aber ihr fehlte die Arbeit in der Küche unendlich. Nicht, dass sie nicht auch Freude daran fand, den Betrieb des Hotels zu organisieren. Doch es blieb ihr viel zu selten Zeit dafür, die Nase in ihren geliebten Raum zu halten und zu schnuppern. Immer wenn sie daran vorbeikam, schmerzte ihr das Herz. Und wenn sie abends im Bett lag, dachte sie über Rezepte nach und fühlte sich getröstet. In Gedanken wahre Herrlichkeiten zu backen war das Einzige, was Benjamin von Reiker aus ihrem Kopf hielt. Und aus ihrem Herzen?

Nun, es würde besser werden. Irgendwann würde sie ihn vergessen.

Es dunkelte schon, als sie geschafft und müde in die Kate stolperte. Tilly platzierte gerade mit sichtlichem Stolz eine stachlige Kugel auf dem Teller in der Tischmitte.

»Was in aller Welt ist das?«, erkundigte sich Fräulein Frieda mit zusammengekniffenen Augen. »Etwas, womit man sich den Rücken massieren kann?«

»Um Gottes willen, funktioniert deine Nase nicht?«, fragte Tilly. »Das ist Käse! Ich gebe zu, er sieht ungewöhnlich aus, aber seid versichert: Er schmeckt köstlich.«

Ungewöhnlich wirkte er in der Tat. Wieso rollte jemand einen Käse zu einer Kugel zusammen und spickte diese mit Thymian, bis sie an einen verschreckten Igel erinnerte?

Als Agnes einen Happen kostete, war ihr das seltsame Aussehen aber schlagartig egal.

»Woher, sagtest du, hast du ihn? Ich glaube, ich habe noch nie etwas so Cremiges gegessen.«

Nicht zu salzig war der Käse und mit einem Hauch … nun, Meergeschmack, würde sie sagen. Etwas Wildes lag darin, etwas Ungebändigtes.

»Oskar hat ihn vorbeigebracht. Er hat ihn von einem Schäfer aus der Gegend. Wir sollten ihn unbedingt kosten, sagte er, und dass er mehr davon beschaffen kann.«

»Das muss er«, sagte Agnes mit geschlossenen Augen. »Das muss er unbedingt.«

Ein Klappern drang von draußen an ihr Ohr. Aber wer sollte sie zu so später Stunde noch besuchen?

Tilly war ganz damit beschäftigt, immer größer werdende Stücke Käse zu verputzen. Ihre Wangen glühten, und sie sah hübsch aus, fiel Agnes erst jetzt auf. Sie hatte sich sogar das Haar gemacht, was eigentlich seltsam war. Es war immerhin Abend. Sie würden bald zu Bett gehen.

»Wieso …«, begann sie gerade, als sie wieder etwas zu hören glaubte. Eine Stimme diesmal. Die eines Kindes.

»Ich glaube, da kommt wer«, flötete Frieda, die damit beschäftigt war, Äpfel zu entkernen. Wie es schien, hatte sie gar nicht darauf geachtet, dass neben ihr schon ein beachtlicher Haufen davon lag.

»Agnes! Frau Bevenkamp! Fräulein Frieda, hallo!«

Agnes' Herz machte einen riesigen Satz. Sie sprang auf und riss die Tür auf. Trotz der Dunkelheit musste sie die Augen zusammenkneifen. Dichtes Schneegestöber hatte die Welt wieder in mondbeschienenes Weiß gehüllt. Dicht an dicht schwebten die Flocken herab, zwischen denen am Waldesrand nun die Umrisse einer Kutsche auftauchten. Nein, zweier Kutschen.

»Hallo!«, ertönte wieder diese helle, klare Stimme.

Agnes schlüpfte in ihre Stiefel und rannte hinaus. Aus dem einen Wagenfenster hing Clara und winkte so kräftig, dass sie kurz vorm Vornüberkippen war.

»Pass auf!«, rief Agnes und begann selbst, vor Aufregung auf und ab zu hüpfen.

Das Pferd hatte sein Tempo noch nicht gedrosselt, da schlug schon die Tür auf, und Clara sprang heraus. Zwei Schritte, und sie flog in Agnes' Arme. Agnes drückte ihre Nase in das feine, blonde Haar, das im Nu vom Schnee durchfeuchtet wurde oder aber von ihren Tränen, das ließ sich kaum sagen.

»Was treibt ihr denn hier?«

Clara hob ihr strahlendes Gesicht.

»Pfarrer Wieland sagte, wir könnten einen kleinen Umweg einlegen, bevor wir nach Hamburg fahren. Wenn wir schon mal in der Gegend sind.«

»Ein *kleiner* Umweg?« Agnes lachte.

»Außerdem wollte ich dir doch noch einen Geburtstagskuss geben.«

»Aber das ist doch schon einen Monat her!«

»Das macht nichts«, stellte Clara fest, stellte sich auf die Zehenspitzen und drückte Agnes einen langen, feuchten Kuss auf die Wange.

»Jetzt aber hinein mit euch!«, ertönte hinter ihnen Fräulein Friedas Stimme. »Gleich gibt es Backäpfel. Mit Agnes' einzigartigem Marzipan gefüllt!«

»Du wusstest, dass sie kommen?«, fragte Agnes perplex.

»Natürlich. Wer sorgt denn sonst dafür, dass du mal wieder lachst zwischen allem Planen und Verhandeln außer Tilly und mir?«

Tatsächlich flog auch ein mattes Lächeln über Tillys Züge. Als sich Agnes wieder umdrehte, wurde sie von der herannahenden Welle an aufgeregt rufenden Kindern schier überrannt. Sie drückte und küsste Johanna und Marie, Fridolin und Otto, Max und all die anderen.

Dann flog sie Pfarrer Wieland um den Hals und Charles, der wieder die beschwerliche Reise auf sich genommen hatte.

»Du auch?«

»Ich auch, ma petite, wie soll ich im Winter denn sonst meine Zeit herumbringen?«

Agnes hatte Mühe, nicht in Tränen auszubrechen, und sagte sich, dass sie sich die Mühe eigentlich nicht zu machen brauchte. Sie weinte ein bisschen, woraufhin Clara sie mit ihren dürren Armen umschlang und »Gut, gut, es ist alles in Ordnung, Liebchen«, murmelte. Agnes weinte noch ein bisschen mehr.

»Gib ihr ein Stück Käse«, rief Tilly. »Dann fängt sie sich wieder.«

Sie lächelte sanft, als sie das sagte, und Agnes entging trotz ihrer verweinten Augen nicht, dass Tilly ihre Hand in die von Charles legte und nicht zurückzog.

Agnes sah Tilly in den kommenden Tagen kaum mehr. Sie wusste allerdings, wo sie sich aufhielt: bei den Rosenbüschen im verschneiten Garten, zusammen mit Charles. Die beiden gaben ein interessantes Bild ab. Tilly, hochgewachsen und hager, mit den für sie typischen zusammengezogenen Augenbrauen, einer schwarzen Linie in ihrem hellen, klaren Gesicht. Und Charles, tief gebückt, wobei ihm das ebenholzfarbene Haar bis in die Stirn fiel. Sie redeten über früh und spät blühende Rosen und darüber, welche sich am besten für die Gewinnung des Rosenwassers eigneten.

In der Vorratskammer war ein ganzes Regalfach dafür reserviert, jedenfalls solange Madame Leroy noch nicht eingetroffen war. Die Köchin hatte ihre Ankunft mittlerweile zum dritten Mal verschoben. Jetzt hieß es, sie käme erst Mitte April. Kurz vor der Eröffnung! Agnes sollte erzürnt sein, tatsächlich aber war sie erleichtert.

Immer häufiger suchte – und fand sie – die Gelegenheit, sich in den Vorratsraum hineinzustehlen. So auch jetzt, da sie seufzend auf die bauchigen Gläser blickte, in denen die mit Wasser übergossenen Rosenblüten ihre zartsüßen Noten hergaben.

Die Marzipanherstellung war zu ihrem großen Bedauern nichts für zwischendurch. Was auch wieder schön war, denn wenn sie einen ganzen Sonntag lang nichts anderes tat, fühlte sie sich abends matt, aber beseelt. Heute allerdings war kein Sonntag, zudem hatten sie Besuch! Um allen ein kleines Andenken mitzugeben, wollte Agnes das Marzipan bearbeiten, etwas Hübsches daraus machen. Wenn nur ihre linken Hände nicht wären, zwei an der Zahl!

Wenn sie ehrlich war, ähnelten die vermeintlichen Marzipanrosen Roulettekugeln mit kleinen Höckern. Verärgert grummelte Agnes in sich hinein, knetete alles wieder zusammen und versuchte es erneut. Jetzt sahen sie wie Hühnereier aus.

»Verflixt noch mal!«

Dann eben Herzen. Die waren einfach zu formen, selbst sie bekam es hin. Wenn sie auch nicht daran denken wollte, dass sie selbst ein schmerzendes Exemplar davon besaß …

Es war eine müde Gesellschaft, die tags darauf nach Hamburg aufbrach. Vor Aufregung hatten die Kinder schlecht geschlafen. Agnes hatte sich erst um vier hingelegt und war gegen sechs wieder aufgeschreckt.

Erschöpft nahm sie neben Pfarrer Wieland in der Kutsche Platz.

»Und du willst wirklich mit?«, fragte er mit besorgtem Blick. »Du hast doch hier so viel zu tun. Und ein ernstes Wörtchen mit Pastor Sörensen zu sprechen sollest du mir zutrauen.«

»Das tue ich ja«, erwiderte sie. »Darum geht es nicht. Aber ich habe die Kinder aus Hamburg fortgebracht und möchte sie auch wieder zurückbegleiten.«

Doch das war nicht der einzige Grund, wieso sie mitfuhr. Sie traute Pfarrer Wieland durchaus Strenge zu, sie hatte sie schließlich selbst schon bei ihm erlebt. Aber es war ihr ein Bedürfnis, noch einmal ihren Zorn auf Pastor Sörensen zur Sprache zu bringen. Und zwar nicht Tilly gegenüber oder Fräulein Frieda. Sondern ihm ins Gesicht.

Immer wieder fielen ihr die Augen zu. Sie dachte an das, was ihr vergangene Nacht in den Sinn gekommen war. Hin und her hatte sie sich gewälzt, sich schließlich aufgesetzt, eine Kerze angezündet und sich in eine dicke Decke eingemummelt.

Es gab immer zwei Seiten einer Medaille … Verhieß dieser Spruch nicht, dass auch traurige Umstände ihr Gutes hatten? Vielleicht war dies das eine Gute darin, ohne Eltern aufgewachsen zu sein: Sie erwartete nicht, dass jemand anderes ihrem Schicksal eine gute Wendung zu geben versuchte. Sie tat es selbst.

»Adieu, Clara.«

Agnes presste ihr Gesicht in das weiche Haar des Mädchens und versuchte, gar nicht daran zu denken, wie viel Zeit vergehen würde, bis sie einander wiedersahen. »Ich kann gar nicht glauben, dass wir schon wieder Auf Wiedersehen sagen müssen!«

Clara schluchzte herzzerreißend.

»Ich will nicht zurück.«

»Deine Tante freut sich sehr auf dich, das hat sie mir geschrieben.«

Unsicher hob Clara den Kopf. »Aber du kommst mit rein, ja?«

»Natürlich komme ich mit hinein.«

Auch die anderen Kinder hatten sie und Pfarrer Wieland in den vergangenen Stunden dort abgeliefert, wo laut Pastor Sörensen ihr Zuhause sein sollte. Es war nicht einfach gewesen, die Adressen der Tanten und Onkel, manchmal auch Eltern herauszufinden. Viele waren nach der Cholerakatastrophe umgezogen, teils freiwillig, teils vom Senat erzwungen. Pastor Sörensen hatte schließlich ausgeholfen und ihnen eine Liste zukommen lassen.

Die Wohnung, in der Clara fortan leben würde, war winzig und dunkel. Zumindest wirkte die Tante freundlich. Sie war eine ältliche, runde Frau, die schürzenwedelnd Tee und Gebäck reichte und sich augenscheinlich bemühte, Claras neues Heim behaglich wirken zu lassen. Immer wieder strich sie dem Mädchen über den Kopf, bis Agnes ein wenig beruhigt, aber dennoch mit unendlich schwerem Herzen wieder ging.

Schweigend ließen Pfarrer Wieland und sie die Hamburger Gassen an sich vorbeirumpeln, bis die Kutsche vor dem Waisenhaus nahe dem Großen Neumarkt zum Stehen kam.

Agnes blickte nachdenklich auf den rot geklinkerten Bau. Es fühlte sich unwirklich an, plötzlich wieder hier zu sein, und es kam ihr wie Jahre her vor, dass ihr Otto die Tür geöffnet hatte. Nur zu gut erinnerte sie sich an seinen Versuch, nicht zuzugeben, dass die Witwe Bevenkamp im Hause gewesen war. Wie hatten seine Worte gelautet?

Wenn du eine Frau siehst, die nicht wie eine Frau aussieht, sondern eher wie ein Mann, dann könnte es sein, dass das Frau Bevenkamp ist.

Marie und Otto waren in Kleenshoop geblieben. Bislang hatte sich Agnes noch nicht mit Pfarrer Wieland einigen können, was nun geschehen würde. Ob Otto wieder mit nach Straßburg käme oder aber in Kleenshoop bliebe. Es gab keinen Marek mehr, der sich um ihn und Marie kümmern würde. Von weiteren Verwandten wussten sie nicht.

»Wollen wir, Agnes?«

»Gleich, Pfarrer Wieland. Ich bin immer noch traurig, und ich möchte lieber wütend sein.«

Nun, sie war ja wütend, daran gab es keinen Zweifel. Sie fühlte ihre Wut bloß nicht, weil sie noch Claras Umarmung spürte, die Tränen in den Augen der Kinder sah, und weil sie sich fragte, ob sie und Pfarrer Wieland das Richtige getan hatten.

»So gern wir sie bei uns behalten hätten, wir können es nicht. Die Kinder haben Familien, Agnes. Hier gehören sie hin.«

Wie so oft hatte Pfarrer Wieland ihre Gedanken erraten. Dass er recht hatte, bezweifelte sie trotzdem.

»Ich komme«, sagte sie und erhob sich.

Alles im Innern des Hauses war ihr wohlbekannt und zugleich fremd. Pastor Sörensen hatte Veränderungen vornehmen lassen, das sah sie gleich. Die

Wände waren frisch gestrichen. Einige Kinder hatten sich einen Spaß daraus gemacht, die Abdrücke ihrer Hände in der noch feuchten Farbe zu hinterlassen. Deutlich waren die Umrisse der Finger und die zarten Handlinien an den Wänden zu erkennen. Ob sie später einmal zurückkehren würden, um sich ihre Hände von damals anzusehen?

»Agnes!«

Eine kleine Gestalt erschien im Türrahmen und kam zögernd näher. Agnes erkannte in ihr Bertram, einen Freund Ottos, den sie damals nicht mit nach Kleenshoop hatte mitnehmen dürfen. Sie ging in die Hocke und betrachtete aufmerksam sein kleines blasses Gesicht.

»Hallo, Bertram. Schau, ich habe dir etwas mitgebracht.«

Sie gab ihm ein Marzipanherz, von dem er zögernd ein Eckchen abbiss. Seine Züge verklärten sich, und er schloss genüsslich die Augen.

»Oh«, sagte er leise. »Das ist ganz schön lecker.«

Schnell drängten sich mehr und mehr Kinder um sie, und ratzfatz waren sämtliche Marzipanherzen in ihre Bäuche gewandert.

»Agnes, Pastor Sörensen erwartet uns.«

Schweren Herzens folgte sie Pfarrer Wieland die Treppe hinauf ins Obergeschoss. Des Pastors Büro war noch dasselbe, jetzt aber in einem sonnigen Gelb gestrichen.

»Alles wirkt sehr freundlich«, sagte sie, nachdem sie ihm mit kühler Miene die Hand gereicht und so lange gewartet hatte, bis er sie auch nahm. »Sie wollten wohl einiges wiedergutmachen.«

»Agnes«, ermahnte Pfarrer Wieland sie sanft.

Pastor Sörensen nahm mit verkniffenem Gesichtsausdruck ihnen gegenüber Platz. Auf seinem Schreibtisch stand eine silbern gerahmte Fotografie, die seine Frau mit einem Neugeborenen im Arm zeigte. Agnes ließ bloß ihren Blick darübergleiten, und hütete sich, einen Kommentar abzugeben.

»Wenn ich noch einmal fragen dürfte«, sagte Pastor Sörensen und strich sich mit einer nervösen Geste das Haar aus der hohen, blassen Stirn, »was ich für Sie tun kann?«

Er siezte sie jetzt. Vielleicht der Einfachheit halber, um Pfarrer Wieland und sie nicht einzeln ansprechen zu müssen. Trotzdem gefiel es Agnes.

»Wir haben neun Kinder wieder der Obhut ihrer Hamburger Verwandtschaft übergeben«, sagte Pfarrer Wieland und schlug ein Bein über das andere. Anders als Agnes sich fühlte, wirkte er gelöst. »Jene neun, deren Adressen Sie uns freundlicherweise zur Verfügung gestellt haben.«

»Ich hatte einiges an Arbeit dami…«, sagte Pastor Sörensen gerade, als Agnes ihn unterbrach.

»Natürlich werden Sie sie hier wieder aufnehmen. Und auch wenn Sie alles schön gestrichen haben und sich hoffentlich auch anderweitig aufopferungsvoll um die Kinder kümmern, gehe ich davon aus, dass Sie diesen neun besondere Aufmerksamkeit widmen. Früher, als Pastor Bevenkamp das Haus noch leitete, unterhielt es Werkstätten, in denen die Kinder lernen konnten, mit ihren Händen umzugehen, und sich auf das Erwachsensein vorbereiteten. Frau Bevenkamp hat mir berichtet, dass diese Werkstätten zunächst geschlossen wurden und danach lange, lange, lange der Plan existierte, sie wiederzueröffnen. Wie steht es nun damit?«

»Wie bitte?«

»Die Werkstätten«, wiederholte Agnes. »Wann werden Sie sie wiedereröffnen?«

»Nun, die Finanzierung ist noch n...«

»Sie sind sich darüber im Klaren, dass es kein gutes Licht auf Sie wirft, wenn Ihr schändliches Verhalten im Sommer des vergangenen Jahres publik wird«, unterbrach ihn Agnes erneut.

Pfarrer Wieland hatte es aufgegeben, sie freundlich-drängend anzublicken oder zu ermahnen. Immer noch mit übereinandergeschlagenen Beinen blickte er sinnierend aus dem Fenster, wo über eine kahle Mauer eine Amsel hüpfte. Wenn sich Agnes nicht täuschte, zuckten in regelmäßigen Abständen seine Mundwinkel.

»Ich denke aber, dass man eine schlechte Meinung aufwiegen kann, indem man eine gute Tat begeht.«

»Die Leitung eines Waisenhauses ist keine gute Tat?«, fragte Pastor Sörensen. Er klang allerdings nicht streitlustig, wie es ihm zweifellos lieber wäre.

»Nicht, wenn man sich, sobald Mut gefragt ist, versteckt. Nicht, wenn man die Kinder, für deren Schutz zu sorgen man sich verpflichtet hat, ihrem Schicksal überlässt. Nicht, wenn man nur an sich denkt. Dann ist die Leitung eines Waisenhauses nicht mehr als ein Beruf. Und dazu einer, der falsch gewählt wurde.«

Pastor Sörensen atmete zischend ein. Seine Fingerknöchel leuchteten weiß, während er nach seinem Füllfederhalter griff und etwas auf ein Papier zu kritzeln begann.

»Wäre diese Tat gut genug?«

Agnes las konzentriert, auch wenn dort nur eine Handvoll Worte stand.

Schreinerwerkstatt, Handarbeitsraum, Gartenparzelle zum Gemüseanbau stand dort.

»All das ist für die Kinder? Und sie werden dort betreut und angeleitet?«

»Natürlich«, gab Pastor Sörensen müde zurück.

»Ab wann?«

Er seufzte, riss ihr den Zettel aus der Hand und schrieb wieder etwas auf.

»Januar vierundneunzig? Nun, das gilt für die Schreinerwerkstatt«, beschloss Agnes. »Die Gartenparzelle nutzt ihnen im Januar nichts, die machen Sie bitte schon in diesem Frühling ausfindig. Ebenso organisieren Sie den Transport dorthin und von dort wieder zurück. Und der Handarbeitsraum ist keine große Sache. Ihn richten Sie in diesem Sommer ein. So haben die Kinder ausreichend Zeit, Nikolaus- und Weihnachtsgeschenke zu basteln.«

Pastor Sörensen kratzte sich am Kinn und hinterließ hellrote Streifen auf der blassen Haut.

»Eine Sache noch«, sagte Agnes.

Pastor Sörensen seufzte. Pfarrer Wielands Mundwinkel zuckten.

»Sie schulden uns Geld.«

»Wie bitte?«

»Geld, das wir selbstverständlich damit verrechnen, was wir an Vorräten aus Ihrer Wohnung in Altona mitgenommen haben. Wie gefällt es Ihrer Gattin und Ihnen eigentlich in der Pfarrerswohnung? Haben Sie sich gut eingelebt?«

Pastor Sörensen antwortete nicht darauf. Er erhob sich und öffnete eine Kommodenschublade.

»Was schuldet Ihnen die Kirche?«

»*Sie* schulden uns etwas, Pastor Sörensen. Nicht die Kirche.«

Mit einem Knirschen glitt die Kommodenschublade wieder zurück. Pastor Sörensen hatte jeglichen Widerstand aufgegeben. Schweigend lief er zum Garderobenständer und klopfte die Taschen seines Jacketts ab.

Agnes hatte nicht geplant, Pastor Sörensens Büro mit seinem Geld wieder zu verlassen. Jetzt aber fand sie, dass es absolut richtig war. Im Kopf überschlug sie ihre und Pfarrer Wielands Ausgaben der vergangenen sechs Monate und zog das Mehl, den Zucker und die Wasservorräte davon ab.

»Sechshundert Mark«, sagte sie. »Davon gehen dreihundert an Pfarrer Wieland und dreihundert an Tilly und mich.«

Pfarrer Wieland sah ruckartig zu ihr hinüber. Pastor Sörensen erstarrte.

»Wie bitte?«

»Ich habe schon zu Ihren Gunsten gerechnet. Ihnen sollte doch wohl klar sein, dass elf Kinder im Monat mehr verzehren, als man für hundert Mark kaufen kann.«

»So viel habe ich nicht bei mir«, sagte Pastor Sörensen mit matter Stimme.

»Das dachte ich mir. Senden Sie es uns nach Kleenshoop. Zusammen mit dem monatlichen Zuschuss für Otto und Marie.« Als Pastor Sörensen widersprechen wollte, hob Agnes die Hand. »War er oder war er kein Kind, das Sie in diesem Haus aufgenommen haben?«

»Ja, schon, aber ...«

»Leider darf ich ihn nicht adoptieren, so wenig wie die kleine Marie, weil ich unverheiratet bin. Aber die beiden vorübergehend in meine Obhut nehmen, das darf ich von Gesetz wegen. Und genau das werde ich tun. Am liebsten würde ich auch Clara ein Zuhause geben, wie auch Fridolin und Max und allen anderen. Aber ich kann es nicht, und ich habe zudem ein Hotel zu führen. Otto und Marie aber werden bei Tilly und mir leben, und ich wünsche mir, dass Sie den beiden einen monatlichen Betrag zahlen, den wir für sie sparen. Sodass sie sich mit einundzwanzig nicht in die erstbeste Arbeit stürzen müssen, die sich ihnen bietet. Und dabei womöglich auf Menschen hereinfallen, die sie mit einer Lüge zu sich locken.«

Pastor Sörensen verstand die Anspielung nur zu gut. »Und an welche Summe dachten Sie dabei?«

»An hundert Mark im Jahr.«

»Das ist viel Geld.«

»Das ist viel Geld, da gebe ich Ihnen recht.«

Agnes blickte ihn abwartend an. Schließlich nickte er. Seine Lippen bewegten sich, doch kein Laut war zu hören.

»Ich schicke es Ihnen. Zusammen mit dem Rest der … sechshundert Mark.«

»Danke.«

Pfarrer Wieland erhob sich. »Da nun alles geklärt ist, würde ich mich freuen, wenn Sie uns noch einmal durch das Haus führen. Wo, dachten Sie, möchten Sie die Werkstatt einrichten?«

Pastor Sörensen schrumpfte ein wenig.

»Ich habe übrigens öfter in Hamburg zu tun«, sprach Pfarrer Wieland weiter, »und besuche gern Senator Rieckel. Kennen Sie ihn?«

Pastor Sörensen schüttelte resigniert den Kopf. »Nein. Aber ich habe von ihm gehört.«

»Wunderbar, wirklich wunderbar«, murmelte Pfarrer Wieland und folgte dem Pastor in den Flur.

»Senator Rieckel?«, fragte Agnes, als sie wieder in der Kutsche saßen und durch den Kraienkamp davonrumpelten. »Ich wusste nicht, dass Sie weitere Kontakte in Hamburg haben.«

»Die habe ich auch nicht«, sagte Pfarrer Wieland fröhlich. »Aber eine kleine Lüge hat noch niemandem geschadet.«

»Das habe ich auch einmal geglaubt«, sagte Agnes leise. »Pfarrer Wieland, macht es Ihnen etwas aus, allein nach Kleenshoop zurückzufahren? Ich reise nach Berlin.«

»Keineswegs«, sagte er und strich ihr sanft über die Wange. »Aber gib auf dich Acht, Agnes. Du bist eine starke Frau, das weiß ich. Aber manchmal überheben sich selbst die Stärksten.«

Vom Himmel …

Die gesamte Reise über hatte Agnes es in den Händen gehalten. Als der Zug in Berlin einfuhr, legte sie das Taschentuch mit den Initialen BvR sorgfältig zusammen und steckte es in ihre Manteltasche.

Ob Benjamin mit seiner liebreizenden Frau in dem Stadthaus lebte, das Agnes bislang zweimal besucht hatte? Vielleicht hatten sie sich ein Appartement genommen, noch stadtnäher – oder ein Haus außerhalb, mit einem riesigen Garten, einer Meute freundlicher Hunde und Bäumen, mit deren Stämmen er in seinem abgetragenen braunen Anzug verschmolz.

Agnes räusperte sich und blinzelte eine Spur zu heftig. Es war zu früh, um schon zu weinen. Zudem war sie nicht hier, um noch trauriger zu werden. Auch nicht, um etwas zu verhindern, das seinen Gang gehen würde, ganz egal, ob sie dazu beitrug oder nicht. Nein, Agnes fuhr mit der dampfenden und schrille Laute ausstoßenden Eisenbahn in der Hauptstadt ein, um endlich die Wahrheit zu sagen. Sie schuldete es Benjamin. Und sie schuldete es sich selbst.

Mit diesem Gedanken kletterte sie die eiserne Treppe hinab, nachdem der Waggon zum Stehen gekommen war, eilte über den Bahnsteig zum Ausgang und steuerte auf eine leere Kutsche zu. Sie schaffte es kaum, ruhig auf dem dunkelroten Polster zu sitzen, während das Gefährt durch die Straßen holperte. Wieder berührte sie das Taschentuch, fuhr mit der Spitze des Zeigefingers über die drei Buchstaben.

»So, junge Dame, da wären wir.«

Das Haus kam ihr heute noch kälter und abschreckender vor. Nicht, dass es nichts hermachen würde! Im Garten regte sich schon wieder die Natur, Schneeglöckchen und Tulpen blühten, Krokusse streckten dem verhangenen Himmel ihre blauen Köpfe entgegen. Aber es schien den Besuchern zu sagen, sie sollten fernbleiben. Zumindest Agnes, die hier sicher nicht willkommen war.

Sie dankte dem Kutscher, zahlte und sammelte die Münzen auf, die ihr durch die eiskalten Finger geglitten waren.

»Noch etwas«, sagte sie, als der Kutscher gerade loszockeln wollte. »Haben Sie etwas dagegen, wenn ich Ihr Pferd streichele?«

Ein Grinsen zog sich über sein faltiges Gesicht.

»Mach, wenn du es nicht lassen kannst.«

So klopfte sie dem Gaul auf den Hals, und als er keine Anstalten machte, ihr auszuweichen, drückte sie ihre Nase in sein Fell. Sie atmete tief den vertrauten Geruch ein, wisperte dem Pferd einen Dank ins Ohr und knickste.

Der Kutscher schüttelte noch den Kopf, als er um die Ecke bog.

Sie fühlte sich etwas weniger schwindelig als zuvor,

während sie den schmalen Weg durch den Vorgarten nahm, die drei Stufen hinauf und die Hand hob, um anzuklopfen.

Dann wurde ihr speiübel, und für einen Moment befürchtete sie das Schlimmste. Doch die Übelkeit verflog, als eine schmale Nase, die zu einem schmalen, blassen Gesicht gehörte, durch die Tür gesteckt wurde.

»Sie wünschen?«

»Guten Tag«, sagte Agnes, die sich nicht erinnern konnte, ob es dieses oder ein anderes Dienstmädchen gewesen war, das im Herbst Tilly und ihr geöffnet hatte. »Ich möchte Benjamin von Reiker sprechen.«

Das Mädchen blinzelte etwas zu eilig und wirkte unschlüssig, ob sie die Person vor sich hereinbitten oder vor der Türe stehen lassen sollte.

»Ich warte gern draußen«, nahm Agnes ihr die Entscheidung ab. »Ist er denn da?«

Ohne zu antworten, ließ das Mädchen die Tür ins Schloss gleiten. Agnes hörte, wie sich ihre Schritte entfernten, dann herrschte Stille.

Eine ohrenbetäubende Stille, fand sie. Bemüht, nicht an denjenigen zu denken, dem sie vielleicht in wenigen Augenblicken gegenüberstünde, starrte sie in den schmutzig grauen Himmel über der Hauptstadt. War es nicht dumm gewesen hierherzukommen? Wollte sie wirklich ihr Herz erleichtern – oder Benjamin eine Entscheidung abverlangen? Was, wenn er auch etwas für sie empfand? Er hatte sie geküsst. Zärtlich und weich. Musste das nicht auch ihm etwas bedeutet haben?

Agnes presste die Lider zusammen. Es war nicht

recht, hier aufzutauchen. Nicht, wenn längst ein Hochzeitsdatum festgelegt war oder die Hochzeit schon stattgefunden hatte.

Die Wahrheit wollte sie ihm sagen – aber kannte sie sie denn? Sie wusste nur, dass sie unendlich viel für ihn empfand – doch würde das nicht mit der Zeit nachlassen?

Und die Küche ... Ihre Heimlichkeiten ... Bildete sie sich tatsächlich ein, er würde etwas darauf geben, endlich die Wahrheit zu kennen?

Nein. Das würde er sicher nicht. Sie hätte sich dessen viel früher bewusst sein müssen. War sie denn verrückt geworden? Die gesamte Zugfahrt hatte sie dagesessen und nachgedacht. Ihre Gefühle aber hatten sich vor ihr versteckt. Jetzt kamen sie, ungebremst und roh, und was sie sah, machte ihr Angst.

Es war *sein* Leben. *Seine* Entscheidung. Und da gab es ja noch jemanden. Adalina Cecil, baldige Frau von Reiker. Wenn sie nicht längst so hieß.

Wieder stieg Übelkeit in Agnes auf. Sie sah sich mit einem Mal in ganz anderem Licht. In Hamburg noch war sie sicher gewesen, das Richtige zu tun. Nicht mehr flunkern, nicht mehr lügen. Sie wollte sich ihm anvertrauen, endlich.

Doch dafür war es zu spät! Viel zu spät.

Agnes wich zurück. Sie hatte die Pforte beinahe erreicht, als die Haustür aufflog.

Die schmale papierne Gestalt Frau von Reikers zeichnete sich im Türrahmen ab. Ihre Lippen waren so fest zusammengekniffen, dass man sie kaum noch sah.

»Habe ich mich nicht klar genug ausgedrückt?«, zischte sie. »Dass ich Sie hier nicht mehr zu sehen wünsche? Hier nicht. Und auch nicht sonst wo in der Nähe meines Sohnes.«

»Ich gehe doch bereits«, sagte Agnes und taumelte nach hinten.

Frau von Reiker war niemand, von dem sie sich Angst einjagen lassen wollte. Aber es war ja keine Angst. Es war Verzweiflung.

»Gehen Sie. Gehen Sie!«

Wortlos drehte sich Agnes um und stolperte, fast blind vor Tränen, auf die Straße.

Mit einem sehr uneleganten Knall flog die Tür ins Schloss.

»Warten Sie, Fräulein«, erklang hinter ihr eine zaghafte Stimme. Überrascht wandte sie sich um. Sie hatte das Dienstmädchen nicht kommen gehört und auch keine Tür, die geklappt hatte.

»Fragen Sie im Grand Hotel de Rome. Dort hält sich der junge Herr von Reiker häufig auf. Er ist schon lange nicht mehr hier gewesen. Seine Frau Mutter weiß nicht mehr aus noch ein.«

»Wie lange nicht mehr?«, fragte Agnes und wischte sich über die verweinten Augen. »Können Sie mir das sagen?«

»Bitte entschuldigen Sie, ich muss gehen. Wenn mich Frau von Reiker mit Ihnen sprechen sieht, schickt sie mich fort.«

Sie drehte sich um und huschte eilig zum Haus zurück.

Die Pracht des Boulevards Unter den Linden hätte Agnes sicher beeindruckt, wäre sie nicht zu sehr in ihre Trauer versunken gewesen. Und hätte sie sich nicht den Kopf darüber zermartert, was geschehen sein mochte.

Hatte sich Benjamin mit seinen Eltern überworfen? Wegen Miss Cecil vielleicht? Doch hatte seine Mutter, als sie in der Berliner Pension aufgetaucht war, nicht voller Stolz über die baldige Hochzeit gesprochen? Was war also passiert, dass er sich seit Längerem nicht mehr in dem Stadthaus an der Fischerbrücke aufhielt?

Ohne nach rechts und links zu blicken, lief sie über den breiten Bürgersteig. Weder bemerkte sie die eleganten Bauten zu beiden Straßenseiten mit ihren roten und blauen Markisen noch die hübschen Bäume in der Mitte. Auch für die Vorgärten mit den blühenden Christrosen war sie blind. Sie setzte bloß einen Fuß vor den anderen und führte einen langen, ratlosen Monolog mit sich selbst.

Irgendwann blickte sie auf und fand sich vor einem prachtvollen Schloss wieder. Es sah nicht aus wie ein Hotel, daher wandte sie sich an einen vorübereilenden Passanten.

»Entschuldigen Sie, wo finde ich das Grand Hotel de Rome?«

»Da müssen Sie in die andere Richtung. Ein paar hundert Schritte, dann stehen Sie davor.«

Sie dankte und lief zurück. Weil der Tag nicht nur kühl, sondern auch zu ihrer Stimmung passend düster war, tauchten schon zu dieser Stunde Gaslaternen das Pflaster in ein geheimnisvolles, flackerndes Licht. Doch selbst in der Dämmerung war das Hotel kaum zu übersehen. Mit seinen zahlreichen Säulen erinnerte es an einen griechischen Tempel. Als sie es voller Nervosität betrat, fiel ihr auf, wie angenehm es doch war, knöcheltief in einem Teppich zu versinken.

Sie sollten auch so einen Teppich für das Hotel Madame besorgen.

»Sie wünschen, meine Dame?«, fragte ein Portier in näselndem Ton und schaffte das Kunststück, ihr starr in die Augen zu gucken und sie zugleich von Kopf bis Fuß missbilligend zu mustern. »Ich kann Ihnen doch sicher behilflich sein.«

»Gern«, antwortete Agnes. »Ich suche Benjamin von Reiker. Wissen Sie, ob er derzeit hier logiert? Ich möchte ihn gar nicht sprechen. Ich möchte bloß …«

Als sie sah, dass sich seine Augenbrauen missbilligend zusammenzogen, korrigierte sie sich rasch.

»Ich bin mit Herrn von Reiker verabredet.«

Sie konnte ja immer noch davonlaufen, falls der Portier mit Ja antworten würde.

Ihr Herz klopfte dumpf, während sie seinen Blick auf sich spürte. Wieso sagte er nichts? Und war es schlimm, dass sie wieder geflunkert hatte? Nein, das war es nicht. Es ging schließlich darum, diejenigen Menschen nicht zu belügen, die man liebte.

Liebte.

Hatte sie das wirklich gerade gedacht?

Der Portier neigte den Kopf auf eine Weise, die sie nur von Vögeln kannte.

»Ich fürchte«, sagte er, sehr langsam und sehr deutlich, als nehme er an, sie könne ihn nicht verstehen, »ich kann Ihnen nicht helfen. Sie müssen sich im Datum geirrt haben. Herr von Reiker ist momentan nicht unser Gast.«

Aller Rest Hoffnung, den sie sich bewahrt hatte, fiel in sich zusammen.

»Ich finde ihn nicht zufällig im Restaurant?«

»Wie es der Zufall will, werden Sie ihn dort kaum antreffen. Kann ich sonst noch etwas für Sie tun?«

»Besten Dank, nein.«

Mit gesenktem Kopf lenkte sie ihre Schritte zum Ausgang, drehte sich aber noch einmal um.

»Und Miss Cecil? Beziehungsweise die frühere Miss Cecil und jetzige Frau von Reiker? Ist sie hier?«

Die Augenbrauen des Portiers schossen in die Höhe.

»Nein.« Es klang mehr wie in Räuspern. »Sagte ich Ihnen nicht, ich könne Ihnen nicht helfen?«

Weil sie nicht wusste, was sie sonst tun sollte, lenkte Agnes ihre Schritte zu einem Café auf der gegenüberliegenden Straßenseite. Als sie die Tür öffnete, hielt sie erstaunt inne. Von außen hatte das Lokal wie eine gewöhnliche Konditorei gewirkt. Im Innern aber erhob sich eine Glaskuppel. Grün glänzende Palmenwedel bogen sich darunter. In der Mitte des riesigen Raumes plätscherte ein Springbrunnen, und in Volieren hüpften Papageien und andere exotische Vögel, von denen Agnes die Namen nicht kannte.

Es war wunderschön. Wenn sie den Anblick nur genießen könnte!

Sie nahm an einem Tisch am Fenster Platz und bestellte, um sich aufzumuntern, ein Stück Sachertorte und eine Tasse Kaffee. Genug Geld hatte sie, die Münzen klimperten nur so in der einen Tasche, während auf der anderen Seite still und friedlich Benjamin von Reikers Taschentuch steckte.

Was hätte sie eigentlich getan, wenn Miss Cecil da gewesen wäre? Agnes wusste es nicht. Wahrscheinlich hätte sie sich auf dem Absatz umgedreht und wäre geflohen. Und wenn sie zufällig Benjamin gegenübergestanden hätte?

Agnes rieb sich die müden Augen. Sie hatte schon wieder undurchdacht gehandelt. Sie seufzte tief und fragte sich, ob das ein Charakterfehler war.

Ihre Gedanken, die manchmal so sprunghaft waren, dass sie selbst ihnen kaum mehr folgen konnte … Dass sie vom Hundertsten ins Tausendste kam, wenn sie aufgeregt war … So wie bei dem Treffen mit Benjamins Vater. Aber es ließ sich nicht ungeschehen machen. Und sie hatte es immerhin versucht. Sollte so nicht die Inschrift auf Fräulein Friedas Grabstein lauten, den es hoffentlich so bald nicht geben würde?

Sie hat es versucht.

Ja, das hatte Agnes getan.

Der Kaffee und das Stück Torte wurden gebracht. Langsam und mit wachsendem Appetit verzehrte Agnes Happen um Happen. Das Rezept, zumindest für das Original aus Wien, war geheim, wenn sie sich recht erinnerte. Ob sie Fräulein Frieda vorbeischicken sollte, um es zu mopsen?

Sie kicherte. Ach, es war gut, trotz der Trauer und der

Ratlosigkeit noch lachen zu können. Niemandem nutzte ihr Trübsinn, ihr selbst auch nicht. Sie wollte also nicht zu tief versinken in ihrem Leid. Es wegschieben aber auch nicht, nein.

Ein junger Mann betrat das Lokal, warf seinen flachen, grün schimmernden Pagenhut auf den Tisch und ließ sich auf einen Stuhl fallen, nicht weit von Agnes' Tisch entfernt. Er musterte sie mit einer Neugier, die ihr unangenehm war. Sie begegnete seinem Blick kühl. Dann bemerkte sie, was auf dem Hut stand.

Grand Hotel de Rome.

»Arbeiten Sie dort?«, fragte sie und deutete auf die andere Straßenseite.

»Ja«, sagte er und grinste.

»Ist Ihnen der Name von Reiker ein Begriff?«

»Klar ist er das.« Er grinste noch breiter und zeigte zwei gewaltige Zahnlücken.

»Wohnt er derzeit im Hotel?«

»Nee.«

»Wann war er denn das letzte Mal dort?«

»Spendieren Sie mir ein Bier?«

»Gern.«

Agnes winkte dem Kellner und orderte für den Jungen ein Bier und für sich selbst noch eine Tasse Kaffee. Ein weiteres Stück Sachertorte würde sie leider nicht in sich hineinbekommen.

Bis die Getränke gebracht wurden, beäugte der Page sie forsch. Agnes erwiderte seinen Blick und freute sich darüber, dass er sie nicht einschüchterte.

Wann war das eingetreten? In einer weit zurückliegenden Zeit – als sie noch in Straßburg lebte, aber sicher auch in ihren Anfangstagen in Hamburg – wäre sie einem solchen Blick ausgewichen. Jetzt machte er ihr keine Angst mehr.

»Bitte sehr, meine Dame. Junger Mann.«

Agnes pustete in das dampfende Gebräu.

»Nun?«

»Was, nun?«

»Ich bin davon ausgegangen, Sie verraten mir ein paar Details.«

»Details? Das Wort hab ich noch nie gehört.« Er nahm einen großen Schluck und verdrehte zufrieden die Augen. »Aber ein Datum, das kann ich Ihnen verraten. Den achten Februar.«

»Was war am achten Februar?«

»Die Hochzeit. Mit allem Tamtam im Saal des Hotels. Sie glauben nicht, wie viele Kröten das gekostet hat. Rauschendes Fest und so. Was man nicht mehr vergisst und so. Wie so 'ne Hochzeit halt sein soll.«

Mit einem Mal schmeckte ihr der Kaffee nicht mehr. Sie stellte die Tasse ab und bemerkte, dass ihre Finger zitterten.

»Und, war sie so wunderbar wie geplant?«

»Nee.«

Ungläubig sah sie auf.

»Wieso nicht?«

»Was nicht stattfindet, kann wohl nicht großartig sein, wa?«

»Sie hat nicht ... Sie hat *gar* nicht stattgefunden oder bloß im Grandhotel nicht?«

Agnes wollte diese verflixte Hoffnung nicht spüren, die sich in ihr regte wie ein junges Vögelchen. Sie wollte nichts fühlen. Bloß abwarten, was der Junge sagte, und dann weitersehen. Das war sicherer.

»Gar nicht. Alles abgesagt. War 'n ganz schöner Ärger. Also, die haben schon bezahlt und so. Aber ist nicht so gut für 'n Ruf. Waren ja auch die Zeitungen und so eingeladen, und dann musste allen wieder abgesagt werden. Also nicht von unserer Seite. Aber trotzdem. Nicht gut, gar nicht gut für 'n Ruf.«

Die Hochzeit abgesagt, Benjamin nicht zu Hause. Und Miss Cecil, wo war sie? Waren die beiden womöglich getürmt, zusammen, weil sie ihre Hochzeit im Privaten und ohne jenes Tamtam abhalten wollten, von dem der Junge gesprochen hatte?

Auch das war möglich. Keine Frage.

»Aber wo Herr von Reiker jetzt sein könnte …«

Der Junge zuckte mit den Schultern, trank den letzten Schluck und stand auf. Er drückte sich seinen Pagenhut auf den Kopf und deutete eine Verbeugung an.

»Keinen Schimmer hab ich, tut mir leid. Keinen noch so blassen.«

Bis ihr Zug ging, blieben Agnes noch zwei Stunden Zeit. Sie unterdrückte den Drang, durch Berlin zu streifen in der Hoffnung, Benjamin über den Weg zu laufen. In einer Stadt von einer solchen Größe war allein die Idee widersinnig. Zum Stadthaus zurückzukehren wäre ebenso dumm. Sie würde seine Mutter nur noch mehr gegen sich aufbringen. Und Frau von Reiker würde ihr sicher nicht verraten, wo sich Benjamin aufhielt. Wenn sie es überhaupt wusste.

Da ihr sonst nichts einfiel, beschloss Agnes, etwas Sinnvolles zu tun. Sie ging einkaufen. Mit drei Kartons fand sie sich schließlich wieder am Lehrter Bahnhof ein. Darin lagen Röcke und Blusen, etwas Feineres als das, was sie für gewöhnlich trug. Und ein Matrosenanzug für Otto und für Marie ein hellblaues Kleid. Und Stiefel. Mit einem rechten Schuh und einem linken. Je ein Paar für Fräulein Frieda, für Tilly und für sich selbst.

Agnes war noch nie zuvor in einem Kaufhaus gewesen und fragte sich jetzt, wie man das Einkaufen dort für eine angenehme Beschäftigung halten konnte. Die Enge zwischen den Kleiderpuppen und Garderoben, all die Damen, die flüsternd Ketten und Handschuhe und feine Roben anprobierten. Der Geruch nach Stoff und Bohnerwachs. Noch im Nachhinein rief er Übelkeit in ihr hervor. Doch das konnte auch an anderem liegen.

Dort hinten stand ihre Eisenbahn. Sie prüfte das Billett, nahm ihre Einkäufe und stieg ein, um Berlin wohl für eine sehr lange Zeit, vielleicht gar für immer hinter sich zu lassen.

Als der Zug ruckelnd anfuhr, breitete sich wieder Trauer in ihr aus.

Zusammen mit einer leichten, durchscheinenden Hoffnung.

Aber war es nicht zu gefährlich zu hoffen? Dutzende Erklärungen gab es dafür, dass die Hochzeit nicht zum geplanten Datum im Grandhotel stattgefunden hatte.

Sie sollte nicht den Fehler machen, Gründe dafür zu

finden, die mit ihr zu tun hatten. Denn wenn es nicht so war … Nein. Diese Enttäuschung würde sie nur schwer verkraften.

Sie tastete nach dem Taschentuch. Zog es hervor, führte es an ihre Nase und atmete tief ein. Und dann schob sie das Fenster hinunter und ließ es fliegen.

… zum Meer

Mehl stob auf. Es könnte auch Feenstaub sein, dachte Agnes. Kein Wölkchen war am Himmel zu sehen. Durch das geöffnete Fenster hörte sie die Vögel singen.

Wenn nur ihre Finger in Bewegung waren, war die Arbeit in der Küche für Agnes, wie eine Melodie zu spielen, die tief aus ihrem Innern kam. Ihre Hände folgten dem Rhythmus von allein. Bewegten sich mal langsam und vorsichtig. Adagio. Nahmen dann Tempo auf, flogen über die Arbeitsfläche, rührten, kneteten und walkten. Andante. Und schließlich Allegro. Schnell und fröhlich wie ein hüpfender Gebirgsbach wirbelte sie zwischen Tisch und Herd umher, verlas die Blätter der Vogelmiere, des Sauerampfers und des Giersches, gab Öl und Essig in ein Vorratsglas und schüttelte es kräftig.

Fertig war die Sauce für den Salat. Nun kam die weit diffizilere, für die Hagebuttenmousse, die keinesfalls zu süß sein durfte, um den säuerlichen Geschmack der Früchte nicht zu übertünchen.

Ihre Reise nach Berlin lag wie in weiter Ferne, auch wenn tatsächlich seither erst drei Wochen vergangen waren. Aber es gelang ihr immer besser, die Erinnerung daran an einen Ort in ihrem Kopf zu verfrachten, den sie selten besuchte. Fort war sie nicht. Aber sie wurde durchlässiger und weniger bedrängend, und Agnes hatte sich schon zweimal dabei ertappt, fröhlich und ohne jede Melancholie gewesen zu sein.

So wie jetzt.

Heute war ihr letzter Tag in der Küche! Sie war viel zu aufgeregt gewesen, um lange zu schlafen. Und so war sie noch in tiefster Dunkelheit voller Elan aus dem Bett geschlüpft, auf Zehenspitzen an Marie und Otto vorbeigeschlichen, hatte für Tilly einen Zettel auf dem Tisch hinterlassen und sich leise umgezogen. Seither kochte und buk sie in der Hotelküche, und aus vier Uhr in der Früh war mittlerweile elf Uhr geworden.

Agnes prüfte die Temperatur des Ofens und schob die Pastete hinein, klopfte sich das Mehl von der Schürze und fuhr erschrocken herum, als sich jemand räusperte.

»Tilly, hast du mich erschreckt! Du siehst hübsch aus.«

Tilly trug ein schlichtes cremeweißes Kleid, das Agnes noch nie an ihr gesehen hatte.

»Danke«, kommentierte Tilly trocken. »Du hingegen siehst eher wie eine Köchin denn wie eine Hausdame aus.«

Agnes seufzte.

»Zum letzten Mal, fürchte ich.«

Madame Leroy sollte heute endlich eintreffen. Aber obwohl Agnes weniger Arbeit für sich nur begrüßen konnte, hoffte sie heimlich, das Pferd, das Madame Leroys Kutsche zog, würde sich auf dem Herweg verlaufen.

Aus der Ferne war Hufetrappeln zu vernehmen. War sie das etwa schon?

»Es geht los, Agnes. Es geht los. Komm!«

Hand in Hand quetschten sie sich durch den Dienstbotentrakt. Agnes war, als sei sie in ihrem Leben noch nie so aufgeregt gewesen. Sie konnte kaum mehr Luft holen, so schnell schlug ihr Herz. Als die erste Kutsche zum Stehen kam und ein brünetter Schopf herauslugte, schien ihr das Herz vor Freude fast zu zerspringen.

»Pfarrer Wieland!«

Den Rock geschürzt rannte Agnes die Stufen hinab und flog dem Pfarrer in die Arme. Auch Charles herzte sie, des Pfarrers Frau und Bertrande, die die weite Reise tatsächlich auf sich genommen hatte.

»Wer führt denn jetzt das Haus?«, fragte Agnes perplex.

Bertrande grinste.

»Hat es dir der Pfarrer nicht geschrieben? Er hat endlich eingesehen, dass ich all die Arbeit nicht mehr allein schaffe. Und war so gütig, mir eine Hilfe zu gewähren, endlich, nachdem du ja schon so lange fort bist. Sogar doppelte Hilfe. Neben einer neuen Köchin, die ausnehmend tüchtig ist, auch noch ein Mädchen aus Hamburg, das er wie die anderen Kinder von dort sehr ins Herz geschlossen hat. Du kennst sie. Clara heißt sie, und ich übertreibe wohl nicht, wenn ich behaupte, dass sie schon fast so gut kochen und backen kann wie du.«

Ungläubig sah Agnes sie an. Doch sie kam nicht dazu,

weiter darüber nachzudenken, denn Pfarrer Wieland und Charles hatten zu applaudieren begonnen.

Mit einiger Mühe schob Frieda ihren ausgestellten Rock durch die Tür und kam auf dem Treppenabsatz zum Stehen. Ihr Kleid konnte man nur als riesig beschreiben. In alle Richtungen ausladend und mit mehr violetten Rüschen, als Agnes zählen könnte.

»Sie läuft seitlich durch den Dienstbotentrakt«, flüsterte Tilly, die sich neben Agnes geschoben hatte. »Auch durch die Türen, frontal schafft sie es bloß durch die breiten.« Sie kicherte. »Ich glaube, Frieda hat das Kleid noch aus den Jahren vor der Revolution, was denkst du? Und für den Reifrock musste wahrscheinlich ein Walfisch sein Leben lassen.«

»Tilly!«

»So leid es mir tut, früher waren die Zeiten so, daran lässt sich nichts ändern.«

»Danke, danke!«, rief Fräulein Frieda. »Ich hoffe, ihr fühlt euch hier alle so wohl, wie Tilly, Agnes und ich es uns vorstellen. Die erste Nacht in einem neuen Hotel ist etwas Besonderes. Mögen eure Träume fröhlich sein und ebenso die Zeit, die ihr hier verbringt!«

Einer nach dem anderen kletterte die Stufen hinauf und begrüßte Frieda. Versonnen blickten Tilly und Agnes ihnen nach.

»Freust du dich?«, fragte Agnes.

»Darüber, dass die Arbeit jetzt erst so richtig losgeht? Wieso in aller Welt sollte ich das tun?«

»Ich meinte, weil Charles hier ist.«

Tillys Nase zuckte, doch sie wich Agnes' Blick aus.

»Ich wüsste nicht, warum mich das besonders freuen sollte«, nuschelte sie und beschloss, dass ihre Anwesenheit im Rosengarten mit einem Mal unerlässlich sei.

Das Geplapper und Geschnatter in den Räumen hatte sich gelegt. Pfarrer Wieland und Charles würden die Nacht nicht im Hotel verbringen, sondern mussten mit der Kate vorliebnehmen. Doch den Vormittag über in der Bibliothek zu sitzen und Kaffee zu schlürfen erlaubte ihnen Fräulein Frieda. Und natürlich im Speisesaal das Mittagessen einzunehmen, zusammen mit den stündlich neu eintreffenden Gästen des Hotels.

»Fräulein Frieda, haben Sie von der Köchin gehört? Madame Leroy sollte doch längst hier sein.«

»Ist sie das etwa nicht?« Fräulein Frieda verzog das Gesicht und starrte Agnes ungläubig an.

»Nein. Kein Wort von ihr. Und niemand hat sie bisher zu Gesicht bekommen.«

»Um Gottes willen, wird denn dann das Diner rechtzeitig serviert?«

»Natürlich. Ich weiß bloß noch nicht, wie.«

»Agnes, sei ganz ehrlich. Haben wir ein Problem?«

Agnes betrachtete Fräulein Frieda, deren Gesicht eben noch vor Aufregung und Freude gestrahlt hatte und nun faltendurchfurcht war.

»Nein, Frieda. Wir haben kein Problem. Überlass das nur mir.«

Die Pasteten und Häppchen, die Agnes in den Morgenstunden zubereitet hatte, waren längst verputzt. Für das Abendessen hatte sie Hasenrücken mit Wildkräutersalat und Klößen geplant, zum Nachtisch das Hagebuttenmousse mit einer dunklen schokoladigen Sauce.

Sie hatte zwar einiges vorbereitet. Dennoch würde es schon reichlich eng mit der Zeit. Wenn sie nun auch noch alles allein machen müsste – das wäre sehr wohl ein Problem, auch wenn sie es vor Fräulein Frieda verheimlicht hatte.

Doch waren Probleme nicht dazu da, um gemeistert zu werden?

Auf halber Strecke zwischen Kleenshoop und dem Schloss kam ihr Lieselotte entgegen. Sie trug als oberste Schicht ihr schönstes Kleid mit einer hellroten Schürze, darunter, wie immer, mehrere Lagen Zweit- und Drittgarderobe.

»Zu Oskar willst du, Kind?« Sie hob die Hände und schüttelte den Kopf. »Das geht nicht. Nun, das geht schon, aber helfen wird er dir nicht können. Er ist todkrank – so krank, wie es nur die Herren der Schöpfung zu sein verstehen. Er hustet und krächzt und schnauft, dass es eine wahre Freude ist. Möchtest du *wirklich* zu ihm?«

»Ich brauche Käse«, sagte Agnes verzweifelt. »Und Oskar ist der Einzige, der weiß, wo der Schäfer wohnt.«

»Oh, ich weiß das auch.« Bedauernd blickte Lieselotte auf ihr feines Kleid und die blank geputzten Schuhe hinab. »Zu schade, dass nun alles wieder schmutzig wird. Im Wald versinkt man bis zu den Knöcheln im Matsch.«

»Wenn du mir den Weg beschreibst«, sagte Agnes, »gehe ich. Oder ist es sehr weit?«

»Aber gar nicht. Nur ziemlich kompliziert. Bist du dir sicher, dass du das machen willst? Du hast doch sicher zu tun. Und du siehst auch so hübsch aus heute.«

»Sag mir nur den Weg, das schaffe ich schon.«

Wenig später befand sie sich mitten im Wald. Nach Lieselottes Anweisungen hatte sie einen schmalen Pfad vom Meer weg eingeschlagen. Immer dunkler wurde es um sie herum, immer dichter standen die Baumstämme. Das Geräusch der Brandung verebbte. Hier und dort knackte etwas im Unterholz. Rehe, vermutete sie, oder Wildschweine, die sich hoffentlich nicht für sie interessierten.

Agnes war froh darüber, frische Luft zu atmen und einen klaren Kopf zu bekommen. Sie hatte noch überhaupt keine Zeit gefunden nachzudenken. Clara war nach Straßburg gezogen! Dass nun sie an Bertrandes Seite war, an jenem Ofen buk und kochte, an dem Agnes ihr Handwerk gelernt hatte … Das war wunderbar. Aber Agnes hatte immer die Hoffnung gehabt, die Kinder – alle Kinder – hin und wieder in Hamburg zu besuchen. Oder ihre Besuche hier zu empfangen. Straßburg aber war unendlich weit weg.

Und dann Madame Leroy. Wo in aller Welt steckte sie?

Aber damit würde sie sich morgen befassen. Jetzt galt es, den Gästen eine improvisierte Vesper aus Thymiankäse, Brot und Wein zu servieren.

Über ihr ragten die Baumwipfel so hoch, dass Agnes kaum mehr den Himmel sehen konnte. Wenig Licht schaffte es bis zu ihr hinab. Glücklicherweise war der Weg ausgetreten. Solange sie ihm folgte, würde sie sich nicht verirren.

Hinter einer uralten Buche, hatte Lieselotte gesagt, führte ein schmaler Pfad vom Hauptweg ab. Wobei Hauptweg mehr als nur eine Spur übertrieben war. Ein Strich, dünn wie ein Faden und nur schwer zu erkennen.

Agnes zögerte. War dies die richtige Buche? Sie sah alt aus, aber damit war sie in diesem Wald sicher nicht allein ... Nun, sie würde es ausprobieren müssen. Schließlich war Lieselotte weit weg und konnte es ihr nicht verraten.

Langsam spürte sie die Kühle, die sich durch ihren Mantel fraß. Immer wieder schlugen ihr Zweige ins Gesicht oder blieben an ihrem Rocksaum hängen. Tiefer und tiefer sanken ihre Schuhe in die feuchte Erde ein. Lieselotte hatte es kommen sehen. Agnes würde einen Umweg über die Kate einlegen und sich umziehen müssen, bevor sie zum Hotel zurückkehrte.

»Bitte, lass mich auf dem richtigen Weg sein«, murmelte sie.

Umzukehren und eine andere alte Buche zu suchen wirkte alles andere als verlockend auf sie.

Doch roch es nicht nach Holzfeuer? Agnes blieb stehen und schnupperte. Ja, zweifellos. Und dort oben, in der Dunkelheit des Waldes kaum zu erkennen: Stieg da nicht Rauch auf?

Bis zu einer kleinen Anhöhe kraxelte Agnes. Auf

einer Lichtung stand ein kleines Holzhaus. Die Tür wirkte bloß angelehnt, doch Agnes traute sich nicht, sie einfach zu öffnen.

Ein kleiner Fleck Erde neben der Hütte war von Latten umzäunt. Darin drängte sich eine Handvoll Schafe aneinander und wärmte sich. Zweifellos: Sie hatte den Schäfer gefunden.

Durch das Fenster sah sie Kerzenschein. Auch ein Ofen flackerte. Seine Flammen warfen ein zuckendes orangefarbenes Licht auf die dunklen Tannen, die das Haus umgaben.

»Guten Tag«, rief sie. »Ist jemand zu Hause?«

In der Hütte rumpelte es.

»Hallo? Herr Schäfer?«

Totenstille trat ein. Drinnen schien alles die Luft anzuhalten.

»Guten Tag«, versuchte sie es noch einmal. »Oskar schickt mich. Mein Name ist Agnes. Ich arbeite in dem Hotel unten am Mee…«

Ein rot-weiß-braun geflecktes Fellknäuel schoss aus der Hütte und umsprang sie laut bellend. Ungläubig starrte Agnes hinab und ging in die Hocke, weil sie fürchtete, sonst das Gleichgewicht zu verlieren. Zaghaft streckte sie die Hand aus und kraulte das Tier zwischen den Ohren.

»Ida? Was tust du denn hier?«

»Sie beschützt mich«, ertönte eine weiche Stimme.

Agnes sah auf. Ihr Herz flutete über. In der Tür erschien Benjamin in seinem abgetragenen braunen Anzug. Das Haar stand ihm in dicken dunkelblonden

Wellen vom Kopf ab. Er war unrasiert, und die dunkelblauen Augen leuchteten fast unwirklich.

»Agnes«, sagte er nur.

Sie war schon bei ihm, schlang ihre Arme um ihn und presste ihre Wange gegen den rauen Tweed seines Jacketts.

Lange standen sie so da. Sie hörte das sanfte Pochen seines Herzens ganz dicht an ihrem Ohr. Sie spürte seine Wärme, die auf sie überging.

»Und du warst die ganze Zeit über hier?«

Benjamin nickte.

»Ich wollte es dir sagen, doch ich brauchte … ich brauchte die Einsamkeit. Ich musste nachdenken. Besser gesagt musste ich fühlen, was abseits von dem, was sich mein Herz gewünscht hat, noch wichtig war.«

»Und hast du es gefunden?«

Er nickte mit nachdenklichem Gesichtsausdruck.

»Dann bin ich froh«, flüsterte sie.

»Warst du das damals mit den Tannenzapfen im Haus?«, fragte sie, als sie Seite an Seite durch den dunklen Wald nach Kleenshoop gingen. Nur ihr Atem war zu sehen in hellen Wolken, die dünner und dünner wurden und sich dann auflösten.

Er lachte leise und umfasste ihre Hand fester. Unwirklich fühlte es sich an, und immer wieder drückte sie eine Fingerkuppe in seine Haut, um sich zu vergewissern, dass sie nicht träumte.

»Bist du gleich darauf gekommen? War es zu einfach?«

»Ich bin überhaupt nicht darauf gekommen«, sagte sie. »Erst jetzt … Deine Hütte liegt ja so zwischen den Tannen versteckt. Und wer sollte so etwas tun? Und wieso in aller Welt?«

Er blieb stehen und umfasste ihre Schultern. Sein Gesicht war ihrem ganz nahe, sie sah das Leuchten seiner Augen, seine schmale Nase, den wunderschönen Mund.

»Es war ein unbeholfener Versuch, Verbindung mit dir aufzunehmen.«

»Sehr unbeholfen, in der Tat.« Sie lachte. »Im Leben wäre mir der Gedanke nicht gekommen, dieser nasse Haufen wäre eine Art Geschenk.«

»Nicht? Was schenke ich dir dann kommende Weihnachten? Ein paar Kiesel vielleicht … Oder Äste.« Er beugte sich vor und küsste sie sanft.

Als sie sich voneinander lösten, murmelte er: »Ein Geschenk sollte es auch gar nicht sein. Und glaub mir, ich habe es Minuten später schon bereut, so etwas Albernes überhaupt getan zu haben. Aber ich dachte an jenen Tag, an dem ich zu euch in die Kate kam. Als …« Er senkte den Blick, und ein Lächeln glitt über sein Gesicht. »Als Tilly behauptete, du seist Zapfen sammeln.«

»Deswegen!«

»Deswegen. Ich habe mich damals wie ein Lügner gefühlt.«

Agnes riss die Augen auf. »Du? Wieso? Ich war doch diejenige, die gelogen hat.«

»Aber auf andere Weise. Du hast aus der Not heraus gelogen und nicht aus egoistischen Motiven. Ich hingegen war bei dir, obwohl ich mit Adalina verlobt war.«

Den Namen aus seinem Mund zu hören fühlte sich nicht gut an. Agnes senkte den Blick auf ihre Stiefelspitzen.

»Obwohl ich verlobt war, bin ich zu dir gekommen. Es war kein Höflichkeitsbesuch. Und ich habe dich auch nicht aufgesucht, um dir zu sagen, dass ich von allem wusste.« Fahrig strich er sich durchs Haar. »Als ich im Haus stand, in der Küche, und dich hinter der Kammertür atmen hörte, als ich wusste, du standst dort und versuchtest, keinen Mucks von dir zu geben, ist mir klargeworden, was ich für dich empfinde.«

»Benjamin, es tut mir so leid.«

»Dass ich dich liebe?«

Sie hob den Blick.

»Das sicher nicht«, sagte sie leise. »Aber dass du wegen mir eine schwere Zeit erleben musstest. Und meine Flunkereien, egal, aus welchen Motiven entstanden, tun mir ebenfalls leid. Es hat sich schrecklich angefühlt, dich zu belügen.«

»Dir tut es also nicht leid, mich damals geküsst zu haben?«, fragte er und zog sie sanft wieder an sich.

»Nein. Benjamin?«

»Ja?«, flüsterte er.

»Ich liebe dich auch.«

Versonnen ließ Agnes den Blick über die Gesichter wandern, die um die lange Tafel versammelt waren. Da saßen Tilly, Pfarrer Wieland und Charles, Bertrande, Frieda und Oskar, der immer noch nicht glauben konnte, dass das Geheimnis jetzt gelüftet war.

»Da bin ich ja froh«, hatte er ihr murmelnd anvertraut und sich die vom Husten tränenden Augen gerieben, »ich habs nich mehr richtig ausgehalten, das mit den Heimlichkeiten.«

Dafür, dass er ungern log, hatte er es wunderbar gemeistert, das musste Agnes zugeben.

Dort saßen auch Lieselotte und natürlich Bille, der Bär, der Otto und Marie mit seinen Späßen unterhielt. Zwei von Friedas Freundinnen hatten sich neben Benjamin gequetscht und überboten sich gegenseitig mit Fragen. Auch die zahlenden Gäste hatten sich daruntergemischt, als sei es das Natürlichste der Welt. Zwischen Effi und Marlene-Luise unterhielt eine elegante Dame namens Maude Stevens die Umsitzenden mit ihren ehrenwerten Versuchen, Deutsch zu sprechen, während Effi Englischkenntnisse herauskramte, die sicher ein halbes Jahrhundert auf dem Buckel hatten. Eine Französin (nicht Madame Leroy, das hatte Agnes überprüft) hatte den ganzen Weg von der Bretagne auf sich genommen, um so etwas Außergewöhnliches wie ein Hotel nur für Frauen mit eigenen Augen zu sehen. Und Freundinnen, die gemeinsam angereist waren, hatten sich zumindest für das Abendessen voneinander getrennt und prosteten einander von den gegenüberliegenden Seiten des Tisches immer wieder zu.

Es war genau, wie Fräulein Frieda es sich gewünscht hatte, schoss es Agnes durch den Kopf. Nicht zwei und zwei und zwei. Sondern alle zusammen.

Sachte klopfte sie mit dem Messer an ihr Glas. Nach

und nach verebbten die Gespräche, und aufgeregte, strahlende Gesichter wandten sich ihr zu.

»Liebe Freundinnen und Freunde, ich freue mich sehr, euch zu sehen an diesem besonderen Abend. Als Fräulein Frieda mir vor einem halben Jahr erzählte, sie wolle hier ein Hotel eröffnen, war ich sprachlos. Als sie dann auch noch in die Einzelheiten ging und sagte, es werde kein gewöhnliches Hotel, sondern eines nur für Frauen, war ich nicht mehr nur sprachlos, sondern mit dem einen oder anderen Zweifel behaftet. Tausend Ideen kamen uns in den darauffolgenden Wochen. Manche gingen wieder, und manche blieben.«

Tilly beugte sich vor. »Welche zum Beispiel?«

»Zum Beispiel die, dass unsere weiblichen Gäste nicht nur in den Genuss kommen werden, die Füße mit Meerwasser zu benetzen, ohne einen Badekarren zu verwenden. Sondern auch, sich an der frischen Luft zu bewegen. Ich erinnere gar nicht mehr, wer darauf kam …«

Agnes lächelte, als sie Tillys gespannte Miene sah. Sie platzte schier, wollte sich aber nicht allzu sehr hervortun.

»Sei nicht so bescheiden, Tilly. Du warst es natürlich. Deine Idee war es, es den Doktoren nicht mehr so einfach zu machen. Sie kritzeln das Wort Hysterie in ihr Buch, sobald sich eine Dame ohne weitere Anzeichen einer Erkrankung unwohl fühlt. Du schlugst vor, Bewegungskunde anzubieten. Was ich übersetze mit: Tilly höchstselbst wird unsere Gäste über Wald und Wiesen scheuchen und sie auf diese Weise lehren, dass Schlenkern von Armen und Beinen manches seelische Leiden heilen kann.«

Charles blickte Tilly liebevoll an.

»Das meine ich übrigens ganz ernst«, fuhr Agnes fort. »Es sollte nicht ironisch klingen. Ich finde, du hast eine großartige Idee gehabt, liebe Tilly. Und bei nicht wenigen unserer Reservierungen wird genau dies angefragt: nächtliche Wanderungen durch Wald und Flur sowie die Verwendung von Kräutern, um Tinkturen für innere und äußere Anwendungen herzustellen. Bei Letzterem würde ich mich gern unentbehrlich machen, aber wir werden sehen. Über die Wochen und Monate haben wir jedenfalls viel, sehr viel gearbeitet. Und ausreichend Interesse geweckt, wie es scheint. Mittlerweile sind wir bis Mitte November ausgebucht!«

»Hurra!«, rief Marie.

Erstaunt hielt Agnes inne. »Das ist dein zweites Wort nach Mjam, Marie!«

»Hurra!«, rief Marie erneut, und Otto fiel ein: »Hurra!«

Agnes ließ das Blatt Papier sinken, auf dem sie in ihrer schönsten Schrift die Rede niedergeschrieben hatte. Versonnen blickte sie auf das flackernde Kerzenlicht, das die lange Tafel in friedliches, warmes Licht hüllte.

Als wieder Stille eintrat, sagte sie, ohne das Blatt wieder anzuheben: »Eigentlich bin ich hiermit schon am Ende angekommen. Denn ich habe das Glück, dass die meisten von euch sowieso wissen, was ich sagen möchte. Schließlich hatten wir so eifrige, tatkräftige und mutige Helfer über all die Monate hinweg. Euch möchte ich danken, die ihr uns unterstützt habt, mitgelitten, mitgeholfen, zugehört und uns den Kopf gewaschen, wenn wir uns verrannt hatten. Was ich euch aber noch sagen möchte, ist Folgendes: Ich habe im vergangenen Jahr gelernt, dass manches, das zunächst schwer erscheint, genau dorthin führt, wo die Leichtigkeit wartet. Und auch, dass abzuwarten manchmal hilfreich und wichtig ist.«

Sie blickte in Benjamins Augen, die im Kerzenschein leuchteten.

»Ein großes Dankeschön an Marie und Otto, deren Hoffnung und Liebe mich auch durch die dunklen Tage gebracht haben.«

Die beiden Kinder strahlten vor Freude.

»An Tilly natürlich und Frieda, die beiden Frauen, die den Starrsinn erfunden und perfektioniert haben und meiner Meinung nach dafür einen Orden verdienen.«

Frieda reckte den Kopf und lachte.

»An Lieselotte und Oskar und Bille, ohne die ich es niemals über den Sommer, den Herbst und den Winter geschafft hätte!«

»Ach, Dolores«, murmelte Oskar verlegen.

»Kokolores«, verbesserte ihn Lieselotte kaum hörbar und kicherte sichtlich stolz.

»An Pfarrer Wieland, Charles und Bertrande. Ihr habt mir so viel beigebracht. Mir so viel Zuversicht gegeben und Wissen weitergereicht. Ich weiß gar nicht, was …«

Ihre Stimme brach, und sie spürte, wie ihr zwei Tränen die Wangen hinunterrannen.

»Hurra!«, rief Rosalia und wuchtete ihren schweren Körper aus dem Stuhl. Sie hob ihr Glas.

»Auf Agnes, die, wie ich hörte, mit Zitronen eine Hypothek auf einen Kuchen aufnehmen kann und aus dem Nichts ein Unternehmen zaubert. Du bist eine ganz besondere Person, finde ich. Sei stolz auf dich!«

Stühle knarrten. Einer nach dem anderen erhob sich, nur Marie kletterte auf den Tisch und streckte ihre pummelige Hand aus, in die jemand rasch ein Glas Milch drückte.

»Prosit!«

»Zum Wohl!«

»Mjam!«

»Wie fühlst du dich?«

Tilly legte den Kopf schief und betrachtete Agnes mit nachdenklichem Blick. Sie standen im Zimmer *Wilde Rosen,* in dem ein behagliches Kaminfeuer prasselte, und sahen sich müde, aber zufrieden an. Von unten aus dem Speisesaal war das muntere Gemurmel ihrer Gäste zu hören, die nicht müde zu werden schienen. Lachen brandete auf und verebbte, Pfarrer Wielands Stimme war zu hören und ein wildes Gackern, das nur von einer von Friedas Freundinnen stammen konnte.

»Froh bin ich«, sagte Agnes. »Sehr sogar.«

Sie war unsicher, was sie erwartete. Benjamins Vater war schließlich Johann von Reiker. Ein Mann, an den Tilly nicht gern erinnert wurde.

»Das ist gut«, sagte Tilly mit einem tiefen Seufzer. »Ach, komm her, du!«

Mit einem Ruck zog sie Agnes an sich und drückte sie so fest, dass es schmerzte.

»Ich freue mich für dich«, sagte sie ihr ins Ohr. »Und ich bin stolz auf dich. Und ich ... Weißt du, Agnes, dass ich mich fühle, als wärst du meine Tochter?« Tränen begannen in Tillys Augen zu glänzen. »Es ist albern, grässlich peinlich noch dazu, aber so fühle ich eben. Als wärst du meine Tochter.«

Agnes lächelte. »So habe ich es nie betrachtet.«

»So, und jetzt genug mit dem Mumpitz!« Tilly wedelte mit der Hand und räusperte sich entschlossen. »Oder mit der Dolores, wie Oskar sagen würde.«

Agnes drückte ihr einen Kuss auf die weiche Wange.

»Du glaubst gar nicht, wie sehr ich mich darüber freue, dass du dich freust.«

»Was in aller Welt sollte ich denn sonst tun?« Tillys Ton war wieder ganz der alte. »Und nun komm, vielleicht ist Frieda irgendwo im Gang stecken geblieben und bekommt keine Luft mehr.«

Sie fanden Frieda, die allerdings mitnichten irgendwo feststeckte. Sie befand sich – freistehend – im Garten, dem Haus zugewandt, hinter dessen blank geputzten Scheiben das Licht Hunderter, vielleicht sogar Tausender Kerzen flackerte.

»Es sieht wunderschön aus«, sagte Frieda leise. »Ich finde, das haben wir gut gemacht.«

Tilly stellte sich zu ihrer Rechten, Agnes zu ihrer Linken. Versonnen betrachteten sie ihr Werk, das unmöglich einladender hätte wirken können.

»Welcher Hausgeist hat eigentlich die Fenster geputzt? Und den Likör bereitgestellt, den ich in jedem Zimmer gefunden habe?«, fragte Fräulein Frieda.

»Ich war es nicht«, erwiderte Agnes. »Darauf kannst du dich verlassen.«

Auch sie hatte sich darüber gewundert. Genau wie über die Vasen auf jedem Fensterbrett, in denen zart rosafarbene Ranunkeln ihre kugeligen Blütenköpfe beugten.

»Wir scheinen auch hier einen Heinzelmann zu haben«, murmelte Tilly nachdenklich. »Ich würde auf Bille tippen. Aber sicher bin ich mir nicht.«

Sie schwiegen eine Weile, in der jede ihren Gedanken nachhing.

»Der Hasenrücken war übrigens fantastisch«, murmelte Frieda schließlich. »Ebenso wie der Wildkräutersalat und die Klöße.« Sie kräuselte die Lippen und machte zuckende Bewegungen mit ihrer Nase, was an ein Kaninchen erinnerte. »Agnes, ich hätte dich gleich fragen sollen. Aber ich dachte – nun, du weißt schon. *Paris!* Da kann man schon mal falsche Vorstellungen bekommen, findest du nicht?«

Agnes, die mitnichten wusste, wovon Frieda sprach, zog die Augenbrauen hoch.

»Ich dachte … Ich wollte etwas ganz Besonderes und glaubte es in der Ferne zu finden, und das war dumm. Es ist ja hier, das Besondere. Hier und nirgendwo anders.«

Tilly schüttelte den Kopf. »Frieda, wenn du möchtest, dass man dich versteht, musst du dir die Mühe machen, auch verständlich zu sprechen.«

»Ja! Nein!« Verärgert schüttelte Frieda den Kopf. Sie lief ein paar Schritte und drehte sich, nachdem sie tief Luft geholt hatte, zu Tilly und Agnes um.

»Ich habe eine Kutsche nach Ludwigslust geschickt. Vielleicht kommt Madame Leroy ja heute oder morgen noch an.«

»Ja?«, fragte Tilly und zog das Wort sehr stark in die Länge.

Frieda holte tief Luft.

»Und ich habe den Kutscher angewiesen, ihr eine Rückfahrkarte zu kaufen. Und eine Entschuldigung zu überbringen.«

Perplex starrten Tilly und Agnes sie an.

»Wie bitte?«, fragte Agnes schließlich. »Wieso?«

»Weil ich will, dass du hier kochst. Dass du die Chefköchin bist. Bleibst. Ach was, du weißt, was ich sagen will!«

»Aber …«, stammelte Agnes, und dann fiel ihr überhaupt nichts mehr ein.

»Du schickst sie nach Paris zurück?« Tilly kicherte. »Du bist mir ja eine … Deine berühmte Krakenköchin mit den vielen Armen! Du hast dich so auf sie gefreut!«

»Ja. Ja – aber seht ihr, ich habe genau das getan, was ich den Männern immer vorwerfe. Ich habe aufgerüstet. Und dann ist mir klargeworden, wie dumm das ist. Ich brauche nicht *mehr*. Ich brauche nichts Besseres. Ich habe genau das, was hierher, zum Hotel Madame, zu mir passt. Dich, Agnes.«

Agnes war sprachlos.

»Aber wer wird denn dann die Hausdame?«, fragte sie.

»Das ist ein Problem, das gebe ich zu. Ich fürchte, das musst du kommissarisch noch mit übernehmen. Eine Zeitlang! Ich werde mich bemühen, schnell jemanden zu finden. Und Agnes …« Frieda legte den Kopf schief und überlegte, schnalzte mit der Zunge, und ein Strahlen breitete sich auf ihrem Gesicht aus. »Was hältst du davon, wenn wir Bertrande jemanden ausspannen? Meinst du, sie könnte es verschmerzen?«

»Ausspannen? Wen denn?«

»Na, Clara! Sie könnte dir in der Küche helfen, ein wenig jedenfalls, denn wenn du mich fragst, ich finde, sie ist noch viel zu jung, um zu arbeiten. Aber sie bekommt ein Gehalt. Und Kost und Logis natürlich. Du lernst sie an! Ich bin mir sicher, eine schnellere Lernerin wirst du nicht finden. Sie hat ein helles Köpfchen, das Kind, das habe ich sofort gesehen.«

Agnes benötigte ein wenig, um ihre Sprache wiederzufinden. Und als sie sie dann wiedergefunden hatte, sagte sie dennoch nichts, sondern schloss Fräulein Frieda in ihre Arme und drückte sie an sich. Staub und der Geruch von Mottenpulver stiegen in ihre Nase und ließen sie beinahe niesen. Aber sie konnte nicht anders, als ihr Gesicht an Fräulein Friedas Schulter zu pressen.

Was für ein Tag! Sie hatte sich die Hoteleröffnung ja aufregend vorgestellt – aber so? Leise pochte das Glück in ihr, sie konnte es spüren, von den Zehen bis in die rostroten Haarspitzen. Benjamin war bei ihr! Und er liebte sie, so wie sie ihn liebte. Das allein war ja schon mehr, als sie sich wünschen konnte. Und nun durfte sie wieder in die Küche – und vielleicht, wenn sie wollte, durfte Clara ihr zur Hand gehen.

Agnes schwindelte. Es war ein bisschen mehr, als sie glauben konnte. Es war auch ein bisschen mehr, als in ein einziges Menschenleben passte, fand sie.

Doch warum eigentlich? Manchmal kam das Leid geballt. Und manchmal die Freude. Es galt wohl, zwischen den beiden Punkten zu navigieren und dabei nie die Hoffnung und den Glauben an sich selbst zu verlieren.

Und wenn man auf die Nase fiel, ein bisschen zu weinen und dann wieder aufzustehen.

»Also, möchtest du?«, fragte Frieda. Sie klang ein bisschen verzagt.

Agnes nickte.

»Hurra«, stieß Frieda aus. »Hurra!«

»Agnes«, sagte Benjamin leise.

»Ja?«

»Gib mir das Tuch.«

»Wieso?«

»Weil du jeden Augenblick umfallen und auf dem Fußboden einschlafen wirst.«

Agnes senkte den Kopf und betrachtete das Geschirrtuch in ihrer Hand. Sie war tatsächlich so müde, dass sie nicht mehr wusste, was sie damit eigentlich angefangen hatte. Die Gläser abgetrocknet? Die standen aber noch tropfnass dicht nebeneinander aufgereiht.

Er stand auf und nahm ihr sanft das Tuch aus der Hand.

»Wenn du in Zukunft Köchin und Hausdame sein möchtest, rate ich dir zu delegieren. Alles andere hat wenig Aussicht auf Erfolg.«

»Ach, ihr Männer mit eurem Delegieren«, murmelte sie. »Man kann doch auch alles selbst machen.«

»Ja, bis man umfällt. Hoppla.«

Sie war gegen ihn geschwankt und verharrte so, die Wange an seiner Schulter, die Augen geschlossen. Wie behaglich das war! Sie wollte nie wieder weg von hier.

»Die Gläser trocknen auch von allein«, sagte er in ihr Haar hinein. »Und du und ich, meine Schöne, gehen jetzt schlafen.«

»Zusammen?«, fragte sie und schaffte es, noch zu lächeln.

»Zusammen erst, wenn wir verheiratet sind.«

Schlagartig war sie wieder wach.

»Wie bitte?«

»Versprichst du mir, nicht umzufallen, wenn ich dich loslasse?«

Ihr Herz klopfte so laut, dass sie ihre Antwort kaum hörte.

»Ja.«

Er stellte sicher, dass sie tatsächlich weder nach vorn noch nach hinten kippte, räusperte sich und fuhr sich verlegen durchs Haar. Seine Augen leuchteten in einem noch intensiveren Blau als sonst.

Er ging auf die Knie und streckte die Hand aus.

»Agnes Martin«, sagte er leise.

Agnes hatte das Gefühl, in einem schnell wirbelnden Strudel zu versinken.

»Möchtest du meine Frau werden?«

»Aber du bist doch gerade erst wiederaufgetaucht«, flüsterte sie.

»Ich weiß. Ich weiß auch, dass alles sehr schnell geht für dich. Ich hatte ja vier Monate Zeit, in denen ich da oben in meiner Hütte meinen Bart gezüchtet habe und fortwährend an dich dachte.«

»Warum hast du Adalina nicht geheiratet? Sie war doch sicher …« Agnes wusste nicht weiter.

»Sie war ganz reizend. Aber ich liebe sie nicht.«

Agnes schluckte. Ihre Wangen wurden heißer und heißer.

»Ja«, flüsterte sie mit rauer Stimme. »Ich möchte deine Frau werden, Benjamin.«

Schon wieder kamen ihr diese verflixten Tränen.

Er sprang auf und zog sie ungestüm an sich. »Ein Glück, dass es dir nichts ausmacht, dass ich jetzt ein armer Schlucker bin. Du bist schließlich eine selbstständige, moderne Frau, die nicht auf ihren Ehemann angewiesen ist.«

»Was?« Mit einem noch etwas schiefen, aber glücklichen Grinsen schob sie ihn von sich. »Du bist enterbt? All das hier wird nicht eines Tages mein?«

»Ich fürchte, so ist es.«

»Nun, dann überlege ich es mir vielleicht noch einmal.« Als sie seine Miene sah, lachte sie schallend los. »Nein, natürlich nicht. Wie könnte ich?«

Sie blickte in sein schönes Gesicht. Er war ihr immer so nahe gewesen. Jetzt, in der Erinnerung, glaubte sie den ganzen Winter über seine Anwesenheit gespürt zu haben, wie einen sanften, warmen Hauch voll Liebe. Aber sie konnte sich täuschen. Im Nachhinein bog man sich die Dinge schließlich gern zurecht.

»Dann sorge ich eben für uns vier«, schloss sie.

»Vier?« Er runzelte die Stirn. »Planst du jetzt schon unsere Kinderschar?«

»Das ist die Schar, die bereits vorhanden ist. Was dann noch kommen mag oder nicht, werden wir sehen. Aber Marie und Otto musst du auch nehmen, wenn du mich willst.«

Er atmete tief ein und lächelte.

»Eine Familie, wie aus dem Hut gezaubert. Aber Rosalia sagte ja, dass du alles schaffen kannst. Eine hast du aber noch nicht eingerechnet: Wir sind zu fünft.«

»Ida, wie konnte ich sie nur vergessen? Und Clara – sofern sie nicht in Straßburg bleiben möchte.«

Er nahm ihr Gesicht in seine Hände. Zart strich er mit den Kuppen seiner Daumen über ihre Wangen, ihre Augenbrauen und ihren Mund.

»Eine große Familie, von Anfang an«, sagte sie leise.

Er nickte und küsste sie. Langsam und zärtlich und wunderbar warm und vertraut.

Epilog

Nahe Kleenshoop in einer Hütte, die fernab von allem liegt und doch im Herzen der Welt
Juli 1893

»Und du bist dir sicher, dass du das Häuschen seinem Schicksal überlassen willst?«

Prüfend blickte Agnes Benjamin ins Gesicht. Er sah sich mit einem Hauch von Wehmut um.

»Es wird wieder eins mit der Natur. Es wäre wahrscheinlich besser schon vor Jahrzehnten wieder eins mit ihr geworden. Wenn mir die Hütte auch einen wunderbaren Unterschlupf geboten hat.«

»Das ist wahr«, sagte sie leise.

Benjamins früheres Refugium mitten im Wald war windschief und klein, das Dach ein wahres Flickwerk. Aber Agnes fand es heimelig mit seinem dunklen Holz an den Wänden und dem einfachen Alkoven direkt neben dem Ofen, der sicher eine behagliche Wärme verströmte.

Es gab nur einen Stuhl und einen winzigen Tisch.

»Der andere«, sagte Benjamin, als er Agnes' Blick folgte, »liegt irgendwo. Ihm fehlt ein Bein. Ich hatte mir immer vorgenommen, ihn zu reparieren, und dann doch nicht die Zeit gefunden.«

»Tilly ist sicher nicht traurig, wenn du es bleiben lässt.«

»Sicher nicht«, sagte er leise. »Ich kann mir kaum vorstellen, dass sie gern herkommen würde.«

Johann und Tilly hatten das Haus einst gebaut. Sie waren noch jung und voller Träume gewesen. Träume, die ein Mann kurze Zeit später zerstörte.

Mit einem tiefen Seufzer schüttelte Agnes den Kopf. Sie fuhr mit den Fingern über das warme Holz, die Fensterbänke, wellig vom Alter und davon, nicht von fachkundiger Hand geschreinert worden zu sein. Der Boden wies mehr Löcher als Holz auf, sie roch die Erde darunter und stellte sich vor, hier und dort einen Regenwurm seinen Kopf emporrecken zu sehen.

»Du bist nicht traurig? Hier wegzugehen?«

»Ich war doch in den vergangenen Monaten so gut wie nie hier.«

»Aber glaubst du, du kannst in der Kleenshooper Kate zufrieden sein?«

Benjamin verschränkte die Arme.

»Was bedeuten diese Fragen? Du willst doch sonst nicht alles wissen, was womöglich einmal eintrifft oder aber auch nicht.«

»Ja. Nein. Aber jetzt …« Agnes trommelte mit den Fingern auf den wackeligen Tisch. »Ich liebe den Gedanken, dass du immer da sein wirst, wenn ich nach Hause komme. Ich liebe es, dass du auch da sein wirst, wenn ich das Haus morgens verlasse. Ich finde es wunderbar, wie du dich um Marie und Otto kümmerst und um Clara … Und darum, dass ich etwas in den Magen bekomme. Und die Füße hochlege und an nichts denke, und wenn du mir die Gedanken aus dem Kopf prügeln musst.«

»Ich küsse sie dir ja wohl eher aus dem Kopf.«

»Das stimmt. Aber … Benjamin, fehlt dir nicht deine Arbeit? Ich finde dich nicht nur als Schäfer überzeugend und sicher bald als Ehemann und Ottos und Maries Vater. Ich fand dich ebenso überzeugend, als ich dich zusammen mit Mr Cecil in Lübeck gesehen habe und in deinem luxuriösen Stadthaus in Berlin. Als Diplomaten habe ich dich zwar nie erlebt. Aber ich denke, auch da fände ich dich sicher am richtigen Platz.«

Benjamin verschränkte die Arme noch ein bisschen fester.

»Wir haben noch nicht einmal das Aufgebot bestellt, und du willst mich schon wieder loswerden?«

»Ich will dich nicht loswerden. Ich will, dass du glücklich bist. Erfüllt. Und es auch bleibst.«

»Du meinst, ich sollte wieder arbeiten? In Berlin leben? Reisen?«

Sie nickte, wenn auch etwas verhalten.

Er fuhr sich mit der Hand über den Vollbart und zupfte daran. »Den müsste ich abnehmen.«

Agnes nickte. Sie liebte ihn mit Bart und ohne, dieses Detail war ihr vollkommen gleich.

»Und mich wieder in feine Hemden wanden. Würde dir dieses abgetragene Zeug nicht fehlen?«

»Wie wäre es denn, wenn du beides bist? Benjamin, der Schäfer. Und Herr von Reiker im diplomatischen Dienst. Du musst doch nicht zwölf Monate im Jahr dem Kaiser dein Ohr leihen?«

»Dem Kaiser bin ich so nahe noch nie gekommen, dass ich ihm mein Ohr hätte leihen können.«

»Frag Frieda, falls dir danach ist. Sie wüsste da sicher etwas zu arrangieren.«

Benjamin lachte. Er schüttelte den Kopf und streckte die Arme nach Agnes aus.

»Du willst mich also halb hier und halb draußen in aller Welt?«

»Wenn ich es entscheiden dürfte, dann etwas mehr als halb hier und etwas weniger als halb dort. Aber diese Entscheidung ist deine. Das ist übrigens mein Geburtstagsgeschenk an dich, erwarte also nicht, dass noch mehr kommt.«

»Dass ich arbeiten darf?«

»Deine Freiheit. Ja.«

Langsam näherten sich seine Lippen ihren. Tief atmete sie seinen Duft ein und kämpfte mit dem Wunsch, nichts gesagt zu haben. Wäre es nicht viel schöner, wenn er immer an ihrer Seite wäre?

»Und das ist wirklich alles, was du mir zum Geburtstag schenken willst?«, flüsterte er in ihr Haar.

»Nun, ich hatte noch daran gedacht, dir Zwetschgenklöße zu machen. Hast du sie dir nicht damals am Strand von mir gewünscht?«

Ein Lächeln glitt über seine Züge.

»Das habe ich. Ich muss trotzdem gestehen, ich hatte mir etwas mehr erhofft.«

Langsam, aber zielstrebig zog er sie auf den Alkoven zu, der ebenso altersschwach wie der Tisch und der Stuhl wirkte.

»Herr von Reiker, ich muss doch bitten. Machen Sie keine ehrlose Frau aus mir.«

Er küsste sie, und Agnes hatte das Gefühl, langsam in weichen, warmen Wogen zu versinken.

»Halb ehrenwert, wie wäre es damit?«, murmelte er. »Da wir schon beim Aufteilen sind.«

»Halb ehrenwert …« Sie lachte. »Damit könnte ich mich anfreunden.«

~ Ende ~

Autorin

Lisa Marcks ist das Pseudonym der Autorin, Schlussredakteurin und Journalistin Kerstin Sgonina. Wenn die Autorin nicht schreibt oder redigiert, widmet sie sich ihrem Garten oder ihrer Leidenschaft fürs Kochen. Sie lebt mit ihrem Mann und ihren zwei Kindern in Berlin.

Lisa Marcks im Goldmann Verlag:

Das Geheimnis der Schneekirsche. Roman
Vom Himmel zum Meer. Roman

(alle auch als E-Book erhältlich)

GOLDMANN
Lesen erleben